Elke Bergsma
Die Bürde der Freiheit

TINTE & FEDER

Das Buch

Bis zum Ausbruch des Ersten Weltkriegs war das Schicksal der Geschwister Ulferts aus Ostfriesland eng miteinander verwoben, der Bauernhof ihrer Eltern ihr sicheres Zuhause. Durch den Krieg aber gerät ihr Leben aus den Fugen. Mit dem Beginn der Weimarer Republik müssen sie sich, jeder auf seine Weise, den Herausforderungen einer ihnen noch unbekannten Welt stellen.

Während Janno sein Glück im politisch aufgeheizten Berlin versucht, bleibt Enna in Ostfriesland. Doch zwingen auch sie die Umstände dazu, von ihrem geliebten Leben auf dem Bauernhof Abschied zu nehmen, denn sie trägt das Kind eines Mannes unter dem Herzen, den sie nie hätte lieben dürfen. Hiska hingegen verschlägt es zu Ennas Kriegsbekanntschaft Karl nach Duisburg, der sich der Roten Ruhrarmee anschließt, um den allenthalben wiedererstarkenden Nationalismus zu bekämpfen.

Für lange Zeit gibt es zwischen Enna, Hiska und Janno keinerlei Berührungspunkte mehr, bis sich ihre Wege schließlich unerwartet wieder kreuzen.

Die Autorin

Elke Bergsma, Jahrgang 1968, ist ausgebildete Diplom-Geografin sowie PR-Beraterin und systemische Coachin. Seit 2014 arbeitet sie hauptberuflich als Autorin und hat bereits mehr als dreißig Bücher veröffentlicht. Einen Namen machte sich die Ostfriesin vor allem mit ihren Ostfrieslandkrimis rund um die Ermittler Büttner und Hasenkrug. Für diese Krimis war sie 2017 unter den Finalisten des Kindle Storyteller-Award und wurde 2020 mit dem Skoutz-Award ausgezeichnet. Auch mit ihren historisch-zeitgenössischen Ostfrieslandkrimis erschloss sie sich eine breite Leserschaft und legt nun mit »Die Bürde der Freiheit« ihren ersten vollständig historischen Roman vor.

Elke Bergsma lebt in Ostfriesland und in Köln, fühlt sich jedoch in der ganzen Welt zu Hause.

ELKE BERGSMA

Die Bürde der Freiheit

WEGE IN EINE NEUE ZEIT

BAND 1

ROMAN

TINTE & FEDER

Deutsche Erstveröffentlichung bei
Tinte & Feder, Amazon Media EU S.à r.l.
38, avenue John F. Kennedy, L-1855 Luxembourg
Juni 2022

Umschlaggestaltung: zero-media.net, München
Umschlagmotiv: © pashabo/Shutterstock; © Rawpixel.com/Shutterstock; © auralaura/Shutterstock; © Stephen Mulcahey/ArcAngel
1. Lektorat: Kanut Kirches
2. Lektorat: Rainer Schöttle
Korrektorat: Manuela Tiller/DRSVS
Gedruckt durch:
Amazon Distribution GmbH, Amazonstraße 1, 04347 Leipzig /
Canon Deutschland Business Services GmbH, Ferdinand-Jühlke-Straße 7, 99095 Erfurt /
CPI books GmbH, Birkstraße 10, 25917 Leck

ISBN: 978-2-49671-095-3

www.tinte-feder.de

Für Papa, der historische
Romane so liebte.

1

Ostfriesland, Anfang Januar 1919

Es war die Stille. Die ganze Zeit schon fragte sich Enna, was ihr dieses ungute Gefühl bereitete. Alle saßen sie um den langen Tisch herum, stumm, mit mürrischen Gesichtern, und löffelten ihren Eintopf aus Kartoffeln, Bohnen und Fleisch. Ein Festmahl, wenn man es mit dem verglich, was sie in den letzten Jahren zu essen bekommen hatte. Die Suppe, mit der man sie im Lazarett verköstigt hatte, war von Tag zu Tag wässriger geworden, die Fettaugen weniger. Auf diesem Eintopf aber schwammen Fettaugen zuhauf. Gestern erst hatten sie hier auf dem Hof geschlachtet. Enna hatte es schon von Weitem gesehen, als sie sich vor wenigen Stunden zu Fuß dem Hof näherte. Ein Schwein, an der Leiter hängend, ausgenommen, das Rückgrat mit dem Hackebeil in zwei Hälften gespalten.

Ihr Vater, Arjen Ulferts, schaute von seiner Schüssel auf, Enna direkt in die Augen. Für einen Moment glaubte sie, dass er endlich etwas sagen würde. Doch er blieb auch diesmal stumm, nahm das Brot und ein Messer zur Hand, schnitt sich eine dicke Scheibe ab und tunkte sie in den Eintopf. Nicht ein

Wort hatte er bislang mit ihr gesprochen, nach so langer Zeit. Nicht ein einziges Wort.

Resigniert schob Enna ihre Schüssel zum Topf hin, schaufelte sich eine weitere Portion hinein. Nach den langen Jahren des Verzichts und dem tagelangen Fußmarsch über das eisstarre Land tat es gut, etwas so Deftiges zu essen zu bekommen. Aber diese Stille um sie herum schien ihr nach dem Trubel, dem sie als Sanitätsschwester im Lazarett ausgesetzt gewesen war, nahezu unerträglich. Wie sehr hatte sie sich all die Jahre danach gesehnt, der Hektik, dem Gewimmel und den verzweifelten Schreien der Verwundeten entkommen zu können! Und jetzt? Die Stille, die sie auf dem heimischen Hof empfangen hatte, war keine natürliche, keine gesunde, wie sie es früher einmal gewesen war. Vielmehr entsprang sie dem unsagbaren Leid, das auch ihre Familie nicht verschont hatte. Zwei Brüder im Krieg gefallen, die Mutter am Fieber erkrankt, die geliebten Pferde vom Militär beschlagnahmt.

Von alledem hatte Enna nichts gewusst, als sie sich auf den weiten Weg von Duisburg zurück nach Hause machte. Frohen Mutes war sie gewesen, auch wenn ihr der Abschied aus dem Ruhrgebiet denkbar schwergefallen war. Die Freude, ihre Lieben nach so langer Zeit wiederzusehen, hatte ihren Kummer gedämpft. Das Zuhause jedoch, das sie vor dem Krieg gekannt hatte, schien unwiderruflich verloren. Da war kein Lachen mehr und kein Singen, und selbst das Brüllen der Kühe, das Grunzen der Schweine und das Gackern der Hühner erschien ihr verhaltener als in früheren Tagen.

Die Mahlzeit wurde schweigend beendet. Die Männer – ihr Vater, ihr Bruder Ubbo sowie Landarbeiter Jesko – standen vom Tisch auf, von Fröhlichkeit oder gar Elan keine Spur. Mit hängenden Schultern schlurften sie hinaus, gesättigt und bereit, ihr Tagwerk zu vollenden. Zu dieser Jahreszeit wurde es früh dunkel, bis dahin gab es noch viel zu tun.

»Vater ist nicht mehr er selbst«, berichtete Hiska, als sie die Männer vor dem Fenster über den Hof stapfen sah. Sie räumte das Geschirr zusammen und trug es zum Spülstein. Enna betrachtete ihre jüngere Schwester. Die Last der Jahre hatte Hiska reifen lassen, sie war nun kein Kind mehr, wirkte viel zu alt und ausgelaugt für ihre sechzehn Jahre. »Zuerst die Nachricht, dass Feiko nicht mehr heimkehren wird, und nur wenige Wochen später das Gleiche mit Johannes. Dann wurde auch noch Mutter so krank. Seither hat Vater kaum noch ein Wort gesprochen. Es ist, als hätte er alle Lust am Leben verloren.«

»Dabei war doch er es, der bei Ausbruch des Krieges gar nicht laut genug jubeln konnte«, erinnerte sich Enna. »Ihr zieht in die Schlacht für Kaiser, Ruhm und Vaterland. Das genau waren seine Worte. Und dass es für jeden Soldaten eine Ehre sein müsse, auf dem Schlachtfeld den Heldentod zu sterben.«

»Nun, davon ist er immer noch überzeugt«, erwiderte Hiska, »auch wenn er um seine Söhne trauert. Er hält dem Kaiser nach wie vor die Treue. Und auch die Rechten kommen ihm gelegen, weil sie, so sagt er, für Zucht und Ordnung sorgen werden. Die Sozialdemokraten, die gerade so in Mode sind, will er alle im Zuchthaus sehen. Was er den Kommunisten an den Hals wünscht, mag ich gar nicht aussprechen.«

Enna seufzte. Sie konnte diese politischen Reden nicht mehr hören. Wohin die das Land geführt hatten, sah man ja jetzt. Not und Elend überall. Nichts als Not und Elend.

»Was ist mit Janno?«, erkundigte sie sich vorsichtig nach ihrem zweitältesten Bruder, der ebenfalls im Krieg gewesen war. »Niemand von euch hat mir bislang auf diese Frage eine Antwort gegeben. Warum ist er nicht mit den anderen zum Essen erschienen? Ist er noch nicht zurück aus dem Krieg?«

Hiska schaute unsicher zur Tür, als fürchtete sie, dass jemand sie belauschen könnte. »Na ja, nun, wo Vater nicht mehr in der Küche ist … Er will nicht, dass von Janno gesprochen wird, weißt du?«

»Aber warum denn nur? Was hat Janno denn getan? Er ist doch nicht auch gefallen?«

»Nein, er ist nicht gefallen«, versicherte Hiska. »Das ist es nicht. Er kam vor drei Wochen zurück, ganz fürchterlich abgemagert, aber ansonsten gesund und wohlauf.«

»Das ist gut.« Enna atmete erleichtert auf. Wenigstens war einer ihrer Brüder unversehrt geblieben. Den Ältesten, Ubbo, hatten sie Gott sei Dank gar nicht erst eingezogen, da er auf dem Hof unabkömmlich war. Leider hatte dieses Argument für die anderen Söhne von Bauer Ulferts nicht gegolten. Vater hatte, so hieß es, alles versucht, auch sie hierzubehalten. Weniger, weil er auf dem Schlachtfeld der Ehre, wie er zu sagen pflegte, um ihr Leben fürchtete, als dass er auf ihre Arbeitskraft angewiesen war. Vergebens. Johannes, der jüngste der Brüder, war noch wenige Wochen vor Kriegsende eingezogen worden und nur wenige Tage später in Frankreich gefallen. Mit gerade einmal achtzehn Jahren. Ein junges Leben, den Kanonen zum Fraß vorgeworfen. Von ihnen hatte Enna viele im Lazarett versorgt, und so mancher von ihnen hatte sie an Johannes erinnert. Sie hatte so sehr gehofft, ihn wieder in die Arme schließen zu können. Vergebens. »Aber wo ist Janno denn jetzt?«

»In Berlin, nehme ich an. Zumindest wollte er da hin.« Hiska ging nach draußen und steuerte auf die Wäsche zu, die an der Leine im Wind flatterte.

»Berlin?« Enna riss verwundert die Augen auf. Sie folgte ihrer Schwester nach draußen, wo ihr ein scharfer, kalter Wind entgegenblies. Rasch zog sie das Tuch um ihre Schultern enger um sich und verknotete es vor der Brust. »Was will er denn in Berlin?«

»Politik machen.« Hiska wischte sich die geröteten Hände an der Schürze ab, bevor sie beide damit begannen, die Wäsche von der Leine zu nehmen und in einen Korb zu legen. »Große politische Reden hat er geschwungen, als er hier war. Hat von Gerechtigkeit geschwafelt und dass es an der Zeit ist, dass die Arbeiter für ihre Rechte kämpfen. Und dass er am liebsten nach Berlin will, um sie in ihrem Kampf zu unterstützen.«

»Das wird Vater nicht gefallen haben«, überlegte Enna laut.

Hiska lachte ein bitteres Lachen. »Nicht gefallen? Ich dachte, er prügelt Janno die Seele aus dem Leib, so ist er auf ihn losgegangen. Hat ihn einen Verräter geschimpft, einen nichtsnutzigen Kommunisten. Und dass er sich solch aufrührerische Reden verbittet, solange wir an seinem Tisch sitzen.« Hiska seufzte. »Und dann war Janno weg von Vaters Tisch. Davongestohlen hat er sich, wie ein Dieb in der Nacht.«

»Und ihr habt nichts mehr von ihm gehört seitdem?«

»Nein. Nichts.« Hiskas Augen füllten sich mit Tränen. »Mit keinem Wort hat Vater sein Weggehen kommentiert, mit keinem einzigen Wort. Stattdessen hat er jedem Prügel angedroht, der seinen Namen auch nur ausspricht. Es ist, als ob auch Janno gestorben wäre.«

Enna half ihrer Schwester, den Korb ins Haus zu tragen. »Was hast du eigentlich da?«, fragte sie und streckte ihre Finger nach dem verblassten, aber doch recht großen Bluterguss auf Hiskas Wange aus. »Wie ist das passiert? Hat Vater …?«

Hiska zuckte zurück. »Ach, das ist nichts«, wehrte sie ein wenig zu brüsk ab. »Das ist überhaupt nichts. Nein, es war nicht Vater. Es war … ein Unfall.«

»Ubbo war's«, sagte die neunjährige Wiebeke, der Nachkömmling unter den Geschwistern, die zur Tür hereingehüpft kam. Sie wirkte viel lebhafter als ihre Schwester Hiska, hatte das Strahlen in ihren blauen Augen noch nicht eingebüßt. Schon immer war sie von fröhlichem Gemüt gewesen, selbst der Krieg und der Tod ihrer Brüder hatte dem anscheinend nichts anhaben können. Vielleicht aber hatte sie all das auch gar nicht richtig realisiert, was ein Segen gewesen wäre. Gerade schenkte sie ein wenig Milch in zwei kleine Schalen, verdünnte sie mit Wasser und stellte sie den beiden Katzen hin, die ihr maunzend um die Beine strichen.

»Ubbo?«, fragte Enna alarmiert? »Aber warum sollte er …?« Sie konnte sich nicht erinnern, dass ihr ältester Bruder jemals gewalttätig geworden war.

»Es war nicht Ubbo«, widersprach Hiska ihrer kleinen Schwester. »Ich sagte doch bereits, dass es ein Unfall war. Ich habe mich gestoßen. Mehr nicht.« Sie bemühte sich um einen fröhlichen Tonfall und schlug ihrer kleinen Schwester spielerisch mit einem Tuch auf den Rücken. »Was du aber auch immer erzählst, Wiebeke.« Sie nahm ein paar Scheite Holz und warf sie in den gusseisernen Ofen, um das Feuer anzuheizen. »Geh und hole eine Schüssel eiskaltes Wasser aus der Regentonne, Wiebeke, das zähmt hoffentlich deine Fantasie.«

Enna war nicht überzeugt, dass dies die volle Wahrheit war, aber sie sagte nur: »Ich könnte dir eine Packung machen, gegen die Schwellung.«

»Nee, lass mal, das geht schon. Ist nicht so schlimm.« Hiska nahm einen Lappen zur Hand und wischte in schnellen Bewegungen den Tisch ab.

Durchs Fenster hindurch sah Enna ihren Vater vom Schweinestall in den Kuhstall gehen. Er ging gebeugt wie ein alter Mann, dabei war er noch nicht einmal fünfzig Jahre alt. »Vater spricht nicht mehr mit mir«, sagte sie traurig. »Er nimmt mir wohl immer noch übel, dass ich gegangen bin.« Sie erinnerte sich noch gut an die Auseinandersetzungen, die sie zu Beginn des Krieges mit ihrem Vater geführt hatte. Er war strikt dagegen gewesen, dass sie sich freiwillig zum Sanitätsdienst meldete. »Du wirst hier gebraucht!«, hatte er gebrüllt. »Wie soll denn deine Mutter mit dem Haushalt zurechtkommen, wenn du dich einfach aus dem Staub machst? Und außerdem: Wer soll denn dann morgens die Kühe melken? Schlimm genug, dass sie mir Feiko genommen haben. Auch ihn hätte ich hier dringend gebraucht. Das fehlt mir noch, dass auch du uns noch im Stich lässt.«

Enna war trotzdem gegangen, in dem tiefen Glauben, dass sie an der Front gebraucht wurde. Noch heute sah sie Vaters Blick, seine vor Wut geballten Fäuste, als sie sich auf den Weg machte. Er hatte ihr nicht einmal Lebewohl gesagt, ihr kein Glück gewünscht – und anscheinend hatte er seine Wut und seine Enttäuschung bis zum heutigen Tage nicht überwunden.

Hiska zuckte mit den Schultern. »Ich weiß nicht, ob er dir noch böse ist. Vater redet allgemein nicht viel, er … Ach, es ist ja auch egal.« Plötzlich standen ihr Tränen in den Augen, ihre Bewegungen wirkten fahrig, als sie sich mit zittrigen Fingern eine Haarsträhne hinter das Ohr strich. »Hier ist nichts mehr, wie es einmal war, Enna. Gar nichts. Alles ist wie … wie ausgelöscht. Als gäbe es keine Sonne mehr.« Mit bebender Stimme fügte sie hinzu: »Dieser verdammte Krieg. Er hat uns alles genommen. Nicht nur Feiko und Johannes. Nein, er hat uns noch viel mehr genommen. Viel, viel mehr. Er hat uns unser Glück genommen.« Bevor Enna etwas erwidern konnte, wechselte Hiska mit tränenerstickter Stimme das Thema: »Du könntest mal nach Mutter sehen, vielleicht braucht sie etwas.«

Enna nickte. Gleich nach ihrer Ankunft hatte sie bei ihrer Mutter ins Zimmer geschaut und war erschrocken gewesen, wie dürr sie war. Bleich und ausgezehrt lag die sonst so starke Frau in den Kissen, das Gesicht schweißnass, der Atem rasselnd. Auf ihre nach so langer Zeit heimgekehrte Tochter hatte sie nicht mit der kleinsten Regung reagiert. »Womöglich die spanische Grippe«, hatte Hiska ihr zugeflüstert. »Der Arzt sagt, die grassiert gerade im ganzen Land.«

»Ja, in ganz Europa sogar«, hatte Enna gemurmelt. »Gott möge ihr beistehen.« Auch in ihrem Lazarett hatte die Seuche in den letzten Wochen rasend schnell um sich gegriffen und viele ohnehin geschwächte Soldaten dahingerafft. Eigentlich hatte sie geglaubt, dass wenigstens das so entlegene Ostfriesland von diesem Leid verschont bleiben würde, aber nun sah sie sich getäuscht.

Hiska drückte Enna die Schüssel mit eiskaltem Wasser in die Hand, die Wiebeke ihr gereicht hatte. »Nimm das mit hoch zu Mutter und mach ihr Wadenwickel. Wir müssen ihr Fieber senken. Damit kennst du dich doch sicher aus.«

Allerdings. Wenn es darum ging, Fieber zu senken, dann machte Enna niemand mehr etwas vor. Es war in Duisburg ihr tägliches Brot gewesen, und bei viel zu vielen verwundeten Soldaten hatte sie miterleben müssen, dass es vergebliche Liebesmüh war. Aber immerhin hatte sie ihnen das Sterben ein wenig erleichtern können.

Enna stieg die schmale Stiege zum Zimmer ihrer Eltern hinauf und klopfte leise an die Tür. Dies geschah aus reiner Gewohnheit, denn schließlich wusste sie, dass von ihrer Mutter keine Reaktion zu erwarten war. »Mama?«, sagte sie leise in den Raum, bevor sie eintrat. Bis auf das Rasseln, das den Lungen ihrer Mutter entwich, blieb jedoch alles ruhig. Also setzte sie sich ans Bett, tauchte einen Lappen in das eisige Wasser, tupfte ihrer Mutter damit zunächst über die trockenen Lippen, um ihn dann, nach neuerlichem Ausspülen, auf ihrer Stirn zu platzieren.

»Hiska?«, wisperte ihre Mutter plötzlich kaum hörbar. »Bist du das?« Ihre Lider zuckten, ganz offensichtlich versuchte sie, ihre Augen zu öffnen, doch wollte es ihr nicht gelingen.

»Ich bin es, Mama, Enna. Ich bin zurück.«

»En… Enna?« Ihre knöcherne Hand tastete nach der ihrer Tochter. Enna ergriff und drückte sie, sie war eiskalt. »Bist … du es wirklich, Kind?«

»Ja, Mama, ich bin zurück«, wiederholte Enna, weil sie nicht wusste, was sie sonst hätte sagen sollen. »Es geht mir gut.«

»Feiko und Johannes. Sind … sind sie denn auch zurück?« Die Mutter stöhnte und bäumte sich unter einem plötzlichen Schmerz auf. Enna legte ihr die Hand auf den Bauch, bis sie sich wieder beruhigt hatte. Sie wusste nicht, was sie auf die Frage ihrer Mutter hätte antworten sollen, also schwieg sie.

»Es ist gut, dass du wieder da bist, Kind«, hauchte ihre Mutter. »Und Feiko und Johannes auch. Nun wird alles gut.« Während Enna weiter ihre Hand hielt, dämmerte die Mutter langsam weg, bis schließlich ihr Kopf zur Seite fiel.

Enna nahm den Lappen von ihrer Stirn, er war so heiß, als hätte er alle Hitze aus dem Körper ihrer Mutter herausgesogen. Sie tauchte ihn ins Wasser, bis er dessen Kälte angenommen hatte, dann legte sie ihn erneut auf Mutters Stirn. Außerdem schlug sie die Decke zurück und machte ihr Wadenwickel. Als ihre Mutter auch nach mehreren Wickeln keinerlei Reaktion zeigte, stand sie auf und stellte sich ans mit weißen Sprossen durchsetzte Fenster.

Die flache Landschaft der Krummhörn mit ihren abgeernteten Feldern und verdorrten Weiden breitete sich starr und grau vor ihr aus und spiegelte damit ganz gut die Stimmung ihres Gemüts wider. Sie dachte an Heinz, an Karl und an Wilhelm in Duisburg. Wie mochte es ihnen ergangen sein, seit sie die Stadt verlassen hatte? Aber noch viel wichtiger: Wie ging es Gisela, die mit ihr im Lazarett an der Front ihren Dienst getan und sie später mit in ihre Heimatstadt Duisburg genommen hatte? War auch sie wohlauf? Gisela hatte erste Anzeichen der Grippe gezeigt, als sie gegangen war. Doch hatte ihre Freundin, als Enna es ansprach, nur laut gelacht und gesagt: »Und wenn es so ist, meine liebe Enna, du weißt doch: Unkraut vergeht nicht. Wäre ja gelacht, wenn uns nach allem, was wir durchgestanden haben, ausgerechnet die Grippe den Garaus macht! Nee, nee, so weit kommt es noch, dass wir uns von der unterkriegen lassen. Geh du mal zu deiner Familie, du warst schon viel zu lange fort.« Die liebe und treue Gisela. Enna wünschte, ihre Freundin könnte ihr auch hier zur Seite stehen.

Und dann war da natürlich Jean-Pierre. Ihr Jean-Pierre. Allein der Gedanke an ihn führte dazu, dass sich alles in ihr schmerzhaft zusammenzog. Wie sehr sie ihn vermisste! Letztlich aber war er es gewesen, der sie die Entscheidung treffen ließ, nach Ostfriesland zurückzukehren. »Ich kann nicht bei dir bleiben, meine geliebte Enna«, hatte er ihr nach einer letzten Nacht voller Liebe plötzlich ins Ohr geflüstert. »Nun, da der Krieg vorbei ist, werde ich wieder nach Hause gehen, wo Verpflichtungen auf mich warten.«

Enna hatte sich gefühlt, als habe sie jemand in ein tiefes, schwarzes Loch geworfen.

Aber was nützte all das Klagen, rief sich Enna wieder ins Hier und Jetzt zurück. Ihr Leben fand nun wieder hier auf dem Hof statt. Nicht in Duisburg, und schon gar nicht bei dem gut aussehenden und charmanten belgischen Offizier, der ihr so lange den Hof gemacht hatte, bis sie seinem Werben schließlich nachgegeben hatte. Davon aber durfte hier nie jemand etwas erfahren, wollte sie nicht riskieren, dass ihr Vater sie totprügelte.

Enna hauchte gegen die Scheibe und malte, als das Glas beschlug, mit dem Finger ein Herz. Jean-Pierre. Er würde für den Rest ihres Lebens wohl nicht mehr sein als eine ebenso schöne wie schmerzhafte Erinnerung.

2

Berlin, Anfang Januar 1919

Je länger Janno hier auf dem Trottoir herumlungerte, desto enger wurde ihm die Brust. Was nur hatte ihn hergetrieben in diese laute und verdreckte Stadt? Was hatte er zu suchen in diesem Gewimmel von Menschen, Pferdekutschen und räudigen Hunden, wo einer gegen den anderen anlärmte, nie gekannter Gestank die Sinne benebelte und der Wind so beißend und kalt um die Häuserecken stob, als wollte er sie alle hinwegfegen?

Freudig aufgeregt war er gewesen, als er von zu Hause aufbrach, guter Dinge, dass für ihn nun endlich alles besser würde. Dabei war er nicht einmal so naiv gewesen zu verlangen, dass dies von heute auf morgen geschehen sollte. »Von nichts kommt nichts« und »Ohne Fleiß kein Preis« hatte ihm seine Großmutter stets mit erhobenem Zeigefinger eingeschärft, wenn er sich, an ihrem Küchentisch einen Teller Suppe löffelnd, mal wieder in seinen Tagträumen verlor. Dennoch: Allein die jahrelange, tief in seinem Inneren schwelende Gewissheit, alsbald zu jenen zu gehören, die ein Leben in Glück und Wohlstand führten, hatte ihn die schweren, arbeitsreichen Jahre seiner Jugend auf dem heimischen Hof überstehen lassen – und vor allem diesen verfluchten Krieg, der sich in den letzten vier Jahren durch die Menschheit gefressen hatte wie eine Meute Ratten durch die gut gefüllte Vorratskammer.

Wie ein Wink des Schicksals war es ihm erschienen, als ihm im Wahnsinn des Krieges Werner begegnete. Schütze Werner Decker aus Berlin, der selbst dann noch einen Scherz auf den Lippen trug, wenn sie im Schützengraben vor Verdun das Sperrfeuer der feindlichen Artillerie beinahe um den Verstand brachte und keiner von ihnen damit rechnen konnte, den morgigen Tag zu erleben. Schütze Werner Decker, der stets das Foto seiner frisch angetrauten Ehefrau Margot bei sich trug und ihr zu jeder anbrechenden Nacht das Versprechen gab, schon bald wieder bei ihr zu sein. Schütze Werner Decker, der in Schlamm und Dreck elendig krepierte, nachdem sich ihm ein Granatsplitter tief in die Eingeweide gebohrt hatte. Mit letzter Kraft hatte er noch einmal Margots Foto aus der Tasche gezogen und es an seine Lippen gepresst, bevor ihm die mit Sehnsucht und Schmerz gefüllten Augen brachen und er im einsetzenden Schneefall auf dem Acker und fern der Heimat sein noch so junges Leben aushauchte. Gerade einmal dreiundzwanzig Jahre hatte er gezählt, genau wie Janno selbst. Gerade einmal dreiundzwanzig Jahre. Was für eine Vergeudung von jungem Leben im Namen von Kaiser, Ehre und Vaterland. Was für ein Verbrechen.

In Janno stieg jedes Mal eine Welle der Wut auf, wenn er, so wie jetzt, an seinen Vater dachte, der auch nach all dem Elend des Krieges die erzwungene Abdankung des Kaisers als Schmach und die in Kiel und Wilhelmshaven befehlsverweigernden Matrosen und Arbeiter als Vaterlandsverräter bezeichnete – was einfach zu behaupten war, wenn man vom Krieg nur das wusste, was einem die linientreue Provinzpostille vorgaukelte.

Zwei seiner jüngeren Söhne hatte der Vater auf den Schlachtfeldern verloren, Janno war als Einziger zurückgekehrt.

Den Vater selbst sowie den ältesten Bruder Ubbo hatte man jedoch nie eingezogen, schließlich musste das Volk auch weiterhin mit Milch und Getreide versorgt werden. Es mochte an diesem Umstand liegen, dass der Vater immer noch glaubte, der Krieg sei vom Grundsatz her unvermeidlich, vor allem aber auch zu gewinnen gewesen – »Hätten diese Drückeberger aus der Matrosen- und Arbeiterschaft nur ihre verdammte Pflicht getan!«, war Arjen Ulferts nicht müde geworden, mit erhobener Faust zu skandieren.

Derart an die Vergangenheit erinnert, fasste Janno trotz der so grau und lärmend daherkommenden Stadt wieder Mut. So herausfordernd sein Leben in Berlin auch werden mochte: Es würde allemal besser sein, als sich weiterhin dem Joch eines Vaters zu unterwerfen und sich vom ersten Hahnenschrei bis tief in die Dunkelheit hinein den Buckel krumm zu schuften. Nein, es war keineswegs so, dass Janno die Arbeit scheute, nur war er der Ansicht, dass die ganze Maloche zu mehr führen sollte als drei Mahlzeiten am Tag. Ganz zu schweigen von der ständigen Angst vor der nächsten Sturmflut, die alles, was man sich aufgebaut hatte, wieder zunichtemachen konnte.

»Sozialdemokrat, wa?«

Janno schreckte aus seinen Gedanken hoch. Das junge Mädchen, das nun vor ihm stand, hatte er noch gar nicht wahrgenommen. Ihre geflochtenen blonden Haare hatte sie zu einem Kranz um den Kopf geschlungen, der Ausdruck ihres schmalen, von der Kälte geröteten Gesichts hatte trotz der dunklen Schatten unter ihren Augen etwas Verschmitztes. Vor ihrem dürren, von einem viel zu großen Wintermantel umhüllten Körper trug sie einen Bauchladen, der mit Zigaretten und Streichhölzern bestückt war.

Unwillkürlich fasste Janno zur Tasche seines Jacketts hin, in dem gefaltet der *Vorwärts*, das Zentralorgan der sozialdemokratischen Partei, steckte. In einem Anfall von Übermut hatte er die Zeitung am Bahnhof erstanden, obwohl sein Budget eine solche Investition eigentlich gar nicht zuließ. Solange er in Berlin keine Arbeit gefunden hatte, würde er sparsam haushalten müssen. Das wenige Geld, das er bei sich trug, würde allenfalls für wenige Wochen reichen, wenn er sich auf das Nötigste beschränkte. »Warum willst du das denn wissen?«, fragte er nun das Mädchen.

»Bist wohl nich von hier.«

Nun, das war keine Antwort auf seine Frage, ihr verschmitztes Grinsen aber machte die Spitzfindigkeit wieder wett, wie er mit einem amüsierten Lächeln feststellte. Entfernt erinnerte sie ihn an seine Schwester Enna. Auch die war eine selbstbewusste junge Frau, die ihren eigenen Kopf durchzusetzen gedachte. Er hatte Enna zutiefst bewundert, als sie ihren Eltern erklärte, dem Vaterland dienen und in den Sanitätsdienst eintreten zu wollen. Vater hatte geschäumt vor Wut, doch letztlich war ihm nichts anderes übrig geblieben, als sie ziehen zu lassen. Ob sie den Krieg unbeschadet überstanden hatte?

»Meen Bruder Otto is och Sozialdemokrat«, erklärte das Mädchen nun. »Will da janz jroß Karriere machen bei die. Sollte lieber arbeiten jehn, wenn de mich fragst, damit wär uns allen mehr jeholfen.« Sie beugte sich ein wenig vor, bevor sie die Hand an den Mund legte und raunte: »Meen Vater prügelt ihn bestimmt tot, wenna davon Wind kricht. Der hält's nämlich mehr mit die Rechten. Aber er ist noch nich zurück. Is in Kriegsjefangenschaft bei die Franzosen, sagt Mutter. Ob's stimmt, weeß ick nich.« Sie deutete auf den alten Lederkoffer, den er neben sich auf dem Trottoir abgestellt hatte. »Wo willste denn hin damit?«

»Keine Ahnung. Hab noch keine Wohnung.«

Das Mädchen stemmte die Hände in die Hüften. »Na, du bist mir ja eener. Keene Wohnung, sagste? Wo willste die denn so schnell herzaubern? Dit kannste dir hier abmachen, so armselig, wie dit Volk hier haust. Die sind für jeden froh, der ihnen nich die paar Kartoffeln und den Platz inne Koje streitig machen tut. Glob mir, ick weeß, wovon ick spreche. Haste überhaupt Jeld?«

»Nicht viel.« Janno sank der Mut. Eigentlich war er davon ausgegangen, dass es in Berlin genug Wohnraum gab, denn schließlich war es eine riesige Stadt. Aber da hatte er sich wohl getäuscht.

»Dit dacht ick mir schon.« Das Mädchen schaute sich ratlos um, dann nickte sie entschlossen. »Komm mit, ick bring dir zu Fritze. Der weeß bestimmt wat.«

»Fritze?«

»Fritze ist 'n Freund von meen' Bruder. So richtig jrün sind sich die beeden zwar nich mehr, seit Fritze zu die Kommunisten jejangen is, aber dit kriegen wa schon hin.« Sie schnaubte. »Wenn de mich fragst, dann habt ihr Kerle doch alle 'nen Knall mit eure Politik. Sieht man ja, wohin dit führt. Nur Not und Elend schafft ihr mit eure Kriegstreiberei, nur Not und Elend.« Vermutlich war es kein Zufall, dass ihr Blick in diesem Moment auf einen einbeinigen Kriegsversehrten fiel, der auf Krücken gestützt und mit röchelndem Atem auf sie zukam und direkt vor ihnen stehen blieb. »Haste mal 'n Jroschen?«, bettelte er Janno mit zitternd ausgestreckter Hand an. In seinen blutunterlaufenen, fiebrig glänzenden Augen stand unverkennbar der Schrecken des Krieges geschrieben; es war ein Ausdruck, wie Janno ihn auf dem Schlachtfeld zu Hunderten gesehen hatte, beim Kameraden genauso wie beim Feind.

»Nee, hatta nich«, erteilte das Mädchen ihm eine Abfuhr, noch bevor Janno reagieren konnte. »Wir müssen alle kieken, wo wa bleiben, weeßte doch.« Sie deutete die belebte Straße hinab. »Da drüben standen vorhin die vonna Heilsarmee mit ihre Julaschkanone. Da kriegste bestimmt noch wat vonne

Steckrübensuppe, wennse noch wat haben. Heutzutage musste blickig sein, wenn de wat abhaben willst.«

Ohne den Mann noch eines Blickes zu würdigen, marschierte sie los, und Janno blieb gar nichts anderes übrig, als seinen Koffer zu nehmen und ihr zu folgen, wollte er in der langen Winternacht nicht allein auf der Straße den Kältetod sterben. Mit Schaudern dachte er an die Tage und Nächte an der Front zurück, an denen sie in ihren stets klammen, wenn nicht gar nassen Uniformen gefroren hatten wie die Schneider, dazu so gut wie nichts im Magen und um sie herum, mal nah, mal fern, das Trommelfeuer, von dem man oft nicht wusste, gehört es zu Freund oder Feind.

»Na, Helene, heute so flott unterwegs?« Ein Mann in tadellosem Gehrock und spiegelnden Schuhen hatte vor ihnen Halt gemacht und kaufte dem Mädchen Zigaretten ab. »Du rennst ja, als wären die Sozis hinter dir her.«

»Ick lass ma von niemand jagen, Herr Rittmeester, von niemand«, entgegnete das Mädchen, von dem Janno nun auch den Namen wusste, forsch und mit erhobenem Kinn. »Ob links oder rechts, letztlich ist dit allet dieselbe Mischpoke. Wären die nich alle immer nur uff Streit aus, könnten se dit Leben glatt jenießen, statt sich gegenseitig totzuschlajen. Und dann ging's uns allen besser.«

»Ach, Helene, darüber solltest du dir nicht dein hübsches Köpfchen zerbrechen«, lachte der Rittmeister gönnerisch. »Davon versteht ihr Frauen nichts.« Er deutete, genüsslich an seiner Zigarette paffend, mit dem Spazierstock auf den Bauchladen. »Ich hoffe, die Geschäfte laufen zufriedenstellend?«

»Ach, Herr Rittmeester, so schlecht es den Leuten och jeht, jeraucht wird do' immer. So, ick muss ma trolln.« Über die Schulter rief sie zurück: »Und rauchen Se mal immer hübsch weiter, Herr Rittmeester, da haben wa doch alle wat davon!«

Der Offizier zog lachend den Hut und machte einen tiefen Bückling. »Zu Befehl, wertes Fräulein Helene, so wird's gemacht!«

Helene bahnte sich ihren Weg durch die Passanten im Straßenverkehr. Mal ging sie links, dann wieder rechts, querte diese oder jene Straße, immer darauf achtend, nicht von einem der sich in hastigem Tempo fortbewegenden Automobile oder der Elektrischen erfasst zu werden. Janno hatte Mühe, ihr zu folgen, fühlte er sich von der ungewohnten Betriebsamkeit, dem Lärm, den Gerüchen, dem Geschrei und Krakeelen doch völlig überfordert. Mit jedem Schritt, den Helene tat, wurde es um ihn herum zudem grauer, düsterer, schwerer. Schmucke Villen wichen tristen Wohnblocks, die selbst die Sonne längst vergessen zu haben schien. Hinterhof reihte sich an Hinterhof, flaue Gerüche drangen aus Hunderten Wohnungen, im achtlos weggeworfenen Müll quiekten die Ratten. Janno wusste längst nicht mehr, wo genau er sich befand, als Helene schließlich stehen blieb. Er wusste nur, dass ihm das alles hier aufs Gemüt schlug.

Helene zeigte auf ein Fenster, vor dem, an Drahtseilen aufgehängt, die Wäsche im Wind flatterte. »Fritze haust dort oben, vierter Stock.« Ohne eine Reaktion abzuwarten, trat sie in einen wenig einladend wirkenden Hauseingang, durchmaß ein dunkles, feuchtes Treppenhaus und stieg etliche ausgetretene, beschmutzte Stufen hoch, immer mehr und mehr, bis sie schließlich vor einer Tür stehen blieb und mit kräftigen Fausthieben dagegenschlug. »Fritze«, schrie sie gegen Kindergeschrei und klapperndes Geschirr aus der Nachbarwohnung an, »Fritze, biste da?«

Hinter der Tür rumpelte es, dann wurde sie aufgerissen. Vor ihnen stand ein Mann in Unterhemd, die Hose von Hosenträgern gehalten. Die Statur seines Oberkörpers zeugte von harter körperlicher Arbeit, über seinem scharf geschnittenen

Gesicht fiel ihm eine dunkle Locke des ansonsten kurz gestutzten Haars in die Stirn, in seinem Mundwinkel steckte eine glimmende Zigarette. Er mochte in Jannos Alter sein. »Helene, was machst du denn hier?«, nuschelte er, ohne die Zigarette aus dem Mund zu nehmen. »Schickt Otto dich?«

»Nee, keene Ahnung, wo meen Bruder sich rumtreibt. Aber den hier, den hab ick uff der Straße uffjelesen, der braucht 'ne Bleibe.«

Fritze musterte Janno aus schmalen Augen, wobei nicht auszumachen war, ob es ein kritisches Beäugen war oder ob ihm ganz einfach nur der Rauch in den Augen brannte. »Wo kommste denn her mit deinem Koffer?«

»Krummhörn.« Als ihn nun beide verständnislos musterten, fügte Janno hinzu: »Ostfriesland.«

»Und was willste dann im miefigen Berlin, wenn du's an der See besser haben kannst? Biste ausgebüxt?«

»Nee.«

»Ach Jottchen«, hauchte Helene und bekam einen sehnsuchtsvollen Blick. »Eenmal an die See, wie die besseren Leute. Davon hab ick schon immer jeträumt.«

»Was kannste denn?«, löcherte Fritze weiter.

»Arbeiten. Egal wo, egal was«, warf sich Janno ins Zeug. Er fasste an seinen Bizeps, dessen Umfang dem von Fritze in nichts nachstand. »Arbeiten hab ich gelernt, bei uns auf 'm Hof.«

»Alle suchen Arbeit. Sind schwierige Zeiten.«

»Ja.« Janno wusste nicht, was er sonst dazu hätte sagen sollen. Dann jedoch platzte es aus ihm heraus: »Und in die Politik will ich gehen, zu den Sozialdemokraten.«

»Sozialdemokraten, soso.« Fritze legte seinen Kopf in den Nacken und stieß geräuschvoll den Rauch aus. »Na ja, wenigstens keiner von der rechten Saubande.«

»Wer ist da denn, Fritze?«, drang es von der Wohnung zu ihnen herüber. Im nächsten Moment schon steckte eine

Schwarzhaarige ihren Kopf zur Tür heraus. »Oh, Helene. Was haste denn da fürn schmucken Burschen mitgebracht?«

»Janno«, stellte sich Janno mit einer Verbeugung vor. »Janno Ulferts.«

»Janno? Was is ’n das für ’n komischer Name?«

»So heißt man bei uns in Ostfriesland«, erklärte Janno mit einem Lächeln. Das Mädchen mit den braunen, lebhaften Augen gefiel ihm gut, ausnehmend gut sogar. »Und wer bist du?«

Fritze legte besitzergreifend den Arm um die Schulter des Mädchens, die jedoch stieß ihn sogleich wieder von sich. »Lass das, Fritze! Lotte. Ich bin Lotte.«

»Wohnst du auch hier, Lotte?«

»Nee, wir bereiten nur gerade die nächste Kundgebung vor.«

»Kundgebung?«

»Sie haben heute den Eichhorn abgesetzt, die Schweine«, schnaubte Fritze. »Darauf muss reagiert werden. Damit kommen die nicht durch!«

»Eichhorn?« Janno kam sich schrecklich unwissend vor.

»Emil Eichhorn, Polizeipräsident von Berlin. Der passte dem Ebert und seinen Konsorten nicht in den Kram. Aber wir werden denen schon zeigen, was wir davon halten, nämlich nichts.«

»Und wer ist wir?«

»Na, alle Anständigen in dieser Stadt, wer denn wohl sonst?« Fritze ließ seinen noch glühenden Zigarettenstummel auf den Steinboden fallen und trat ihn aus. Es war nicht der erste, der dort zum Liegen kam.

»Warst du schon mal auf ’ner Kundgebung dabei?«, erkundigte sich Lotte.

»Nein, ich … äh … nein.«

»Gut, dann kommste morgen mit, Janno. Je mehr wir sind, desto besser.«

»Aber ich …«

»So«, mischte sich Helene mit resoluter Stimme ein, »Schluss mit dit Jequatsche! Wat is denn nu mit der Bleibe? Bevor Janno mit euch Revolution macht, brauchta ersmal 'ne Koje.«

»Für diese Nacht wird's hier gehen«, sagte Fritze. »Dann sehen wir weiter.«

»Gut, dann hau ick wieder ab. Is sonst meem Jeschäft abträglich. Mach's jut, Janno aus Ostfriesland, wir sehen uns!« Noch ehe Janno ihr richtig hatte danken können, stapfte Helene bereits die Treppen hinab.

»Na, dann komm mal rein.« Fritze hielt Janno die Tür auf. »Ist nichts Besonderes, aber einigermaßen trocken.«

Janno nickte erleichtert und trat ein in ein Leben, von dem er noch nicht ahnte, wie turbulent es werden würde.

3

Duisburg, Anfang Januar 1919

Heinz stieß Karl mit dem Ellenbogen an. »He«, raunte er seinem Kumpel zu, »jetzt sieh zu, dass du nach Hause kommst! Sonst biste morgen zu nix zu gebrauchen unten im Berg.«

»Mit dem seiner Fahne fliegt uns noch der ganze Pütt um die Ohren«, stieß Wilhelm ins gleiche Horn. »Sind sowieso schon verdammt schlagende Wetter da unten. Da braucht es nur einen Funken.« Er nahm einen letzten Zug von seiner Zigarette, ließ sie zu Boden fallen und drückte sie mit der Schuhspitze aus. »Und bestimmt steht Luise schon mit 'm Nudelholz hinter der Tür.«

Die umstehenden Männer grölten. Schon als Kinder hatten sie Karl dafür verspottet, dass seine Mutter Luise ihn und seine Geschwister zu jeder Tages- und Nachtzeit so laut zusammenstauchte, dass es in der ganzen Siedlung zu hören war. Noch heute gab sie sich, trotz eines chronischen Lungenleidens, so resolut wie eh und je, doch wusste zugleich jeder, dass sich tief in ihr drin ein weiches Herz verbarg. Noch nie hatte Luise jemanden abgewiesen, der Hilfe brauchte. Jeder in der Siedlung wusste, dass sie während des Krieges zwei desertierte britische

Soldaten versteckt gehalten hatte. Sie zu verraten, hätte sich keiner getraut, selbst die nicht, die die Briten ganz besonders hassten. Denn sie wussten genau, in diesem Fall hätten sie es nicht nur mit Luises Nudelholz, sondern mit dem Zorn der ganzen Siedlung zu tun bekommen. Und das war nun wirklich kein Brite wert.

Karl, den Kopf auf den Tresen der Spelunke gebettet, grunzte etwas Unverständliches. Konnten die ihn nicht einfach in Ruhe lassen?

»Und nun hör auf, Enna hinterherzuflennen, die kommt nicht zurück«, schimpfte Heinz. »Die hat bestimmt längst 'nen reichen ostfriesischen Bauern in petto. Darum hatte sie es auch so eilig, von hier fortzukommen.«

»Halt die Klappe!«, schnauzte Karl. Er hob den Kopf und sah Heinz aus glasigen Augen an. Dann fuchtelte er mit dem Zeigefinger herum und lallte: »Und nimm ihren Namen nicht in deine dreckige Schnauze, hömma! Nimm nie wieder Ennas Namen in deine dreckige Schnauze!«

»Von Enna würde ich noch was ganz anderes in die Schnauze nehmen«, erwiderte Heinz, und wieder hatte er die Lacher auf seiner Seite. »Aber die steht ja auf Belgier, wie ich hörte.«

Das war zu viel für Karl. Den Bauch voller Wut stieß er sich von der Theke ab, rutschte vom Barhocker, taumelte Heinz mit ausgestreckter Faust entgegen – und schlug im nächsten Moment der Länge nach auf den Boden.

Als er wieder zu sich kam, lag er zu Hause auf seiner Pritsche. Das Zimmer, das er sich mit seinen Brüdern Joris und Dietrich teilte, lag im Halbdunkel. Lediglich eine an der Decke hängende Petroleumlampe gab ein schwaches Licht. Aus dem Nachbarbett war Joris' leises Schnarchen zu hören. Das von Dietrich fehlte, denn der galt seit mehr als einem Jahr als vermisst.

»Geht's wieder?«, fragte eine sanfte Stimme. »Ich könnte dir den Nacken massieren, gegen die Kopfschmerzen.«

Karl stöhnte innerlich auf. Was fiel seiner Mutter ein, dieses Weibsstück zu ihm ins Zimmer zu lassen?! War das die Rache dafür, dass er schon wieder betrunken nach Hause gekommen war? »Lass mal gut sein, Clara«, brummte er, obwohl er nichts besser gebrauchen könnte als ein Mittel gegen die Schmerzen. Sein Kopf dröhnte wie vom Gaul getreten. »Wie spät isses denn?«

»Gleich halb sechs. Zeit für 'n Pütt. Ich hätte dich jetzt sowieso geweckt.«

»Nun sag nicht, du hast die ganze Nacht an meinem Bett gesessen.« Karl setzte sich auf, griff sich jedoch sofort an den schmerzenden Schädel, der sich so schwer anfühlte, als ob er ihm vom Hals zu fallen drohte.

»Natürlich nicht«, antwortete Clara empört. »Das wäre doch nicht anständig. Das hätte deine Mutter nie erlaubt. Ich bin nur gekommen, um die Wäsche zu holen.« Sie kicherte albern, während sie mit ihrem Finger eine Strähne ihres rotblonden Haars aufdrehte. »Obwohl: Irgendwer muss schließlich auf dich aufpassen, findest du nicht? Das hat deine Mutter auch gesagt.«

»Die Wäsche holen? So früh am Morgen?«

»Wir fangen am Waschtag um halb fünf an mit der Wäsche, das weißt du doch. Ist doch sonst nicht zu schaffen, so viel, wie dann kommt.«

Karl quälte sich in die Senkrechte, woraufhin nicht nur sein Kopf, sondern auch sein Magen zu rebellieren begann. Er atmete ein paarmal tief durch, um den einsetzenden Brechreiz in den Griff zu bekommen. Dann trat er zum Nachbarbett hinüber, das nur einen knappen Meter von seinem entfernt stand, und schüttelte Joris an der Schulter. »Los, steh auf, Mann! Nicht dass du wieder 'nen Anschiss vom Steiger kassierst. Kannst dir keinen mehr erlauben, wenn du nicht hochkant rausfliegen willst.«

»Du könntest dich ruhig dafür bedanken, dass ich mich um dich kümmere, hömma.« Clara zog einen Schmollmund, während sie nach der weißen Emaillekanne griff und Wasser in die dazugehörige Schüssel schüttete.

»Ich hab dich nicht darum gebeten.« Karl wankte zur Waschschüssel, schlug sich mit den Händen Wasser ins Gesicht. »Verdammt, ist das kalt!«, fluchte er, am ganzen Leib zitternd. Sein Blick ging zum Fenster, es war mit Eisblumen bedeckt. Die Wohnung des Reihenhauses, in der sie derzeit zu fünft hausten, war schon zur warmen Jahreszeit kaum zu ertragen, im Winter aber war sie die reinste Zumutung.

»Ich werde dir Frühstück machen.« Clara gab nicht auf, obwohl Karl ihr schon tausendmal zu verstehen gegeben hatte, dass aus ihnen nichts werden konnte. Er liebte Enna. Enna! Er stöhnte auf. Jeder Gedanke an sie zerriss sein Herz in tausend Stücke. Wie hatte sie nur so einfach gehen, ihn so einfach verlassen können? Hatten sie ihr denn nicht hier eine Heimat geboten, als sie von der Front zurückkam, frierend, krank und am Ende ihrer Kraft?

»Karl? Kann ich irgendwas für dich tun?«, rief Clara besorgt. Gerade hatte sie zur Tür hinausgehen wollen, nun jedoch bleib sie stehen.

»Lass mich einfach nur in Ruhe«, brummte er. »Musst du denn nicht zurück zur Arbeit?«

»Das lass mal meine Sorge sein«, antwortete sie schnippisch.

Karl aber beachtete sie gar nicht, er war mit seinen Gedanken längst woanders. Es hieß, Enna habe was mit einem Belgier gehabt, einem Offizier, dem sie in einem Lazarett auf französischem Boden begegnet war. Aber daran glaubte Karl nicht. Niemals würde sich Enna dem Feind an den Hals schmeißen. Niemals! Und wer sie eine Alliiertenhure nannte, der bekam es mit ihm zu tun, so manch einer hatte dafür schon seine Faust zu spüren bekommen. Nur weil man Enna im Lazarett gezwungen hatte, auch Belgier zu behandeln, hieß das doch noch lange nicht, dass sie mit einem von ihnen auch das Bett geteilt hatte. Keine anständige deutsche Frau tat so was. Und anständig war Enna, ja, das war sie ganz gewiss.

Karl versetzte seinem Bruder einen heftigen Stoß gegen die Schulter. »Los, Joris, steh auf, hömma! Ich sag's dir nicht noch mal. Und glaub mal nicht, dass ich dich beim Steiger aus der Scheiße hole, wenn's Ärger gibt.«

Er verließ das Zimmer und ging die Treppe hinunter. Seine Mutter hockte vorm Ofen und legte Kohlebriketts nach. Auch in diesem Raum, der neben dem Elternschlafzimmer der einzige im Erdgeschoss war, war es eisig kalt. Auf dem Tisch in der Mitte des Raums lagen ein Kanten Brot und ein ordentlich großes Stück Speck.

»Woher hast du denn den Speck?«, fragte Karl erstaunt.

»Getauscht. Gegen Kohle.«

»Wo das denn?«

»Willste nicht wissen.« Luise richtete sich auf und hielt sich dabei den schmerzenden Rücken. »Den Leuten ist kalt, die würden für ein bisschen Kohle ihr letztes Hemd geben. Kannste dir was von nehmen, Karl, aber lass deinen Geschwistern auch noch was übrig. Wo ist Joris?« Sie drückte ihm einen Becher Kaffee in die Hand. Wie so oft in letzter Zeit war es eine so dünne Plörre, dass man genauso gut heißes Wasser hätte trinken können. Aber er wärmte, und darauf kam es an.

»Hab ihm gesagt, dass er aufstehen soll.« Karl schnitt sich eine dicke Scheibe Brot ab und tat einen ordentlichen Streifen Speck darauf. Dann legte er es in seine zerbeulte, blecherne Dose. Das würde ein Festmahl werden! Er erinnerte sich kaum daran, wann er in den letzten Wochen einmal satt geworden war.

Während des Krieges hatte sich der Hunger noch in Grenzen gehalten, seit Kriegsende aber wurde es jeden Tag schwieriger, an ausreichend Lebensmittel zu gelangen. Alles war rationiert, und was sie bekamen, reichte gerade so zum Überleben. Für die meisten wenigstens. Ein paar gingen auch dabei drauf, vor allem die Alten und die Kinder. Vorgestern erst hatten sie das kleine Mädchen der Nachbarn beerdigt, das an der Schwindsucht eingegangen war. Als wäre es noch nicht Kummer genug, dass die Söhne an der Front krepierten, nun nahm der liebe Gott den Leuten auch noch ihre Töchter. Man musste sich wirklich fragen, womit sie diese Strafe verdient hatten.

Clara kam die Treppe herunter, unter dem Arm einen Knäuel Bettwäsche.

»Was soll das denn nun schon wieder?«, brummte Karl.

»Aber ich sagte doch, dass ich die Wäsche hole«, erklärte Clara. Sie lächelte ihn zuckersüß an. Doch ganz egal, wie gefällig sie sich auch gab, er konnte ihr nichts abgewinnen. Gut, sie war leidlich hübsch mit ihren rotblonden Locken und ihrer blassen Haut. Und gut gebaut war sie auch, wenn auch ein bisschen dürr. Aber das waren sie in diesen Zeiten ja alle. Für Karl aber war sie nichts, da konnte sie ihm schöntun, wie sie wollte. Anstatt ihn ständig zu umgarnen, sollte sie sich lieber an Joris halten. Karl hatte den Eindruck, dass dem Clara wohl gefallen könnte, auch wenn sie ein bisschen alt für ihn war.

»Du könntest ruhig mal anerkennen, was Clara für dich tut«, ergriff Luise das Wort. Sie hatte inzwischen zwei Brotscheiben mit Speck belegt, eine davon gab sie nun Clara. »Hier, Mädchen, dass du was auf die Rippen kriegst.«

»Oh … äh … vielen Dank, Luise.« Auf Claras sommersprossigen Wangen zeichnete sich eine sanfte Röte ab. »Aber das wäre doch nicht nötig gewesen. Ich will euch doch nichts wegessen, jetzt, da es überall so knapp ist mit Essen.«

»Papperlapapp. Gehörst ja schließlich auch irgendwie zur Familie.« Luise sah Karl beschwörend an, der aber wich ihrem Blick aus. »Zumindest, wenn sich hier endlich mal jemand 'ne Frau aus 'm Kopf schlägt, die es nicht mehr gibt«, fügte sie hinzu.

Manchmal wünschte Karl sich wirklich, dass seine Mutter anderen Frauen ähnlicher wäre, die gelernt hatten, ihren Mund zu halten. Grundsätzlich fand er durchaus, dass auch Frauen eine eigene Meinung vertreten durften. An unpassender Stelle aber hatten sie zu schweigen – zum Beispiel, wenn es darum ging, ihre Söhne in Verlegenheit zu bringen.

»So früh schon hier, Clara?« Karls Vater Hans war aus der Schlafstube der Eltern getreten. Trotz der Kälte stand er in Unterhemd und Hose da, Letztere von Hosenträgern gehalten. Er nahm eine verschlissene Wolldecke vom Stuhl und legte sie sich um die Schultern. Seine Stimme war rau, Tag und Nacht hustete er schwarzen, manchmal mit Blut durchsetzten Schleim. Mit seinen gut fünfzig Jahren war er ein alter Mann mit grauem Haar. Der Kohlenstaub hatte sich so tief in die Haut von Gesicht und Händen gefressen, dass er nicht mehr abzuwaschen war. Hier im Pott wurde keiner alt.

»Wegen der Wäsche«, erklärte Luise, als sie bemerkte, dass Clara errötete. »Heute ist doch Waschtag bei uns.«

»Und ein bisschen auch wegen Karl, nehme ich an«, erwiderte Hans. Er ließ sich von Luise einen Kaffee einschenken und musterte seinen Sohn kritisch. »Weiß gar nicht, was du dich so zierst. Gibt nicht viele so patente junge Mädchen wie Clara. Schlag dir die Ostfriesin endlich aus 'm Kopf, Junge. Die will doch gar nichts von dir wissen.«

»Ach ja?«, wetterte Karl. »Und woher …?«

»Sonst wäre sie ja wohl noch hier«, schnitt ihm der Vater das Wort ab, dann folgte eine längere und so schwere Hustenattacke, dass ihm die Tränen über die Wange liefen.

»Ich … ich muss dann mal wieder«, verabschiedete sich Clara. »Sonst fragt sich Mutter noch, wo ich so lange bleibe.«

»Wenn sie was zu schimpfen hat, sag ihr, dass ich dich aufgehalten habe und dass sie das mit mir klären soll«, sagte Luise. »Mal gucken, ob sie sich dann noch hierhertraut.«

Kaum dass Clara mit einem letzten verliebten Blick auf Karl zur Tür hinaus war, kam Joris müde und zerzaust die Treppe herunter. »Na, Karl«, sagte er mit kratziger Stimme, »war ja ordentlich spät gestern, als Heinz und Wilhelm dich in die Koje geschmissen haben. Warst mal wieder hackedicht und hast geschnarcht wie ein Ochse.«

»Halt dich da raus«, brummte Karl.

»Noch mal zu Clara«, sagte Hans, der Luise nach seinem Hustenanfall ein schleimverschmiertes Taschentuch in die Hand drückte, das sie direkt in einen Eimer mit Wasser tauchte. »Ich erwarte, dass du sie bald heiratest. Alle hier erwarten das. Wird Zeit, dass die einen Mann ins Haus kriegen. Drei Weiber allein in einem Haus, das kann doch nicht angehen. Und außerdem wird's Zeit, dass dir mal eine die Hörner stutzt und dir beibringt, dich nicht bis zum Zapfenstreich in der Spelunke herumzutreiben.«

»Und was, wenn ich Clara nicht will?!«, schimpfte Karl. Ja, er wusste, dass Claras Familie vom Schicksal gebeutelt war. Der Vater war erst vor wenigen Wochen nach langem Lungenleiden verstorben, hatte Frau und zwei Töchter allein zurückgelassen. Clara mit ihren zwanzig Jahren war die Älteste, ihre Schwester eigentlich noch viel zu jung zum Heiraten. Aber wenn die Not zu groß wurde, dann würde ihre Mutter bestimmt zusehen, dass sie auch die Zweitgeborene unter die Haube brachte. Kerle gab es genug, die darauf hofften, dass sie etwas so Junges abbekamen. »Ganz bestimmt werde ich Clara nicht heiraten, warum sollte ich denn? Bin ich vielleicht die Wohlfahrt, oder was?« Er deutete auf Joris, der betreten auf seinen Kaffee starrte. »Er ist es doch, der sie will.«

»Aber ...« Joris errötete bis unter die Haarwurzel.

»Joris ist gerade mal siebzehn«, widersprach Luise. »Wenigstens scheint er, was Frauen angeht, mehr Verstand zu haben als du. Aber dass er zu jung für Clara ist, das dürfte feststehen. Er kann sich ja dann später um Henrike bemühen. Die ist doch auch ein ganz patentes Ding.«

»Mit der Wäscherei verdient sich Claras Familie ein paar Groschen zum Leben«, sagte Hans. »Wir tun ihnen was Gutes, wenn wir unsere Wäsche aus der Hand geben. Auch wenn wir uns das eigentlich gar nicht leisten können. Aber was soll man tun, wenn die sonst verhungern. Wie auch immer, wenn die endlich wieder einen Mann im Haus hätten, wäre uns allen wohler. Und es gibt keinen Grund, warum das nicht du sein solltest, Karl, wo Clara dir schon schöne Augen macht.« Er hob seine Tochter auf den Schoß, die gerade aus dem Elternschlafzimmer herausgekommen war und sich müde die Augen rieb. »Drück dich an mich, Annemarie, dass du nicht frierst.« Er schlang seine kräftigen Arme mitsamt der Decke um die Achtjährige, und sie legte ihren blond gelockten Kopf an seine Schulter. Annemarie war ihrer aller Augenstern, auch wenn nun wirklich keiner damit hatte rechnen können, dass Luise nach so vielen Jahren noch einmal ein Kind zur Welt bringen würde. Stolzer als Hans aber hätte niemand auf sein kleines Töchterchen sein können.

Luise seufzte. »Eigentlich hatte ich ja gehofft, dass Clara und Dietrich eines Tages heiraten würden. Er wusste sie wenigstens immer zu schätzen. Ja, ich glaube, er hat sie wirklich gern.« Ihr Blick war voller Sorge und Trauer, als er nun auf dem vergilbten Schwarz-Weiß-Foto ihres vermissten Sohnes hängen blieb, das in einem Rahmen an der Wand hing.

»Lass gut sein, Lulu.« Hans tätschelte Luises Hand. »Bestimmt kommt er bald wieder nach Hause. Es kommen doch noch so viele zurück, jeden Tag sind es mehr.«

»Dietrich wusste jede Frau zu schätzen«, bemerkte Karl, dem die ganze Diskussion auf die Nerven ging. »So schnell, wie der seine Finger und andere Körperteile an einer Frau dran hatte, wenn die nicht schnell genug ...« Noch bevor er seinen Satz beenden konnte, flog sein Kopf zur Seite. Sein Vater hatte ihm eine heftige Ohrfeige verpasst.

»So sprichst du nicht über deinen vermissten Bruder, mein Freund, so nicht!«, schleuderte sein Vater ihm wutentbrannt entgegen. »Und schon gar nicht vor deiner Schwester. Jetzt sieh zu, dass du zur Arbeit kommst, bevor ich mich vergesse! Und in Sachen Clara ist das letzte Wort noch nicht gesprochen, das verspreche ich dir!«

Karl nahm seinen Tornister mit Wasser und Brot und trat, die Hand an die brennende Wange gepresst, in den kalten Morgen hinaus. Als er die Haustür hinter sich schloss, hörte er, wie auch Joris seinen Eltern einen guten Tag wünschte. Na, wenigstens das. Er hätte keine Lust gehabt, sich schon wieder für seinen Bruder beim Steiger entschuldigen zu müssen. Nach einem Umweg über das Toilettenhäuschen machte er sich auf den Weg zur keine hundert Meter entfernten Zeche, deren monotones metallisches Klopfen bereits zu ihm herüberdröhnte.

* * *

Henrike senkte rasch den Blick und tat geschäftig, als Heinz-Rudolf von Wolff den von heißem Wasserdampf geschwängerten Schuppen betrat, in dem sie ihre kleine Wäscherei betrieben; doch wusste sie, dass es nur eine Frage der Zeit war, dass er auf sie zutreten und sie ansprechen würde. Ganz genauso, wie er es immer tat, wenn sie Waschtag hatten, und in der letzten Zeit auch häufig darüber hinaus. Stets tat er dann so, als sei es Zufall, dass sie sich über den Weg liefen – und dass es das Normalste von der Welt sei, dass er seine zu reinigende Kleidung höchstpersönlich bei ihnen vorbeitrug. Dabei hatte sie längst durchschaut, dass er sie absichtlich abpasste. In der Zechensiedlung nannte man sie bereits den feuchten Traum des Herrn Direktor – wobei es keinem hier wirklich zu schmecken schien, dass er ihr nachstellte. Vielmehr schien man sich sogar Sorgen um sie zu machen. Aber was nützte ihr das, wenn letztlich doch alle kuschten und so taten, als hätten sie nichts gesehen, wenn von Wolff sie einmal mehr bedrängte? Viel zu viel Angst hatten sie um ihre Arbeit, als dass auch nur einer von ihnen den Mund aufgemacht hätte, um für sie Position zu beziehen.

»Keiner wird in diesem Fall auf dich aufpassen oder dich vor irgendetwas bewahren, wenn es so weit ist«, hatte ihr die Mutter nicht erst einmal mit erhobenem Zeigefinger eingeschärft, ohne explizit auszuführen, was genau sie unter »es« verstand, aber das wusste Henrike auch so. »Also sieh zu, dass du ihm aus dem Weg gehst, wann immer es möglich ist.«

Nichts lieber als das, dachte Henrike dann verzweifelt, aber wie sollte sie das anstellen? Schließlich konnte sie sich nicht in Luft auflösen. Jeden Abend betete sie zum lieben Gott, er möge sie davor bewahren, sich den Wünschen des Herrn Direktor jemals beugen zu müssen. Doch entging ihr nicht, dass der Ausdruck auf Mutters Gesicht von Tag zu Tag sorgenvoller wurde. Seit Vater tot war, wussten sie kaum, woher sie das Essen für den nächsten Tag bekommen sollten, oftmals reichte das, was sie mit ihrer kleinen Wäscherei einnahmen, gerade einmal für die Miete. Henrike hoffte, dass sich wenigstens ihre Schwester Clara bald mit Karl vermählen würde, denn dann würde es eine Esserin weniger geben, um die Mutter sich sorgen musste. Allerdings schien Karl von Clara nichts wissen zu wollen, wohingegen Clara sich weigerte, jemals einen anderen

Mann zu heiraten als ihn, wie sie nicht müde wurde zu betonen, wenn das Gespräch darauf kam. Und das kam es ziemlich oft, denn schließlich wurde ihre Situation mit jedem Tag, den der liebe Gott ins Land ziehen ließ, prekärer.

»Fräulein Henrike«, sprach von Wolff sie nun an, nachdem er vor ihrer Mutter Hedwig und vor Clara seinen Zylinder gezogen und einen angedeuteten Bückling gemacht hatte. Er trat zu ihr auf die kleine hölzerne Empore, von der aus sie mit einer Planke im unter ihr stehenden dampfenden Wäschebottich rührte. Sofort klebten ihm die wenigen verbliebenen Haare am Kopf, was ihn jedoch nicht zu stören schien. »Wie immer bin ich entzückt, Sie in so guter Verfassung zu sehen«, sagte er gut gelaunt. Seine Augen hielt er dabei stier auf die Auswölbungen unter ihrer Bluse gerichtet, die zu ihrem Leidwesen nicht eben gering ausgeprägt waren. Er drückte ihr einen Stapel Kleidung in den Arm, wobei er zunächst wie unbeabsichtigt ihre Hand berührte, dann jedoch nach dieser griff und sie mit seinen wurstigen Fingern bearbeitete. »Ich bin nicht nur wegen der Wäsche hier«, sagte er so laut, dass auch Mutter und Clara es hören konnten. »Wie ich heute Morgen zu meinem außerordentlichen Bedauern gewahr werden musste, hat sich unser derzeitiges Hausmädchen an dem Eigentum meiner werten Gattin vergriffen. Natürlich blieb mir nichts anderes übrig, als dieses undankbare Geschöpf auf die Straße zu setzen.« Ohne Henrikes Hand loszulassen, drehte er sich um und wandte sich nun direkt an Hedwig. »Nun, des einen Tod ist des anderen Brot, nicht wahr? Ich denke, es wird Ihnen eine Erleichterung sein, dass ich diese Stelle nunmehr Ihrem Fräulein Tochter anzubieten gedenke. Wie mir zu Ohren kam, sind Sie seit dem Tod Ihres werten Gatten auf der Suche nach einer Beschäftigung für Ihre Töchter, und es ist mir ein persönliches Anliegen, Ihnen in Ihrer misslichen Lage behilflich zu sein.«

Henrike japste lautlos auf, auch spürte sie eine plötzliche Übelkeit in sich aufsteigen. Ihre Beine wurden weich, und sie glaubte, dass diese jeden Moment unter ihr nachgeben müssten. Was unweigerlich dazu führen würde, dass sie in den Bottich mit kochendem Wasser stürzte, der zu ihren Füßen stand, doch schien ihr das angesichts dessen, was sie im Hause des Direktors vermutlich erwarten würde, das geringere Übel zu sein. Sie warf ihrer Mutter einen flehenden Blick zu. Zwar meinte sie, in deren Augen Bestürzung und Kummer auszumachen, doch zeigte sich in ihnen unübersehbar noch eine andere Regung: Resignation. In diesem Moment wusste Henrike, dass es eine abgemachte Sache war, dass sie in die Villa des Direktors ziehen würde, und all ihre Hoffnung, dass alles ein gutes Ende nehmen würde, zerstob zu Staub.

»Henrike wird Ihnen ab sofort zur Verfügung stehen, wenn Sie es wünschen, Herr Direktor«, hörte sie ihre Mutter mit belegter Stimme sagen. »Es … ist wirklich eine Ehre, dass Sie ihr eine solche verantwortungsvolle Tätigkeit anvertrauen. Ich bin sicher, dass Henrike Sie nicht enttäuschen wird.«

»Nun, dessen bin auch ich mir gewiss.« Von Wolffs Blick, mit dem er Henrike nun musterte, wurde lüstern. Endlich ließ er ihre Hand wieder los, und sie musste dem Reflex widerstehen, sie sich an der Schürze abzuwischen. Von Wolff machte eine raumgreifende Bewegung mit den Armen. »Dieses hier scheint mir ohnehin nicht der richtige Ort für Ihre blühende Schönheit zu sein, Fräulein Henrike. Umso besser, dass Sie sich nun in meinem Haus werden voll entfalten können.« Er stieg von der Empore hinab und setzte seinen Zylinder wieder auf. »Ich erwarte Sie also gegen Abend in meinem Haus, Fräulein Henrike. Ich werde dafür Sorge tragen, dass Ihnen ein Zimmer hergerichtet wird.« Er zog noch einmal seinen Zylinder, dann verschwand er in die Kälte des Tages hinaus.

»Nun«, sagte Hedwig nach mehreren Minuten des Schweigens, »dann ist das also geklärt. Eine Anstellung im Haus des Herrn Direktor, wer hätte das gedacht. Ich denke, wir können uns geehrt fühlen.«

»Geehrt fühlen? Das ... das kann nicht dein Ernst sein«, stammelte Clara, von dem, was sich gerade ereignet hatte, sichtlich überwältigt. »Du verschacherst deine Tochter an diesen ... diesen alten Grobian!? Sie ist erst fünfzehn, Mutter. Fünfzehn!«

»Von Verschachern kann ja wohl keine Rede sein«, widersprach Hedwig, hörbar bemüht um einen ebenso sicheren wie bestimmten Tonfall. »Henrike hat nun eine ordentliche Anstellung und einen guten Lohn. Ist das vielleicht nicht Grund genug, sich zu freuen? Euer Vater würde es ganz sicher gutheißen.«

»Das würde er nicht!«, wetterte Clara, wobei sie ein klatschnasses Laken, das sie begonnen hatte auszuwringen, zurück in den Bottich pfefferte. »Im Grabe umdrehen würde er sich, wenn er davon wüsste! Niemals hätte er zugelassen, dass ... dass eine seiner Töchter ...« Sie schluchzte auf. »Oh mein Gott, das darf doch alles nicht wahr sein!« Sie sackte in die Knie und begann, verzweifelt zu weinen.

Henrike stand nur da, immer noch unfähig, sich zu bewegen. So sehr hatte sie sich in den letzten Monaten bemüht, möglichst wenig zu essen und sich auch sonst jede Anschaffung zu verkneifen, um ihrer Mutter nicht unnötig auf der Tasche zu liegen. Immer wieder war sie in der Zeche vorstellig geworden, um dort ihre Arbeitskraft anzubieten. Doch während hier und da durchaus mal eine Frau für eine der Aushilfstätigkeiten eingestellt wurde, ging sie jedes Mal leer aus. Dabei wäre sie bereit gewesen, einfach alles zu machen, solange es sie nur davor bewahrte, genau diesen Moment erleben zu müssen. Selbst die Latrinen hätte sie geschrubbt, wenn man ihr nur die Möglichkeit dazu gegeben hätte. Aber aus irgendeinem Grund war sie immer wieder übergangen worden. Sie ahnte, dass dieser Grund mit dem Direktor zu tun hatte, auch wenn es ihr keiner so explizit sagte. »Du nicht, Henrike«, hatte sie dann lediglich vom Steiger mit einem bedauernden Schulterzucken zu hören bekommen. »Tut mir wirklich leid, aber weder deine Schwester noch du sind hier erwünscht, wie man mir mitteilte.«

»Ich … ich werde das verhindern«, rief Clara in ihre Gedanken hinein. »Ich gehe jetzt zu Karl und erzähle ihm, was passiert ist. Dann muss er mich heiraten, hömma! Er ist viel zu anständig, um das geschehen zu lassen.« Noch ehe Hedwig einschreiten konnte, war sie zur Tür hinaus.

»Was soll denn das nun alles nützen?«, murmelte Hedwig. »Das ist doch auch keine Lösung. Selbst wenn Karl sich endlich ihrer erbarmt, dann dauert es doch noch Wochen, bis …« Sie machte eine wegwerfende Handbewegung, dann sah sie zu Henrike hinüber, die mit verschränkten Armen dastand und am ganzen Leib zitterte. »Gut möglich, dass der Herr Direktor es einfach nur gut mit dir meint, Kind. Ich denke, davon müssen wir einfach mal ausgehen.«

»Du weißt so gut wie ich, dass es nicht so ist«, wimmerte Henrike. »Jeder hier weiß, dass es nicht so ist. Er wird … er wird …«

»Das Leben ist nicht immer nur Sonnenschein«, fuhr Hedwig sie an. »Herrgott noch mal, Henrike, auch das geht wieder vorbei! Nun hör endlich auf zu jammern! In der heutigen Zeit kommt keiner drum herum, seinen Beitrag zu leisten, auch du nicht. Wir können von Wolff dankbar sein, dass wir überhaupt noch in unserer Wohnung leben dürfen, denn schließlich haben wir nach dem Tod deines Vaters in der Zechensiedlung eigentlich nichts mehr zu suchen. Bevor von Wolff es sich anders überlegt, kann man sich ihm gegenüber ruhig ein wenig erkenntlich zeigen.«

»Du kannst mich ihm nicht ausliefern, Mutter«, jammerte Henrike. Sie reckte entschlossen das Kinn. »Eher … eher setze ich meinem Leben ein Ende, als dass ich …«

»Versündige dich nicht, Kind! Niemals wieder will ich solche Reden hören, hast du mich verstanden? So, und nun nimm endlich deine Arbeit wieder auf, das ganze Theater hat uns sowieso schon viel zu viel Zeit gekostet. Die Leute wollen schließlich nicht ewig auf ihre saubere Wäsche warten.«

Henrike wusste, dass ihre Mutter mit diesen scharfen Worten nur zu übertünchen versuchte, was sie wirklich empfand. Ihr war klar, dass Hedwig keine ruhige Minute mehr haben würde, solange sie ihre Tochter in den Fängen dieses Unholds wusste. Und wenn sie nun derart reagierte, dann nur, weil sie sich nicht anders zu helfen wusste, wollte sie nicht selbst einem tiefen Trübsinn anheimfallen.

Aber was, so fragte sich Henrike, nutzte ihr dieses Wissen? Denn war es letztlich nicht sie allein, die zu ertragen hatte, was auch immer der Direktor vorhatte, ihr anzutun? Ihrem Mund entwich ein tiefer Seufzer. Wenn nicht noch ein Wunder geschah, würde sie sich wohl oder übel fügen müssen, nichts anderes war zu diesem Zeitpunkt denkbar.

Noch nie in ihrem Leben hatte sich Henrike gewünscht, die Zeit, in der sie die mühsame Arbeit am Waschbottich verrichtete, würde möglichst langsam vergehen. An diesem Tag aber, dessen Abend für sie vermutlich der Beginn eines Höllenritts würde, war sie von nur einem einzigen Wunsch beseelt: dass sie in ihrem Bett aufwachte und sich alles als ein böser Traum herausstellte.

»Es ist Zeit zu gehen«, sagte ihre Mutter mit dünner Stimme, als es draußen dunkel wurde. »Herr von Wolff wartet bestimmt schon auf dich, um dich seiner Gattin vorzustellen. Du solltest ihn nicht gleich am ersten Tag verärgern.«

Was machte das für einen Unterschied?, fragte sich Henrike. Ganz egal, was sie sich auch an Ungehorsam erlaubte, er würde sie nicht wieder gehen lassen, bevor …

»Geh jetzt, mein Kind.« Die Mutter, in deren Augen Tränen schwammen, tätschelte ihr die Wange. »Gott sei mit dir.«

Und so trat Henrike an diesem klirrend kalten Winterabend aus der kleinen Hütte. Erstmals hatte sie diese in den letzten Stunden als ein schützendes Refugium empfunden, in das sie sich zukünftig nicht mehr würde flüchten können. Also machte sie sich mit den wenigen Habseligkeiten, die sie besaß, auf den Weg in ein Leben, von dem sie noch nicht wusste, was es ihr abverlangen würde.

4

Ostfriesland, Februar 1919

Sie hatte nicht gehen wollen, aber letztlich hatte der Tod gesiegt. Wochenlang hatte Talea Ulferts zuerst gegen die Spanische Grippe, dann, nach einer kurzen Phase der Erholung, gegen einen Lungenkatarrh angekämpft. Schließlich aber war auch der spärliche Rest ihrer Kraft verbraucht gewesen, und der liebe Gott hatte sie zu sich geholt.

Der Wind blies scharf und beißend an diesem Wintertag. Zusammengekauert standen die Menschen in dem kleinen Ort der Krummhörn um das frisch ausgehobene Grab herum, die von der Kälte geröteten Gesichter teilweise leer, teilweise verhärmt, manche auch gleichgültig. Zu viele Menschen hatten sie in den letzten Jahren gehen lassen müssen, als dass einem weiteren Verstorbenen noch viel Aufmerksamkeit zuteilwurde. Kaum eine Familie war verschont geblieben von den Grausamkeiten des Krieges, sei es, dass sie Angehörige verloren hatten, sei es, dass diese als Krüppel nach Hause zurückkehrten. Woher also sollten sie noch die Kraft und das Mitgefühl nehmen, redlich um eine weitere Tote zu trauern?

Enna stand stumm, den Blick gesenkt. Ohne große Regung nahm sie die hastig dahingemurmelten Beileidsbekundungen ihrer Bekannten und Nachbarn entgegen. Es fühlte sich bitter an, dass auch sie selbst so wenig in der Lage war, um die Mutter zu trauern. Und doch erging es ihr kaum anders als allen anderen. Durch das unermessliche Leid des Krieges war auch sie abgestumpft. Mit den ersten Verwundeten, die zu ihr ins Lazarett kamen, hatte sie noch Mitleid gehabt. Sie hatte mit den jungen Männern geweint, die nicht ein noch aus wussten vor Schmerzen oder die in ihren letzten Stunden nach ihrer Mutter schrien. Irgendwann aber hatte sie nur noch funktioniert, war für jedes Bett dankbar gewesen, das ihnen zur Verfügung stand, wenn nach einer Schlacht eine neue Gruppe Verwundeter eingeliefert wurde. Ganz egal, ob die vorherigen Betteninhaber verstorben oder entlassen worden waren.

»Was ist mit Vater?«, flüsterte Wiebeke ihr zu, als der Strom der Kondolierenden schließlich abbrach. »Warum zuckt er so?«

»Er weint«, erklärte Enna. »Er weint um unsere Mutter.« Tatsächlich hatte Arjen Ulferts der Tod seiner Frau mehr mitgenommen, als Enna gedacht hätte. Gramgebeugt stand er da, auf den schlichten Sarg hinabstarrend, als wartete er nur darauf, vom Schlag getroffen zu werden und seiner Frau ins Jenseits folgen zu dürfen. »Komm«, sagte sie zu Wiebeke, »lassen wir ihn für ein paar Minuten allein.« Sie schob ihre Schwester, die noch nicht zu begreifen schien, dass ihre Mutter nie wieder zu ihnen zurückkehren würde, auf den schmalen Schotterweg in Richtung ihres Hofes, der keine hundert Meter von der Kirche entfernt auf der Warft lag. Dort würde es für die Trauergemeinde einen heißen Tee und Wurstbrote geben. Unter anderen Umständen hätten sie auch einen üppigen Leichenschmaus gereicht, wie nach Beisetzungen üblich. Doch die allseitige Verknappung der Lebensmittel ließ sie sparsam wirtschaften. Kein Mensch wusste, ob sie nicht auch hier auf dem Land noch Hunger leiden würden, so wie man es aus den Städten zu hören bekam. Die reinsten Schauergeschichten waren es, die man sich erzählte. Von völlig ausgezehrten, beinahe skelettierten Körpern war die Rede sowie von scheußlichen, dem Hunger geschuldeten Krankheiten. Und von Menschen, die vor lauter Hunger Ratten und anderes Getier aßen oder gar dem Wahnsinn anheimfielen. So schlimm würde es hier draußen auf dem Land hoffentlich nie kommen, doch wer wusste das in diesen schrecklichen Zeiten schon vorherzusagen?

Hiska hatte ihr berichtet, dass während des Krieges auf ihrem Hof vom Militär so viel beschlagnahmt worden war, dass die Familie es mit der Angst zu tun bekommen hatte, bald selbst kaum noch etwas zu essen zu haben. Gott sei Dank aber hatte sich die Landbevölkerung zu helfen gewusst und Tiere und Vorräte dorthin geschafft, wo sie ein nicht Ortskundiger niemals finden würde. So auch das Schwein, das bei Ennas Ankunft an der Leiter gehangen hatte, samt seiner sieben Ferkel.

»Darf ich dir meinen Arm reichen?«, fragte ein Mann, der von hinten an Enna herangetreten war. Ausstaffiert mit einem eleganten Wollmantel und Zylinder, den linken Arm angewinkelt, stand er da und lächelte sie an.

»Georg?«, fragte Enna verdutzt. Sie musterte ihn kritisch. Er war größer, als sie ihn in Erinnerung hatte, und auch den Bart kannte sie noch nicht an ihm. »Du bist doch Georg, oder?«

»Ganz recht, der bin ich. Georg Adena.« Er strich sich mit dem ledernen Handschuh über seinen sauber gestutzten Zwirbelbart, dann deutete er eine Verbeugung an. »Immer zu Ihren Diensten, schöne Maid.«

Wiebeke kicherte, bekam von Enna jedoch sofort einen Knuff in die Seite.

Enna wehrte Georgs Arm ab. Sie fühlte sich unter den Blicken, die man ihr vonseiten der anderen Trauergäste nun zuwarf, höchst unwohl. Es war völlig klar, dass diese Situation zu Gerede führen würde.

»Du fragst dich sicher, was ich hier mache«, bezog Georg das Gespräch direkt wieder auf sich, als Wiebeke nun davonsprang, um ihrem Bruder Ubbo hinterherzurennen. Enna erinnerte sich, dass Georg sich selbst schon immer viel zu wichtig genommen hatte, und anscheinend hatte der Krieg daran nichts ändern können.

Es war etliche Jahre her, dass sie sich zuletzt gesehen hatten. Sie waren noch nicht einmal erwachsen gewesen, Enna vielleicht fünfzehn Jahre alt, Georg zwei Jahre älter. Doch schon damals hatte er es verstanden, ihr galant den Hof zu machen. Sehr zum Ärger seines Vaters, der Enna und ihre Familie für unter seiner Würde hielt. Zwar war auch der Besitz der Ulferts keineswegs bescheiden zu nennen, doch entstammte Georg einem jahrhundertealten ostfriesischen Adelsgeschlecht, das über viel größere Besitztümer verfügte als die Ulferts und sich von jeher jede Menge Personal leistete. Enna vermochte nicht im Einzelnen aufzuzählen, was alles zu dem Besitz der Adenas gehörte. Sie wusste von etlichen Gulfhöfen und Ländereien, von einer Spirituosenfabrik, von Fischereibetrieben.

»Ich hoffe, in eurer Familie sind alle wohlauf?«, fragte sie, ohne direkt auf seine Frage einzugehen.

»Oh ja, in der Tat, danke der Nachfrage. Im Gegensatz zu vielen anderen hatten wir während des Krieges keinerlei Verlust zu beklagen.«

Was Enna wenig verwunderte, konnte man doch sicher sein, dass die Adenas alles darangesetzt hatten, keinen der ihren den Kanonen zum Fraß vorzuwerfen. Stattdessen war es viel eher ihre Art, sich nicht nur allen erdenklichen Unannehmlichkeiten zu entziehen, sondern aus der Misere sogar noch Profit zu schlagen. »Das freut mich für euch«, entgegnete sie anstandshalber, obwohl sie sich liebend gern von ihm hätte erläutern lassen, wie es angehen könne, dass man sich im Hause Adena selbst während eines Krieges in weiche Kissen setzte, wenn gleichzeitig Tausende redliche junge Männer an der Front verheizt wurden. Gut möglich, dass sie ihm diese Frage eines Tages tatsächlich stellen würde, doch war die Beisetzung ihrer Mutter ganz sicher nicht der richtige Rahmen für eine solche Diskussion.

»Georg, mein Lieber, mit dir hatte ich ja gar nicht gerechnet.« Marika Menninga war zu ihnen getreten, und Enna fragte sich so langsam, ob es einen besonderen Grund gab, dass sich so feine Leute wie die Tochter des Reeders oder auch Georg ausgerechnet auf der Beerdigung einer zwar nicht ganz armen, aber dennoch gesellschaftlich eher unbedeutenden Bäuerin blicken ließen. Für einen kurzen Moment kam ihr der Gedanke, dass dies womöglich aus Langeweile geschah, aber das erschien ihr dann doch ein wenig absurd.

Enna entging nicht der abschätzige Blick, mit dem Marika sie von Kopf bis Fuß musterte, und sie wurde sich einmal mehr ihrer ärmlich anmutenden Erscheinung bewusst. In dem abgelegten schwarzen Wollmantel ihrer Mutter und dem groben Schuhwerk, an dem noch dazu zähe Friedhofserde klebte, kam sie sich angesichts der edel gekleideten jungen Frau mit dem frechen Bubikopf unter dem modischen Topfhut äußerst schäbig vor. Auch Marika und sie kannten sich schon aus Kindertagen, doch hatte sie nie eine innige Freundschaft verbunden. Vielmehr hatte Marika sie schon damals spüren lassen, dass sie Ennas Gesellschaft für unter ihrer Würde hielt.

»Marika.« Georg zog seinen Zylinder und verbeugte sich. »Es ist mir eine Ehre. Und um deine Frage zu beantworten: Es war mir ein inneres Anliegen, der Frau die letzte Ehre zu erweisen, die mich früher mit dem schmackhaftesten Gebäck fütterte, das je ein Kind gegessen hat.«

»Ja«, erwiderte Marika gedehnt, »mir war für einen Moment entfallen, dass du dich schon immer gern an den Speisen der einfachen Leute ergötzt hast.«

Enna empfand diesen zweifelsohne gegen sie gerichteten Seitenhieb wie eine Ohrfeige. Doch bis auf ein leichtes Zucken in ihren Fingerspitzen hätte nichts an ihr verraten, dass sie sich durch diese Bemerkung verletzt fühlte. Was, wie sie wusste, durchaus in Marikas Absicht gelegen hatte. Also hieß es, so gut es eben ging die Contenance zu wahren.

Sie hatten den Hof der Ulferts erreicht und betraten die gute Stube, in der es von Trauergästen nur so wimmelte. Der Rauch Dutzender Zigarren und Zigaretten vermischte sich mit dem Geruch nasser Wollstoffe, allenthalben war unterdrücktes Gemurmel zu hören. Mittendrin lief Ulferts Landarbeiterin Eske, ein Mädchen von vierzehn Jahren, von Gast zu Gast und bot großzügig belegte Wurstbrote an. In erster Linie lag es sicherlich an dieser Freigebigkeit, die Talea auch in schwierigen Zeiten stets ein Anliegen gewesen war, dass sich so mancher Nachbar die Zeit nahm, bei den Ulferts einzukehren, anstatt sich seinem eigenen Tagwerk zu widmen. Zwar herrschte in diesem Landstrich nicht gerade das, was man eine Hungersnot nennen würde, doch neigten sich gegen Ende des Winters vielerorts die Lebensmittelvorräte ihrem Ende zu, sodass so mancher liebend gern jede sich bietende Gelegenheit ergriff, sich den Bauch mit etwas anderem als dünner Kohlsuppe vollzuschlagen.

»Na, das nenne ich mal, ordentlich bewirtet zu werden«, freute sich Georg, und er griff sogleich beherzt zu. Enna vermochte nicht einzuschätzen, ob er dies aus einem echten Verlangen heraus tat oder ob er damit lediglich Marika eins auswischen wollte, die beim Anblick der Wurstbrotplatten unübersehbar die Nase rümpfte. Anzunehmen war, dass bei einer Trauerfeier im Hause Menninga vornehmere Speisen gereicht worden wären. Und so begnügte sich Marika nun auch damit, abfällige Blicke in die Runde zu werfen, anstatt sich um ihr leibliches Wohl zu kümmern. Selbst den Tee, den Eske ihr nun anbot, lehnte sie mit einer knappen Geste ab.

»Es ist wirklich nett von dir, dass du gekommen bist, um unserer Mutter die letzte Ehre zu erweisen, Marika«, sagte Enna in der Hoffnung, dass sie auf diese Weise den tatsächlichen Grund für Marikas Kommen erfahren würde. An echtes Mitgefühl nämlich mochte sie nicht so recht glauben.

»Ach, weißt du«, seufzte Marika, »eigentlich hatte ich lediglich einen Besuch bei Georg geplant. Dort aber sagte man mir, dass er auf dem Weg zur Beisetzung deiner Mutter sei. Also bin ich rasch noch einmal nach Hause gegangen und habe mich umgekleidet. Es wäre ja nicht besonders schicklich gewesen, in einem sonnengelben Kleid hier aufzutauchen, nicht wahr?«

Nun, besonders schicklich war diese Erklärung zwar auch nicht, aber das focht Enna nicht an. Die Zeiten, da Marika sie mit ihrer herablassenden Art zur Weißglut oder – noch schlimmer – zur Scham hatte bringen können, gehörten der Vergangenheit an. Während des Krieges hatte sie zu viel Leid und Elend gesehen, als dass sie bereit war, den Allüren einer Marika Menninga noch irgendeine Bedeutung beizumessen.

Im Gegensatz dazu aber schien sich Marika für Ennas Verhalten umso mehr zu interessieren. Denn als nun Georg meinte, Enna eine dampfende Tasse Tee und ein zusammengeklapptes Wurstbrot reichen zu müssen und diese Geste gar mit den Worten »Ich könnte es nicht ertragen, wenn deine Schönheit unter Hunger und Durst leiden würde« garnierte, verzog Marika das Gesicht, als hätte sie plötzlich Zahnschmerzen. Hörbar verschnupft sagte sie: »Und ich hatte immer angenommen, das einzig Schöne auf diesem Hof seien die Kühe.« Wie nebenbei legte sie ihren Mantel ab, unter dem ein nach neuester Mode geschnittenes nachtblaues Kleid zum Vorschein kam. Im Gegensatz zu so mancher Frau aus feinen Kreisen verzichtete

Marika inzwischen ganz offensichtlich auf das Tragen eines Korsetts. Vielmehr umschmeichelte das Seidenkleid mit tief liegender Taille ihren schlanken Körper wie ein sanft dahinfließendes Gewässer.

»Ach, Marika, es würde mir nichts ausmachen, du würdest dein Gift woanders verspritzen«, ergriff Georg für Enna Partei. Er beugte sich hinab, bis seine Lippen Ennas Ohr berührten, und flüsterte: »Höre nicht auf sie, meine Liebe. Schon seit geraumer Zeit steigt sie mir nach. Aber glaube mir, ehe ich eine wie Marika eheliche, müsste vorher die Welt untergehen.«

Enna überkam ein Schaudern, als sie Georgs Mund so dicht an ihrem Ohr spürte. Es war eine unverkennbar zärtliche Geste, die ihre Gefühle seltsam in Wallung brachten. Doch lag dies weniger an Georg selbst, als dass ihr völlig unvermittelt Jean-Pierre in den Sinn kam. Auch der hatte es verstanden, mit derartigen Gesten Gefühle in ihrem Körper zu wecken, von denen sie nicht gewusst hatte, dass sie in ihr schlummerten. Sie spürte eine sanfte Röte in sich aufsteigen, als sie an die Momente zurückdachte, in denen Jean-Pierre und sie besonders innig miteinander gewesen waren.

Das Schwelgen in Erinnerungen endete jäh, als sie plötzlich jemand mit festem Griff am Arm packte und unsanft zur Seite riss. Es war ihr Bruder Ubbo, der nun wutschnaubend zischte: »Hör auf, meiner Schwester den Kopf zu verdrehen, Georg Adena! So einen wie dich will sie nicht mal geschenkt, du elender Drückeberger.« Er deutete mit gestrecktem Arm auf die Tür. »Du bist hier nicht erwünscht. Also scher dich raus!«

Enna war verwirrt. Mit solch einer harschen Reaktion ihres sonst so sanften Bruders hatte sie nicht gerechnet. Einerseits empfand sie Dankbarkeit, da er sie aus einer Situation befreite, die ihr angesichts der vielen Menschen im Raum rasch einen schlechten Ruf hätte einbringen können. Andererseits aber hatte sie nach allem, was sie hatte durchmachen und mitansehen müssen, längst gelernt, für sich selbst einzustehen. Es gab also keinen Grund, dass sich Ubbo hier aufführte wie der große Beschützer ihrer Unschuld. Noch dazu einer Unschuld, die sie gar nicht mehr besaß. Aber das konnte und durfte er natürlich nicht wissen. »Lass mal gut sein, Ubbo«, raunte sie ihm beschwörend zu, als sie bemerkte, dass beinahe alle Anwesenden verstohlen zu ihnen herüberschauten. »Georg hat mir lediglich sein Beileid ausdrücken wollen. In diesem Stimmengewirr aber …«

»Ich bin keineswegs blind, Enna«, fuhr Ubbo sie an, und er dachte gar nicht daran, seine Stimme zu senken. »Und du mach endlich, dass du rauskommst!«, wandte er sich erneut in scharfem Ton an Georg, der mit einem breiten Grinsen dastand und das alles für einen gelungenen Scherz zu halten schien. Das aber änderte sich, als Ubbo ihn nun grob am Arm fasste und ihn hinter sich her zur Tür zog. »Ich sag's dir nicht noch einmal, Adena!«, fauchte er wutentbrannt. »Du hast auf der Beerdigung meiner Mutter nichts verloren! Und schon gar nicht hast du bei meiner Schwester was verloren. Schreib dir das ein für alle Mal hinter deine Löffel, wenn du dich nicht eines guten Tages bei Nebel im Watt wiederfinden willst!«

Georg, nun nicht mehr ganz so amüsiert, schüttelte Ubbos Hand ab und tat, als müsse er seinen Mantel zurechtzupfen. »Nun spiel dich hier mal nicht so auf, Ubbo«, sagte er mit dem ihm so typischen versnobten Unterton. »Was ich mache oder nicht, geht dich einen feuchten Kehricht an. Und wenn ich dich erinnern darf: Deine Schwester Enna ist volljährig. Sie braucht keinen bissigen Köter wie dich, der auf sie achtgibt.« Als Ubbo nun mit bedrohlicher Geste einen Schritt auf ihn zutrat, hob er abwehrend die Hände. »Lass gut sein, Ubbo, ich gehe freiwillig. Anscheinend ist es in diesem Hause nicht erwünscht, dass sich Nachbarn nach einem so schmerzhaften Verlust um einen sorgen.« Er verneigte sich in Ennas Richtung, und sie glaubte, ein kaum wahrnehmbares Zwinkern seines rechten Auges wahrzunehmen. Gut möglich aber auch, dass sie sich dies nur einbildete.

Enna verstand nicht, was hier gespielt wurde. War in ihrer Abwesenheit womöglich irgendetwas zwischen Ubbo und Georg vorgefallen, von dem sie nichts wusste? Sie waren sich doch früher reichlich egal gewesen. Woher also diese plötzliche Abneigung?

»Tja, dann dürfte ja geklärt sein, dass man in diesem Haus keinerlei gute Manieren pflegt«, ließ sich Marika vernehmen, und aus jedem ihrer Worte sprach eine unverhohlene Genugtuung. »Dann darf auch ich mich also verabschieden.« Sie griff nach ihrem Mantel und wandte sich mit einem zuckersüßen Lächeln an Enna. »Ich nehme an, dass Georg diese unschöne Angelegenheit ordentlich mitgenommen hat, auch wenn er es natürlich nie zeigen würde. Also werde ich mich jetzt voller Fürsorge um ihn kümmern. Auf Wiedersehen, meine liebe Enna, es war mir eine Ehre, dir in diesen schweren Stunden beistehen zu dürfen.«

Als auch Marika das Haus verlassen hatte, lächelte Enna verlegen in die Runde und sagte: »Bitte lasst es euch auch weiterhin schmecken. Mutter hätte es sehr gefreut, euch mit solch großem Appetit essen zu sehen.«

Derart an die jüngst Verstorbene und damit an den eigentlichen Anlass dieser Zusammenkunft erinnert, senkte nun so mancher Gast beschämt den Kopf. Es dauerte jedoch nicht lange, bis das allgemeine Gemurmel und unterdrückte Gelächter wieder einsetzte. Enna nickte zufrieden. Zwar war keineswegs ausgeschlossen, dass sie und Georg in den nächsten Tagen noch das beherrschende Thema in der Nachbarschaft sein würden; doch für den Rest dieses Nachmittags dürfte zunächst Ruhe herrschen. Was ihr sehr gelegen kam, denn tatsächlich sah sie keinerlei Veranlassung, sich in irgendeiner Weise über

Georgs Avancen Gedanken zu machen oder gar zu freuen. Was auch immer er mit dem heutigen Auftritt bezweckt hatte, sie wüsste nicht, was sie bewegen sollte, seinem Werben Beachtung zu schenken; zumal sie nicht davon ausging, dass es ein ernst gemeintes war. Er war ein eitler Gockel, der nach ständiger Bestätigung suchte, sonst nichts.

Ennas nächster Gedanke galt erneut Jean-Pierre. Sosehr es auch schmerzte, es zuzugeben, doch auch bei ihm musste sie nun wohl davon ausgehen, dass es ihm nie ernst mit ihr gewesen war, denn hätte er sie ansonsten einfach so verlassen? Noch zerriss ihr diese bittere Erkenntnis das Herz, doch würde sie lernen, damit umzugehen. Jean-Pierre gehörte der Vergangenheit an, er hatte sich selbst aus ihrem Leben gelöscht. Vermutlich war es so das Beste, denn bei wem, so fragte sie sich, wäre sie denn als die Braut eines Kriegsfeindes noch willkommen gewesen? Ein Blick in die Runde der Trauergäste reichte aus, um sich auszumalen, welch einen Skandal sie mit solch einer Liaison heraufbeschworen hätte. Denn hätte sich nicht ein jeder hier unweigerlich gefragt, ob es womöglich genau dieser Belgier gewesen sei, der den geliebten Vater oder Sohn auf dem Schlachtfeld erschossen hatte?

Natürlich hatte Enna gehofft, dass Jean-Pierre sie nach dem Krieg mitnehmen würde in seine Heimat. Von diesem Gedanken getragen, hatte sie auch die dunkelsten Stunden des Krieges durchhalten können – wohl wissend, dass solch verklärte Bilder niemals dazu angetan waren, der Realität standzuhalten. Denn warum sollte man in Belgien anders auf eine Deutsche reagieren als die Deutschen auf einen Belgier?

Es war vorbei. Noch nie hatte Enna diesen Gedanken in ihrem Kopf so klar formulieren können wie in diesem Moment. Doch war da noch ein Gedanke, der sie immer wieder umtrieb. Ein Gedanke, den sie sich noch nicht getraute zuzulassen, auch wenn er Tag für Tag mehr zur Gewissheit wurde.

Enna legte ihre Hände auf ihren Unterleib. Wuchs in ihr tatsächlich ein neues Leben heran? Nein, scheuchte sie die Frage sofort wieder hinweg. Ganz sicher war es nur die Aufregung der letzten Wochen, die dazu führte, dass ihre Blutungen ausblieben. Und die morgendliche Übelkeit lag sicherlich in der Anspannung begründet, die das lange und kräftezehrende Siechtum der Mutter für sie alle mit sich gebracht hatte. Und hatte nicht auch Hiska unlängst mehrfach darüber geklagt, dass es ihr nicht gut gehe?

Enna nickte. Ja, genauso würde es sein. Verantwortlich für ihr Unwohlsein war einzig und allein die Trauer um ihre geliebte Mutter. Jeder Gedanke an eine andere Ursache verbot sich von selbst.

* * *

»Ich hoffe, du hast auf der Beerdigung der lieben Talea eine gute Figur abgegeben.« Odo Adena betrat den Herrensalon seiner am Ortsrand von Aurich gelegenen Villa. Wie immer war er zum Ausgehen tadellos gekleidet gewesen. Ohne seinen Bediensteten auch nur eines Blickes zu würdigen, drückte er ihm seinen Winterpaletot mit dem samtenen Kragenspiel und dem geschweiften Revers in die Hand, es folgten Zylinder und Gehstock. Zu seinem dunklen Sakko trug er gestreifte Hosen, über dem gestärkten blütenweißen Hemd eine Krawatte mit Perlennadel sowie eine Weste, aus deren Tasche die goldene Kette einer Taschenuhr hervorlugte.

Georg blies den Rauch seiner Zigarre in die Luft. Er hatte es sich auf einem braun-gold gemusterten Sofa bequem gemacht, den rechten Arm lässig auf der Lehne liegend, die Beine übereinandergeschlagen. Neben ihm warf eine Stehlampe mit Fransen ein mattes Licht. In Ostfriesland gehörten die Adenas zu den Ersten, deren Häuser elektrifiziert worden waren. Auch ansonsten gab der Salon mit seinen schweren Eichenschränken, seinem wuchtigen Schreibtisch und den flauschigen Teppichen den verschwenderischen Lebensstil wieder, auf den der Hausherr so besonders stolz war und den er nicht leid wurde, bei jeder sich bietenden Gelegenheit zur Schau zu stellen. Aufgewachsen in zwar adligen, aber verarmten Verhältnissen, hatte Odo Adena sich mit der Gründung eines zunächst nahezu unbedeutenden Spirituosenhandels nach und nach ein Imperium aufgebaut, das heute den Vergleich mit ähnlich gearteten Unternehmen der noch so jungen Republik nicht zu scheuen brauchte. Neben seinen zahlreichen Betrieben nannte er auch einen beachtlichen Fuhrpark sein Eigen, und so belieferte er mit seinen Produkten aus der Brennerei sowie aus seinen landwirtschaftlichen Gehöften Krämerläden über Hunderte von Kilometern Entfernung. Die Hungersnot, die sich allenthalben im Land breitmachte, spielte ihm auf das Vorzüglichste in die Karten.

»Auftrag erledigt«, berichtete Georg mit einem Grinsen, in der Hand seinen bernsteinfarbenen Cognac schwenkend. »Nur noch ein paar Treffen, und Enna frisst mir aus der Hand.«

»Sehr gut.« Odo Adena nickte zufrieden. »Dann müssen wir sie uns nur noch ein wenig heranzüchten, wenn es so weit ist.«

»Heranzüchten?« Auf Georgs Gesicht zeichnete sich Verärgerung ab. »Sie ist keine von deinen Sauen, wenn ich dich daran erinnern darf, Vater. Enna ist …«

Odo Adena wedelte den Protest seines Sohnes hinweg wie ein lästiges Insekt. »Ich möchte wirklich mal wissen, was dir an diesem gewöhnlichen Weibsbild so zusagt. Na ja, sei's drum. So ist es allemal besser, als wenn du dich meinem Wunsch widersetzen würdest.« Er nahm die Karaffe in die Hand und schenkte sich einen Cognac ein, dann prostete er seinem Sohn zu. »Gehört Enna erst einmal zur Familie, dann wird es ein Leichtes sein, sich das Vermögen der Ulferts unter den Nagel zu reißen. Nicht, dass es ein besonders imposantes Anwesen wäre, das kann man ja nun wirklich nicht behaupten. Aber wie du weißt, würden die zugehörigen Ländereien ganz vorzüglich in meine Pläne passen, und es wäre äußerst bedauerlich, wenn die an der Widerborstigkeit einer unbedeutenden Bauerstochter scheitern würden.«

Es passte Georg nicht, wie abfällig sein alter Herr über Enna sprach, doch würde er einen Teufel tun, ihn mit seinem Protest noch weiter zu provozieren. Niemals nämlich hätte er sich noch vor Kurzem ausmalen können, dass ihm das Schicksal einmal derart freundlich in die Hände spielen würde. Jahrelang hatte er sich darüber Gedanken gemacht, wie er seinem Vater eine Frau wie Enna schmackhaft machen könnte. Wie oft hatte ihm der aber nach seiner ersten Annäherung an Enna zu verstehen gegeben, dass eine Frau wie sie der Familie Adena nicht würdig sei und dass Georg sich eine Vermählung mit ihr getrost aus dem Kopf schlagen könne. Solch eine Verbindung käme einem Affront gleich, bei dem er sich gezwungen sehen würde, Georg zugunsten seines jüngeren Bruders Ernfried aus dem Testament zu streichen, so seine Drohung.

»Ich sagte bereits, dass es nur eine Frage der Zeit ist«, bekräftigte Georg. »Enna zeigt sich noch ein wenig widerspenstig, aber das sollten wir ihr nachsehen. Immerhin betrauert sie noch ihre Mutter und …«

»Ach ja, die liebe Talea«, unterbrach Odo Adena seinen Sohn mit einem gespielten Seufzer. »Es war abzusehen, dass sie sich nie vom Tod ihrer beiden Söhne erholen würde. Sie war immer wie eine Glucke, die viel zu viel Gewese um ihre Brut macht.« Er lächelte zufrieden, während er sich über seinen akkurat gezwirbelten Bart strich. »Dafür zu sorgen, dass man nach Feiko auch noch den lütten Johannes zum Kriegsdienst verpflichtete, war eine meiner besseren Ideen, das muss ich schon sagen.«

Georg, der, eingelullt vom Cognac, kurz davor gewesen war, auf dem Sofa einzunicken, schreckte hoch. »Was … was soll das heißen?«, fragte er heiser.

Odo Adenas Mundwinkel umspielte ein Lächeln. »Manchmal genügt der eine oder andere Anruf, um Dinge ins Laufen zu bringen, und auch diesmal hat es auf das Vorzüglichste geklappt.«

»Du?«, krächzte er. »Du hast dafür gesorgt, dass Johannes noch in den letzten Kriegstagen …?« Er brachte den Satz vor lauter Überraschung nicht über die Lippen. Es war ihm immer bewusst gewesen, dass sein Vater ein abgefeimter Geselle war, der keine Scheu hatte, über Leichen zu gehen, wenn es eine Situation erforderte. Dass er sich aber am jüngsten Sohn einer alteingesessenen ostfriesischen Bauersfamilie vergreifen würde, die ihm noch dazu aufs Beste bekannt war – nein, solch eine Niedertracht hätte er selbst ihm nicht zugetraut.

Odo Adena zuckte gleichgültig mit den Schultern. »Was sollte ich tun? Talea hatte sich zunehmend gut erholt, nachdem Feiko den Ehrentod gestorben war. Also musste ich zusehen, dass sie auf andere Art klein beigibt. Du weißt, dass sie einem Verkauf ihres Hofes niemals zugestimmt hätte, schon gar nicht an mich. Mit Händen und Füßen hat sie sich stets dagegen gewehrt, mich sogar aufs Unflätigste beschimpft, wenn ich ihr begegnete. Wohingegen ich Arjen längst eingewickelt hatte, mit all dem schönen Geld, das ich ihm bot. Aber dieser Schlappschwanz war ja nicht in der Lage, sich gegen seine Frau zu stellen.« Adena schüttete sich den letzten Schluck seines Cognacs hinter die Binde. »Natürlich war es nicht mein Plan, dass Talea am Kummer zugrunde geht, man ist ja schließlich kein Unmensch. Aber dass es nun so gekommen ist … Nun ja, ich kann nicht behaupten, dass mich das besonders grämt.«

Georg hatte plötzlich einen furchtbar schalen Geschmack im Mund. Er nippte am Cognac, aber selbst der wollte ihm nicht mehr schmecken.

»Was guckst du denn aus der Wäsche wie sieben Tage Regenwetter?«, brummte Odo Adena. »Schließlich hast du es auf Enna abgesehen und nicht auf den … hm … Lütten.« Aus irgendeinem Grund verfärbte sich sein Gesicht nun in einem tiefen Rotton, dann jedoch lachte er grölend auf und sagte: »Was, nebenbei bemerkt, natürlich so abwegig wäre, dass ich nicht einmal darüber nachdenken möchte.« Er schenkte sich einen weiteren Cognac ein. »Aber Enna kannst du jetzt haben. Arjen wird sie dir mit Kusshand zum Altar führen. Eurer Eheschließung dürfte nach dem heutigen Tag nichts mehr im Wege stehen.«

»Und wenn sie nicht will?«

»Papperlapapp nicht wollen«, grunzte sein Vater. »Natürlich will sie dich, warum denn auch nicht? Jede Frau wäre froh, in unsere Familie einzuheiraten. Guck dir Marika an, wie die um dich herumscharwenzelt, dass es in höchstem Maße peinlich ist. Und davon mal ganz abgesehen: Seit wann haben Frauen was zu wollen, frag ich dich? Wenn es auf die nette Art nicht klappt, dann eben auf die weniger nette. Wir meinen's ja schließlich nur gut mit ihr, dass wir bei ihr überhaupt den Eindruck erwecken, sie hätte was mitzureden. Herrgott noch mal, Georg, nun sei doch kein Narr, dass du solch eine Frage stellst! Man könnte ja meinen, du wärst einer von diesen Kommunisten, die davon faseln, dass die Frauen die gleichen Rechte haben müssen wie wir Männer. Frauen! Da hört sich doch nun wirklich alles auf! Schlimm genug, dass sie nun erstmals wählen durften, mit ihren Spatzenhirnen, die erwiesenermaßen doch gar nicht in der Lage sind, auch nur die einfachsten Zusammenhänge zu erfassen. Ich frage mich wirklich, wo das noch hinführen soll.« Mit diesen Worten verabschiedete sich Odo Adena aus dem

Salon. »Apropos Frauen«, murmelte er beim Rausgehen. »Kann mir vielleicht mal einer sagen, wo deine Mutter steckt?«

Georg genehmigte sich einen weiteren Cognac, während er seinen Blick in den nächsten Minuten ziellos an die gegenüberliegende Wand gerichtet hielt. Im Dunst seines vom Alkohol vernebelten Hirns aber gelang es ihm schließlich, sich die Worte seines Vaters so zurechtzulegen, dass er das für ihn Positive in ihnen erkennen konnte. Seinem Vater ging es um den Hof der Ulferts, ihm ging es um Enna. Die nun herbeigeführte Lösung würde sie beide an das Ziel ihrer Wünsche führen. Es gab also keinen Grund, sich zu beklagen. Besser hätte es für ihn doch gar nicht laufen können, nachdem er so lange die Befürchtung gehegt hatte, dass Enna womöglich nicht aus dem Krieg zurückkehren würde. Nun aber war sie wieder da, und trotz aller durchgestandenen Strapazen, die ihr anzusehen waren, erschien sie ihm reizender denn je. Immer hatte er die Sorge gehabt, dass sein Vater ihn zu einer Ehe mit Marika zwingen würde, denn schließlich war sie, was das Vermögen anging, die eindeutig bessere Partie. Da nun aber der Ulferts-Hof der Umsetzung von Vaters Plänen zuwiderlief, war der Alte umgeschwenkt. Zunächst hatte er gemeint, dass es Ernfried sein solle, der Enna ehelicht. Wenn sich der Zweitgeborene einer solchen Verbindung hingebe, würde es nicht so viel Gerede geben. Auf Georgs liebeskrankes Flehen hin aber hatte der Alte schließlich nachgegeben und befunden, dass eine Vermählung zwischen Ernfried und Marika eine ebenfalls wünschenswerte sein könne.

Also, befand Georg, wäre es nicht gerecht, seinem Vater in seinem Handeln niedere Beweggründe zu unterstellen. Denn hatte ihm in dieser Frage nicht vor allem das Glück seines Erstgeborenen am Herzen gelegen?

»Enna«, flüsterte Georg, als er nun langsam wegnickte und das Kinn ihm auf die Brust sackte. »Enna, meine Liebe, ich werde dich auf Händen tragen.«

Dass sie sich gegen ihn stellen würde, kam ihm gar nicht in den Sinn. Und selbst wenn, was sollte er sich darum scheren? Natürlich hatte sein Vater recht damit, dass Frauen es nicht zu entscheiden hatten, wen sie ehelichten. Also war seine Hochzeit mit Enna nur noch eine Frage von Formalitäten. Und selbst wenn sie sich jetzt noch nicht so zu ihm hingezogen fühlte, wie er es sich wünschte, dann würde dies mit der Zeit schon ganz von selbst kommen. Denn wie, so fragte er sich, könnte überhaupt eine Frau ausgerechnet ihn, den wohlhabendsten Erben Ostfrieslands, nicht zum Ehemann haben wollen?

* * *

Es war spät in der Nacht, als Enna nach etlichen durchwachten Stunden beschloss, in die Küche ihres Elternhauses hinunterzugehen und sich eine Tasse warme Milch zu bereiten. Dass sie bis jetzt damit gezögert hatte, unter der Decke hervorzukriechen, lag einzig daran, dass sie die Kälte fürchtete. Alle Glut in den Öfen und Kaminen war längst verloschen, die Feuer würden erst am frühen Morgen wieder entfacht. So war es in den unbarmherzig kalten Winternächten, in denen bereits ein kurzzeitiges Aufsuchen des Nachttopfes nach Möglichkeit vermieden wurde, wahrlich kein Vergnügen, sich unter seiner warmen Daunendecke hervorzuquälen und sich in den zugigen Räumen herumzutreiben.

Dennoch wusste sie, dass sie in dieser Nacht keinen Schlaf mehr finden würde, wenn sie sich weiterhin von einer Seite auf die andere wälzte und dem Gedankenkarussell in ihrem Kopf nicht durch Ablenkung Einhalt gebot.

Je weiter die Zeit voranschritt, desto größer wurde die Angst. Seit der Beerdigung ihrer Mutter waren zwei weitere Wochen vergangen, und inzwischen gab es keinerlei Zweifel mehr, dass sie ein Kind unter ihrem Herzen trug. Jean-Pierres

Kind. Was für ein Unglück! Natürlich war ihr längst der Gedanke gekommen, eine Engelmacherin aufzusuchen und das Kind wegmachen zu lassen. Zum einen aber hatte sie Angst, dass irgendwer davon erfahren könnte, denn schließlich blieb hier bei ihnen auf dem Land nichts lange geheim, schon gar nicht, wenn man einen Skandal witterte. Der andere Grund aber war letztlich für ihre Entscheidung, das Kind zu behalten, der ausschlaggebende: Nie und nimmer würde sie es übers Herz bringen, das Einzige, das sie an Jean-Pierre erinnerte, herzugeben.

Nur wie, so fragte sie sich, sollte sie das alles ihrem Vater erklären? Selbst wenn es ihr gelänge, ihm glaubhaft zu versichern, dass sie sich dem Vater des Kindes nicht freiwillig hingegeben habe, würde er darauf bestehen, dass sie das Kind nach der Geburt weggeben oder besser gleich wegmachen würde. Niemals würde er einen solchen Bastard als zur Familie gehörig akzeptieren. Hingegen würde die Erklärung, sich einem Mann freiwillig hingegeben zu haben, im besten Falle dazu führen, dass er sich aufs Übelste für sie schämte. Viel eher aber stand zu vermuten, dass er sie aus dem Hause scheuchen und sie ihrem Elend überlassen würde, denn längst war er nicht mehr der gutmütige Vater, der er vor dem Krieg gewesen war. Zu viele Schicksalsschläge hatte er seither erleiden müssen, als dass sie mit seiner Güte würde rechnen können – zumal er nicht aufhörte, ihr zu verstehen zu geben, dass sie ihn mit ihrer freiwilligen Meldung zum Sanitätsdienst schwer enttäuscht habe. Nicht nur einmal hatte er ihr gegenüber sogar die Andeutung gemacht, dass es letztlich ihr selbstsüchtiges Verhalten gewesen sei, das ihre Mutter vor Gram hatte erkranken und sterben lassen. Wie also sollte er, gefangen in tiefer Schwermut, Gnade vor Recht ergehen lassen, wenn sie ihm mit einer solchen Schande kam?

Kaum dem Bett entstiegen, zitterte Enna bereits am ganzen Leib, wobei sie nicht zu sagen vermochte, ob dieses Zittern nur der Kälte oder ihrer seit Tagen lodernden Angst zuzuschreiben war. Nur in ihr Nachtgewand gekleidet, legte sie sich rasch eine Wolldecke um die Schultern, zog sich ihre wärmenden Wollstrümpfe sowie Schuhe über und tappte so leise wie möglich die unter ihrem Gewicht knarrenden Stufen der Stiege hinunter.

Sechs Wochen. So rechnete sie zum wiederholten Male nach, während sie unwillkürlich eine Hand auf ihren Unterleib legte. Es war bereits sechs Wochen her, dass Jean-Pierre und sie das letzte Mal beisammengelegen hatten. Warum nur hatte es ausgerechnet dann noch passieren müssen, dass sie schwanger wurde, wo doch so viele Male zuvor alles gut gegangen war?

Aber was nützte alles Klagen? Was sie jetzt ganz dringend brauchte, war kein Jammern, sondern eine Lösung. Und sosehr es ihr auch widerstrebte, so lief es auch nach aller Grübelei der letzten Stunden wieder nur auf die eine Möglichkeit hinaus: Sie würde Georg Adenas andauerndem Werben nachgeben und ihn ehelichen müssen. Seit der Beerdigung ihrer Mutter war kaum ein Tag vergangen, an dem er nicht zu ihr gekommen und ihr den Hof gemacht hatte. Aber wie auch immer es jetzt mit ihnen weiterging, natürlich durfte er nie auch nur den Verdacht hegen, dass das Kind, das sie voraussichtlich in weniger als sieben Monaten gebären würde, nicht seines war. Also würde sie sich ihm so rasch wie möglich hingeben müssen. Allein schon bei dem Gedanken daran, mit ihm das machen zu müssen, was sie mit Jean-Pierre so sehr genossen hatte, krampfte sich alles in ihr zusammen. Und doch würde ihr gar nichts anderes übrig bleiben, als gute Miene zum bösen Spiel zu machen, wollte sie nicht ihre Zukunft und mit dieser auch die ihres Kindes aufs Spiel setzen.

Als sie sich der Küche näherte, wurde Enna jäh aus ihren Gedanken gerissen. Sie lauschte, weil sie meinte, jemanden schluchzen zu hören. War es ihre Gehilfin Eske, die nicht müde wurde, sich bei jeder sich bietenden Gelegenheit nach irgendeinem Burschen zu verzehren, der ihr hier und da begegnet war, und die aus ihrem Kummer stets ein Drama inszenierte? Manchmal glaubte Enna, dass sich das Mädchen nicht wohl in ihrer Haut fühlte, wenn sie ausnahmsweise mal nicht unglücklich verliebt war.

Sie hatte sich getäuscht. Am großen Küchentisch, im schwachen Schein einer einzigen Kerze, saß nicht Eske, sondern Hiska, ihre jüngere Schwester. Anscheinend hatte diese sie nicht kommen gehört, denn sie schaute nicht auf, als Enna die Küche betrat, sondern schluchzte, den Kopf auf die Arme gelegt, jämmerlich weiter.

»Hiska?«, fragte Enna leise, um sie nicht zu erschrecken. »Was ist mit dir? Warum sitzt du hier mitten in der Nacht und weinst?«

Hiska fuhr auf und schaute ihre Schwester aus verheulten Augen erschrocken an. »Enna, was tust du hier?« Sie sah völlig zerzaust aus. Ihre Nachthaube war verrutscht, etliche Strähnen ihres blonden Haars hatten sich aus ihrem geflochtenen Zopf gelöst und standen wirr vom Kopf ab.

»Ich kann nicht schlafen«, antwortete Enna wahrheitsgemäß. »Ich wollte mir eine warme Milch bereiten. Möchtest du auch eine?«

Hiska nickte stumm, dann ließ sie erneut ihren Kopf auf die Arme sinken. Wieder erbebte ihr schlanker Körper von Schluchzern.

Enna wartete, bis die Milch fertig war, dann füllte sie diese in zwei Tassen und setzte sich neben Hiska auf die Bank. Sanft legte sie einen Arm um die Schultern der Schwester. Hiska trug eine wollene Jacke über ihrem Nachtgewand, die zuvor ihrer Mutter gehört hatte. An Beinen und Füßen aber war sie nackt. »Du verkühlst dich«, sagte Enna sanft. »Wenn du willst, dann hole ich dir Strümpfe und Schuhe.«

»Das ist jetzt auch egal«, schluchzte Hiska. »Alles ist jetzt egal. Nichts wird je wieder gut, gar nichts.«

»Ich hole dir eine weitere Decke«, beharrte Enna.

Als sie zurückkam und die Decke um Hiskas Beine drapiert hatte, hob die ihren Kopf und heulte auf wie ein waidwundes Tier. »Ach, Enna, was soll ich denn jetzt nur tun?«, rief sie. »Was soll ich denn jetzt nur tun? Mir wird doch niemand glauben! Niemand, verstehst du? Niemand.«

Enna schluckte schwer. Noch nie hatte sie ihre sonst so fröhliche Schwester derart verzweifelt erlebt. Was um alles in der Welt war denn nur passiert? Angesichts dieses Wehklagens vergaß sie sogar ihre eigene Not. »Hat … hat es etwas mit dem blauen Fleck auf deiner Wange zu tun?«, fragte sie vorsichtig. »Ist es das, was dich so aufwühlt?«

»Nein, ich … ich habe mich gestoßen. Das … das habe ich doch schon gesagt«, kam es zurück, doch klang es nicht eben überzeugend.

Enna schob ihr die Tasse hin. »Komm, trink deine Milch, bevor sie wieder kalt ist. Sie wird dir guttun. Und dann erzählst du mir in aller Ruhe, was passiert ist.«

»Ich kann es niemandem erzählen«, schniefte Hiska. »Ich … ich schäme mich doch so.«

Für einige Augenblicke saßen die beiden jungen Frauen stumm da, hingen ihren Gedanken nach und nippten an ihrer Milch. »Mir kannst du alles erzählen«, sagte Enna schließlich. »Ganz egal, was es ist.« *Schließlich kann es kaum schlimmer sein als das, was ich zu sagen hätte*, fügte sie in Gedanken hinzu. Nur allzu gern hätte auch sie sich jemandem anvertraut;

doch wenn sie wollte, dass ihr Geheimnis ein Geheimnis blieb, dann würde sie selbst denen gegenüber schweigen müssen, denen sie vertraute. Auf gar keinen Fall sollten sie sich in ihrer Mitwisserschaft gefangen fühlen.

»Ich versichere dir, dass ich nichts getan habe, um ihn zu ermuntern«, begann Hiska mit bebender Stimme zu sprechen, nachdem sie ein paar Minuten unruhig auf ihrem Stuhl hin und her gerutscht war.

Alles in Enna krampfte sich bei diesen Worten zusammen. Gleichzeitig war es, als würde sich plötzlich ein riesiger Ball in ihrem Brustraum ausdehnen und ihr die Luft zum Atmen nehmen. Was sagte Hiska da? Konnte es denn wahr sein, dass auch sie …? Enna schüttelte innerlich den Kopf. Nein, dachte sie, das war völlig ausgeschlossen. Hiska war doch noch ein Kind. Und wer sollte einem Kind denn so etwas antun?

»Was soll ich denn jetzt nur tun?«, fuhr Hiska fort. »Niemand wird mir glauben, und er … er hat gesagt, dass er alles abstreiten würde.«

Der Ball in Ennas Brust wurde größer. »Du … du bist guter Hoffnung?«

Das herzzerreißende Schluchzen, in das Hiska nun erneut ausbrach, war Antwort genug. Zu keiner Regung fähig, saß Enna einfach nur da und starrte die Wand an. Hiska? Schwanger? Wie war denn das nur möglich? »Wer …« Sie räusperte sich. »Wer war es? Wer hat dir das angetan?«

»Ich … ich kann es nicht sagen«, antwortete Hiska, nach wie vor von Schluchzern geschüttelt. »Bitte, Enna, ich kann es nicht sagen. Es würde uns allen nur Unglück bringen.«

»Hat er das gesagt?«, fragte Enna scharf. »Hat er dir gedroht?«

Hiska nickte stumm.

Enna lachte schrill auf. »Damit kommt er nicht durch, dieser Bastard! Das hätte er wohl gern, dass er sich einfach aus der Affäre ziehen kann, während du …!«

»Ich werde seinen Namen nicht nennen, Enna«, beharrte Hiska. Sie knetete ihre Hände so fest im Schoß, dass sie schon ganz weiß waren. »Glaub mir, es würde uns alle ins Unglück stürzen, wenn ich es täte. Uns alle.« Sie sah ihre Schwester flehentlich an. »Bitte, Enna, dring nicht weiter in mich. Sag mir nur, was ich jetzt tun soll. Vater … er wird mich totprügeln, wenn er davon erfährt.«

Enna schnaubte. »Vater sollte lieber den Kerl totprügeln, der dir das angetan hat.« Sie fragte sich, wie es sein konnte, dass in solchen Fällen immer die Frauen zu leiden hatten, während die Männer zumeist unbehelligt ihrer Wege gingen. Sie zog die Stirn in Falten und dachte nach. »Wir werden jemanden finden, der es wegmachen kann«, sagte sie dann. »Jemanden, der keine Fragen stellt.«

»Es ist zu spät«, flüsterte Hiska. »Ich war schon … Also, ich habe schon … in Emden, da gibt es so eine Frau. Aber sie sagt, dass es zu spät ist, dass ich früher hätte kommen müssen. Aber ich hatte doch … ich hatte doch solche Angst.« Sie schlug ihre Hände vors Gesicht und weinte. »Ach, hätte ich doch nur mit Mutter reden können! Bestimmt hätte sie einen Rat gewusst. Aber ich konnte sie doch nicht damit behelligen, weil es ihr so schlecht ging. Bestimmt hätte sie mit Vater reden können, und dann wäre alles gut geworden. Ach, Enna, sie fehlt mir so sehr!« Verzweifelt klammerte sich Hiska nun so fest an ihre Schwester, als wollte sie sie nie wieder loslassen.

Enna hielt ihre Schwester so lange in den Armen und strich ihr sanft über den Kopf, bis diese schließlich vor lauter Erschöpfung an ihrer Schulter einschlief. Als Enna nach langem Grübeln und Abwägen schließlich das Mädchen Eske in ihrer unweit der Küche gelegenen Kammer hantieren hörte, weckte sie Hiska, führte sie die Stiege hinauf und deckte sie in ihrem Bett zu. Vater würde sie mitteilen, dass es Hiska nicht gut ging und daher heute ihre Arbeit nicht würde verrichten können. Wenn sie dabei das Wort Frauenleiden in den Mund nahm, würde er keine Fragen stellen.

Wieder in ihrem Zimmer, entfachte sie ein Feuer im Kamin. Dann setzte sie sich an ihren Schreibtisch und schrieb einen Brief an ihre Freundin Gisela in Duisburg.

5

Berlin, Januar/Februar 1919

Es klopfte zaghaft an der Tür. Janno hätte es kaum gehört, hätte er sich nicht zufällig genau in diesem Moment direkt an ihr aufgehalten, um den Spalt, unter dem hindurch es ganz fürchterlich zog, mit einem Streifen Teppich aus dem Müll abzudichten. Er hatte diese Wohnung vor zwei Wochen beziehen können, nachdem der eisige Winter einen alten Mann in ebendieser dahingerafft hatte. Steif gefroren hatte der auf dem Boden gelegen, als ihn der Sohn fand. Gut möglich, dass er schon seit Tagen tot gewesen war. Kein einziges Stück Kohle hatte er mehr im Haus gehabt und war zu schwach gewesen, welche stehlen zu gehen. Für Janno war es ein Glück gewesen, denn so konnte ihm Fritze, der nur einen Block weiter wohnte und den niedergeschlagenen Aufstand der Spartakisten sowie sein Idol Karl Liebknecht und das ominöse Verschwinden Rosa Luxemburgs wortreich betrauerte, nicht weiter auf die Nerven gehen.

Janno öffnete nach einem weiteren Klopfen. Vor ihm stand einer dieser spindeldürren Nachbarsjungen, in Fetzen gekleidet und ohne Schuhwerk an den Füßen. Seine dunklen Augen schienen viel zu groß für das schmale Gesicht zu sein, seine vor

Kälte blau angelaufenen Lippen zitterten. Er mochte sechs Jahre alt sein, genau konnte man es nicht sagen. Die Kinder, die in diesem Stadtteil Berlins lebten, wirkten oft jünger, als sie waren, der Hunger machte es ihnen zumeist unmöglich, naturgemäß zu wachsen. Auch dieser Junge hatte krumme Beine, wie sie von einer Rachitis herrührten. Wie gut hatten es da doch die Kinder auf dem Land!

Janno hatte den kleinen Kerl schon öfter im zugigen Treppenhaus sitzen sehen, wo er mit anderen Kindern spielte. Es waren seltene Momente, denn gemeinhin wurden selbst Kinder in diesem jungen Alter schon zum Arbeiten geschickt. Es gab viele Mäuler zu stopfen, aber wenig Lohn. Schieres Elend war es, was die Familien in den Hinterhöfen zu ertragen hatten. Und so mussten auch schon die Kleinsten schuften, sei es in der Wäscherei, beim Kohlenhändler oder beim Ausliefern für den Krämerladen. Es schien in Berlin keine Arbeit zu geben, die man diesen Kindern nicht zumutete, und war sie noch so kräftezehrend. Es war ein Skandal, aber einer, der in der heutigen Zeit, in der so viele Menschen darbten, gemeinhin kaum mehr Beachtung fand.

Eigentlich hätte genau dieser den Kommunisten Auftrieb geben müssen, die sich das Wohl vor allem der ärmeren Menschen auf die roten Fahnen geschrieben hatten. Doch erhielten die, im Gegensatz zu dem rechten Gelump, das überall Gewalt schürte, nur wenig Rückhalt. Sehr zum Leidwesen von Fritze und Lotte, die inzwischen zu den führenden Kräften der KPD gehörten und selbst in einer so aussichtslos erscheinenden Situation wie dieser noch bemüht waren, die darbenden Menschen in Lohn und Brot zu bringen. Die aber dankten es ihnen nur selten. Wenn man hungerte, hatte man eben keine Zeit, sich über politische Ränkespiele Gedanken zu machen. Es ging einzig darum, für die hungrigen Mäuler Essen herbeizuschaffen, um sie halbwegs satt zu bekommen. Was, wenn man den kleinen Kerl so ansah, seinen Eltern mehr schlecht als recht gelang.

»Bitte«, sagte der Junge nun kaum hörbar und streckte Janno seine verschmutzte kleine Hand entgegen. »Unsere Mutter, sie ist erkrankt und kann nicht arbeiten gehen. Bitte, Sie hätten nicht vielleicht ein klein wenig zu essen für uns? Ein … ein trockner Kanten Brot, der würde uns schon reichen. Bitte.« Wie zur Unterstreichung seiner Worte knurrte der Magen des Jungen heftig. Verlegen strich er sich über den Bauch. »Bitte«, sagte er erneut. Janno fiel auf, dass er eine andere, gebildeter anmutende Sprache sprach als die meisten anderen Kinder hier.

»Du wohnst doch auch hier, richtig?«, fragte Janno.

»Ja, wir wohnen auch hier.« Der Junge deutete die Treppe hinauf. »Eins höher.« Erneut hielt er seine Hand auf. »Bitte, der Herr, wenn Sie nur eine Kleinigkeit für uns hätten.«

»Was ist denn mit deinem Vater? Kann denn er nicht für euch und die Frau Mama sorgen?«

Der Junge senkte den Kopf. »Vater … er kam nicht zurück aus dem Krieg.«

Ein gefallenes Familienoberhaupt und eine kranke Mutter. Keine besonders erfreuliche Konstellation, aber eine, die nicht so selten war in der heutigen Zeit. Janno dachte an seine Brüder Feiko und Johannes, die ebenfalls nicht zurückgekommen waren, deren Hilfe der Vater aber so dringend auf dem Hof gebraucht hätte. Und an Talea, seine Mutter, die erkrankt im Bett gelegen hatte, als er das Haus wegen der ständigen Zankereien mit dem Vater verließ. Nun gut, sie würde inzwischen genesen sein, denn schließlich mangelte es der Bauernfamilie an nichts. Die Mutter dieses Jungen aber war dem Tode geweiht, wenn es ihr wirklich so schlecht ging, wie der abgemagerte Junge den Eindruck erweckte. Und mit ihr die Kinder. Hier in den Hinterhöfen konnte man es sich nicht erlauben, auszufallen, denn es gab nichts und niemanden, der in der Lage war zu helfen.

Janno bedeutete dem Jungen mit einer Geste zu warten. Er ließ die Tür offen stehen und trat in den einzigen Raum zurück, den er seine Wohnung nannte. Es war nicht mehr als ein finsteres, feuchtes Loch, in dem sich Schimmel und Ungeziefer breitmachte, aber immerhin war er hier ungestört. Er griff nach einem Kanten Brot, einem Streifen Speck und vier Eiern. Zwar hatte auch er eigentlich nichts abzugeben, da es ihm nach wie vor nicht gelungen war, eine Arbeit zu finden. Doch immerhin hatte er niemanden außer sich selbst, den er zu versorgen hatte. Und er war, wie er inzwischen herausgefunden hatte, nicht ganz ungeschickt, wenn es darum ging, Besorgungen zu machen, wie er es nannte. Niemals hätte er sich vorstellen können, eines Tages zum Dieb zu werden. Nachdem ihm aber bewusst geworden war, dass es in Berlin Menschen gab, die es nicht einmal zu bemerken schienen, wenn ihnen etwas abhandenkam, aber dennoch nicht bereit waren, weniger Begünstigte zu unterstützen, zeigte er weniger Skrupel. Gerade heute erst war er losgezogen in einen der wohlhabenderen Stadtteile. An einem der Häuser, an denen er auf der Suche nach Essbarem vorbeischlenderte, hatte ein tief liegendes Küchenfenster offen gestanden und auf dem Tisch dahinter Brot, Speck und Eier, die er jetzt in der Hand hielt. Er hatte in einem unbeobachteten Moment einen Satz durchs Fenster getan und gleich darauf wieder hinaus. Solange er seinen Verstand und die Kraft seiner Muskeln richtig einzusetzen verstand, würde er vermutlich nicht Hungers sterben müssen. Wichtig war nur, sich nicht erwischen zu lassen, denn das konnte böse enden.

»Bring mich zu deiner Mutter«, forderte er den Jungen auf, dem beim Anblick von Brot, Speck und Eiern die Augen überquollen. Bevor Janno diese Köstlichkeiten aus der Hand gab, wollte er sich überzeugen, dass der Junge die Wahrheit gesprochen hatte. »Und sag mir, wie du heißt«, fügte er hinzu.

»Gustav«, sagte der Junge, den Blick nicht von den Nahrungsmitteln wendend. Rasch lief er Janno voraus die Treppe hinauf. Die Tür, gegen die er nun stieß, war nur angelehnt. Von drinnen war das klägliche Wimmern eines kleinen Kindes zu hören. In der Wohnung, die ebenfalls aus nur einem Raum zu bestehen schien, war es eisig kalt und es roch nach Vergorenem. Vor dem kleinen, matten Fenster, das wie seines zum Hof rausging, flatterte Wäsche im Wind. Es wurde bereits dunkel, und so drehte Janno die Flamme der Petroleumlampe hoch, die über dem Tisch hing.

»Macht denn bei euch keiner Feuer?«, fragte er. »Es ist doch viel zu kalt hier drinnen.« Er legte das Mitgebrachte auf dem Tisch ab, der in der Mitte des Raumes stand.

Der Junge schüttelte den Kopf. Sein Blick ging zum gusseisernen Herd, unter dem ein paar Holzscheite lagen. Einen Kohleofen gab es nicht. »Mutter sieht sich nicht in der Lage, Feuer zu machen.«

»Wen … hast du da mitgebracht, Gustav?«, fragte eine kratzige Stimme, als das weinende Kind für einen Moment Ruhe gab.

Jannos Blick ging zu einem schmalen Eisenbett, auf dem eine Frau lag. Zu ihren Füßen saß ein vielleicht zweijähriges, in Lumpen gekleidetes Mädchen mit blonden Locken.

»Das ist Marie«, klärte Gustav ihn auf. »Meine Schwester. Sie weint, weil sie Hunger hat.«

Janno trat näher an das Bett heran. Sofort streckte das magere, rotzverschmierte Kind seine Ärmchen nach ihm aus. Er fühlte sich an seine jüngste Schwester Wiebeke erinnert, die es geliebt hatte, von ihm auf dem Schoß geschaukelt zu werden, als sie in diesem Alter war. Wie sehr hatte sie sich gefreut, als er nach dem Krieg nach Hause zurückkehrte. Und wie enttäuscht war sie gewesen, als er nur wenige Tage später seine paar

Habseligkeiten packte, ihr einen spielerischen Nasenstüber gab und wieder seiner Wege zog.

Janno nahm das kleine Mädchen hoch und drückte es fest an sich, wobei er sein Jackett um es schlang, um es zu wärmen. Sofort legte sie ihren Kopf an seine Schulter und hörte auf zu weinen, was ihn selbst überraschte. Aber womöglich war sie einfach nur dankbar für die Wärme, die von seinem Körper ausging. »Guten Tag«, sagte er an die Mutter gewandt, die sich die löchrige Wolldecke bis unters Kinn gezogen hatte und wirklich elend aussah. Das bleiche Gesicht schweißnass, die Augen dunkel umschattet, die blonden Haare strähnig am Kopf klebend. »Bitte verzeihen Sie, dass ich einfach so eingedrungen bin. Gustav sagte mir, dass Sie Hilfe bräuchten. Und wie ich sehe, hatte er damit nicht ganz unrecht.«

»Aber Gustav«, röchelte die Frau, »was fällt dir denn bloß ein, einfach so andere Leute zu behelligen? Das ist nicht, was ich dir beigebracht habe. Bitte entschuldigen Sie, Herr …«

Janno deutete eine Verbeugung an. »Ulferts. Janno Ulferts.«

»Bitte entschuldigen Sie, Herr Ulferts, aber …« Der Rest des Satzes ging in einem Hustenanfall unter.

»Wenn Sie gestatten, dann würde ich jetzt erst mal was zu essen zubereiten«, ignorierte Janno ihren Protest. »Nichts Großartiges, nur Brot, Eier und Speck. Aber es wird helfen, den Hunger der Kinder zu stillen.« Der Husten der Frau hörte sich wirklich nicht gut an. Er fragte sich, was aus den Kindern werden würde, wenn sie … Er verscheuchte den Gedanken sofort wieder. Noch lebte sie, und mit viel Glück würde sie das auch noch am Ende des Winters tun.

Er setzte die Kleine auf dem Boden ab, die daraufhin ihre Hände auf Kniehöhe in seine Hosen krallte. Aber sie weinte nicht mehr. Vielleicht hatte sie verstanden, dass er beide Hände zum Kochen brauchte. Mit ein paar schnellen Handgriffen heizte er den Ofen an. Als der ausreichend Hitze hatte, griff er nach einer Pfanne und gab Speck und Eier hinein. Sofort zog ein so herrlicher Duft durch den Raum, dass nun auch sein Magen vor Vorfreude zu knurren begann. In die Augen der Kinder trat ein so erwartungsfrohes Leuchten, dass ihm das Herz aufging.

»Das … das müssen Sie nicht tun«, krächzte die Frau.

»O doch, das muss ich.« Janno zwinkerte Gustav zu, der daraufhin erstmals lächelte.

»Sie waren der Einzige«, sagte der Junge. »Im ganzen Haus habe ich gefragt, aber alle haben sie mich fortgescheucht.«

»Natürlich haben sie das«, erwiderte Janno. »Sie haben doch selbst nichts.«

»Und warum haben dann Sie …«

»Gustav, hör auf damit!«, ermahnte ihn seine Mutter. »Bitte, entschuldigen Sie, Herr Ulferts, es …«

»Es ist kein Problem«, schnitt Janno ihren Protest ab. »So.« Er nahm die Pfanne vom Herd und stellte sie auf den Tisch. Rasch nahm er noch einen der herumstehenden Teller zur Hand und tat eine gute Portion Eier mit Speck für die Frau darauf, die er ihr mit einem ordentlichen Brocken Brot ans Bett reichte. »Bitte schön. Ich hoffe, dass es Ihnen bei der Genesung hilft.«

»Aber ich kann Ihnen doch wirklich nicht …« Sie schaute auf die Kinder, die ihren Teller mit gierigen Augen musterten.

»Ich möchte nichts mehr hören«, entgegnete Janno in gestrengem Ton. »Bitte essen Sie, so viel Sie möchten. Für die Kinder ist noch ausreichend da. Allemal genug, um sie nachher nicht mit knurrendem Magen ins Bett zu schicken.« Er schaute sich im Raum um, aber außer der Pritsche der Mutter gab es kein weiteres Bett. Vermutlich schliefen sie alle in einem.

Er setzte sich an den Tisch und forderte Gustav auf, es ihm gleichzutun. Dann hob er das Mädchen auf seinen Schoß, das mit seinem Händchen aufs Essen deutete und zu wimmern begann. Janno nahm das Brot in die Hand, riss zwei Brocken ab, drückte einen davon dem Jungen in die Hand und tunkte den anderen in die Pfanne, wo er sich mit Speck und Ei vollsog. Er nickte dem Jungen zu, der es daraufhin genauso machte. Als Nächstes begann er, das Mädchen zu füttern.

Für eine Weile war nichts zu hören außer dem seligen Schmatzen der Kinder und dem Knacken der Küchenschaben, wenn Janno sie mit seinem Schuh platttrat. Ab und zu nahm auch Janno selbst einen Bissen, doch hatte er sich vorgenommen, nachher noch einmal loszuziehen, um für Nachschub zu sorgen. Wenn die Frau gesund werden sollte, dann würde sie für sich und die Kinder jeden Tag etwas Vernünftiges zu essen brauchen. Nun, da der liebe Gott ihn zu dieser kleinen Familie geführt hatte, sah er es als seine Aufgabe an, sich um ihr Wohlergehen zu kümmern, so gut er eben konnte. Der kleine Gustav sollte nicht umsonst den Mut aufgebracht haben, auch noch an seine Tür zu klopfen, nachdem ihn schon so viele Menschen abgewiesen hatten.

* * *

Der Februar hatte Einzug gehalten, die Eiseskälte aber war geblieben. Hinzu kam der unablässig fallende Schnee, der sich in den Straßen und Hinterhöfen Berlins, vermischt mit Schmutz und Unrat, rasch in eine unansehnliche Masse verwandelte.

Janno kehrte von einer seiner Hamstertouren zurück. Inzwischen hatte er ein gewisses Geschick darin entwickelt, an Nahrungsmittel zu kommen. Dabei war es keineswegs sein Ansinnen, Leute um ihr Hab und Gut zu prellen, sondern es ging ihm lediglich darum, Edith und ihren Kindern die Last des Hungers zu nehmen. Manchmal fiel ihm dabei auch das eine oder andere Kleidungsstück für die Kinder in die Finger, nicht immer ganz passend, aber doch wärmend.

Es hatte nach ihrem ersten Zusammentreffen noch drei Wochen gedauert, bis Edith sich wieder in der Lage sah, arbeiten zu gehen. Vor ihrer Erkrankung hatte sie mit viel Mühen eine Einstellung als Wäscherin in einer Wäscherei gefunden. Trotz des Hungerlohns, der hier gezahlt wurde, ein echter Glücksfall, denn auf eine solche Stelle meldeten sich in der heutigen Zeit mehrere Dutzend Menschen. Edith sagte, sie habe durch ihr gutes Auftreten und ihre Manieren überzeugt, was auch immer diese Eigenschaften mit den Aufgaben einer Wäscherin zu tun haben sollten. Die Kinder, so sagte sie, würden in dieser Zeit von einer Nachbarin versorgt, der sie von ihrem ohnehin spärlichen Lohn noch ein paar Groschen abgeben müsse. Insgesamt aber sei sie so wenigstens in der Lage, ihre kleine Familie mit dem Nötigsten zu versorgen.

Nun, nach drei Wochen, in denen an Arbeit nicht zu denken gewesen war, hatte sie sich am Morgen aufgemacht, um ihre Stelle wieder anzutreten. Umso überraschter war Janno, als er ihre Wohnung betrat, um die ergatterten Lebensmittel dort abzustellen, und sie dort antraf. Sie saß am Tisch und weinte. Von den Kindern war nichts zu sehen. Aber wenigstens hatte sie den Herd angefeuert, sodass es in der Wohnung leidlich warm war.

»Was ist los?«, fragte er, obwohl er meinte, die Antwort schon zu kennen. Schon am gestrigen Tag hatte ihn ein mulmiges Gefühl beschlichen, als Edith davon sprach, ihre Arbeit wiederaufnehmen zu wollen. Aber er hatte sie nicht entmutigen wollen und seine Gedanken für sich behalten.

»Meine Stelle, sie wurde anderweitig vergeben«, schluchzte Edith und bestätigte damit seine Befürchtungen. Natürlich war es von ihr naiv gewesen zu glauben, dass man in der Wäscherei auf sie warten würde. Die Arbeit musste getan werden, und es gab Frauen genug, die sich um sie rissen, um am Ende der Woche den kläglichen Lohn nach Hause bringen zu können. Sobald eine von ihnen ausfiel, sprang eine andere schneller ein, als man wusste, wie einem geschah. »Sie haben sie vergeben,

Janno«, jammerte sie verzweifelt. »Ausgelacht hat mich die Alte, als ich kam, um meinen Platz einzunehmen. ›Für Drückeberger ist an meinen Bottichen kein Platz‹, hat sie gesagt. Sie hat mir nicht mal zugehört, als ich ihr erklärte, warum ich nicht kommen konnte. Ich habe gefleht und gebettelt, aber sie hat immer nur noch lauter gelacht und mich eine unzuverlässige Herumtreiberin genannt.«

Genauso hatte Janno es kommen sehen, doch würde es ihr ganz gewiss nicht helfen, wenn er eine entsprechende Bemerkung machte. »Wir werden etwas Neues für dich finden«, sagte er, und er versuchte, überzeugender zu klingen, als ihm zumute war.

»Daran kannst du nicht wirklich glauben«, erwiderte Edith, und in ihrer Stimme schwang eine tiefe Hoffnungslosigkeit mit. »Ich habe mein Glück verspielt, so sieht es aus.«

»Dein Glück verspielt?«, fuhr Janno auf. »Du warst krank, Edith. Was ja kein Wunder ist, wenn man die Umstände bedenkt, unter denen du hausen musst.«

»Du haust genauso und wirst auch nicht krank.«

»Was mich jeden Tag aufs Neue wundert«, knurrte Janno. »Und außerdem habe ich keine Kinder, um die ich mich kümmern muss. Glaub mal nicht, dass ich nicht weiß, wie schwer es ist, sich aus dem Loch wieder zu befreien, wenn man erst mal ganz unten angekommen ist. Schließlich stehe auch ich Morgen für Morgen da draußen in der Eiseskälte und warte darauf, dass jemand kommt und mir Arbeit anbietet. Gott ist mein Zeuge, wenn ich sage, dass ich es mir so schwierig nicht vorgestellt hatte, als ich hier ankam.«

»Du könntest jederzeit wieder nach Ostfriesland zurückgehen«, sagte Edith.

»Nein. Das könnte ich nicht«, entgegnete Janno entschieden. »Ich habe mir vorgenommen, in Berlin mein Glück zu finden, und genauso wird es geschehen.« Aus seinen Worten sprach eine Sicherheit, die er schon längst nicht mehr verspürte. Genau genommen verging kein Tag, an dem er diesen Gedanken nicht in seinem Kopf wälzte. Nacht für Nacht, wenn er von Hunger und Kälte gequält auf seiner Pritsche lag, träumte er von dem reich gedeckten Tisch und der anheimelnden Wärme des heimischen Bauernhofes. Dennoch würde er bleiben und wieder und wieder versuchen, seinen Traum von einem besseren Leben Wirklichkeit werden zu lassen. Nichts anderes würden ihm sein Stolz und sein Ehrgeiz erlauben. Wenn eines feststand, dann war es, dass er seinem Vater nicht die Gelegenheit geben würde, über ihn zu triumphieren.

»Ich werde Gustav schicken müssen«, sagte Edith mit leiser Stimme. Sie hatte Nadel und Faden zur Hand genommen, um einen Flicken auf Maries Kleidchen zu nähen. Ihre Hände waren rot und wund, die drei Wochen Pause von der Wäscherei hatten nicht ausgereicht, damit sich ihre Haut vom kochend heißen Wasser und den scharfen Waschmitteln erholte. »Der olle Kuhn sucht immer Kinder, die für ihn die Kohle in die Keller schippen. Ich denke, dass Gustav es gut machen wird. Er ist schon viel kräftiger, seit du uns so gut versorgst.«

Janno schlug mit der Faust auf den Tisch. »Das kommt ganz sicher nicht infrage!«, fuhr er sie lauter an als beabsichtigt. Wenn er an den ollen Kuhn dachte, der die Kinder schindete, bis sie unter der Last der Kohlesäcke erschöpft zusammenbrachen, dann schwoll ihm der Kamm. Von der kaputten Lunge, die sich die Lütten vom Kohlenstaub holten, mal ganz abgesehen. »Der Junge wird sich für den ollen Kuhn nicht kaputtschuften, eher …!«

»Eher was?«, rief Edith erregt aus. »Eher was, Janno? Wir haben doch keine andere Möglichkeit, wenn ich keine Arbeit finde. Nachdem die Alte mich rausgeschmissen hat, bin ich durch halb Berlin gelaufen, habe überall gebettelt, man möge mich einstellen. Aber du weißt doch, wie das ist. Es gibt nichts.

Absolut nichts!« Sie schluckte schwer, bevor sie mit bebender Stimme sagte: »Für mich gibt es nur noch eine Möglichkeit, wenn ich meinen Jungen schützen will.«

Janno sackte das Herz in die Hose. Ohne nachzufragen, wusste er sofort, wovon Edith sprach. Viel zu viele junge Kriegswitwen waren bereits diesen Weg gegangen, standen sich an der Straße die dürren Beine in den Bauch, bis ein Mann des Weges kam, dem sie für ein paar Groschen zu Willen waren. Auch dies hatte der Krieg bewirkt, indem er diesen Frauen die Ernährer nahm. »Das wirst du nicht«, sagte er mit dünner Stimme. »Das wirst du ganz bestimmt nicht. Ich werde auch weiterhin für euch sorgen.«

Er betrachtete Edith, die nun stumm den Kopf schüttelte. Erstaunt hatte er festgestellt, dass sie eine wahre Schönheit war, nachdem sie ihre Krankheit überwunden hatte. Blonde Locken umspielten schulterlang ihr schmales Gesicht, ihre Augen strahlten in einem ungewöhnlichen und tiefen Blau. Ihre vollen roten Lippen luden dazu ein, geküsst zu werden, doch hatte er es sich bislang nicht getraut. Zudem drückte ihre Sprache, die in nichts mit der vergleichbar war, die man gemeinhin hier in den Hinterhöfen zu hören bekam, ein hohes Maß an Bildung aus. Schon oft hatte er sich gefragt, was eine solche Frau hier zu suchen hatte. Darauf angesprochen, hatte Edith jedoch immer nur stumm den Kopf geschüttelt und das Thema gewechselt. Aber wie dem auch sei, allein die Vorstellung, dass sich schmierige alte Männer an ihr vergriffen und sie ihrer Würde beraubten, erzeugte in ihm eine Aggression, von der er hoffte, dass sie nie zum Ausbruch kommen würde.

»Für euch zu sorgen, ist für mich kein Problem«, bekräftigte er. »Du weißt, dass ich es gern mache.«

»Du stiehlst«, erwiderte Edith. »Ich weiß, dass du es gut meinst, aber ich möchte nicht, dass du für uns zum Verbrecher wirst. Bislang ist es gut gegangen, aber eines Tages werden sie dich erwischen. Gott weiß, was dir dann blüht. Nein, Janno, das kann und möchte ich nicht von dir verlangen. Wenn du Arbeit hättest, dann wäre es etwas anderes, obwohl mir auch dann nicht wohl zumute wäre, denn schließlich trägst du für uns keinerlei Verantwortung.« Sie schüttelte erneut den Kopf, wobei ihre Locken auf und ab tanzten.

»Dann lass mich für euch Verantwortung tragen«, bat Janno.

»Wie meinst du das?« Alles in ihr drückte Abwehr aus, als sie ihm nun in die Augen sah. Aber da war noch etwas in ihrem Blick, was er nicht zu deuten wusste.

»Wir …« Janno räusperte sich, weil sich das, was er jetzt sagen würde, seltsam anfühlte. »Wir … könnten heiraten.«

Edith sah ihn lange aus traurigen Augen an. »Was würde das ändern, Janno? Ich weiß, du meinst es gut. Aber du hast schon mit dir selbst genug zu tun. Jeder hier hat mit sich selbst genug zu tun, in diesen schrecklichen Zeiten. Nein, das wäre nun wirklich keine Lösung.«

Janno versetzte diese klare Absage einen Stich ins Herz. Mochte sie ihn denn so gar nicht leiden? Dass sie nicht verliebt in ihn war, das wusste er. Wie hätte das auch gehen sollen, denn schließlich hatten sie in der letzten Zeit ganz andere Sorgen umgetrieben. Und er? War er verliebt in sie? Schon oft hatte er sich diese Frage gestellt, doch war er schließlich zu der Einsicht gekommen, dass es wohl kaum Liebe sein konnte, wenn er sich zunächst nach seinen Gefühlen befragen musste. Dennoch hatte er sie von Herzen gern und war der Überzeugung, dass ihre Gefühle wachsen konnten. Ja, es war keineswegs ausgeschlossen, dass sie einander eines guten Tages in tiefer Liebe zugeneigt sein würden. »Es würde vieles einfacher machen«, startete er einen weiteren Versuch. »Glaub mir, Edith, es würde alles gut werden.«

»Das hat Martin auch gesagt«, erwiderte sie leise.

»Wer ist Martin?«

»Mein Mann. Der Vater meiner Kinder. Er hat auch gesagt, dass alles gut werden würde.« Ihre Arme umfingen mit einer lahmen Geste den Raum. »Und nun sieh dich um, was wirklich aus uns geworden ist.«

»Er war im Krieg«, sagte Janno. »Ich denke, es war nicht seine Absicht zu fallen.«

»Er wird vermisst«, korrigierte Edith.

Das war ihm neu. Bislang war er stets davon ausgegangen, dass Edith sicher sein konnte, Witwe zu sein. »Du hast noch Hoffnung, dass er zurückkommt?«

Edith zuckte mit den Schultern. »Wer weiß das schon zu sagen? Wenn der liebe Gott es wünscht, dann wird er wohl eines Tages wieder vor der Tür stehen. Aber es wäre nicht gut, Janno. Für mich nicht und auch nicht für die Kinder.«

Was sollte denn das jetzt heißen? Janno wurde nicht schlau aus ihren Andeutungen. »War er denn nicht gut zu dir?«, fragte er freiheraus.

»Gut zu mir? Martin?« Edith lachte bitter auf. »Die Welt hat er mir versprochen, als er um mich warb.« Sie senkte den Kopf, sprach nun sehr leise. »Doch letztlich hat er sie mir genommen. Alles hat er mir genommen. Und das nicht erst, als er in den Krieg zog. Nicht schnell genug konnte es für ihn an die Front gehen, um herauszukommen aus dem Elend, in das er uns geritten hatte. Er gehörte zu den Ersten, die mit stolzgeschwellter Brust Richtung Frankreich marschierten, obwohl er doch bis zu diesem Zeitpunkt stets behauptet hatte, Pazifist zu sein. Um uns hat er sich keinen Deut geschert, mich nicht einmal um meine Meinung gefragt. Selbst bei seinem Abschied aber hat er noch große Reden geschwungen, dass nun alles gut werden würde.«

Janno rechnete nach. »Und Marie?«, fragte er. »Sie ist noch keine zwei Jahre alt.«

»Fronturlaub«, sagte Edith. »Er hat mir in jenen Tagen nicht den Gefallen getan, sich von mir fernzuhalten. Seither habe ich nichts mehr von ihm gehört, außer der Nachricht, dass er vermisst wird. Wenn man mir mitteilen würde, dass er sich absichtlich aus dem Staub gemacht hat, würde es mich auch nicht wundern. Er hat stets davon geträumt, in die neue Welt auszuwandern. Gut möglich, dass er die Gelegenheit ergriffen und es getan hat.«

Das musste Janno erst einmal verdauen. Es brauchte eine Weile, bevor er fragte: »Und du hast niemanden, zu dem du zurückkehren könntest?«

Edith biss sich auf die Lippen. »Sie würden es mir niemals erlauben. Nicht nach allem, was geschehen ist.«

Janno horchte auf. War sie jetzt bereit, sich ihm zu offenbaren? »Wer sind *sie?*«, fragte er vorsichtig. »Sprichst du von deinen Eltern? Wo sind sie?«

Edith atmete tief durch, bevor sie sagte: »Es spielt keine Rolle, Janno. Alles, was früher einmal war, spielt keine Rolle mehr. Indem ich mich mit Martin davonschlich, habe ich alle Türen hinter mir verschlossen. Das hat man mir unmissverständlich zu verstehen gegeben. Es gibt kein Zurück mehr, Janno, es ist vorbei.« Sie machte eine kurze Pause, bevor sie hinzufügte: »Ich weiß nur, dass Martin mein Mann ist und dass ich ihn wieder aufnehmen muss, sollte er eines Tages in der Tür stehen. Zum Guten wenden würde sich für mich dadurch gewiss nichts. Sehr wahrscheinlich sogar, dass alles nur noch schlimmer würde.« Edith legte ihr Nähzeug beiseite und stand auf. »Ich gehe dann mal die Kinder holen. Es gibt keinen Grund, der Nachbarin meine letzten Groschen in den Schlund zu werfen.«

Nach kurzem Nachdenken beschloss Janno, Fritze einen Besuch abzustatten. Zwar legte er keinen besonderen Wert darauf, sich von ihm erneut als ausbeuterischen Sozialdemokraten oder gar als Sozialistenmörder beschimpfen zu lassen; doch wenn einer wusste, ob und wo es eine Arbeit für Edith gab, dann war er es. Und Ediths Wohlergehen und das ihrer Kinder war es allemal wert, gewisse Animositäten für ein paar Minuten über Bord zu werfen.

* * *

»Was willst du hier?« Die Begrüßung, die Fritze ihm zuteilwerden ließ, geriet erwartet harsch. »Das fehlt mir noch, dass ich meine Türe weiterhin für Sozialdemokraten öffne, nach allem, was ihr uns angetan habt. Ein elendiges Verräterpack seid ihr, dass ihr mit den Schlächtern vom Freikorps paktiert, um uns den Garaus zu machen.« Er spuckte Janno vor die Füße, das Gesicht von Wut verzerrt.

»Lass mal für einen Moment die verdammte Politik sein«, entgegnete Janno, um einen ruhigen Tonfall bemüht, auch wenn sich ihm die Faust in der Tasche ballte. »Zu deiner Information: Ich bin es nicht, der die Spartakisten auf der Straße niederknüppeln lässt.« Als Fritze noch immer keine Anstalten machte, ihn zur Tür hereinzulassen, fügte er beschwichtigend hinzu: »Glaub mir, wenn es nach mir ginge, dann würden Ebert und Noske zur Rechenschaft gezogen. Und zwar für das Blutbad, das sie landauf, landab unter den Spartakisten und auch unter den Arbeitern, die ihre Fabriken sozialisiert sehen wollen, anrichten. Dass sich ausgerechnet die Sozialdemokraten mit den Schergen des Militärs verbrüdern, das hätte auch ich mir nicht ausmalen können.« Tatsächlich war er von den von ihm bislang so hochgeschätzten Sozialdemokraten zunehmend enttäuscht, schienen sie doch nicht sehen zu wollen, wo die tatsächlichen Feinde der noch so jungen Republik lauerten. Ganz im Gegenteil hofierten sie sogar die Ewiggestrigen und die Nationalsozialisten, die sich bekanntermaßen für ein baldiges Ende der Republik starkmachten, während sie in ein paar versprengten Spartakisten die rote Gefahr witterten, die ganz Deutschland mit ihrem bolschewistischen Gedankengut zu überschwemmen drohte.

»Dennoch hältst du dem Pack die Treue«, brummte Fritze, doch schien seine Körperhaltung nun schon nicht mehr ganz so angespannt wie zuvor. Das Misstrauen aber, mit dem er Janno musterte, war noch nicht aus seinem Blick gewichen. »Wenn du hier bist, um uns auszuschnüffeln, kannst du gleich wieder gehen. Nach allem, was passiert ist, fallen wir auf keinen von euch mehr herein, das kannst du mir glauben.«

»Wie ich bereits sagte, es geht mir nicht um Politik«, bekräftigte Janno. »Ich habe weiß Gott andere Sorgen, als mich um die Eitelkeiten irgendwelcher Possenreißer zu kümmern oder sie gar zu unterstützen.«

»Lass ihn rein. Es hat keinen Sinn, wenn sich alle immer nur an die Kehle gehen. Du siehst doch, wohin immer noch mehr Hass führt. Janno hat uns nichts getan. Hör dir also an, was er zu sagen hat.« Lotte war hinter Fritze getreten. Ihr Blick war ernst, ihr Gesicht reichlich blass. Als sie sich nun zur Seite drehte, bemerkte Janno mit Schrecken, dass ihre langen dunklen Haare auf der linken Seite blutverschmiert waren.

»Was ist passiert?«, fragte er heiser.

»Was passiert ist?«, blaffte Fritze. »Frag doch mal deine sauberen Genossen, was da passiert ist, Janno. Zusammengeknüppelt haben sie Lotte, deine ach so sauberen Genossen! Grundlos niedergeknüppelt, ohne dass sie sich irgendwas zuschulden hat kommen lassen. Nur die Straße hat sie überquert, aber das reicht euch Verrätern ja schon aus, damit ihr eure Knüppel schwingt!«

Lotte zog Fritze beiseite und bedeutete Janno, einzutreten. Fritze gab ein widerwilliges Knurren von sich, ließ es jedoch geschehen.

Nach allem, was in den letzten Wochen passiert war, wunderte sich Janno, dass Fritzes armselige Behausung anscheinend immer noch als Treffpunkt der Kommunisten genutzt wurde.

Schon als er noch hier wohnte, waren die ständig ein und aus gegangen, hatten Pläne für die Revolution geschmiedet und Kundgebungen vorbereitet. Auch jetzt lagen überall Stapel von Flugblättern, Schriftstücke und Plakate herum, von Letzteren jedoch nicht nur die eigenen, sondern auch solche, auf denen man versuchte, die Spartakisten als Schlächter zu diffamieren. Vermutlich hatten sie die irgendwo aus dem Verkehr gezogen. »Ist hier denn noch niemand vorstellig geworden?«, fragte er verwundert, während er einen Stapel Zeitungen vom abgewetzten Sessel nahm, um sich setzen zu können. Genau genommen wunderte er sich sogar, Fritze hier anzutreffen und nicht im Gefängnis.

Fritze schnaubte ungehalten. »Sie haben es versucht«, sagte er. Lotte reichte ihm eine Zigarette, die sie soeben angesteckt hatte. Er nahm einen tiefen Zug, legte den Kopf in den Nacken und blies den Rauch gegen die feuchte Decke. »Aber man hat uns vorher gewarnt. Blitzblank war hier alles, als sie kamen. Du hättest mal ihre Gesichter sehen sollen, als sie es bemerkten. Ich dachte, die prügeln vor lauter Groll auf mich ein, aber sie konnten sich gerade noch beherrschen. Sind wutschnaubend wieder abgezogen, die Halunken. Ist nur eine Frage der Zeit, dass sie hier wieder aufkreuzen, aber wir sind auf der Hut.«

»Mit dir waren sie aber nicht so zimperlich«, stellte Janno mit einem Blick auf Lotte fest.

»Nein.« Sie bückte sich, um ein paar Presskohlen nachzulegen, doch schien ihr bei dieser abrupten Bewegung schwindelig zu werden. Jedenfalls ließ sie die Kohle fallen, griff sich an den Kopf, richtete sich stöhnend wieder auf und wankte zum Stuhl. »Ich bin wohl einem von denen im Gedächtnis geblieben. Völlig unvermittelt ist er auf mich zu, als ich vom Einkaufen kam.«

»Wir sollten wenigstens deine Wunde versorgen«, sagte Janno. »Nicht dass sich da noch was festsetzt.« Als sie zur

Waschschüssel hinübernickte, stand er auf. »Ist das Wasser frisch?«, fragte er.

»Soeben geholt«, antwortete Fritze. »Wollte ihr gerade die Wunde auswaschen, als du hier aufgetaucht bist. Ist ja nicht so, dass hier außer dir niemand Verantwortungsgefühl hat.«

»Hör auf, Fritze, das hat ja auch keiner behauptet«, schalt Lotte ihn. »Und nun gib Janno einen sauberen Lappen oder mach es selbst.«

»Versorg du die Wunde«, brummte Fritze, »ich kümmere mich um den Ofen.«

»Wohnt ihr jetzt hier zusammen?«, fragte Janno, als er einen Blick zum durchwühlten Bett warf, auf dem ein paar beinlange Damenstrümpfe lagen. Ihm war nicht wohl bei dem Gedanken, dass es so sein könnte. Von Beginn an hatte ihm Lotte ausnehmend gut gefallen, doch hatte sie nie durchblicken lassen, dass sie ähnlich empfand. Vielmehr schien sie immer nur Augen für Fritze zu haben, selbst wenn der sie in seiner oftmals burschikosen Art grob behandelte. Vielleicht war es ja aber auch genau das, was sie von einem Mann erwartete.

»Hab meine Wohnung aufgegeben«, erwiderte Lotte, während Janno begann, ihr mit dem nassen Lappen den Kopf abzuwischen. Das Blut war inzwischen angetrocknet und nur schwer zu entfernen. »Es ist leichter, nur eine Miete aufbringen zu müssen. Du weißt ja, wie das ist da draußen, da kriegste nichts geschenkt.« Sie verzog schmerzhaft das Gesicht, als Janno ihr mit dem Lappen direkt über die Wunde fuhr. Gott sei Dank war diese aber nicht so tief, dass sie genäht werden musste.

»Nee, geschenkt kriegste nichts«, bestätigte Janno. Er verspürte einen Stich im Herzen, als er sich vorstellte, dass die beiden das Bett miteinander teilten. Kaum vorstellbar, dass sie sich dort wie Bruder und Schwester benahmen.

»Was ist mit dir? Hast du Arbeit gefunden?«, fragte Fritze, von dem Janno nicht wusste, woher der eigentlich seinen

Lebensunterhalt bezog. Wenn Janno ihn in letzter Zeit darauf angesprochen hatte, hatte Fritze ihm stets zu verstehen gegeben, dass es ihn nichts anging. Womöglich ergaunerte er sich das, was er für sich und Lotte brauchte, auf ähnliche Art wie er selbst.

»Nee, Arbeit habe ich nicht. Aber ich bräuchte eine«, ergriff Janno die Gelegenheit, auf das zu sprechen zu kommen, was ihn hergeführt hatte. »Also nicht für mich, denn die suche ich mir schon selbst. Für eine Nachbarin. Edith. Sie hat ihre verloren, weil sie drei Wochen krank war. Wäre fast gestorben, das arme Ding. Sie hat zwei kleine Kinder zu versorgen, einen Vater gibt es nicht. Ich will verhindern, dass sie …« Er räusperte sich. »Also, dass sie sich selbst verkauft.«

»Was hast du mit ihr zu schaffen?«, fragte Fritze.

»Sie ist meine Nachbarin, das sagte ich doch gerade.«

»Nur das? Ihr seid kein Paar?«

»Quatsch«, antwortete Janno schärfer als beabsichtigt. »Ich will ihr nur helfen. Ist das verboten? Sie und die Lütten müssen verhungern, wenn sich nichts für sie ergibt.«

»Edith sagst du?«, fragte Lotte. Sie hatte die Stirn in Falten gelegt. »Etwa die Edith, die den Nichtsnutz Martin geheiratet hat?«

Janno hörte auf zu tupfen und sah sie erstaunt an. »Du kennst sie?«

»Ja. Nicht besonders gut, aber ich kenne sie. Ich habe sie damals immer davor gewarnt, mit Martin anzubändeln«, sagte Lotte düster. »Aber sie schien es für eine gute Idee zu halten, aus ihrem behüteten Zuhause fortzugehen und mit ihm durchzubrennen. Vermutlich fand sie die Idee, von nun an in einem der Berliner Deckslöcher zu hausen, ganz furchtbar romantisch.« Sie seufzte. »Nun ja, unter der Fuchtel von ihrem tyrannischen Vater hätte auch ich nicht leben wollen. Aber Martin?! Das war doch klar, dass das nicht gut gehen konnte. Mit dem ist sie doch vom Regen in die Traufe. Dennoch hat sie sich eingebildet, in ihm die große Liebe gefunden zu haben. Aber wenn du mich fragst, dann wollte sie mit dieser ungehörigen Liaison nur ihrem Herrn Papa eins auswischen. Was ihr gelungen sein dürfte, denn der Skandal beherrschte wochenlang die Schlagzeilen. Doch zu welchem Preis, frage ich dich, zu welchem Preis? Dass Martin, der alte Taugenichts, sich aus dem Staub gemacht hat, wundert mich nicht.«

»Er war im Krieg und wird vermisst«, klärte Janno sie auf.

»Das kannste glauben oder auch nicht«, erwiderte Lotte.

»Ist mir auch egal, was aus dem Lump geworden ist«, meinte Janno. »Wichtig ist nur, dass Edith und die Kinder nicht hungern müssen. Sind schon ganz dürr, die beiden, mit krummen Knochen noch dazu.«

»Woran ihr Sozialdemokraten, die ihr diesem Elend nichts entgegenzusetzen gedenkt, nicht ganz unschuldig seid«, knurrte Fritze. »Und weil ihr genau das wisst, verkriecht ihr feigen Banausen euch zur Regierungsbildung auch noch nach Weimar, anstatt in Berlin euren Mann zu stehen. Und das nur, weil ihr den Mob der Straße fürchtet. Das nennt man dann wohl erbärmlich.«

Lotte verdrehte die Augen. »Das führt doch nun zu nichts, Fritze, lass mal endlich gut sein. Und nun rück schon raus damit.«

»Womit soll er rausrücken?« Janno sah hoffnungsvoll von einem zu anderen. »Ihr wisst was für Edith?«

Fritze streckte ihm seinen spitzen Zeigefinger entgegen. »Nur damit das klar ist, Janno, ich mache es für sie und die Kinder, und das auch nur, weil Lotte sie kennt. Das hat nichts mit dir zu tun, ist das klar?«

»Ich sagte doch schon, dass es mir nur um Edith geht. Oder soll sie etwa darunter leiden, dass wir politisch nicht einer Meinung sind? Und nicht einmal das stimmt ja so ganz, denn solange Gustav Noske so weitermacht, kann mir die Sozialdemokratie ebenso gestohlen bleiben wie dir.«

»Hört, hört.« Fritze nickte zufrieden. »Das nenne ich mal ein vernünftiges Wort.« Er schaute Lotte an. »Du sagst, Edith kommt aus gutem Hause?«

Lotte lachte auf. »Aus gutem Hause? Sie ist in Samt und Seide aufgewachsen und mit jedem Komfort, den man sich nur vorstellen kann.«

»Ich nehme an, dass sie dann lesen und schreiben kann?«

»In Deutsch, Französisch und Russisch, möchte ich vermuten.«

Janno pfiff durch die Zähne. »Aber von welchem hohen Haus stammt sie denn ab?« Ihm wurde ganz schwindlig bei der Vorstellung, dass Edith noch viel vornehmer war, als er bislang angenommen hatte.

»Das muss sie dir schon selber sagen«, antwortete Lotte. »Also, Fritze? Wir müssen gleich zu unserer Sitzung. Nun sag schon, worum es geht.«

»Käserei«, sagte Fritze.

»Käserei?«

»Ja. Ich hab läuten hören, dass Jacob Semmering aus der Uckermark hier in der Hauptstadt sein Glück versuchen will. Er besitzt im ganzen Land wohl schon einiges an Molkereien und Käsereien. Nicht, dass ich diese Bonzen unterstütze, denn wofür gibt es für derlei Geschäft schließlich Genossenschaften, aber er wird etliche Arbeitsplätze nach Berlin bringen, was ich zunächst einmal gutheiße. Unsere Aufgabe ist es dann, dafür zu sorgen, dass seine Betriebe nach und nach dem Volkseigentum zugeführt werden.«

»Wie auch immer«, sagte Janno, der befürchtete, dass Fritze ihm im Folgenden einen längeren Vortrag zum genossenschaftlichen Wirtschaften angedeihen lassen würde, worauf er wenig Lust verspürte. »Edith ist ganz sicher nicht wählerisch, würde jede Arbeit annehmen, die man ihr zuteilt. Wohin muss sie gehen und an wen muss sie sich wenden, um sich vorzustellen?«

Fritze nannte ihm die Adresse. »Edith sollte morgen früh um sechs vorstellig werden. Wenn sie schlau ist, kommt sie früher.« Er zwinkerte Janno zu. »Sie soll sich an Esther Ludwig wenden und schöne Grüße von Samuel Friede ausrichten.«

»Wer ist Samuel Friede?«

»Das tut nichts zur Sache. Aber wenn sie bei Esther was erreichen will, dann nennt sie diesen Namen. Alles andere wäre dumm. Denk an die hundert anderen Frauen, die da morgen auch anstehen werden. Natürlich spricht sich so was schnell rum in Berlin. Aber Grüße von Samuel, die bestellen nur wenige.«

»Samuel Friede«, murmelte Janno. Er war sich nicht ganz sicher, was er davon halten sollte, aber als nun auch Lotte ihm aufmunternd zunickte, fühlte er sich schon überzeugt. Er nahm sich dennoch vor, Edith zu begleiten, um ganz sicherzugehen, dass man sie nicht hinters Licht führte – und wer wusste schon zu sagen, ob, wenn alles gut ging, nicht auch für ihn womöglich noch eine Arbeit dabei herausspringen würde. Mit Butter und Käse kannte er sich schließlich aus, sie selbst hatten sich zu Hause auf dem Hof nach dem Vorbild der Holländer an der Herstellung dieser Produkte versucht. Zumindest so lange, bis sich ihr Vater dazu entschloss, seine Milch zur Weiterverarbeitung einer genossenschaftlich geführten Molkerei anzuvertrauen.

Janno legte den blutigen Lappen beiseite und drückte Fritze die Hand. »Vielen Dank, ich werde berichten, was daraus geworden ist.« Er bildete sich ein, dass sich der Verlust von Ediths Arbeit letztlich noch als ein Glücksfall herausstellen könnte, und er machte sich gut gelaunt auf den Weg, um ihr diese frohe Botschaft zu überbringen.

6

Duisburg, März 1919

Gisela strahlte. »Ein ganzer Koffer voll mit Köstlichkeiten. Ich muss schon sagen, Enna lässt sich nicht lumpen, wenn es darum geht, einer alten Freundin eine wirklich große Freude zu bereiten. Schinken, kalter Braten, Huhn, Eingekochtes. Was für ein Fest! Sie weiß eben, woran es hier bei uns am allermeisten mangelt.« Gerade hatte sie Hiska von der Bahn abgeholt und sich sehr gewundert, wie schwer deren zwei Koffer waren. Ob sie ihren ganzen Bauernhof abgetragen und mitgenommen habe, hatte sie gescherzt, doch war Hiska von den Eindrücken, mit der die ungewohnte Umgebung aufwartete, so eingeschüchtert gewesen, dass sie sich lediglich zu einem kaum wahrnehmbaren Nicken hatte überwinden können. »Na, dann will ich es mal gut verstecken«, sagte Gisela nun, »bevor die ganze Siedlung noch darüber herfällt. Werde später überlegen, wer es hier am nötigsten hat, dass ich ihm was abgebe.« Sie legte ihren Finger ans Kinn und musterte Hiska, die mit gefalteten Händen im Schoß auf ihrem Stuhl saß und den Eindruck erweckte, als würde sie sich am liebsten in Luft auflösen. »Für eine Weile sind wir dank Enna nun also versorgt. Trotzdem müssen wir zusehen, dass wir für dich eine Arbeit finden. Nach dem, was Enna mir von eurem Hof erzählt hat, nehme ich an, das Arbeiten an sich ist dir nicht fremd?«

Hiska nickte. Gern hätte sie dieser netten Frau, die etliche Jahre älter sein mochte als Enna und die sie auf den ersten Blick gut hatte leiden können, freundlich geantwortet, doch war ihre Kehle wie zugeschnürt. Nie im Leben hätte sie sich vorstellen können, dass es auf der Welt einen Ort wie diesen gab: der Himmel ganz grau vom Rauch der Fabrikschlote, die Luft so dicht und schwer, dass man bei jedem Atemzug zu ersticken glaubte, die Häuserfassaden und Straßen schwarz gerußt wie der Tod und allenthalben ein dumpfes Grollen, von dem Hiska nicht zu sagen vermochte, ob es womöglich direkt aus der Hölle kam.

»Davon, dass du stumm bist, hat Enna mir nichts erzählt«, neckte Gisela sie.

»Ich …«, presste Hiska nach einem Räuspern angestrengt hervor. »Es tut mir leid. Sie … Sie sind sehr nett, dass Sie mich mit Ihrem Wagen von der Bahn abgeholt haben.«

»Sag du zu mir, sonst fühle ich mich so alt.« Gisela strich sich eine Strähne ihres brünetten Haares hinters Ohr, als müsse sie die wenigen grauen Strähnen verstecken, die es durchzogen. »Nun, das war nicht allzu schwer, das mit dem Abholen. So konnte ich auf dem Weg hier und da noch Erledigungen machen. Hab mal bei ein paar Leuten nachgefragt, ob sie Arbeit für dich haben, so lange, bis das Kind kommt. Leider ist nichts dabei rausgekommen. Am besten wird sein, wir reden mal mit dem Herrn Direktor. Unter Tage wirste wohl nicht arbeiten können, das ist nur was für Männer.« Sie zog eine Grimasse. »Behaupten jedenfalls die Männer, doch so isses nun mal. Aber vielleicht hat der Direktor über Tage was für dich, das wäre nicht schlecht, weil du dann auch keinen weiten Weg hättest.

Wir leben hier direkt am Pütt, wie du sicher schon gemerkt hast.«

Hiska nickte erneut, obwohl sie keinerlei Ahnung hatte, wovon Gisela überhaupt sprach. Mit jeder Minute war sie mehr damit beschäftigt, die Tränen zurückzuhalten, die unablässig in ihr aufsteigen wollten. Sie sehnte sich nach ihrem Zuhause, nach dem hohen, blauen Himmel, der Weite, der frischen Luft und dem Geschrei der Möwen im Wind. Sie war überzeugt, dass alles, was ihr zu Hause hätte widerfahren können, allemal besser gewesen wäre als das, was sie hier vorfand. Wie nur konnte überhaupt ein Mensch es aushalten, so zu leben? Warum nur hatte Enna ihr nicht gesagt, wie furchtbar es hier war?

Während Gisela die Koffer ausräumte und die Nahrungsmittel in einem Wandschrank verstaute, sah Hiska sich verstohlen in ihrer neuen Bleibe um. Sie schien nicht besonders groß zu sein, denn Gisela hatte ihr bereits gesagt, dass sie in der Küche würde schlafen müssen, da es nur eine Schlafkammer gab, die so klein war, dass lediglich ein schmales Bett hineinpasste. Also würde Hiska mit dem abgenutzten, fleckigen Sofa vorliebnehmen müssen, das hinter dem Tisch an der Wand stand und nicht besonders bequem aussah. Außer Sofa und Tisch gab es hier noch vier Stühle und eine Vitrine, außerdem einen Herd und einen Kohleofen, in dem ein Feuer loderte. Auf einer kleinen Anrichte standen Waschschüssel und -krug, an der unverputzten Wand, dem Sofa gegenüber, hing ein vergilbtes Bild mit einem röhrenden Hirsch. Und das war auch schon alles, was es hier zu finden gab.

Hiska schrak zusammen, als jemand an die Tür hämmerte und diese im nächsten Moment aufschwang. Herein kam ein Mann, der sie zu Tode erschreckte. Alles an ihm war schwarz, selbst sein Gesicht, aus dem jedoch, mit heller Haut umringt, zwei stahlblaue Augen hervorstachen. Noch nie hatte Hiska eine solche Schreckensgestalt gesehen, und sie begann am ganzen Leib zu zittern. Ob dies der Mann aus Afrika war, von dem Enna ihr so lebhaft erzählt hatte? Wie hatte sie ihn noch genannt? Bill? Angeblich hatte sie sich mit ihm angefreundet, obwohl er aus dem Lazarett geflohen war und hier in der Siedlung so lange Unterschlupf gefunden hatte, bis der Krieg vorbei war. Aber war es wirklich vorstellbar, dass Enna eine solche Schreckensgestalt ihren Freund nannte?

»Hallo, Karl«, begrüßte ihn Gisela nun. Sie schien vor ihm keinerlei Angst zu haben. »Was treibt denn dich hierher, mitten am Tag? Ist was passiert im Pütt?«

»Nee, ich mache nur 'ne Pause. Wollte mir mal den Neuankömmling ansehen. Wilhelm sagte gerade, dass du sie von der Bahn abgeholt hast.«

»Na, dann lass dich bloß nicht vom Steiger erwischen, dass du mitten inner Schicht weg bist.« Sie hievte einen großen Topf mit Wasser auf den Herd.

»Das lass mal meine Sorge sein.« Zu Hiskas Entsetzen streckte der Mann ihr nun die Hand hin. Sie aber presste sich gegen die Stuhllehne und starrte ihn aus weit aufgerissenen Augen an. »Hallo, ich bin Karl. Enna hat dir bestimmt von mir erzählt. Geht es ihr gut? Was treibt sie denn so im hohen Norden? Hat sie davon gesprochen, dass sie uns mal besuchen kommt? Sicher lässt sie schöne Grüße ausrichten.«

»Mensch, Karl, jetzt lass Hiska doch erst mal ankommen«, schimpfte Gisela, die zu bemerken schien, dass ihr Gast mehr und mehr in sich zusammenschrumpfte.

Hiska war erleichtert, dass Karl jetzt ein paar Schritte zurücktrat. Er wischte sich mit der Hand übers Gesicht, woraufhin das Schwarz plötzlich verschmiert aussah und auf den Wangen weiße Haut zum Vorschein kam. Hiska war zutiefst irritiert. Um den schwarzhäutigen Bill konnte es sich bei diesem Mann wohl doch nicht handeln, denn dann hätte Gisela ihn kaum mit Karl angesprochen. Woher aber kam dann die ganze schwarze Schmiere, mit der sich der Mann besudelt hatte?

»Musst dich nicht erschrecken, Hiska«, sagte Gisela nun. »Karl kommt direkt aus ’m Berg. So sehen alle Kumpel aus, wenn sie nach der Schicht wieder ausfahren. Da wirste dich dran gewöhnen.«

»Hiska«, sagte Karl. Er setzte sich auf einen Stuhl. »Ja, ich erinnere mich, dass Enna von dir gesprochen hat, als sie hier war. Ihr habt alle so seltsame Namen, oder?«

Hiska schwieg. Sie wusste nicht, was an ihrem Namen seltsam sein sollte. Oder wollte er sie nur aufziehen?

»Hat sie denn gar nichts von mir erzählt?«, ließ Karl nicht locker.

Hiska schüttelte zögerlich den Kopf. Tatsächlich hatte Enna nicht sehr oft über ihre Zeit im Ruhrgebiet gesprochen. Erst als klar war, dass Hiska hierherreisen würde, um ihr Kind zu gebären, war sie gesprächiger geworden. Gut möglich, dass sie dabei auch Karl erwähnt hatte, aber wirklich daran erinnern konnte sie sich nicht. »Nein«, wisperte sie daher, »das hat sie nicht.« Sie war erstaunt, wie viel Enttäuschung sich nach dieser Antwort auf Karls Gesicht abzeichnete.

»Hat sie nicht?«, vergewisserte er sich mit nun nicht mehr ganz so lebhafter Stimme.

»Das sagte sie doch gerade«, entgegnete Gisela unwirsch. »Nun schlag dir Enna doch endlich aus ’m Kopf, Karl. Sie wollte schon nichts von dir wissen, als sie hier war. Warum also sollte sich daran irgendwas geändert haben?«

Karl zog seine Mütze vom Kopf und schlug sich mit ihr auf den Oberschenkel. »Natürlich wollte sie was von mir wissen, sie hat sich nur nicht getraut, es zu zeigen.« Er hob warnend den Zeigefinger. »Und nun fang bloß nicht wieder mit dem Belgier an!«

Gisela seufzte. »Wenn du meinst. Aber jetzt erzähl mal. Haste endlich was über Henrike in Erfahrung bringen können? Vorhin habe ich Hedwig getroffen. Sie macht sich große Sorgen, weil sie nichts mehr von ihr gehört hat, seit Henrike im Haus vom Direktor arbeitet. Fast ist es, als wäre sie von der Villa verschluckt worden.«

Karl zuckte mit den Schultern. »Ich habe überall nachgefragt, aber niemand will was von Henrike gehört haben oder irgendetwas über ihren Verbleib wissen. Dabei weiß man nie, ob die Leute einfach nur Angst haben, etwas zu sagen, oder ob sie wirklich nichts wissen. Aber ich bleib dran. Schließlich kann sich so 'n Mädchen doch nicht einfach in Luft auflösen.«

Hiska fragte sich, wer diese Henrike war, über die Gisela und Karl sprachen. Besonders Mut machend klang es jedenfalls nicht. Junge Mädchen, die in das Haus eines Direktors gingen und nie wieder gesehen wurden? Ob es derselbe Direktor war, von dem Gisela vorhin gesprochen hatte, als es darum ging, eine Arbeit für sie zu finden? Und was, wenn sie dann auch vom Haus verschluckt wurde? Ihr wurde ganz mulmig zumute. Niemals hätte sie auf Enna hören und hierherkommen sollen. »Enna wird heiraten«, sagte sie in eine zwischen Karl und Gisela entstandene Pause hinein. Sie wusste selbst nicht, warum ausgerechnet das ihre Worte waren. Vermutlich nur, damit sie nicht weiter über dieses schreckliche Haus des Direktors nachdenken musste.

»Was?« Karl starrte sie aus großen Augen an. »Aber das … das kann nicht sein.«

»Doch«, sagte Gisela, »es kann sein und es wird sein. Enna hat es in ihrem Brief erwähnt. Sie macht keine schlechte Partie, das muss man schon sagen. Sie hat sich mit einem Fabrikantensohn verlobt, wie sie schreibt. Er heißt Georg.« Sie sah Hiska an. »Kennst du ihn? Wie ist er denn so?«

»Wie … wie er so ist? Ich … ich weiß nicht.« Hiska hatte Enna ungläubig angestarrt, als die ihr mitteilte, dass sie sich entschieden habe, Georg zu ehelichen. Ausgerechnet Georg! Hiska begann, in einem kurzen Anfall von Hysterie zu kichern.

»Was ist?«, fragte Karl aufgebracht. »Was gibt es denn da zu kichern, Hiska? Sag mir lieber, dass ihr beide euch das nur ausgedacht habt, um mich zu ärgern.«

»Nein, es stimmt«, sagte Hiska leise. »Enna wird heiraten.«

»Wann?«, fragte Karl heiser.

»Noch im Frühjahr. Die Hochzeit soll so schnell wie möglich anberaumt werden.«

»So schnell wie möglich? Dann …« Karl schluckte schwer. »Dann ist sie also … sie ist … guter Hoffnung?«

Guter Hoffnung? Hiska wurde es gleichzeitig heiß und kalt. Über diese Möglichkeit hatte sie noch gar nicht nachgedacht. Konnte es wirklich sein, dass Enna sich Georg bereits vor der Hochzeit freiwillig hingegeben hatte?

Ihr wurde ganz schlecht bei dem Gedanken, dass Enna womöglich keine andere Wahl gehabt hatte, als einer Heirat mit ihm zuzustimmen. Hatte Georg seinem Werben womöglich dadurch Nachdruck verliehen, dass er ihr Gewalt angetan hatte?

»Ja«, bestätigte Gisela Karls Befürchtung. »Sie bekommt ein Kind. Auch das steht in ihrem Brief. Ich sag doch, dass du sie dir aus dem Kopf schlagen sollst. Vielleicht ist das alles ja nun Grund genug für dich, endlich zur Vernunft zu kommen und Clara einen Antrag zu machen. Das wäre für alle die beste Lösung.«

Karl stieß einen heftigen Fluch aus, sprang vom Stuhl auf, und gleich darauf flog die Tür hinter ihm mit einem lauten Knall ins Schloss.

»Ich … ich wusste nicht, dass Enna guter Hoffnung ist«, stammelte Hiska.

»Nun, vermutlich wollte sie dich damit nicht belasten«, erwiderte Gisela. Mit einem Blick auf Hiskas Bauch fügte sie hinzu: »Hast ja nun auch erst mal genug mit dir selbst zu tun.« Sie hob den Topf mit dem inzwischen heißen Wasser vom Herd und stellte ihn auf den Boden. »So, und nun hilf mir bei der Wäsche.«

* * *

Elisabeth entging nicht der Blick, den ihr Vater dem jungen Hausmädchen zuwarf, das seit einigen Wochen für sie arbeitete. Zweifelsohne zeigte er ein anders gelagertes Interesse an ihr, als es dem Verhältnis zwischen Dienstherrn und Angestellten angemessen war. In ein schwarzes Kleid mit weißer Schürze und weißer Haube gekleidet, stand Henrike bleich und mit gesenktem Kopf da und versuchte, dem Blick des Herrn Direktor auszuweichen, während der seine an ihr zu kleben schien, sobald er in ihre Richtung schaute. Gerade hatte Henrike ihnen das Mittagessen serviert, und schamerfüllt hatte Elisabeth bemerkt, dass er dem Mädchen wie nebenbei über die Hüfte strich, als sie an seiner Seite zum Stehen kam und ihm die Platte mit dem Gemüse feilbot. Gleichzeitig war nicht zu übersehen gewesen, dass auch ihre Mutter das Fehlverhalten ihres Gatten durchaus bemerkte, diesem jedoch anscheinend nichts entgegenzusetzen gedachte, sondern sich eilfertig dem Mahl auf ihrem Teller widmete.

Als das Essen beendet war und sich ihr Vater aus dem Speiseraum zurückgezogen hatte, um sich mit dem Automobil zu seiner Arbeit an der Zeche fahren zu lassen, winkte Elisabeth ihrer Mutter, ihr in den Salon zu folgen. Bevor sie die Tür hinter sich schloss, nickte sie Henrike aufmunternd zu, diese jedoch kniff nur die Lippen zusammen und begann, die Tafel abzuräumen.

»Was gibt es denn so Dringendes, Liebes?«, seufzte Käthe von Wolff, als sie allein waren. »Du weißt doch, dass ich mit dem Festkomitee verabredet bin, um den österlichen Wohltätigkeitsbasar vorzubereiten. Das Elend, das nach dem Krieg allenthalben herrscht, kann man ja kaum noch mitansehen.« Sie legte ihre Fingerkuppen an die Stirn. »Hach, ich bekomme schon meine Migräne, wenn ich nur daran denke, dass ich gleich wieder mit all dem Schrecken konfrontiert werde, den die abgerissenen Gestalten mit sich bringen. Überall Krüppel, dazu Hunger und Krankheit.« Sie schüttelte ungehalten den Kopf. »Und an alledem sind nur diese Sozialdemokraten schuld. Was fällt denen eigentlich ein, unserem verehrten Kaiser derart in den Rücken zu fallen?! Ohne diese verräterische Brut hätten wir den Krieg in kürzester Zeit gewonnen und müssten uns keine Gedanken darum machen, wie man das gemeine Volk satt bekommt. Gott bewahre uns davor, dass der Pöbel, wie unlängst in Russland geschehen, zu rebellieren beginnt und uns, die wir von Stand sind, wie Gesindel davonjagt. Also werden wir sie wohl oder übel füttern müssen, auch wenn sie an ihrem Elend selbst schuld sind.« Sie griff nach ihren ellenbogenlangen Handschuhen aus schwarzer Spitze und streifte sie über.

Elisabeth verdrehte die Augen. »Nicht schon wieder diese Litanei, Mutter. Die übrigens nicht dadurch richtiger wird, dass du sie ständig wiederholst. Wer einen Krieg anzettelt, muss damit rechnen, ihn zu verlieren, so einfach ist das. Die Sozialdemokraten haben lediglich versucht zu retten, was noch zu retten war.«

»Ach, Kind, was verstehst denn du schon davon? Besser, du hütest deine Zunge, bevor dein Vater dich solche Reden schwingen hört. Nachher hält er dich noch für eine dieser …« Sie stieß ein schnaubendes Geräusch hervor, »… dieser schamlosen Suffragetten, die glauben, die Gesetze der Natur ad absurdum führen zu können.«

Elisabeth, die dem Anliegen der Frauenrechtlerinnen durchaus etwas abgewinnen konnte, beschloss, dieses Thema nicht weiter zu erörtern, denn sie wusste, dass es bei ihrer zutiefst traditionell eingestellten Mutter zu nichts führen würde. Sowohl deren als auch die Familie ihres Vaters entstammten, wenn auch entfernt, einem alten deutschen Adelsgeschlecht, und beide hielten es nur für gerecht, dass sie ein privilegiertes Leben führten, während sich andere, die von Geburt weniger begünstigt waren, mit den Brotkrumen zufriedengeben mussten, die man ihnen ab und an in den Blechnapf warf. »Würden sie sich nicht vor ihrer Arbeit drücken, dann müssten sie auch nicht im Elend leben«, pflegte Elisabeths Vater zu sagen. »Aber sie mussten ja mit den Gewerkschaften unbedingt für die Achtstundenwoche streiten. Nun, dann kann das natürlich nichts werden mit ihrem Wohlstand. Würde ich so faul daherkommen, würde ich ganz sicher nicht mehr diese Villa bewohnen.«

»Wo du gerade von Frauenrechten sprichst, Mutter«, sagte Elisabeth nun. »Es geht um Henrike.«

»Henrike?« Käthe von Wolff runzelte die Stirn.

»Das neue Hausmädchen«, half Elisabeth ihr auf die Sprünge.

»Ach, die«, erwiderte ihre Mutter leidenschaftslos. »Was ist mit ihr? Hat sie sich über irgendetwas beschwert?«

»Nein. Aber ich denke, sie hätte allen Grund dazu.«

»Warum? Bekommt sie nicht genug zu essen?«

Elisabeth holte tief Luft. »Nein, darum geht es nicht. Ich denke, es ist dir nicht entgangen, dass Vater ihr nachstellt«, sprach sie ihre Befürchtungen unumwunden aus.

»Ihr nachstellt?« Die Stimme ihrer Mutter geriet ein wenig zu schrill. »Was soll denn das nun wohl heißen?«

»Du weißt genau, was ich damit sagen möchte«, erwiderte Elisabeth. »Mir scheint, das Verhältnis zwischen ihm und

Henrike ist keineswegs so, wie es sich für Dienstherrn und Angestellte geziemt.«

»Ich weiß wirklich nicht, warum du mich mit so einer Lappalie behelligst, Elisabeth«, antwortete ihre Mutter recht schnippisch. »Dein Vater hat das Mädchen hier angeschleppt, dann wird er auch wohl wissen, wie er mit ihr umzugehen hat. Du weißt selbst, dass man in einem Haushalt wie dem unsrigen mit strenger Hand regieren muss, will man sich von seinem Personal nicht auf dem Kopf herumtanzen lassen. Nun, und nichts anderes wird er auch mit Henrike machen, denke ich.«

»So, das denkst du also«, schnappte Elisabeth. »Und du hältst das, was er mit ihr macht, für eine angemessene Erziehungsmaßnahme?«

»Ich weiß nicht, was er mit ihr macht.« Nach kurzem Zögern fügte Käthe von Wolff hinzu: »Nun, ich für meinen Teil bekomme deinen Vater des Nachts nicht mehr allzu häufig zu Gesicht, seit Henrike hier ist, wenn du darauf anspielst. Und ich bin weit davon entfernt, mich darüber zu beschweren.«

Elisabeths Erwiderung, so etwas könne ihre Mutter ihrem Mann doch nicht durchgehen lassen, tat diese mit einem Handstreich ab.

»Und was ist, wenn sein Verhalten Folgen zeitigt?«, ließ Elisabeth nicht locker. »Wird er dafür dann die Verantwortung übernehmen oder sie wie eine streunende Katze vom Hof jagen?«

»Nun, was auch passiert, die Folgen für ihr Handeln wird die kleine Hure dann wohl selber tragen müssen«, lautete die Antwort ihrer Mutter. »Henrike wird ihn ermutigt haben, sich ihr in dieser Art zu nähern. Und die Männer … Ja nun, die sind nun mal so, wie sie sind, nicht wahr? Es fällt ihnen einfach schwer, sich zu beherrschen, wenn sich ihnen ein so junges Ding auf ungebührliche Art nähert, das liegt in ihrer Biologie begründet.«

»Aber Mutter«, empörte sich Elisabeth, »du willst mir doch nicht allen Ernstes erzählen, dass …!«

»So, meine Liebe«, unterbrach Käthe von Wolff sie, »ich muss nun wirklich gehen, sonst komme ich noch zu spät. Aber eines kann ich dir sagen: Ich möchte nie wieder etwas zu dieser Angelegenheit hören. Es ist einer jungen Dame absolut unwürdig, sich über derartige Dinge den Kopf zu zerbrechen.« Sie musterte ihre Tochter mit kritischem Blick. »Lieber wäre es mir, du würdest endlich die Schneiderin aufsuchen und dir für den Ball am kommenden Wochenende ein hübsches Kleid anfertigen lassen. Aber nichts Gelbes, Kind, das macht dich blass. Und wir wollen doch nicht, dass die jungen Männer durch dich hindurchsehen, nicht wahr? Denn schließlich ist es an der Zeit, dass du dich endlich vermählst.« Sie rauschte mit gerafften Röcken zur Tür hinaus.

Elisabeth blieb zutiefst entmutigt zurück. Eigentlich hatte sie angenommen, ihrer Mutter sei es in ihrer üblichen Ignoranz gar nicht aufgefallen, dass ihr Mann einem Hausmädchen nachstellte. Soeben aber war sie eines Besseren belehrt worden. Derart unverblümt von ihrer Mutter zu hören zu bekommen, dass ihr das unverantwortliche Verhalten ihres Gatten in gewisser Weise sogar entgegenkam, offenbarte eine Charakterschwäche, die erst einmal verdaut sein wollte.

Schon seit geraumer Zeit machte Elisabeth sich Gedanken darum, auf welche Weise sie Henrike helfen könnte, doch war ihr bislang nichts eingefallen, wenn sie nicht riskieren wollte, bei ihrem Vater in Ungnade zu fallen. Erst vor wenigen Tagen hatte sie sich bei den anderen Dienstboten erkundigt, was diese in jener unglückseligen Angelegenheit mitbekommen hätten. Angeblich nichts, so hatten sie behauptet, doch das glaubte sie ihnen nicht. Vielmehr stand zu befürchten, dass sie alle den Mund hielten, weil sie befürchteten, ansonsten ihre Arbeit zu verlieren.

Elisabeth sah also ein, dass sie in diesem Haus nichts gegen ihren Vater würde ausrichten können. So leid es ihr auch für Henrike tat, sie konnte sie nicht schützen. Aus den Worten ihrer Dienstboten hatte sie herausgehört, dass es Henrikes Mutter gewesen war, die ihre Tochter dem Herrn Direktor zum Fraß vorgeworfen habe, da sie selbst nach dem Tod ihres Mannes kaum genug besaß, um sie satt zu bekommen. Wie schrecklich musste es für eine Mutter sein, sich zu solch einer Tat gezwungen zu sehen, wohl wissend, was mit ihrem Kind geschehen würde?!

Elisabeth überlegte, was nun zu tun sei. Henrike endgültig ihrem Verderben auszuliefern, kam nicht infrage. Aber war es schicklich, ihrer Freundin Margarete von dem Schicksal des Hausmädchens zu erzählen? Das war wohl kaum möglich, ohne ihren eigenen Vater zu diskreditieren – was wiederum Wasser auf Margaretes Mühlen wäre, hatte diese sich doch zu einer jener Suffragetten entwickelt, die es sich zum Ziel gesetzt hatten, die Patriarchen vom Schlage ihres Vaters zu verdammen, wenn nicht gar zu vernichten. Schon mehrfach hatte man Margarete ins Gefängnis gesperrt, in der Hoffnung, ihr damit diese Flausen auszutreiben. Vergebens. Ihr Zorn gegen die Männerwelt schien mit jedem Versuch, ihren Willen zu brechen, nur noch größer zu werden. Worin diese abgrundtiefe Verachtung den Männern gegenüber begründet lag, vermochte Elisabeth nicht zu sagen. Margaretes Gefährtin Gertrud, die in Berlin lebte und die Elisabeth bislang nicht sonderlich gut kannte, hatte bei einem Treffen ihr gegenüber gewisse Andeutungen gemacht. Demnach waren Margarete ehemals ähnlich schreckliche Dinge widerfahren, wie sie jetzt Henrike zu erdulden hatte. Wenn dem so war, dann würde sich vermutlich Margaretes und Gertruds ganzer Hass gegen Elisabeths Vater richten, sobald sie von Henrikes Schicksal erfuhren. Elisabeth schauderte bei dem Gedanken, was Margarete und Gertrud – die in Berlin ein delikates Etablissement betrieb, wie Margarete sich auszudrücken pflegte, und entsprechend über Beziehungen bis in die höchsten Kreise verfügte – womöglich unternehmen würden, um Henrike aus seinen Fängen zu befreien. Nur *dass* sie etwas unternehmen würden, stand außer Frage. Was aber, wenn dies in der Folge nicht nur ihren Vater, sondern ihre ganze Familie ins Verderben stürzte? War es das wirklich wert?

Es schellte an der Tür, kurz darauf hörte Elisabeth von der Eingangshalle her einen Disput zwischen zwei Männern. In einem von ihnen erkannte sie Charles, den Butler ihrer Familie, den ihr Vater seinerzeit aus England hierhergebracht hatte. Trotz aller Differenzen, die es auf politischer Ebene zwischen den beiden Staaten gab, war Charles ihrer Familie stets treu ergeben gewesen, selbst als man sich miteinander im Krieg befand.

Der Disput wurde lauter, was Elisabeths Interesse weckte. Sie erhob sich von der Chaiselongue, auf die sie sich hatte sinken lassen, und lief in die Halle. »Was gibt es denn?«, fragte sie, wobei sie bewusst die Stimme hob, um von den beiden Streithähnen überhaupt bemerkt zu werden.

»Oh, Fräulein Elisabeth«, sagte Charles mit einer knappen Verbeugung. »Es ist nichts, was Sie interessieren sollte. Ich habe diesen …«, er räusperte sich, »… diesen Herrn aufgefordert zu gehen.« Er machte Anstalten, dem Fremden die Haustür vor der Nase zuzuschlagen, der aber zeigte eine gute Reaktion, indem er seinen Fuß, der in einem groben, vom Straßenschlamm verschmutzten Schuh steckte, dazwischenschob.

»Ich habe keineswegs vor zu gehen, solange ich …«

»Solange Sie was?«, fuhr ihm Elisabeth in die Parade. »Sie glauben tatsächlich, dass Sie Forderungen stellen können? Sie? In einem Haus wie diesem?«

»Ja, das glaube ich allerdings«, zischte der Mann. »Exakt in einem Haus wie diesem. Weil nämlich das konkrete Problem, das mich hertreibt, genau in diesem Haus und in keinem anderen zu finden ist.« Erstmals trafen sich ihre Blicke. Mit seinem dichten braunen Haar, seinen stahlblauen Augen und seiner gestählten Statur war er trotz seiner eher ärmlichen Erscheinung unbestritten ein attraktiver Mann.

Verlegen wandte Elisabeth ihren Blick ab. Sein intensiver Blick entfachte ein Feuer in ihr, das sie nicht einzuordnen wusste. Sie konnte sich nicht erinnern, bei einem Gegenüber jemals ein solch verwirrendes Gefühl verspürt zu haben. War es Angst? Nein, gab sie sich sogleich selbst die Antwort. Obwohl der Mann recht aufgebracht schien, wirkte er auf sie keineswegs bedrohlich.

»Zum letzten Mal«, beschwor Charles den Gast, während er weiterhin versuchte, die Haustür zu schließen. »Nehmen Sie Ihren Fuß weg, sonst müsste ich …«

»Was führt Sie denn her?«, unterbrach Elisabeth den Butler. Sie wollte verhindern, dass Charles den Besucher womöglich verletzte.

»Aber Fräulein von Wolff, ich kann es keineswegs gutheißen, dass Sie diesem … diesem Mann erlauben, Ihre Zeit in Anspruch zu nehmen!«, protestierte Charles.

»Nun, ich möchte aber gern erfahren, was ihn gegen uns aufbringt«, entgegnete Elisabeth, wofür sie von dem Fremden einen verwunderten Blick kassierte. »Also?« Sie sah den Mann herausfordernd an.

»Henrike«, sagte der. »Ich würde gern mit ihr sprechen.«

»Sie meinen unser Hausmädchen?«

»Genau.«

Elisabeth sackte das Herz in die Hose, aber sie bemühte sich um Fassung. »Ich darf annehmen, Sie sind ein Verwandter?«

»Nein, aber ich komme im Auftrag ihrer Mutter. Sie macht sich Sorgen. Ich war schon zweimal hier, aber …«

»Warum sollte sie sich Sorgen machen?«, unterbrach Elisabeth ihn. »Es geht ihr gut, das können Sie der Mutter gern ausrichten.«

»Mit diesen Worten hat man mich schon öfter zu vertrösten versucht«, erklärte der Mann, »aber wie Sie sehen, gebe ich mich damit nicht zufrieden.«

Elisabeth dachte einen Moment nach, dann aber beschloss sie, dem Wunsch des Fremden zu entsprechen. »Charles«, bat sie den Butler, »wenn Sie so nett wären, Henrike Bescheid zu geben.«

»Aber Fräulein Elisabeth, ich …«

»Charles?« Sie sah ihn mit hochgezogener Braue an.

Der Butler verbeugte sich. »Sehr wohl, gnädiges Fräulein. Allerdings würde ich so lange lieber die Tür schließen. Ich glaube nicht, dass Ihr Herr Vater es gutheißen würde, wenn ich Sie mit diesem Mann allein ließe.«

»Nun, mein Vater ist nicht da«, widersprach Elisabeth. »Und der Herr sieht mir nicht so aus, als würde er sich auf mich stürzen, sobald ich mit ihm allein bin.« Sie zwinkerte dem Fremden verschwörerisch zu, woraufhin der ihr ein überraschtes Lächeln schenkte. Derart freundlich gestimmt, sah er gleich noch mal so gut aus, wie sie fand.

»Wenn Sie meinen«, erwiderte Charles pikiert. »Wen darf ich melden?«

»Karl. Mein Name ist Karl.«

Charles nickte und trollte sich.

Zwischen Elisabeth und dem Mann entstand eine verlegene Stille, und der Mann begann, seine Mütze, die er bei ihrem Erscheinen abgesetzt hatte, mit beiden Händen zu kneten. Schließlich aber sagte er: »Vielen Dank, dass Sie das für mich tun, Fräulein von Wolff. Henrikes Mutter … Sie hat nichts mehr von ihrer Tochter gehört, seit sie hier ihren Dienst antrat, obwohl sie doch gar nicht so weit entfernt lebt.«

»Das … das wusste ich nicht«, sagte Elisabeth verunsichert, und es entsprach der Wahrheit. Beschämt stellte sie fest, dass sie sich darum noch nie Gedanken gemacht hatte. Da jeder ihrer Bediensteten einmal in der Woche für ein paar Stunden Ausgang hatte, war sie davon ausgegangen, dass dies selbstverständlich auch für Henrike galt. Sie konnte nur erahnen, warum ihr Vater bei Henrike eine Ausnahme machte.

»Da bist du ja, Henrike«, sagte der Mann namens Karl im nächsten Moment. Sein Blick, mit dem er das Mädchen musterte, war besorgt. »Geht es dir gut?«

»Karl. Wie schön, dich zu sehen«, sagte Henrike gefasst, doch war unschwer zu erkennen, dass sie mit den Tränen kämpfte. Elisabeth hatte den Eindruck, dass sie dem Wunsch, sich in die Arme ihres Besuchers zu stürzen, nur unschwer widerstehen konnte. Einmal mehr fiel ihr auf, wie blass und dürr sie war. »Schickt ... schickt Mutter dich?«

»Ja. Sie fragt sich, warum du dich nicht bei ihr meldest.« Während Karl das sagte, warf er Elisabeth einen so vorwurfsvollen Blick zu, dass ihr ganz mulmig zumute wurde. »Geht es dir gut, Henrike? Behandelt man dich hier gut?«

»Also, das ist doch jetzt ...!« Charles fehlten offenbar die Worte. »Was unterstellen Sie denn da, Sie unverschämter Kerl?«

Elisabeth fasste ihn am Arm. »Es ist gut, Charles. Lassen Sie die beiden miteinander reden. Bitte.«

»Ja, es ... es geht mir gut.« Unglücklicher als Henrike hätte wohl kaum ein Mädchen bei dieser Lüge aussehen können, wie Elisabeth fand. Sie fragte sich, wie dieser Karl reagieren würde, wenn Henrike ihm die Wahrheit gesagt hätte. Kaum vorstellbar, dass er dann noch so ruhig dastehen würde, wie er es jetzt tat. Die Anspannung, unter der er stand, war ihm durchaus anzumerken. Auch wenn er jetzt nickte, sah er nicht so aus, als würde er dem Mädchen Glauben schenken.

»Nun, dann werde ich es deiner Mutter so ausrichten«, sagte Karl. Seine Finger krallten sich bei diesen Worten in die Mütze. »Es wird sie freuen, das zu hören.« Als er sich anschickte zu gehen, presste Henrike die Zähne zusammen, dann rannte sie ohne ein weiteres Wort davon.

»Wenn ihr hier auch nur ein Haar gekrümmt wurde, dann Gnade euch Gott«, presste Karl sichtlich aufgewühlt zwischen den Zähnen hervor. »Und sollte es so sein, dann werde ich es herausfinden.« Mit diesen Worten setzte er die Mütze wieder auf und wandte sich zum Gehen.

»Was für ein verkommenes Subjekt«, knurrte Charles, nachdem er die Tür hinter dem ungebetenen Besucher geschlossen hatte. »Sie hätten sich mit ihm gar nicht abgeben sollen, Fräulein von Wolff. Selbstverständlich werde ich dem Herrn Direktor von diesem Burschen berichten. Anzunehmen, dass er in der Zeche arbeitet, wenn er das Mädchen und seine Mutter kennt. Bestimmt kann der Herr Direktor …«

»Ich kläre das mit meinem Vater, Charles«, sagte Elisabeth rasch. »Bitte lassen Sie ihm gegenüber von dieser Unterredung kein Wort verlauten.«

»Aber verehrtes Fräulein …!«

Elisabeth hob mahnend den Zeigefinger. »Kein Wort, Charles, oder ich werde mich bei meinem Vater über Sie beschweren.« Es tat ihr leid, den treuen Butler derart angehen zu müssen, aber es erschien ihr wichtig, seine Verschwiegenheit in dieser Sache sicherzustellen.

»Sehr wohl, gnädiges Fräulein.«

Nachdem auch Charles gegangen war, trat Elisabeth ans Fenster und schaute dem Fremden, der sich mit raschen Schritten entfernte, mit einem flauen Gefühl im Bauch hinterher. Sie spürte, dass er es nicht bei diesem Besuch bewenden lassen würde. Doch was gedachte er als Nächstes zu unternehmen?

Es war wohl wirklich an der Zeit, sich um das weitere Vorgehen Gedanken zu machen, denn es galt, ein Unglück zu verhindern. Karls Unglück.

* * *

Kaum, dass er den schlammigen Weg betrat, der in seine Siedlung führte, kam Henrikes und Claras Mutter Hedwig ihm bereits entgegen. »Hast du sie gesehen, Karl?«, rief sie ihm zu, noch bevor er bei ihr angelangt war. »Hast du meine Kleine gesehen? Sag, wie geht es ihr?«

Karl legte seinen Arm um Hedwig, um sie zu wärmen. Er wusste nicht, wie lange sie bereits am Wegesrand in Kälte und Nieselregen gestanden und auf ihn gewartet hatte, doch war sie in ihrem fadenscheinigen Kleid so durchgefroren, dass selbst ihre Lippen blau angelaufen waren. Nach einem klirrend kalten Winter zeigten sich auch die ersten Wochen des Frühlings von ihrer nasskalten Seite. »Warum hast du dir denn keinen Mantel übergezogen?«, schimpfte er. »Du holst dir noch den Tod.«

»Ich habe ihn Clara mitgegeben«, erklärte sie mit klappernden Zähnen. »Es hieß, beim Bäcker gibt es Brot, da habe ich sie losgeschickt, um welches zu holen.«

»Es gibt Brot?« Karl hoffte, dass es wahr sei. Derzeit waren Lebensmittel nur schwer zu bekommen. Nicht wenige in der Siedlung litten Hunger, obwohl die Männer unten im Berg und die Frauen über Tage bis zur Erschöpfung schufteten. Es war die reinste Sklaventreiberei hier im Pütt. Immer sollte es mehr und mehr Kohle sein, die sie aus dem Berg holten, so viel, dass es kaum zu schaffen war. Und immer wieder kam es dabei zu scheußlichen Unfällen, da es die Zechenbetreiber mit den Sicherheitsmaßnahmen nicht so genau nahmen. So waren in dieser Woche schon mehrmals die Ventilatoren ausgefallen, was in den Schächten zu extrem matten Wettern führte und den Kumpeln unter Tage die Luft zum Atmen nahm. Nicht wenigen von ihnen waren die Sinne geschwunden, und man hatte sie an die Luft bringen müssen. Den Profit aus dieser Ausbeutung aber zogen die, die sich noch nie in ihrem Leben die Finger schmutzig gemacht hatten. Es waren dieselben, die auch am Krieg verdient hatten, während andere auf den Schlachtfeldern oder auch in den Zechen ihr Leben ließen.

Seine Gedanken wanderten erneut zu der Knappheit der Lebensmittel. Woher seine Mutter Luise Brot, Speck und Eier bezog, war Karl ein Rätsel. Doch was auch immer sie trieb, um ihre Familie einigermaßen satt zu bekommen, er betete um ihrer aller willen, dass man sie nie dabei erwischen möge. Sie alle hatten gehofft, dass ihre Situation mit Ende des Krieges besser würde, doch schien ihr Elend mit jedem Tag schlimmer zu werden. »Hat Clara denn keinen eigenen Mantel?«, fragte er.

»Nein. Das heißt doch, natürlich hat sie einen. Aber da müssen in der Nacht die Ratten dran gewesen sein. Überall Löcher. Ich weiß wirklich nicht, wie wir ihr einen neuen … Na ja, das soll nicht deine Sorge sein, Karl. Nun sag schon, hast du meine Henrike gesehen?«

»Ja, diesmal habe ich sie gesehen.«

Hedwig sah ihn aus großen, hoffnungsvollen Augen an. »Du hast sie gesehen? Sag, wie geht es ihr?«

»Gut, Hedwig. Es geht ihr gut.« Es war eine Lüge, das wusste er. Doch immerhin hatte Henrike es warm und wohl auch ausreichend zu essen; und das war mehr, als Leute von ihrem Schlag es in heutiger Zeit erwarten durften. Dennoch stimmte etwas nicht mit ihr, auch das war nicht zu übersehen gewesen. Im besten Fall war es lediglich die Sehnsucht nach ihrem Zuhause, die Henrike umtrieb. Doch was gab es dann für einen Grund, warum man sie nicht ab und an zu ihrer Familie ließ? Fürchtete der Herr Direktor, dass sie nicht zurückkommen würde? Aber könnte ihm das nicht herzlich egal sein, jetzt, da sich die Frauen für eine solche Anstellung die Hand abhacken würden, wenn sie und ihre Familie im Gegenzug nicht Hunger leiden müssten? Nein, irgendetwas stimmte da ganz und gar nicht, und er, Karl, würde nicht lockerlassen, bis er herausgefunden hatte, was genau mit dem Mädchen los war.

»Wirklich? Es geht ihr gut? Und das sagst du auch nicht einfach nur so, um mich zu beruhigen?«, fragte Hedwig.

»Nein, Hedwig, das sage ich nicht einfach nur so«, bekräftige Karl. »Ich habe sogar kurz mit ihr sprechen können. Das Fräulein Direktor hat es ermöglicht. Sie scheint eine gar nicht so üble Person zu sein.« Karl lächelte beim Gedanken an die schöne junge Frau, die ihm so verschmitzt zugezwinkert hatte. Bislang hatte er sie stets nur aus der Ferne zu Gesicht bekommen, meistens im Automobil ihres Vaters sitzend, wenn der sich zum Pütt hatte chauffieren lassen. Ausgestiegen aber war sie nie, vermutlich aus Angst, sich Schuhe und Kleid zu verderben. Er konnte sich lediglich an eine persönliche Begegnung mit ihr erinnern, als sie noch ein Kind gewesen war. Aber davon, dachte er amüsiert, konnte nun wirklich keine Rede mehr sein. Er fragte sich, ob sie wohl in festen Händen war. Ein Gedanke, von dem er nicht zu sagen vermochte, warum er ihm so wenig behagte.

»Aber warum kommt sie uns denn nie besuchen?«, fragte Hedwig in seine Gedanken hinein. Ihre Stirn umwölkte sich, als sie leise hinzufügte: »Fühlt sie sich vielleicht so wohl bei den feinen Herrschaften, dass sie sich unserer schämt?«

»Das glaubst du doch wohl selber nicht«, antwortete Karl. »Niemals würde sich Henrike ihrer Familie schämen.«

»Aber warum …?«

Hedwig kam nicht mehr dazu, diesen Satz zu Ende zu bringen, lief doch in diesem Moment Hiska mit panisch aufgerissenen Augen auf sie zu. »Karl«, rief sie, »Gott sei Dank, dass ich dich gefunden habe! Gisela schickt mich, du musst sofort kommen!«

Karl beschleunigte seinen Schritt. »Hiska! Was in aller Welt ist denn los?« Ihm wurde ganz flau im Magen, und auch Hedwig wurde schreckensbleich, als nun die Zechenglocke zu bimmeln begann. »Hat es erneut ein Unglück gegeben?« Er rannte nun neben Hiska her, die ihn zum Eingang der Grube führte.

»Ja.«

»Was genau ist passiert?«

»Ich … ich weiß es nicht. Ich habe nichts von dem verstanden, was Gisela mir gesagt hat, nur dass ich dich suchen soll. Sie hat mir den Weg gezeigt, auf dem du kommen müsstest. Alle anderen gehen zur Grube, um zu helfen, sagte sie.«

»Um zu helfen.« Karl hörte kaum noch, was Hiska in ihrer Aufregung an ihn heranbrabbelte. Ein Unglück! Schon wieder! Erst nach seiner letzten Schicht hatte er mit dem Steiger gesprochen. Er hatte ihm prophezeit, dass es so weit kommen würde, wenn nicht endlich etwas geschah. Der aber hatte wieder einmal nur abgewinkt. Der Herr Direktor wisse schon, was richtig sei, hatte er ihn belehrt, denn der habe schließlich studiert. Und ob er, Karl, denn überhaupt eine Vorstellung davon habe, was es koste, solch ein Bergwerk zu unterhalten?

»Vor allem kostet es unsere Leben«, hatte Karl geantwortet, was jedoch lediglich mit einem Schulterzucken und einer Warnung, Kommunisten seien hier nicht willkommen, quittiert worden war.

»Was ist passiert?«, fragte er, als nun Gisela, von oben bis unten rußverschmiert, auf ihn zugestürzt kam. Sie zog ihn am Ärmel mit sich fort.

»Geh rein und wärm dich auf!«, rief er der zu Tode erschrockenen Hedwig über die Schulter zu. »Du warst schon viel zu lange draußen! Und nimm Hiska mit, bevor auch sie sich noch was Übles einfängt!«

»Vier Kumpel sind noch unten«, klärte Gisela ihn auf. »Es hat eine Explosion gegeben. Ein Stollen ist eingestürzt.«

Karl erschrak. »Wo genau?«

»Unweit vom *alten Mann.* Sie brauchen jede Hand, um sie freizugraben.«

»*Noch* vier Kumpel?«, fragte Karl, während er sich zu anderen in den vergitterten Aufzug zwängte, um mit ihnen in die Grube einzufahren. »Das heißt, ihr habt schon welche retten können?«

Gisela senkte den Kopf. »Wir haben ihre Körper bergen können. Es waren drei. Sie ... sie sind tot, Karl. Auch Wilhelm ist unter ihnen.«

»Wilhelm?«, flüsterte Karl entsetzt. »Wilhelm ist tot?«

»Ja. Und Heinz ist noch unten. Wir wissen nicht, ob ... ob er noch lebt.«

Es war wie ein Schlag in die Magengrube, der Karl für einen Moment schwindeln ließ. Dann aber besann er sich auf seine Aufgabe. Jetzt galt es, Menschenleben zu retten, über alles andere konnte er sich später Gedanken machen.

Das Gitter schloss sich, und der Aufzug setzte sich mit ihnen in Bewegung. Karls letzter Blick galt dem Steiger, der in sich zusammengesunken dastand und ihn wie um Vergebung heischend ansah. Karl aber reckte ihm die geballte linke Faust entgegen. Er schwor bei Gott, dass in diesem Pütt, in dem das Leben eines seiner besten Freunde dem Profit gieriger Ausbeuter geopfert worden war, nach diesem Unglück nichts mehr so sein würde wie zuvor.

* * *

»Damit kommen sie nicht durch!«, wetterte Heinz-Rudolf von Wolff, während er im Stechschritt den Salon durchmaß. Der Zechendirektor war außer sich vor Wut. »Ich werde diese Sozialisten ausräuchern! Eine Besetzung der Zeche, hat man so was schon gehört! Allenthalben macht sich diese kommunistische Brut breit, hier in Duisburg, in Essen, in Dortmund, einfach überall. Sie fordern, dass man in Berlin eine Räterepublik ausruft, in der jeder Hanswurst mitbestimmen kann. Eine Räterepublik! Das hör sich einer an! Die Zeitungen sind voll davon. Und je länger man sie gewähren lässt, desto unverschämter werden ihre Forderungen.« Er hob den Zeigefinger. »Nein, nicht mit mir, ganz sicher nicht mit mir! Ich hätte nicht wenig Lust, das Militär zu schicken, damit es diesem Spuk ein Ende setzt.« Er nickte. »Ja, ich denke, dass ich genau das tun werde.«

»Ist es denn so verwunderlich, dass sie aufgebracht sind, Vater?« Elisabeth legte ihren Stickrahmen beiseite. »Beim letzten Unglück sind fünf Männer gestorben, und einer wurde so schwer verwundet, dass er womöglich nie wieder einfahren kann. Hinzu kommt der Hunger, unter dem sie zu leiden haben, wie man hört. Also wenn du mich fragst, dann kann ich die Wut der Menschen gut verstehen.«

Von Wolff klemmte sich sein Monokel ans Auge und musterte sie abschätzend. »Ich wüsste nicht, dass ich dich um deine Meinung gebeten habe, Elisabeth. Ihr Frauen seid viel zu gefühlsduselig, als dass ihr einem vernünftigen Argument zugänglich sein könntet.« Er paffte an seiner Zigarre. »Aber gut, junge Dame, wenn du es unbedingt verstehen willst: In der heutigen Zeit muss ein jeder Opfer bringen. Nicht wir sind schuld an dem Elend, dem sich die Menschen in diesem Land ausgesetzt sehen. Es sind die Alliierten, diese verdammten Kriegsgewinnler, die uns die Luft zum Atmen nehmen. Sie spielen sich auf wie die neuen Herren im Land. Und glaub mir, mein Kind, das, was wir jetzt erleben, ist erst der Anfang. Ausbluten lassen werden sie uns wie die Metzger das Schlachtvieh. Nicht einen Funken Anstand tragen sie im Leib und nicht einen Funken Moral! Was bleibt uns denn da übrig, als von unseren Arbeitern immer noch mehr Einsatz zu verlangen?! Es geht für uns alle ums nackte Überleben, Elisabeth. Ums nackte Überleben!«

»Für uns alle wohl kaum«, murmelte Elisabeth, um dann laut hinzuzufügen: »Und was hättet ihr gemacht, wenn ihr den Krieg gewonnen hättet? Hättet ihr die Länder der Entente nicht genauso ausgepresst wie sie euch?«

Ihr Vater reckte das Kinn. »Nun, diese Frage stellt sich nicht, oder?«

»Doch, Vater, leider stellt sie sich sehr wohl. Denn wenn ich mich recht erinnere, dann war es Deutschland, das seinen Nachbarn diesen unsinnigen Krieg aufgezwungen hat, dem Millionen Männer zum Opfer fielen. Also werden wir wohl oder übel mit den Folgen leben müssen, findest du nicht?«

Das Gesicht ihres Vaters lief puterrot an. »Ich verbitte mir solch aufrührerische Reden in meinem Haus! Bist du denn völlig von Sinnen, Elisabeth?!« Er stieß einen Fluch aus. »Das hat man nun davon, dass man sich mit Weibsvolk auf eine Diskussion einlässt. Nichts als sinnloses Gefasel kommt dabei heraus, nichts als sinnloses Gefasel!«

»Hach«, seufzte Elisabeths Mutter theatralisch, »nimmt hier denn keiner Rücksicht auf meine labile Konstitution? Immer diese Streiterei, die zu nichts führt. Ich gebe deinem Vater recht, Elisabeth, wir Frauen sollten uns aus diesen Ränkespielen heraushalten, denn dafür sind wir einfach nicht geschaffen.«

»Das mag für dich und deinesgleichen gelten, Mutter«, giftete Elisabeth. »Wir modernen Frauen aber haben durchaus etwas zu sagen, auch wenn es so manchem hochwohlgeborenen Herrn nicht zu behagen scheint. Aber waren es denn nicht genau diese hochwohlgeborenen Herren, die dem Volk da draußen mit ihrer unseligen Kriegstreiberei all das Elend erst eingebrockt haben, in dem es jetzt steckt?!«

Ihr Vater schnappte nach Luft, doch noch bevor er seine Sprache wiedergefunden hatte, fügte Elisabeth hinzu: »Was genau spricht eigentlich dagegen, die Forderung der streikenden Bergarbeiter zu erfüllen? Die Sozialisierung der Zechen scheint mir alles in allem eine vernünftige Lösung zu sein. Ich könnte mir vorstellen, dass man dadurch so manch drohende Unruhen, die ihr Zechenbetreiber doch so fürchtet, im Keim ersticken könnte. Eine Gesellschaft, in der Armut und Reichtum so ungleich verteilt sind wie in der unsrigen, wird auf Dauer zweifellos dem Untergang geweiht sein. Warum also nicht gleich darüber nachdenken, ob …?«

»Raus!«, schrie ihr Vater außer sich vor Wut, noch bevor sie ihre Ausführungen beenden konnte. Er deutete mit gestrecktem Arm auf die Tür. »Sofort verlässt du mein Haus, Elisabeth, und lässt dich hier nie wieder blicken!« Er ließ sich keuchend in einen Sessel sinken und tupfte mit einem Taschentuch den Schweiß vom nun bläulichen Gesicht. Dann japste er in Richtung seiner Gattin: »Ich habe schon immer gesagt, dass du dem Mädchen zu viel durchgehen lässt, Käthe. Kinder wollen mit strenger Hand erzogen werden, sonst laufen sie aus dem Ruder. Siehst du nun, was du angerichtet hast? Wie gut nur, dass niemand Zeuge ihrer unerhörten Reden wurde. Wir wären für immer dem Gespött der Leute ausgesetzt. Nie wieder hätten wir uns in der Gesellschaft blicken lassen können, nie wieder.«

Elisabeth saß nur stumm da. Sie war sich nicht sicher, ob ihr Vater seine Drohung ernst gemeint hatte. So aufgebracht wie heute hatte sie ihn noch nie erlebt. Nun gut, sie war sich durchaus bewusst gewesen, dass er sich an ihren Worten reiben würde. Aber würde er wirklich so weit gehen, sein einziges Kind des Hauses zu verweisen?

Sie fuhr erschrocken zusammen, als sie nun jemand am Arm fasste. »Komm, du dummes Ding«, sagte ihre Mutter, »wir gehen jetzt besser nach oben. Ich werde mit deinem Vater reden, sobald sich der Sturm gelegt hat.« Käthe führte ihre Tochter aus dem Salon heraus. »Aber glaube ja nicht, dass ich es um deinetwillen tue. *Au contraire, ma chère, au contraire*. Mit deinem Reden hast du dich aufs Übelste disqualifiziert, und ich hätte, genau wie dein Vater, nicht wenig Lust, dich vor die Tür zu setzen, damit du wieder zu Verstand kommst.« Sie seufzte. »Allein, mir graut vor dem Gedanken, was die Leute dazu zu sagen hätten.« Sie schlug die Hände vor der Brust zusammen. »Nicht auszudenken, was das für einen Skandal gäbe! Wie die Giraffen würden sie sich auf uns stürzen und uns zerfleischen. Also bleibst du natürlich hier.«

»Wie die Hyänen meinst du«, murmelte Elisabeth kaum hörbar. Sie folgte ihrer Mutter stumm die Treppe hinauf. Jedes weitere Wort von ihr würde sie nur noch mehr aufregen. Also war es wohl besser zu schweigen – zumindest so lange, bis sie selbst für sich entschieden hatte, was nun zu tun sei.

»So.« Ihre Mutter schob sie recht grob in ihr Zimmer, dann zog sie den Schlüssel aus der Tür und steckte ihn von außen wieder hinein.

Elisabeth starrte sie fassungslos an. »Du willst mich einsperren? Wie ein störrisches Kind?«

»Nun, du *bist* ein störrisches Kind«, behauptete Käthe von Wolff. »Also wundere dich nicht, wenn man dich als solches behandelt. Du bleibst hier im Zimmer, Elisabeth, und zwar so lange, bis ich beschließe, dass es an der Zeit ist, dich wieder herauszulassen.«

»Und wie lange soll das sein?«

»Das liegt allein daran, wie lange du brauchst, um wieder zu Verstand zu kommen und dich bei deinem Vater und mir für deine Ungehörigkeit zu entschuldigen.« Sie verließ das Zimmer, gleich darauf hörte Elisabeth, wie sich der Schlüssel im Schloss drehte.

Elisabeth legte sich auf ihr Bett und verschränkte die Arme hinter ihrem Kopf. War sie zu weit gegangen? Nein, gab sie sich sogleich die Antwort. Sie hatte nichts gesagt, was sie bereuen müsste. Pures Entsetzen hatte sie ergriffen, als sie vor ein paar Tagen von dem Grubenunglück erfuhr. Welch unaussprechbares

Leid hatte es über die betroffenen Familien gebracht! Und nun, da sie für ihre wohlbegründeten Rechte einstanden, drohte ihr Vater allen Ernstes damit, das Militär um Unterstützung zu bitten?

Elisabeth schüttelte den Kopf. Nein, dachte sie, auch wenn ihr Vater sich diese weitere Stufe der Eskalation wünschen würde, so würden die Sozialdemokraten, die in Berlin das Sagen hatten, dies niemals zulassen. Anzunehmen war, dass sie aus der Vergangenheit, in der sie dem Militär zu sehr vertrauten, gelernt hatten. Und davor, sich der Unterstützung der marodierenden Truppen des Freikorps zu versichern, würde selbst ihr Vater zurückschrecken, dessen war sie gewiss. Er mochte für seine Interessen einstehen; ein solcher Unmensch aber, dass er auf diese Verbrecher zurückgriff, um sie durchzusetzen, war er nicht.

Das Bild eines jungen Mannes schob sich vor Elisabeths inneres Auge. Ein Bild, das sie verfolgte, seit sie von dem Minenunglück erfahren hatte. Karl. Sein Vorname war alles, was sie von ihm wusste, und doch stellte sie sich seit Tagen die bange Frage, ob er unter den Opfern sein mochte. Alle Versuche, es herauszufinden, waren gescheitert. Sie wusste nicht zu sagen, warum ausgerechnet er es war, um den sie sich sorgte, denn schließlich kannte sie ihn gar nicht. Und doch kam er ihr immer wieder in den Sinn, selbst des Nachts in ihren Träumen. Sie hoffte für ihn, dass er noch lebte.

Und ein klein bisschen hoffte sie dies auch für sich.

7

Ostfriesland, April 1919

Enna stand mit versteinerter Miene da und betrachtete ihr Spiegelbild. Eine Hochzeit in weißer Seide und mit edler Brüsseler Spitze besetzt, das war es, wovon ein jedes Mädchen träumte. Auch sie hatte sich früher oft vorgestellt, wie es wohl sein würde an dem Tag, an dem sie ein attraktiver Bursche, der sie über alles liebte und auf Händen trug, zur Frau nahm. Mit dem, was sie heute fühlte, hatten diese Träume allerdings nicht viel gemein. Was von ihnen übrig blieb, war einzig der attraktive Bursche – ob der sie allerdings tatsächlich über alles liebte, dessen war sie sich schon längst nicht mehr sicher. Seit sie Georg die Mitteilung gemacht hatte, guter Hoffnung zu sein, hatte er das Entsetzen in seinem Blick nicht verbergen können. Zunächst hatte Enna angenommen, er habe ihre Intrige, ihm ein Kuckuckskind unterschieben zu wollen, durchschaut. Inzwischen aber war ihr klar, dass er sich nur mit dem Gedanken, Vater zu werden, nicht anfreunden konnte. Auf das vehemente Drängen seines Vaters hin – und um dem Tratsch der Leute zuvorzukommen – war dennoch rasch der Termin für die Hochzeit anberaumt worden. Und heute nun sollte es so weit sein, dass aus der Bauerstochter Enna Ulferts die Gattin des Unternehmenserben Georg Adena wurde. Es gab keinen Weg zurück – und genau das war es, was Enna mehr denn je das Gefühl von Hoffnungslosigkeit gab.

»Ich möchte mal wissen, woher du diese wirklich unschöne Taille hast«, moserte Georgs Mutter Undine herum, die hinter ihr stand, ständig am Hochzeitskleid herumzupfte und ihren Bauch, der erst eine kaum wahrnehmbare Wölbung zeigte, mit abschätzigem Blick musterte. »Zu diesem Anlass hätte dir ein Korsett wirklich gut zu Gesicht gestanden, und ich frage mich immer noch, warum Georg nicht darauf bestanden hat, dass du eines trägst. Reicht es denn nicht, dass du unsere Familie durch dein unsittliches Verhalten zum Gespött der Leute gemacht hast? Musst du denn auch noch zu deiner eigenen Hochzeit daherkommen wie ein gewöhnliches Flittchen?« Sie machte eine wegwerfende Handbewegung. »Na ja, lassen wir das, es ändert ja doch nichts mehr. Ich frage mich nur, warum unbedingt du es sein musstest, wo Georg doch nun wirklich etwas seinem Stand Angemessenes hätte finden können. Zu allem Unglück scheint Odo diese Verbindung auch noch gutzuheißen. Ich möchte wirklich mal wissen, warum. Wenn es nach mir gegangen wäre, dann hätte man sich dieses …«, sie sog pikiert die Luft ein, wobei der Atem in ihrer Nase ein pfeifendes Geräusch verursachte, »… dieses Problems auf andere Weise entledigt.«

Enna, zutiefst getroffen von diesen Worten, setzte zu einer Erwiderung an, doch schnitt ihr die zukünftige Schwiegermutter mit einer harschen Geste das Wort ab. »Still, Mädchen, ich will nichts hören! Du bist wahrlich nicht in der Position, widersprechen zu können. Ich hoffe sehr, dass du lernst, dich unterzuordnen. Besser wäre es für dich. Es sei denn, du möchtest, dass das Zusammenleben unter einem Dach für uns alle, vor allem aber für dich, zur Tortur wird.«

Mit der gestrengen Undine Adena, die einer wohlhabenden Familie ostelbischer Junker entstammte, unter einem Dach zu leben – auch das war etwas, was Enna beim Schmieden ihres Plans nicht bedacht hatte.

Undine raffte ihr streng wirkendes, taubenblaues Kleid, das noch den Modevorstellungen der Kaiserzeit entsprach, und rauschte zur Tür hinaus. Enna blieb mit Eske allein zurück. Wie sehr hätte sie sich gewünscht, dass jetzt ihre Mutter oder wenigstens Hiska bei ihr wären. Letztere aber lebte längst im Ruhrgebiet und war, so hatte sie ihr geschrieben, von Gisela freundlich aufgenommen worden. Enna beneidete ihre Schwester zutiefst, und sie hatte sich in den letzten Wochen schon oft gefragt, warum sie für sich selbst nicht auch diese Lösung gewählt hatte. Denn hatte sie sich im Ruhrgebiet nicht eigentlich immer ganz wohlgefühlt, auch wenn die Umstände in der Zechensiedlung widrig gewesen waren? Aber nun war es zu spät, und Selbstmitleid war ganz gewiss kein guter Ratgeber, um das Beste aus dieser Situation zu machen. Und wer wusste schon zu sagen, versuchte sich Enna aufzumuntern, ob nicht auch das Leben als Georgs Gattin seine guten Seiten haben würde, wenn er sich erst einmal an Frau und Kind gewöhnt hatte?

»Wir wären dann so weit, Enna«, sagte Eske mit ihrer piepsigen Stimme. »Du siehst wirklich wunderschön aus.« Sie verschlang vor der Brust die Hände ineinander und seufzte verzückt. »Die schönste Braut, die ich jemals gesehen habe.«

»Wie viele hast du denn schon gesehen?«, neckte Enna sie, bemüht, dem Tag nun ihrerseits ein wenig hoffnungsvoller entgegenzusehen.

Eske grinste und zuckte mit den Schultern. »Ich weiß nicht genau, aber so viele waren es wohl noch nicht. Bei uns kann sich niemand etwas so Hübsches leisten, weißt du?« Wenn Eske von »bei uns« sprach, dann meinte sie die Fehnsiedlungen entlang der Wieken in den ostfriesischen Moorgebieten, in denen eine ganz fürchterliche Armut herrschte. Es war nicht selten, dass die Kinder von dort bereits im Alter von unter zehn Jahren ihre Familie verließen, um sich bei den Bauern als Mägde und Knechte zu verdingen. So auch Eske, die mit Ausbruch des Krieges aus Moordorf zu ihnen auf den Hof gekommen war.

Enna straffte ihren Rücken und atmete einmal tief durch. »Gut, dann lass uns gehen«, sagte sie. Sie schenkte ihrem Spiegelbild ein letztes gezwungenes Lächeln, dann machte sie sich auf den Weg nach unten, wo ihr Vater bereits auf sie wartete, um sie zur Kirche zu geleiten.

* * *

Georg lag, eine Zigarette rauchend, neben seiner frisch angetrauten Frau im Ehebett und starrte an die Decke, an der die Schatten der Äste einer alten Ulme einen skurrilen Tanz aufführten. Vor, zurück, vor, zurück, vor, zurück. Fast war es, als würden sie erfolglos die Reigen zu kopieren versuchen, die am Abend im großen Saal der Villa zum Besten gegeben worden waren. Die Stimmung der Gäste war ausgelassen gewesen, dafür hatte nicht zuletzt der reichlich ausgeschenkte Champagner gesorgt. Seine Laune hingegen war mit jeder Minute, die verging, noch ein wenig mehr in den Keller gesunken.

Je öfter er Enna an diesem Tag in ihrem so bezaubernden Spitzenkleid betrachtet hatte, desto mehr war ihm aufgegangen, dass er einen Fehler gemacht hatte. Solange er sie nicht hatte besitzen können, war sie für ihn durchaus von Interesse gewesen. Ihre Ablehnung, die sie so lange Zeit mimte, hatte lediglich dazu geführt, dass sein Jagdinstinkt bei jedem Zusammentreffen einmal mehr befeuert wurde. Seit dem Tag im Februar aber, als sie sich ihm endlich hingegeben hatte, war sein Feuer erloschen.

Zwar hatte sie sich nicht allzu dumm angestellt, auch wenn sie ein wenig steif gewesen war. Aber das war bei Frauen, die zum ersten Mal eine solche Erfahrung machten, nichts Ungewöhnliches, und im Ergebnis hatte sie ihm durchaus einen angemessenen Genuss beschert. Und doch war es bei ihr nicht anders gewesen als bei so vielen Frauen, die er zuvor besessen hatte: Sein Interesse an ihr erstarb, noch bevor er ihr Bett wieder verlassen hatte.

Dabei hatte er wirklich geglaubt, Enna zu lieben und zu begehren wie keine zuvor. Nun, so konnte man sich täuschen. Zu blöd nur, dass er nicht genug aufgepasst hatte. Das mit dem Kind hätte nicht passieren dürfen. Für ihn stand fest, dass sie ihn reingelegt hatte. Ganz verrückt gemacht hatte sie ihn mit ihrem Gefasel von tiefen Gefühlen, die angeblich nach und nach in ihr gewachsen seien, doch war sie im Grunde nur berechnend gewesen. Genau wie alle anderen Weiber, war auch Enna nur auf ein Leben im Glanze seines Familienvermögens aus. Konnte man ihm also verdenken, dass er ihr in dieser Nacht deutlich zu verstehen gegeben hatte, was er von solch intrigantem Verhalten hielt? Gewinselt hatte sie, er möge um des Kindes willen Rücksicht nehmen. Doch war es nicht genau dieses Kind, das ihm all das hier eingebrockt, ihn quasi in Fesseln gelegt hatte?

Leider war es ihm bei Enna nicht schnell genug gelungen, sie einzuschüchtern, als klar wurde, dass ihr Zusammensein nicht ohne Folgen geblieben war. Noch bevor er überhaupt etwas dagegen hatte unternehmen können, hatte sein Vater bereits Kenntnis von den neuen Umständen gehabt. Ein fataler Fehler, der nicht hätte passieren dürfen.

Aber genau für den würde Enna bei ihm, ihrem geschätzten Ehemann, Buße tun, und zwar so lange, wie er Gefallen daran fand. Er, Georg Adena, nahm sich, was ihm zustand, daran konnte sie sich nicht früh genug gewöhnen. Eine Ehefrau musste wissen, wohin sie gehörte, und ihm schien, dass er der widerspenstigen Enna noch so manches Mal die Richtung würde weisen müssen.

Nun, sie hatte es nicht anders gewollt.

* * *

Rund zwei Monate, nachdem sich Enna und Georg das Jawort gegeben hatten, zwang sich Marika zu einem Lächeln, als ihr Bräutigam ihr vor dem Altar mit verliebtem Blick die Hand reichte. Für ihren Vater aber, der sie durchs Kirchenschiff geführt hatte und sie jetzt an Ernfried übergab, hatte sie lediglich jene eisige Verachtung übrig, mit der sie ihn bereits vor einigen Wochen bedachte, als er ihr so unerwartet klarmachte, dass es keineswegs Georg sein würde, der für sie als Ehemann auserkoren sei, sondern dessen jüngerer Bruder.

Im ersten Moment hatte sie geglaubt, ihr Vater wolle sie necken; mit jedem Wort aber, das er damals an sie herantrug, war ihr der Ernst der Lage bewusster geworden. Gefleht und geschrien hatte sie schließlich, um ihn umzustimmen, dann wieder gebettelt und geschmeichelt. Das alles aber hatte zu nichts geführt als zu immer noch mehr Streit. Dabei war sie sich absolut sicher gewesen, dass ihr ausdrücklicher Wunsch, Georg zum Ehemann zu nehmen, auch zwischen den Vätern längst ausgemachte Sache war. Selbst als Georg auch nach Ennas Rückkehr nicht aufhörte, ihr den Hof zu machen, so hatte Marika dies mit einem gewissen Gleichmut zur Kenntnis genommen. Sie wusste, dass sowieso alles so kommen würde, wie zwischen den Familienoberhäuptern vereinbart.

Nun aber stand sie da, gekleidet in das schönste Brautkleid, das sich eine Frau nur wünschen konnte, und wurde der Geschäftsbeziehungen wegen verschachert an einen Mann, der seinem attraktiven Bruder so unähnlich war, dass man nie auf die Idee gekommen wäre, sie könnten ein und derselben

Abstammung sein. War Georg groß und schlank und mit markant-männlichen Gesichtszügen gesegnet, so war Ernfried von kleiner, dicklicher Gestalt, zudem mit Schweinsäuglein im schwammig aufgedunsenen Gesicht.

»Ich weiß gar nicht, worüber du dich beschwerst«, hatte ihr Vater erst gestern mit ihr geschimpft, als sie versuchte, das Unvermeidliche im letzten Moment abzuwenden. »Ernfried ist ein ehrenwerter und verlässlicher Mann, der dich vergöttert und dich auf Händen tragen wird. Er ist also all das, was sich eine Frau nur wünschen kann.«

Auf ihre Erwiderung hin, dass er wohl kaum beurteilen könne, was eine Frau sich wünschte, hatte er ihr eine schallende Ohrfeige verpasst und ihr unmissverständlich zu verstehen gegeben, dass er sie enterben würde, sollte sie sich der Ehe mit Ernfried verweigern. »Und glaube nur nicht, dass ich dich unter diesen Umständen auch zukünftig noch in meinem Haus dulden würde«, hatte er mit vor Zorn bebender Stimme hinzugefügt. »Ich schwöre bei Gott, dass die Zeit, da du dich meine Tochter nennen durftest, damit unwiderruflich vorbei wäre.«

Also hatte sie sich wohl oder übel gefügt.

Bevor der Pastor zu reden begann, warf Marika noch rasch einen Blick über die Schulter. Schon als sie am Arm ihres Vaters den Mittelgang der Kirche entlangschritt, hatte sie sie entdeckt. Georg und Enna, traut vereint nebeneinandersitzend in einer der vorderen Kirchenbänke. Es hatte sie alle Mühe gekostet, nicht auf Enna loszustürzen und ihr die sorgsam lackierten Fingernägel in die Augen zu krallen. Hätte dieses Miststück nicht die Frechheit besessen, sich von Georg schwängern zu lassen, dann wäre jetzt sie es, Marika, die neben ihm sitzen und freudig in die Runde lächeln würde. Enna aber schien ihr Glück nicht einmal zu schätzen zu wissen. Vielmehr erschien sie ihr abwesend und sah noch dazu reichlich blass aus; was an ihrer Schwangerschaft liegen mochte, die, wie man sich erzählte, wohl so manche Unpässlichkeit mit sich brachte. Wenigstens das. Doch was nützte das alles, war Georg doch für sie, Marika, auf immer verloren – und das nur, weil sie sich seiner zu sicher gewesen war. Anstatt ihrem Vater zu vertrauen, hätte sie Georg zu der Zeit verführen und Fakten schaffen sollen, als Enna noch meinte, an der Front die barmherzige Samariterin spielen zu müssen. Aber dafür war es nun definitiv zu spät. Stattdessen würde sie zukünftig das Bett mit einem Mann teilen müssen, den sie zutiefst verabscheute.

»Liebes?«, hörte sie Ernfried leise sagen, und schon bei diesem einen Wort hätte sie nicht wenig Lust gehabt, ihm ihre ganze Verachtung ins Gesicht zu schreien. *Ich bin nicht dein Liebes und werde es auch nie sein!*

Dieser Schwur an sich selbst war es, der ihr immer und immer wieder im Kopf herumging, während sie mit einem eingefrorenen Lächeln auf dem Gesicht vorgab, ihre volle Aufmerksamkeit der Trauzeremonie zu schenken.

»Nun, Marika, jetzt hast also auch du dein Glück gefunden. Mit Ernfried hast du ja das ganz große Los gezogen.« Ausgerechnet Georg war es, der diese Worte zu ihr sagte, als sie später vor der Kirche standen und die Glückwünsche der Gäste entgegennahmen. Marika hatte noch Mühe, diesen Tiefschlag zu verdauen, als nun Enna ihr die Hand reichte. »Alles Gute, Marika«, sagte sie mit dünner Stimme. »Möge eure Ehe gesegnet sein.«

»Du meinst, so gesegnet wie deine, noch bevor sie überhaupt geschlossen war?«, ätzte Marika und verzog, den Blick auf Ennas bereits sichtlich gewölbten Bauch gerichtet, spöttisch den Mund. Zufrieden bemerkte sie, dass Enna wie unter Peitschenhieben zusammenzuckte.

»Heute so zimperlich, Marika?«, konterte Georg. »Das kenne ich gar nicht von dir. Denn schließlich …« Er seufzte.

»Na ja, lassen wir das, wir wollen deinen frisch angetrauten Ehemann ja nicht in Verlegenheit bringen, nicht wahr?«

»Was soll denn das nun heißen?«, sprang Ernfried auf die Provokation an. Er schaute mit gerunzelter Stirn erst zu seinem Bruder, dann zu seiner Frau. »Hast du mir etwas zu sagen, Marika?«

Noch bevor diese etwas erwidern konnte, lachte Georg rau auf und klopfte seinem Bruder auf die Schulter. »Ich wollte dich nur aufziehen, Bruderherz, nichts für ungut. Ein Spaß unter Männern, du verstehst? Und als einen solchen wirst du dich nach der kommenden Nacht ja endlich bezeichnen können, nicht wahr?«

Marika gelang es kaum, ihre Wut zu zügeln. »Was soll das, Georg?«, zischte sie. »Such dir andere Opfer für deinen Spott. Es gibt keinerlei Grund, deine Gehässigkeit ausgerechnet an uns auszulassen.«

»Ach nein? Gibt es nicht?« Georgs Grinsen wurde breiter. »Da muss ich mich wohl getäuscht haben, was deine Tugendhaftigkeit angeht.« Er verbeugte sich. »Ich bitte vielmals um Verzeihung, sollte ich Sie gekränkt haben, gnädigste Schwägerin. Es geschah gegen meinen Willen.«

Marika spürte, wie sich Tränen der Wut und der Enttäuschung in ihren Augen sammelten. Rasch drehte sie sich um und tat, als wolle sie sich jetzt anderen Gästen widmen, denn keineswegs wollte sie Enna die Genugtuung geben, sie weinen zu sehen.

»Gut, wir sehen uns beim Hochzeitsmahl«, hörte sie Georg sagen, während sie angestrengt ein Schluchzen zu unterdrücken suchte. »Ich hoffe, dein Vater lässt sich nicht lumpen, Marika«, rief er dann so laut in die Runde, dass sich so mancher Gast nach ihm umdrehte. »Du musst nämlich wissen, dass Enna derzeit nicht nur für zwei, sondern für mindestens drei isst. Aber solange ihre Fresssucht meinem ungeborenen Sohn zugutekommt, will ich nichts gesagt haben. In Ennas Kreisen würde man wohl sagen, sie sei eine gute Zuchtkuh.« Er lachte grölend. Die unfreiwilligen Zuhörer aber schauten peinlich berührt zur Seite und begannen zu tuscheln.

Während nun Enna wie gelähmt dastand, ging es Marika nach diesem unverschämten Affront sofort merklich besser. Zwar änderte Georgs Kaltschnäuzigkeit nichts an ihrem eigenen Unglück, doch tat es gut zu hören, dass die Bewunderung für seine Frau anscheinend merklich abgekühlt war. Womöglich war es Ennas Statur, die sie für ihn unattraktiv sein ließ. Tatsächlich nämlich hatte Enna nicht nur am Bauch, sondern am ganzen Körper Fett angesetzt.

Derart bestärkt, begann in Marikas Kopf ein Plan zu reifen, der sie auch in den kommenden Wochen nicht mehr loslassen würde. Womöglich war ihre Situation gar nicht so aussichtslos, wie sie bislang angenommen hatte, so ihre Überlegung. Sollte Georgs Interesse an Enna tatsächlich bereits erkaltet sein, würde es womöglich gar nicht schwer werden, seine Aufmerksamkeit zu erringen. Wenn er dann erst einmal Feuer gefangen hatte, würde er auf die Ehre seines Bruders Ernfried ganz sicher keinerlei Rücksicht nehmen.

Während sie weiterhin Hände schüttelte, grinste Marika siegesgewiss in sich hinein. Eines war klar: Was Georgs Skrupellosigkeit anging, so stand sie ihm in nichts nach. Ja, dachte sie, nach wie vor waren er und sie das perfekte Paar, daran konnten auch die widrigen Umstände nichts ändern.

Also galt es, ins Handeln zu kommen, anstatt Trübsal zu blasen.

8

Berlin, August 1919

»Na, was sagste?« Jacob Semmering legte den Arm um Jannos Schultern. Stolz betrachtete er den neuen Lieferwagen, über dessen Ladefläche eine grüne Plane mit der Aufschrift *Landkäserei Semmering – Frisch auf den Tisch* prangte. Der Wagen war um einiges größer als die des bisherigen Fuhrparks der Käserei. »Ein Benz, erst wenige Jahre alt. Stammt noch aus Subventionsbeständen, ist aber tipptopp in Ordnung. Man ist ja heutzutage froh, wenn man überhaupt noch Lastkraftwagen bekommt, nachdem die Alliierten sich so reichlich bedient haben.« Sein Gesicht verfinsterte sich. »Mit den Versailler Verträgen über die Reparationszahlungen hat uns die Regierung das Genick gebrochen. Wenn es so weitergeht, konfiszieren die Franzosen noch all unsere Maschinen. Ich weiß wirklich nicht, wohin das Ganze führen soll. Wollen sie uns denn all unserer Würde berauben?«

»Mir scheint, Sie haben mal wieder den richtigen Riecher gehabt«, brachte Janno das Gespräch wieder auf den Lieferwagen. Politisiert wurde in diesen Tagen schon genug, die Stimmung im Volk heizte sich mehr und mehr auf. Es war gefährlich, immer noch mehr Öl ins Feuer zu gießen.

Semmering gab ein zufriedenes Grunzen von sich. »Ja, das habe ich wohl.«

»Respekt.« Janno legte seinen Arm auf die Brust und deutete eine Verbeugung an. »Ein Unternehmen in heutiger Zeit derart voranzutreiben, ist wahrlich keine Selbstverständlichkeit.« Seine Gefühle schwankten zwischen Bewunderung und Neid.

Seit rund einem halben Jahr hatte er hier nun die Anstellung als Fahrer. Der Sekretärin Esther Ludwig gegenüber den Namen Samuel Friede zu erwähnen, hatte, wie von Fritze prophezeit, tatsächlich Wunder gewirkt. Inzwischen wusste Janno, dass Samuel Friede eine leitende Position bei den Kommunisten innehatte und nach der Ermordung von Rosa Luxemburg und Karl Liebknecht aus dem Untergrund heraus agierte, um von dort die sozialistische Revolution vorzubereiten. Esther Ludwig gehörte zu Friedes glühendsten – wenn auch von ihm noch unerhörten – Verehrerinnen und würde alles dafür tun, dessen Freunden behilflich zu sein. Wie gut nur, dass sie nicht wusste, dass weder Janno noch Edith diesen Mann jemals zu Gesicht bekommen hatten.

Janno seufzte. Dies war bereits der dritte Lieferwagen, den Semmering innerhalb kürzester Zeit angeschafft hatte. Das Geschäft mit Käse und Butter brummte, auch wenn sich nur ein Bruchteil der Bevölkerung solch hochwertige Produkte überhaupt leisten konnte. Anscheinend aber waren es immer noch genug, die diesem kulinarischen Genuss frönten, denn über Arbeitsmangel konnten sie sich wahrlich nicht beklagen. Vielmehr taten Janno am Abend regelmäßig die Knochen derart weh, dass er eine Weile brauchte, um auf seiner unbequemen Pritsche in den Schlaf zu finden.

Dennoch hatte es sich für ihn und auch für Edith, die nun gemeinsam mit Esther im Büro tätig war, als ein echter

Glücksfall herausgestellt, dass er an jenem Tag im Februar zu Fritze gegangen war – was sich Janno in Momenten wie diesem immer wieder in Erinnerung rufen musste. Ja, er konnte wirklich dankbar sein für das, was ihm durch diese Arbeit geschenkt worden war.

Und doch war sein Leben noch längst nicht so, wie er es sich erhoffte. Der Lohn, den Semmering ihm zuteilwerden ließ, reichte gerade aus, um nicht mehr stehlen gehen zu müssen. Zwar war es ein wirklich gutes Gefühl, jetzt zu denen zu gehören, die sich ihren Lebensunterhalt mit redlicher Arbeit selbst verdienten. Dennoch: Jeden Abend, wenn er zu später Stunde von der am Rande Berlins gelegenen Lagerhalle in seine heruntergekommene Wohnung in den Hinterhöfen zurückkehrte, überkamen ihn Zweifel, ob er sich jemals eine bessere Bleibe und damit ein besseres Leben würde leisten können. Zwar knapste er so oft es irgend ging etwas von seinem kargen Lohn ab, um es beiseitezulegen; bis zu seinem eigenen Lieferwagen aber, von dem er mehr als von allem anderen träumte, war es noch ein so weiter Weg, dass es fraglich war, ob sein Traum jemals Realität würde.

»Du wirst ihn fahren«, verkündete ihm Semmering nun.

»Ich?« Janno warf seinem Kollegen Horst, der gerade schnellen Schrittes über den Hof marschierte, einen flüchtigen Blick zu. »Und was ist mit Horst? Er ist schon viel länger hier beschäftigt als ich, und ich denke …«

»Deine Aufgabe ist es zu fahren, nicht zu denken, Janno.« Semmering klopfte ihm freundschaftlich auf die Schulter. »Du bist mein bester Mann. Kannst anpacken, und zuverlässig bist du obendrein. Da kann sich Horst 'ne Scheibe von abschneiden.«

»Nun, ich glaube kaum, dass Horst das so akzeptieren wird«, meinte Janno.

»Du willst diesen Benz also nicht fahren?«

»D-doch, natürlich. Nichts lieber als das, aber …«

»Gut, dann wäre das ja geklärt. Gleich morgen kannst du ihn übernehmen. Du hast dann ein Liefergebiet mehr, denn schließlich kannst du nun mehr Ware pro Fuhre laden. Geh zu Edith und lass dir die Routenpläne geben. Gute Nacht, Janno.« Semmering ließ Janno stehen und steuerte das Bürogebäude an.

»Was hattest du mit dem Chef zu besprechen?«, fragte Horst, der wie aus dem Nichts plötzlich neben ihm stand. Der große, kräftige Mann mit den stechenden Augen und der schiefen Hakennase musterte zuerst ihn, dann den Lieferwagen argwöhnisch. »Es ist hoffentlich nicht das, was ich denke.«

»Er sagte mir, dass ich diesen Benz ab morgen fahren soll«, bestätigte Janno das, was Horst offensichtlich bereits befürchtete.

Horsts Blick verfinsterte sich. »Warum du?«, knurrte er ungehalten. »Welche Lügen hast du ihm über mich erzählt, dass er dich mir vorzieht?«

»Ich? Über dich? Aber …« Ehe Janno sich's versah, hatte Horst ihm beim Schlafittchen gepackt und führte sein Gesicht nah an das seine heran. »Ich warne dich, Janno«, stieß er ihm seinen stinkenden Atem ins Gesicht. »Wenn du mir in die Quere kommst, dann lernst du mich kennen, ist das klar?! Und jetzt gehst du zum Alten und sagst ihm …«

»Alles gut bei euch?«, fragte eine Stimme, die Janno als Ediths erkannte. Im nächsten Moment schon stieß Horst ihn unsanft von sich weg.

»Alles in Ordnung, Edith«, sagte Horst, wobei seine dunkle Stimme einen versöhnlichen Ton annahm. »Janno und ich hatten nur was zu besprechen. Unter Freunden. Oder, Janno?«

Janno nickte. Er sah keinen Grund, die Auseinandersetzung weiter anzufachen, dazu war er nach diesem langen Arbeitstag viel zu erschöpft.

Horst legte seinen Arm um Ediths Taille und kniff ihr mit seiner riesigen Pranke in den Hintern, woraufhin sich ihr ganzer

Körper versteifte. »Ich warte noch auf deine Antwort, wann du mal mit mir ausgehst, meine Schöne«, säuselte er ihr ins Ohr.

»Vergiss es, Horst«, entgegnete Edith und stieß ihn weg. »Ich habe dir doch schon mehrmals gesagt, dass daraus nichts wird. Ich muss nach Hause zu meinen Kindern, sobald ich hier fertig bin. Schon vergessen?«

»Hm. Aber ich kann dich nach Hause begleiten, anstelle von Janno.«

»Was sollte das für einen Sinn ergeben?«, fragte Edith. Sie drückte Janno die Papiere in die Hand, von denen Semmering gerade gesprochen hatte. »Janno und ich wohnen in ein und demselben Haus, das habe ich dir doch erzählt.«

»Teilt ihr auch das Bett?« Janno bemerkte, dass sich Horsts Hände zu Fäusten ballten.

»Ich wüsste nicht, was dich das angeht«, erwiderte Edith schnippisch.

Janno bewunderte ihren Mut. Tagtäglich hatte sie sich gegen die Männer, die hier arbeiteten und von ihrer Schönheit hingerissen waren, zur Wehr zu setzen. Als Kriegswitwe galt sie als ebenso leichte wie willkommene Beute. Janno hatte ihr vorgeschlagen, dass sie sich vor den Kollegen als Paar ausgeben sollten, sie aber hatte gemeint, dass sie sich schon ganz gut allein zur Wehr setzen konnte. Was durchaus der Wahrheit entsprach, wie er anerkennend feststellen musste, denn bislang hatte sie noch jeden ihrer Verehrer auf unmissverständliche Art in seine Schranken gewiesen. Aber würde ihr das auf Dauer auch mit Horst gelingen, den jede Abfuhr, die sie ihm erteilte, nur noch mehr anzustacheln schien?

»Lass uns gehen«, sagte er. »Es ist spät geworden. Gustav und Marie warten sicherlich schon auf dich.«

»Wir sprechen uns noch, Janno!«, rief Horst ihnen hinterher, als sie sich nun auf ihre Fahrräder schwangen, die ihnen Semmering für ihren Weg zur Arbeit zur Verfügung gestellt hatte. »Und du machst dem Alten morgen klar, dass du freiwillig auf den Benz verzichtest! Könnt sonst übel für dich ausgehen. Ich sag's nur!«

»Was für ein widerlicher Mensch«, seufzte Edith, während sie in die Dämmerung hineinradelten. »Wenn er mich doch nur endlich in Ruhe lassen könnte.«

Sie fuhren für eine Weile schweigend nebeneinanderher, beide in ihre Gedanken versunken. Janno fragte sich, wie es Fritze heute ergangen sein mochte. Nachdem man im Mai den Leichnam Rosa Luxemburgs aus dem Landwehrkanal gefischt hatte, hatten sich Fritze und Lotte einmal mehr radikalisiert. Janno rechnete jeden Abend damit, die beiden nicht mehr zu Hause oder überhaupt lebend anzutreffen. Seit Monaten hinterließen die im Krieg verrohten Freikorps-Soldaten überall im Land eine schreckliche Blutspur. Mit dem Segen der Sozialdemokraten hatten sie in München Hunderte regierungskritische Aufständische aufs Brutalste ermordet und einen Pazifisten im Gefängnis Stadelheim gar zu Tode getrampelt, mit dem Ziel, die Räterepublik niederzuschlagen. Auch in Berlin griffen sie bei den ihnen verdächtig vorkommenden Subjekten hart durch, obwohl der radikalen Linken längst der revolutionäre Atem ausgegangen war. Dass Fritze und Lotte den Soldaten bislang entkommen waren, grenzte an ein Wunder.

»Ich frage mich, wovon du träumst«, unterbrach Janno schließlich das Schweigen. Sie waren nur noch wenige Straßenzüge von ihrem Zuhause entfernt. An jeder Ecke begegneten ihnen abgerissene Gestalten, deren übergroße Augen tief in den Höhlen lagen und die bettelnd die Hände nach ihnen ausstreckten. Frauen, Männer, Betagte, Jünglinge, Kinder. Das Elend unterschied nicht nach Alter.

»Wovon ich träume?«, lachte Edith. »Was ist denn das für eine Frage? Erst mal muss ich sehen, dass ich meine Kinder satt bekomme, dass sie gesund groß werden und sich zu guten Menschen entwickeln. Für Träume bleibt da keine Zeit.«

»Ohne Traum wäre ich nicht hier in Berlin«, sagte Janno. »Dann würde ich jetzt auf dem heimischen Bauernhof sitzen und mich meinem tyrannischen Vater unterwerfen.«

»In Ostfriesland. Ja, ich weiß.« Edith sah ihn mit schwärmerischem Blick an. »Und ich verstehe nicht, warum du nicht genau das machst, Janno. Warum du dich so abkämpfst, jeden Tag aufs Neue.«

»Weil ich einen Traum habe«, lautete Jannos Antwort. »Aber ich sehe, du willst es nicht verstehen.«

»Weil man es nicht verstehen kann«, beharrte Edith.

»Ach ja? Und was ist mit dir? Hast du nicht auch deine Familie verlassen in der Hoffnung, etwas Besseres zu finden?«

Ediths Gesicht verschloss sich. »Das ist etwas anderes«, presste sie hervor.

»Tatsächlich?«

Edith funkelte ihn wütend an. »Ja, tatsächlich. Und jetzt lass mich in Ruhe damit.« Nur wenig später fragte sie: »Wie sieht er aus, dein Traum? Willst du ihn mir verraten? Hat er sich konkretisiert in den letzten Monaten?«

»Ich möchte einen Lieferwagen kaufen«, antwortete Janno, und er spürte, dass nur diese wenigen Worte in der Lage waren, sein Herz höherschlagen zu lassen. »Es muss gar kein großer sein. Aber ich möchte mein eigener Herr sein. Ich spare schon, um mir eines Tages einen leisten zu können. Verstehst du das, Edith?«

»Was möchtest du denn ausliefern mit deinem Lieferwagen?«

»Ganz egal. Da wird sich schon was finden. Hauptsache, ich verdiene ein gutes Geld damit.« Er zwinkerte ihr zu. »Womöglich reicht es dann ja irgendwann sogar für einen zweiten Wagen.«

»Du denkst groß«, stellte Edith fest, und in ihrer Stimme klang eher Anerkennung denn Skepsis mit.

»Nur wer groß denkt, wird Großes erreichen«, behauptete Janno.

»Von wem ist denn diese Weisheit?«

Janno lachte. »Von dem größten Philosophen unserer Zeit.«

»Und der wäre?«

»Janno Ulferts.« Er grinste.

Nun lachte auch Edith. »Na, wenn der es sagt, dann wird es wohl stimmen.«

Janno wurde wieder ernst, als ihm ein Gedanke kam. »Bist du dabei?«

»Was?«

»Ich frage mich gerade, ob wir beide es nicht gemeinsam machen sollten. Auch für dich und deine Kinder wäre ein wenig mehr Unabhängigkeit ein Segen, meinst du nicht? Und da du noch dazu gut im Rechnen bist, wie Semmering mir sagte …«

Edith schüttelte den Kopf. »Ich bin gerade froh, dass ich eine Arbeit gefunden habe, Janno. Ganz sicher werde ich sie nicht aufgeben. Nicht für einen vagen Traum. Es wäre … es wäre Selbstmord in diesen Tagen.« Sie sah nun ehrlich besorgt aus.

»Das sollst du doch auch gar nicht«, beschwichtigte Janno. »Natürlich werde auch ich meine Arbeit nicht aufgeben. Wenigstens nicht, bis ich mir ganz sicher bin, dass das, was ich vorhabe, auch funktionieren wird. Aber ich möchte nicht stehen bleiben, Edith. Ich möchte immer weitergehen – und weiter und weiter und weiter. Schritt für Schritt für Schritt. Ich weiß, dass ich Großes erreichen kann, denn …«

»… nur wer groß denkt, kann Großes erreichen«, neckte Edith ihn.

»Ich sehe, du verstehst mich.« Sie waren an ihrem Wohnblock angekommen und schulterten ihre Räder, um sie die Treppe hinaufzutragen. Würden sie sie unten im Hof stehen lassen, wären sie am nächsten Tag nicht mehr da.

»Möchtest du mit uns zu Abend essen?«, fragte Edith, als sie an seiner Wohnung angelangt waren. Sie lächelte. »Wir könnten über unseren Lieferwagen sprechen. Auch ich habe ein bisschen Geld zurückgelegt und überlege, wie ich es sinnvoll anlegen könnte.«

Janno schaute sie zunächst zutiefst überrascht, dann freudig an. »Du kannst dir vorstellen, mich dabei zu unterstützen?«

Sie stoppte seinen Eifer mit einer Handbewegung. »Ich kann mir vorstellen, mit dir darüber zu reden, Janno. Alles andere kommt später. Vielleicht. Wie sagtest du? Schritt für Schritt für Schritt.«

»Nun, Edith, dann lass uns den ersten gehen.«

* * *

Schlecht gelaunt wies Hagen Brodenbeck seinem Sekretär die Tür. »Und ziehen Sie sich ordentlich an, Herrgott noch mal!«, brüllte er ihm hinterher. »Wenn Sie nicht mal in der Lage sind, einen Krawattenknoten richtig zu binden, dann bringe ich Sie wohl besser in der Fabrik am Fließband unter! Weiß denn von euch verkommenem Jungvolk keiner mehr, was sich gehört?!«

»Sehr wohl, Herr Brodenbeck. Bitte entschuldigen Sie, Herr Brodenbeck.« Friedhelm Asmussen machte einen Bückling, dann zog er die Tür hinter sich ins Schloss.

Brodenbeck stand von seinem Schreibtisch auf und lauschte den sich entfernenden Schritten. Asmussen war ein ordentlicher und fleißiger Bursche, doch würde zu viel Lob nur dazu führen, dass er übermütig wurde. Brodenbeck zog es daher vor, seinen Angestellten selbst den kleinsten Verstoß gegen Respekt und Disziplin vor Augen zu führen – und sich in Gegenwart seines Vorgesetzten auch nur die kleinste Nachlässigkeit in der

Kleidung zu erlauben, zeugte weder von dem einen noch von dem anderen.

Brodenbeck trat ans Fenster seines Büros und schaute hinaus. Immer, wenn er sich aufregen musste, vermochte ihn der Anblick seiner Fabrikhallen, auf die er aus seinem mehrstöckigen Verwaltungsgebäude heraus hinabsah, wieder zu beruhigen. Akkurat nebeneinander angeordnet standen sie auf dem Gelände, erbaut mit ockergelbem Ziegelstein, jede mit einem Schornstein versehen, aus dem schwarzer Rauch aufstieg, der sich zum blauen Sommerhimmel hin in Wirbeln nach oben schraubte. Rund um die Hallen wuselten Dutzende Arbeiter mal hierhin, mal dorthin und sprangen zur Seite, wenn ein Lastkraftwagen hupend ihren Weg kreuzte.

An einem der Fabriktore fand sich soeben eine kleine Gruppe Männer ein, die sich zu unterhalten begannen und an ihren Zigaretten pafften. Brodenbeck warf einen Blick auf seine Taschenuhr, um zu überprüfen, ob der Vorarbeiter dafür Sorge trug, dass die Männer die fünfminütige Pause nicht überschritten. Zeit war Geld, und er war keineswegs gewillt zuzulassen, dass sich die Arbeiter auf seine Kosten einen faulen Lenz machten. Er grunzte zufrieden, als der Vorarbeiter die Männer nach exakt der zugestandenen Zeit wieder zurück in die Halle scheuchte. Das wollte er ihm auch geraten haben, denn wer in der *Brodenbeckschen Waffenfabrik* nicht spurte, konnte seine Papiere holen und gehen. Schließlich standen draußen jeden Tag Hunderte Männer und Frauen Schlange in der Hoffnung, dass sie hier Arbeit finden würden.

Es waren wahrlich gute Zeiten für einen Fabrikanten wie ihn, auch wenn der Krieg leider viel zu schnell sein Ende gefunden hatte. Zu seinem Bedauern waren viele junge Burschen nicht oder verkrüppelt aus dem Krieg zurückgekehrt, sodass ihm nichts anderes übrig blieb, als auch mehr und mehr Frauen zu beschäftigen, die sich seines Erachtens lieber um Heim und

Herd hätten kümmern sollen. Aber nun ja, die Zeit konnte man nicht anhalten, auch wenn dies einem Mann wie ihm sehr zupass gekommen wäre.

Zu schade nur, dass ihr einst so stolzes Reich inzwischen von Schwächlingen regiert wurde. Noch immer konnte er nicht glauben, dass die Sozialdemokraten mitsamt ihren Steigbügelhaltern in Versailles die Verträge unterschrieben hatten, die ihr geliebtes Vaterland dem Tode weihten. Ausbluten lassen würde man sie wie ein Schwein bei der Schlachtung, das war gewiss. Hinzu kam das Geschwafel von der Entmilitarisierung des Ruhrgebiets, die vor allem den verhassten Franzosen am Herzen lag. Größer könnte die Demütigung, die man stolzen Männern wie ihm zufügte, nicht sein.

»Aber nicht mit mir«, knurrte er, »nicht mit mir.« Er würde schon dafür sorgen, dass dieses Land wehrhaft blieb und alles nicht so schlimm kam, wie derzeit an vielen Stellen befürchtet und von den Gazetten hinausposaunt. Sein Plan, den er in den letzten Wochen so sorgsam mit Asmussen ausgearbeitet hatte, würde aufgehen, davon war er überzeugt. Je weniger Waffen dem Franzosenpack in die Finger fielen, desto besser.

Brodenbeck lächelte, als er vier mit Kisten befüllte Lastkraftwagen in Kolonne vom Hof fahren sah. Also hatte Asmussen nicht lange gezögert, ihren Plan in die Tat umzusetzen. Gut so. Wenn alles so lief, wie er es sich vorstellte, dann war dies der Beginn einer ganz wunderbaren neuen Zeit. Einer Zeit, die alle Juden, Sozis und sonstiges arbeitsscheues Gesindel in ihre Schranken weisen würde. Im allerbesten Fall würde es sogar erneut zum Krieg kommen. Und dann würde er, Hagen Brodenbeck, bereitstehen, um seinem so gebeutelten Vaterland zu der Regierung zu verhelfen, die es verdiente.

Vorerst aber trieb Brodenbeck noch ein anderes Ärgernis um, von dem er gehofft hatte, dass es sich längst erledigt hätte. Anscheinend aber hatte selbst der kalte Winter seiner abtrünnigen Tochter nichts anhaben können. Jeden Tag hatte er damit gerechnet, dass Edith, deren nichtsnutziger, dem Bolschewismus verfallener Ehemann bislang nicht aus dem Krieg zurückgekehrt war, auf allen vieren angekrochen käme und ihn um Verzeihung anflehte. Tatsächlich aber schien ihr Stolz sie davon abgehalten zu haben, selbst als sie im Winter, so war es ihm von seinem Informanten zugetragen worden, schwer an der Lunge erkrankt war. Warum sie mitsamt ihrer Brut in dem Elendsloch, in dem sie hauste, dennoch überlebt hatte, vermochte keiner zu sagen. Angeblich aber gab es da jemanden, der in dieser Zeit für sie und die Kinder sorgte.

Nun gut, musste Brodenbeck sich eingestehen, es hätte ihm nicht wirklich behagt, wenn Edith sich so mir nichts, dir nichts ins Jenseits davongeschlichen hätte, denn schließlich hätte ihn das um die Genugtuung gebracht, sie vor sich im Staub winseln zu sehen. Außerdem war sie ja auch sein eigen Fleisch und Blut, selbst wenn sie sich seines Namens nicht würdig erwiesen hatte. Es wäre also nicht besonders anständig von ihm, sich an ihrem Leid zu ergötzen.

Brodenbeck sah auf die Notiz, die Asmussen ihm soeben gereicht hatte und die er immer noch in der Hand hielt. Demnach hatte Edith bereits vor Monaten eine Anstellung in der Käserei Semmering gefunden. Als Sekretärin.

Als Sekretärin! Fluchend knüllte er den Zettel zusammen und ließ ihn in den Papierkorb fallen. Seine Tochter eine Tippöse, noch dazu für einen Juden, da hörte sich doch nun wirklich alles auf! Nicht nur, dass es eine Ungeheuerlichkeit war, dass sich die Weiber nun sogar schon in den Büros breitmachten und den wohlverdienten jungen Sekretären die Arbeit streitig machten. Nein, darum ging es nur in zweiter Linie. Aber dass seine Tochter ihre Herkunft derart schmählich verleugnete, das war schon ein starkes Stück.

Zuvor war sie wenigstens nur eine Wäscherin gewesen und noch dazu in einem dieser Deckslöcher, denen sowieso niemand Beachtung schenkte und in denen sich niemand darum scherte, woher sie kam. In der aufstrebenden Käserei dieses verschlagenen Juden Semmering aber würde man womöglich über kurz oder lang darauf kommen, wen man sich dort an Land gezogen hatte, obwohl sie ja Gott sei Dank den Namen dieses Taugenichts trug. Kam aber heraus, wer ihre Eltern waren, dann würden sie zwangsläufig zum Gespött der feinen Gesellschaft. Mal wieder, denn leider war es kein Geheimnis geblieben, dass Edith damals mit dem Bolschewisten durchgebrannt war. Als dann der Krieg ausbrach, hatten die Leute andere Sorgen gehabt, als sich über die Brodenbecks das Maul zu zerreißen. Nun aber stand zu befürchten, dass Edith sie erneut der Lächerlichkeit preisgab. Bevor es so weit kam, musste er sich also etwas einfallen lassen, auch wenn er noch keinerlei Ahnung hatte, wie er ihr beikommen könnte, denn auch Jacob Semmering war keineswegs nur irgendwer, der sich von ihm herumschubsen lassen würde.

Brodenbeck wischte sich verärgert über die Augen, in denen plötzlich Tränen schwammen. Es hatte ihm gerade noch gefehlt, dass seine Emotionen mit ihm durchgingen. Ein deutscher Mann weinte nicht. Nein, es tat ihm wirklich nicht gut, über seine verlorene Tochter nachzudenken. Aber war sie denn nicht immer sein kleines Mädchen gewesen, auf das er so unbändig stolz gewesen war und das er so geliebt hatte wie sonst nichts auf der Welt? Warum nur tat sie ihm diese Schande an? Nach dem Tod ihrer Mutter war sie doch schließlich alles gewesen, was ihm geblieben war. Was war sie doch für ein undankbares Geschöpf!

Nein, rief er sich selbst zur Ordnung, wichtiger als Edith und dieser Jude waren zunächst andere Dinge, denn er hatte mit allem, was dank der desaströsen Berliner Politik nun auf ihn zukam, wahrlich schon genug zu tun.

Er ging zu seiner Bar hinüber und schenkte sich einen Whiskey ein. Um allem gerecht zu werden, würde es wohl am besten sein, so überlegte er, wenn er seine Geschäfte in Berlin für eine Zeit seinem Sohn Eberhard übertragen würde, während er selbst sich nicht nur um die Waffen im Ruhrgebiet, sondern gleichzeitig auch um eine lukrative Eheschließung kümmern würde.

Kohle und Stahl. Sollte es erneut zum Krieg kommen – und nichts anderes stand zu erwarten, wenn sie es nur richtig anfingen –, dann wäre dies die heilige Allianz, die ihn zu einem der reichsten und mächtigsten Männer des Reiches machen würde.

Natürlich war es kein Zufall, dass er sich ausgerechnet Duisburg ausgesucht hatte, um mit der Rückführung der Waffen zu beginnen. Ein Anruf bei seinem alten Freund Heinz-Rudolf von Wolff hatte genügt, um zu erfahren, dass dessen Tochter Elisabeth – ein unerhört attraktives Ding, wie Brodenbeck sich erinnerte – nach Ansicht ihres Vaters dringend unter die Haube musste, um ihr ein paar Flausen aus dem Kopf zu treiben. Anscheinend pflegte sie einen Umgang, der sie ermutigte, sich in sozialistischen Ideen zu verfangen. Genau wie Edith damals, auf deren Umtriebe er leider zu spät reagiert hatte. Mit Töchtern hatte man wirklich nichts als Ärger.

Nun, solch einem Aufbegehren aber konnte im Fall von Elisabeth von Wolff Einhalt geboten werden. Einem guten Freund dabei behilflich zu sein, dass dieser nicht ebenso in Ungnade fiel, wie sie selbst es dank Ediths schändlichem Verhalten hatten erleben müssen, war Ehrensache. Sein Sohn Eberhard war Manns genug, die junge Elisabeth nach ihrer Hochzeit wieder zu Verstand zu bringen, so hatte es Brodenbeck seinem Freund versichert. Auch hatte Eberhard ihm bereits signalisiert, dass er einer so guten Verbindung, die dem Geschäft nur förderlich sein könnte, ganz sicher nicht im Weg stehen würde. Eberhard war seinem Vater, im Gegensatz zu seiner missratenen Tochter, eine wahre Freude.

Im Gegenzug würde Heinz-Rudolf von Wolff dafür sorgen, dass es den Brodenbecks niemals an Kohle und Stahl für ihre Waffenschmiede fehlen würde, sollten die Franzosen auch noch so gierig ihre Hände nach dem schwarzen Gold ausstrecken.

Dieses Arrangement, um das er sich jetzt höchstpersönlich zu kümmern gedachte, würde also zu niemandes Schaden sein.

* * *

»Waffenschmuggel? Wie das?« Fritze saß, beschienen vom gelben Lichtkegel einer Straßenlaterne, neben Lotte auf einer Bank. Um diese Zeit – es ging auf zwei Uhr in der Nacht zu – trieben sich nur noch wenige Leute hier draußen herum, begann doch für viele der nächste Tag bereits in aller Herrgottsfrühe. Sei es, weil sie zur Arbeit mussten, sei es, weil sie sich in der Hoffnung, sich als Tagelöhner verdingen zu können, an die Straße stellten. So ganz aber schlief Berlin nie. Dies war die Stunde der Kohlensammler, die die Wege abliefen in der Hoffnung, das ein oder andere Fuhrwerk habe ein paar schwarze Brocken verloren, die sie heimtragen könnten in ihr klammes Zuhause. Hier und da torkelte eine betrunkene Gestalt aus einer Spelunke; ein paar junge Burschen, die anscheinend auf Krawall aus waren, zogen vorbei und schmetterten lautstark *Die Wacht am Rhein*. An einer Mauer entlang staksten ein paar hohlwangige Mädchen auf Stöckelschuhen übers Pflaster und priesen ihre Körper den vorbeikommenden Männern an. Und dann waren da noch all jene, die kein Zuhause hatten und auf der Suche nach einem Schlafplatz hungrig die Mülleimer durchwühlten und ansonsten ziellos durch die Straßen irrten.

»Es ist nur ein Verdacht«, sagte Lotte. »Es muss nichts dran sein. Aber was, wenn doch?«

»Wie kommst du darauf?«

»Ich war am Tiergarten und traf auf Helene mit ihrem Bauchladen. Wir kamen ins Palavern, wie es eben so ist.« Sie nahm einen Zug von ihrer Zigarette, dann sah sie Fritze in die Augen. »Wusstest du, dass ihr Vater aus der Kriegsgefangenschaft zurück, aber schwer erkrankt ist?«

»Nein.« Fritze konnte nicht sagen, dass ihn diese Nachricht besonders berührte. Helenes Vater war schon vor dem Krieg immer einer von diesen Unruhestiftern gewesen, die marodierenden rechten Gruppen Beifall klatschten, wenn diese jemanden zu Tode prügelten, von dem sie meinten, dass es ein Linker oder ein Jude sei.

»Er hat Krebs, so wie es aussieht. Wird es wohl nicht mehr lange machen.«

»Nicht schade drum. Warum erzählst du mir das?«

»Nun, er kann nicht mehr arbeiten. Für Helene wird es verdammt schwer, wenn sie ihre Geschwisterschar weiterhin allein durchbringen muss. Die Zeiten werden nicht besser.«

»Das ist wohl wahr.« Fritze nickte lahm. Manchmal mochte er nichts mehr hören von all dem Elend, das täglich schlimmer zu werden schien. Noch war Sommer, und die Menschen wussten sich halbwegs zu helfen. Jedoch graute ihm schon jetzt vor dem Winter. Wenn der so streng würde wie der letzte, dann würde es viele von den schwindsüchtigen Gestalten, die tagtäglich in den Hinterhöfen seine Wege kreuzten, im nächsten Sommer nicht mehr geben. »Und es war Helene, die dir was vom Waffenschmuggel erzählt hat?«, kam er auf ihr eigentliches Thema zurück. »Auf ihr Gerede würde ich nicht allzu viel geben.«

»Ja, es war Helene.« Lotte warf ihren Zigarettenstummel zu Boden und trat ihn aus. »Das heißt, nicht direkt, denn sie wiederum hatte es von jemandem gehört, der zum engsten Kreis von Samuel Friede zählt.«

Fritze schaute interessiert auf. »Wusste dieser jemand zu sagen, wo sich Samuel derzeit aufhält?«

»Du weißt, dass nie jemand, der Samuel wohlgesinnt ist, dessen Aufenthaltsort verraten würde.«

Fritze nickte. Diese Frage hatte lediglich der Überprüfung gedient, dass man sich nach wie vor auf die eigenen Leute verlassen konnte. Solange Samuel nicht selbst im Namen ihrer kommunistischen Partei in der Öffentlichkeit agieren konnte, würde eben er die Geschäfte leiten, wenn auch mit äußerster Vorsicht. »Und wie ging es nun bei deinem Treffen mit Helene weiter?«, fragte er.

»Helene hatte mir gerade von dem Verdacht erzählt, als unweit von uns ein Lastkraftwagen hielt, dem ein Mann entstieg. Anscheinend musste er dringend mal aus den Hosen.« Lotte grinste. »Zumindest sah er äußerst erleichtert aus, als er hinter den Büschen wieder hervorkam.«

»Er hatte Waffen auf seinem Wagen geladen?« Fritze verstand immer noch nicht, worauf Lotte hinauswollte. Was hatte ihn die schwache Blase des Fahrers zu interessieren? Konnten Frauen es denn nie auf den Punkt bringen?

»Nein. Aber es war ein zweiter Mann dabei, der ihm zurief, er solle sich beeilen, wollten sie pünktlich im Ruhrgebiet ankommen, um die Fracht zu laden.«

»Im Ruhrgebiet?« Fritze richtete sich auf. Nun wurde es halbwegs interessant. »Und warum glaubst du, fahren sie dorthin, um ausgerechnet Waffen zu schmuggeln? Jeden Tag herrscht von und nach Berlin ein reger Verkehr, und das in alle Himmelsrichtungen. Es könnte also alles sein, was sie auf ihrem Lkw hin und her kutschieren. War denn ersichtlich, zu wem der Wagen gehörte?«

»Das ist es ja.« Lotte sah ihn bedeutungsvoll an. »Es stand nicht der Schriftzug von Brodenbeck drauf, sondern *Obst und Gemüse*. Auf der Plane und auch auf den Türen.«

Fritze seufzte. »Ich weiß wirklich nicht, worauf du hinauswillst.«

»Nun, ich kannte einen von den Kerlen. Er arbeitet nicht für einen Gemüsehändler, sondern für Brodenbeck.«

»Brodenbeck.« Fritze spuckte vor sich auf den Boden. Wenn er diesen Namen auch nur hörte, kam ihm die Galle hoch. »Aber der hat seine Wagen mit seinem Namen beschriftet, der eitle Pfau. Ihm wäre nicht wohl dabei, würde nicht jeder sehen, dass er zu jenen zählt, die unser Land in den Krieg geführt haben. Ganz im Gegenteil ist er noch stolz darauf.«

»Das ist es ja«, erwiderte Lotte. »Wenn seine Wagen anders beschriftet sind, dann kann das doch nur heißen, dass er etwas Zwielichtiges mit ihnen vorhat.«

»Es kann alles heißen, Lotte«, widersprach Fritze. Er tippte ihr mit einem verschmitzten Lächeln an die Nase. »Zum Beispiel, dass der Mann jetzt nicht mehr für Brodenbeck arbeitet. Aber ich sehe schon, dir ist langweilig, dass du dir solche Geschichten ausdenken musst.«

»Im Ernst, Fritze«, ließ sich Lotte nicht beirren. »Ich hörte, wie die beiden Männer miteinander sprachen. Der eine fragte den anderen, ob er wisse, was es im Ruhrgebiet abzuholen gäbe, dass sie gleich mit vier Wagen voller leerer Kisten dorthin fahren müssen.«

»Mit vier Wagen? Und leeren Kisten? Kein Unternehmer, der bei Verstand ist, lässt leere Kisten durchs halbe Land fahren.«

»Genau das dachte ich auch.«

»Und sie wussten nicht, was es zu transportieren gibt?«

»Anscheinend nicht, denn auch der Zweite zuckte auf die Frage hin lediglich mit den Schultern.«

»Aber wird das, was sie für ihre Berliner Waffenschmiede aus dem Ruhrgebiet brauchen, zum Beispiel Kohle und Stahl, nicht gemeinhin über die Schiene nach Berlin transportiert?« Fritze stellte die Frage mehr sich selbst, als dass er sie an Lotte richtete.

»Ja«, antwortete die dennoch. »Also muss es etwas anderes sein.«

Fritze nickte abwesend. Er war in Gedanken schon einen Schritt weiter. Er fragte sich, wie sie herausfinden konnten, was genau Brodenbeck vorhatte – wenn es denn überhaupt stimmte, dass die Fahrer zu seiner Waffenschmiede gehörten, wie Lotte behauptete. Natürlich war das, was Lotte zu erzählen wusste, recht vage. Mehr als vage sogar. Bei dem Namen Brodenbeck aber kam in ihm ein so brennender Hass auf, dass Fritze gar nicht anders konnte, als der Sache auf den Grund zu gehen. Es gab auf dieser Welt kaum jemanden, den er mehr verabscheute, den er mehr zum Teufel wünschte, als diesen skrupellosen Emporkömmling, der seinen luxuriösen Lebensstil auf Millionen von toten und verstümmelten Körpern aufbaute und sich dessen nicht einen Moment zu schämen schien. Schon seit Langem wünschte Fritze sich, Hagen Brodenbeck all das, was er den Menschen angetan hatte, zurückzahlen zu können. Im Dreck wollte er ihn sehen und Schlamm fressen, diesen ehrlosen Tyrannen. Der schlimmste Tod, den er sich für ihn ausmalte, schien ihm immer noch zu human zu sein. »Wir müssen ihn an der Stelle erwischen, an der es ihm am meisten wehtut«, murmelte er.

»Und die wäre?«

»Geld. Ansehen. Macht.«

»Aber selbst, wenn sie die Fahrer beim Schmuggel erwischen«, gab Lotte zu bedenken, »dann wird es an höchster Stelle doch immer welche geben, die Brodenbeck protegieren. Kaum vorstellbar, dass …«

»Nein, Lotte«, unterbrach Fritze sie ungeduldig, »nicht, wenn man es richtig macht.« Er zwinkerte ihr zu. »Oder glaubst du, dass die Franzosen ihn so einfach wieder ziehen lassen, wenn sie herausfinden, dass er es war, durch dessen Waffen ihre jungen Soldaten den Tod fanden?«

Lotte schnappte hörbar nach Luft. »Himmel, Fritze, so weit habe ich ja noch gar nicht gedacht!« Vor lauter Aufregung steckte sie sich eine weitere Zigarette an, dann noch eine zweite, die sie ihrem Gefährten zwischen die Lippen steckte. »Wenn wir Brodenbeck an die Franzosen oder an die Belgier verraten könnten, dann …« Sie zog hektisch an ihrer Zigarette, stieß den Rauch geräuschvoll hervor. »Keine Ahnung, was sie dann mit ihm machen, aber der Spaß dürfte für ihn zunächst einmal vorbei sein und …«

»… für uns umso größer.« Fritze grinste über das ganze Gesicht, dann jedoch wurde er wieder ernst. »Sie müssen aufgehalten werden, Lotte. Alle, die weiterhin Kriegstreiberei betreiben, müssen aufgehalten werden. Schau, was in Russland passiert ist. Die ganze Zarenfamilie haben sie zum Teufel gejagt und den gesamten russischen Adel in die Flucht getrieben. Nichts ist mehr übrig vom Glanz dieser Ausbeuter, von ihrem Hochmut. Das nenne ich mal eine Revolution ganz nach meinem Geschmack.« Er streckte die geballte linke Faust in die Luft und stimmte in seinem Übermut die erste Strophe der *Internationalen* an, doch riss Lotte seinen Arm sogleich wieder hinunter und zischte: »Bist du von Sinnen?! Was soll das werden mit der Revolution, wenn man dich zuvor in Haft nimmt?!«

Fritze nickte, dann legte er seinen Kopf in den Nacken und schaute in den Sternenhimmel. »Ich werde einen Weg finden, Brodenbeck zu vernichten, Lotte. Und wenn es das Letzte ist, was ich tue.«

»Ich dachte gerade …« Lotte biss sich auf die Lippen. »Nein. Das kann ich nicht tun.«

Fritze horchte auf. »Was kannst du nicht tun?«

»Edith«, sagte sie. »Ich dachte gerade an Edith.«

»Du redest von Brodenbecks Tochter?«, vergewisserte sich Fritze.

»Ja.« Sie schaute Fritze an. »Glaubst du, sie würde uns helfen? Glaubst du, der Hass auf ihren Vater ist groß genug, dass sie ihn verraten würde?«

»Edith.« Fritze dachte nach. Er erinnerte sich, wie sie sich vor dem Krieg zum ersten Mal begegnet waren. Es war auf einer politischen Versammlung gewesen, und es hatte Getuschel gegeben, als sich im Saal herumsprach, um wen es sich bei ihr handelte. Wunderschön war sie gewesen an diesem Abend, die Wangen gerötet vor Aufregung. Und verliebt war sie gewesen, hatte keinen Hehl daraus gemacht, dass es der Vorarbeiter aus der Fabrik ihres Vaters war, den sie sich zum Gefährten gewählt hatte. An den Händen gehalten hatten sie sich und sich immer wieder geküsst. Martins Brust war geschwollen gewesen vor Stolz, und es war nicht zu übersehen gewesen, dass er Edith als Trophäe betrachtete, die ihm bei der Jagd unversehens vor die Flinte gelaufen war. Hier und da hatte es geheißen, sie sei gewiss eine Spionin, geschickt von ihrem Vater, der wissen wolle, was in der Gewerkschaftsbewegung besprochen und geplant wurde. Fast wäre es zu einer Prügelei gekommen zwischen denen, die sie hinausschmeißen wollten, und jenen, die sich für ihren Verbleib einsetzten – der eine oder andere Genosse womöglich lediglich geblendet von Ediths Schönheit, vor der das Hirn so manchen Mannes nicht anders konnte als zu kapitulieren.

Letztlich waren Edith und Martin geblieben, Letzterer hatte auf der Bühne große Reden geschwungen, die sozialistische Revolution heraufbeschworen, marxistische Parolen rezitiert und zu guter Letzt die *Internationale* angestimmt, während Edith ihm aus dem Saal heraus zujubelte.

Als es aber darum ging, den Worten auch Taten folgen zu lassen, da versagte Martin kläglich. Zwischenzeitlich von den Handlangern des alten Brodenbeck aufs Ordentlichste verprügelt und in den Dreck gestoßen, offenbarte sich mehr und mehr sein wahrer Charakter. Ein Taugenichts war er, wie er im Buche stand, vor allem, wenn es darum ging, den Protest auf der Straße mit den Fäusten auszutragen. Frustriert von seinen eigenen Unzulänglichkeiten begann er, seinen Ärger an Edith auszulassen, die er inzwischen seine Ehefrau nannte. Je mehr ihm ihre Überlegenheit in Geist und Bildung bewusst wurde, desto mehr trachtete er danach, sie kleinzumachen. Fritze wollte gar nicht wissen, was sich bei Martin und Edith zu Hause zugetragen hatte. Einem Zuhause, das immer kleiner und schließlich zur miserablen Behausung in den Hinterhöfen wurde, denn Brodenbecks Zorn fürchtend, getraute sich niemand in Berlin mehr, Martin Arbeit anzubieten, und sei diese noch so gering. Derart gedemütigt, hatte Martin gleich bei Kriegsbeginn Frau und Kind sitzen lassen, was dazu führte, dass die beiden so elend dran waren, dass einem bei ihrem Anblick schier das Herz blutete. Aber auch jetzt hatte es kaum jemanden gegeben, der sich ihrer hätte annehmen wollen. Dann, nach dem Fronturlaub, das zweite Kind. Seither hatte niemand mehr etwas von Martin gehört.

Fritze hoffte, dass sein einstiger Freund eines Tages zurückkehren und sich von ihm die Prügel abholen würde, die er verdiente.

»Ich wüsste nicht, wie ausgerechnet Edith uns helfen könnte«, sagte er, während er einem einarmigen Bettler, der vorbeischlich, eine Zigarette in die Hand drückte und ihm Feuer gab. »Auch wird sie wohl kaum dazu bereit sein.« Er schaute dem Bettler hinterher, der schlurfend von dannen zog. »Meiner Meinung wäre es einfacher, jemanden in der Fabrik zu finden, den wir uns für unsere Zwecke zunutze machen können.«

»Aber wer sollte das denn sein?«, fragte Lotte zweifelnd. »Wir hätten es doch längst getan, wenn es die Möglichkeit gegeben hätte. Du weißt selbst, wie sehr wir uns schon bemüht haben. Die Arbeiter haben einfach Angst – vor dem Verlust ihres Arbeitsplatzes genauso wie vor dem Zorn des Alten. Sie alle haben noch lebhaft vor Augen, wie es Martin ergangen ist und nicht zuletzt Brodenbecks eigener Tochter. Und sie alle haben Familien, die sie schützen müssen. Nein, Fritze, so schön es auch wäre, Brodenbeck im Dreck kriechen zu sehen, ich denke, dass wir auf diesem Wege nicht weiterkommen. Wir …« Sie zögerte, bevor sie weitersprach. »Wir müssten es Edith schmackhaft machen, sich bei ihrem Vater zurückzumelden.«

Fritze lachte rau auf. »Wie, bitte schön, sollte das denn wohl gehen? Einen Teufel wird sie tun, sich und den Kindern einer solchen Demütigung, wenn nicht sogar Gefahr auszusetzen. Und wenn du mich fragst, dann hat sie verdammt recht damit. Es geht ihr gut, seit sie bei Jacob Semmering Arbeit gefunden hat. Die wird sie wohl kaum aufs Spiel setzen wollen.«

»Es sei denn, ihr Wunsch nach Rache ist genauso groß wie unserer.«

Fritze dachte nach. »Ich habe eine andere Idee«, sagte er nach ein paar Minuten des Schweigens. »Brodenbeck wird Leute brauchen, die den Mund halten können, wenn er den Waffenschmuggel groß aufziehen will.«

»Wir wissen nicht, ob er es will«, gab Lotte zu bedenken. »Wir wissen ja noch nicht einmal, ob Samuels Vertrauter mit seinem Verdacht richtiglag oder ob Helene und ich die richtigen Schlüsse aus dem kurzen Gespräch der Fahrer gezogen haben.«

»Wenn Brodenbeck etwas aufzieht, dann richtig«, behauptete Fritze. »Du glaubst doch wohl nicht, dass der sich mit einer Fuhre aus dem Ruhrgebiet zufriedengibt, wenn er erst einmal Lunte gerochen hat.«

Lotte sah ihn mit gerunzelter Stirn an. »Du hast jemand Bestimmtes im Sinn, wenn du sagst, es muss einer sein, der den Mund halten kann?«

»Ja.«

»Und wen?«

»Janno.«

Lotte schnappte nach Luft. »Du willst Janno einer solchen Gefahr aussetzen? Das ist nicht dein Ernst, Fritze. Was ist, wenn die Franzosen ihn schnappen?«

»Janno hat einen Traum«, erwiderte Fritze. »Um diesen verwirklichen zu können, braucht er Geld. Viel Geld. Womöglich hat er Lust, bei Brodenbeck als Fahrer anzuheuern. Und über Janno«, er machte eine rhetorische Pause, in der er Lotte tief in die Augen sah, »kommen wir an Brodenbeck.«

9

Duisburg, August 1919

Ihre Schreie waren durchs offene Fenster hindurch bis hin zum Pütt zu hören, aus dem die Männer nach ihrer Schicht ausfuhren. Sobald sich die Gittertür des Aufzugs scheppernd öffnete und sie ins Tageslicht blinzelten, blieben sie abrupt stehen und schauten sich alarmiert an. »Wer schreit denn da so?«, brummte einer. »Und wieso kommt ihr niemand zu Hilfe?«

»Es ist nur Hiska. Das Kind kommt«, klärte Joris, der gleich zu seiner Schicht einfahren würde, die erschöpften, rußverschmierten Männer auf – und auch jene, die am Eingang der Zeche herumlungerten und darauf hofften, doch noch die Chance zu bekommen, wieder arbeiten zu können.

Zu Letzteren gehörte auch Karl, den man als Rädelsführer der Zechenbesetzung im Frühjahr identifiziert und mit drei weiteren Männern auf die Straße gesetzt hatte. Seither war er ohne Arbeit und damit ohne Einkommen und wusste nicht, wohin mit seinem Stolz, seiner Wut und seiner Kraft. Alles hatte er versucht, sich sogar derart erniedrigt, dass er an der Villa des Herrn Direktor vorstellig wurde und sich entschuldigte. Nichts im Leben hatte Karl jemals so widerstrebt wie dieser Gang nach Canossa, doch hatte ihm seine Mutter Luise die Hölle heiß gemacht und ihm sogar angedroht, ihn aus dem Haus zu schmeißen, sollte er weiterhin den Aufständischen mimen, anstatt dafür zu sorgen, dass seine Familie etwas zu beißen hatte. »Von Anfang an habe ich dir gesagt, dass die Besetzung der Zeche der reine Wahnsinn ist«, hatte Luise außer sich vor Wut gebrüllt, als er ihr die Nachricht von seinem Rausschmiss überbrachte. »Aber du«, hatte sie mit dem Finger vor seiner Nase herumgefuchtelt, »du musst ja den großen Kommunisten spielen. Ich habe gleich gewusst, dass diese Aktion kein gutes Ende nehmen wird, nach allem, was landauf, landab passiert. Ich habe dich gewarnt, dass sie das Militär schicken würden, weil es genau das ist, was sie derzeit überall tun, die Herren Sozialdemokraten in ihren piekfeinen Anzügen, die uns vorzugaukeln versuchen, dass sie sich für die Probleme der kleinen Leute interessieren. Aber du wusstest es ja mal wieder besser.«

»Aber so kann es doch nicht weitergehen!«, hatte Karl aufgebracht erwidert. »Nur weil immer alle kuschen und sich von den feinen Herren wie Dreck behandeln lassen, konnte es doch überhaupt erst so weit kommen! Wilhelm ist tot, Mutter! Er ist tot, weil sich niemand von denen da oben darum schert, was unten im Berg geschieht. Er ist tot, weil …«

»Ja, genau, Karl«, hatte Luise ihn nicht ausreden lassen, »Wilhelm ist tot, und nichts auf dieser Welt bringt ihn wieder zurück.« Sie hatte sich an die Brust getippt, als sie fortfuhr: »Wir aber, Karl, wir leben noch. Und damit das so bleibt, brauchen wir etwas zu essen. Also gehst du jetzt – und zwar jetzt sofort! – zum Herrn Direktor und entschuldigst dich! Und gnade dir Gott, mein Junge, wenn du auch das wieder vermasselst!«

Er hatte es vermasselt. Der Direktor hatte sich – mit vorgestreckter Brust und überheblichem Blick im Eingang seiner Villa stehend – lediglich stumm angehört, was Karl zu sagen hatte. Statt einer Erwiderung aber hatte er sich ebenso stumm umgedreht und war wieder hineingegangen, während der Butler die Tür schloss, ohne den Bittsteller auch nur noch eines Blickes zu würdigen. Selbst eine Mauer aus Stein hätte nicht steifer und unnachgiebiger sein können als Heinz-Rudolf von Wolff.

Seither lungerte Karl tagaus, tagein auf der Straße herum. War er in den ersten Wochen noch aktiv auf Arbeitssuche gewesen, so hatte er alsbald resigniert. Es gab nichts für ihn zu tun. Gar nichts. Niemals hätte er sich vorstellen können, dass es Zeiten geben würde, in denen es für einen jungen, vor Kraft und Gesundheit nur so strotzenden Mann so schwierig sein könnte, eine Arbeit zu finden. Aber genauso war es.

Nun also war Joris der Einzige, der noch Geld nach Hause brachte. Die Situation, in der sich die Familie wiederfand, war prekärer als jemals zuvor. Hinzu kam, dass es Karls Vater von Tag zu Tag schlechter ging. An Arbeit, und sei sie noch so gering, war für ihn nicht mehr zu denken. Allein Luises Geschick, hier und da doch noch Lebensmittel aufzutreiben, war es zu verdanken, dass sie noch nicht verhungert waren. Gott allein wusste, wie die Mutter es anstellte, irgendwelche Quellen anzuzapfen, denn sie schwieg sich darüber beharrlich aus. Je mehr sie aber nach Hause brachte, desto mehr fühlte sich Karl als Versager. Mit jedem Tag, der in dieser Agonie verging, wuchs seine Verzweiflung, und daraus konnte nun wirklich nichts Gutes entstehen.

Und dann war da ja auch noch Hiska, Ennas kleine Schwester. Sobald er das Mädchen ansah, kamen die Erinnerungen und mit ihnen der Schmerz zurück. So sehr hatte er gehofft, dass Enna käme, um ihre Schwester zu besuchen. Dieses Mal, so hatte er es sich geschworen, würde er sie nicht wieder gehen lassen, sondern ihr so lange den Hof machen, bis sie endlich einwilligte, seine Frau zu werden. Den Gedanken, dass sie angeblich schon verheiratet und womöglich auch schon Mutter war, verdrängte er. Heutzutage war eine Scheidung kein

Problem mehr, die Zeiten hatten sich geändert. Natürlich aber musste er, um sie ehelichen und für sie sorgen zu können, eine Arbeit haben. Jeden Abend betete er, der eigentlich kein gläubiger Mensch war, zum lieben Gott, er möge ein Wunder geschehen lassen. Bislang aber hatte der sich taub gestellt. Jetzt hatte Karl eine ungefähre Vorstellung davon, wie es sich anfühlte, von Gott und der Welt verlassen zu sein.

Ein weiterer Schrei riss Karl aus seinen Gedanken. Hiska schien sich bei der Geburt ihres Kindes an diesem heißen Sommertag über Gebühr zu quälen. Karl fragte sich, was für ein Schuft es gewesen sein mochte, der ihr in ihrem zarten Alter so etwas angetan hatte. Hiska schwieg sich darüber aus, doch würde Karl es eines Tages dennoch erfahren, würde ihm kein Weg zu weit sein, diesen Kerl in seine Schranken zu weisen.

Karl sah Heinz um die Ecke kommen und auf seinen Krücken auf Giselas Wohnung zuhumpeln. Seit dem Unglück im März, als ihn der einstürzende Stollen unter sich begrub, hatte auch Heinz keine Arbeit mehr. Für ihn aber würde es von nun an immer so sein. Mit seinen verkrüppelten Beinen, die mehrere, teils schlecht verheilte Knochenbrüche davongetragen hatten, würde er niemals wieder in den Schacht einfahren und auch keine andere schwere körperliche Arbeit verrichten können. Gerade einmal fünfundzwanzig Jahre alt, bezog er von der Knappschaft eine kleine Invalidenrente, mit der er mehr schlecht als recht über die Runden kam. In der Zeit seines Leidens hatte sich Hiska rührend um ihn gekümmert, sodass sich die beiden nähergekommen waren.

Ein erneuter Schrei, der noch klagender schien als die vorherigen, ließ Heinz schneller humpeln.

»Heinz«, rief Karl zu ihm hinüber, während er, die Hände in den Taschen seiner Hose vergraben, auf ihn zulief, »Hiska ist in guten Händen. Ich an deiner Stelle würde da jetzt nicht reingehen, die Weiber würden dich sowieso nur fortjagen.

Wenn es ums Kinderkriegen geht, verstehen sie keinen Spaß.« Er erinnerte sich noch gut an die Geburten seiner jüngeren Geschwister, während denen es nicht ratsam gewesen war, der Hebamme unter die Augen zu treten, wollte man nicht Gefahr laufen, von ihr wie ein räudiger Hund davongejagt zu werden.

»Karl.« Heinz blieb stehen und schaute ihn unentschlossen an. »Meinst du, es geht da alles mit rechten Dingen zu, wenn sie solche Schmerzen hat?«, fragte er, und sein Gesicht wurde um noch eine Nuance bleicher, als jetzt der nächste lang gezogene Schrei zu vernehmen war.

»Ja, da geht alles seinen Gang. Solange da keiner hektisch atmend rein- und rausrennt, musst du dir keine Sorgen machen. Glaub mir … Moment mal, da schreit doch nun ein Kind. Ich glaube fast …« Karl kam nicht mehr dazu, den Satz zu beenden, denn bereits im nächsten Moment wurde das Fenster ganz aufgerissen und eine völlig überwältigte Gisela schrie heraus: »Es ist ein Junge! Ein gesunder Junge! Dem Himmel sei Dank!«

»Ein Junge.« Heinz strahlte über das ganze Gesicht. »Bitte, Gisela«, rief er zum Haus hinüber, »ich würde ihn mir gern ansehen.«

»Nichts da!«, kam es schroff zurück. »Mutter und Kind brauchen nach den Strapazen jetzt erst einmal Ruhe. Der liebe Gott hat es der Kleinen nicht leicht gemacht, sie ist völlig erschöpft. Komm später wieder, Heinz, wenn Hiska bereit dazu ist.«

»Komm, Heinz, lass uns auf das Kind anstoßen.« Karl deutete auf die Spelunke an der Ecke, die um diese Zeit nur mäßig besucht sein dürfte. Er kramte in seiner Hosentasche nach den letzten Groschen, die er zu seiner Freude unter seinem Bett gefunden hatte, als er nach einer verschwundenen Socke Ausschau hielt. Eigentlich hatte er die Münzen seiner Mutter geben wollen, aber angesichts der besonderen Ereignisse …

Nur widerwillig ließ sich Heinz vom Haus wegziehen. Er wirkte so aufgekratzt, als wäre er selbst soeben Vater geworden, und er schien vor lauter Aufregung kaum ein Bein vor das andere setzen zu können. Karl fragte sich, ob Hiska bewusst war, worauf sie sich einließ, wenn sie einen Krüppel wie Heinz zum Gefährten und zum Vater des Kindes wählte. Unmöglich würde Heinz' Invalidenrente ausreichen, eine Familie zu ernähren. Also würde es Hiska sein, die sich eine Arbeit suchte, während Heinz sich um das Kind kümmerte. Aber konnte ein so unnatürliches Arrangement auf Dauer gut gehen?

Karl schob Heinz in die Spelunke. Hier herrschte ein schummriges Licht, es roch nach kaltem Rauch und abgestandenem Bier. »Ist zu«, rief jemand aus einem der Nebenräume zu ihnen heraus. Es war ein junger Bursche, der mit dem Rücken zu ihnen stand und den Karl hier noch nie gesehen hatte. »Kommt später wieder.«

»Wer bist denn du, dass du meinst, uns sagen zu können, was wir tun sollen?«, rief Karl zurück. »Los, zeig dich mal richtig, damit wir sehen, wer hinter der großen Klappe steckt. Und überhaupt: Seit wann ist hier um diese Uhrzeit zu?«

»Nur heute. Der Wirt musste aufs Amt.« Ein pickliger Junge mit roten Haaren trat hinter die Theke. Unter seiner bleichen Haut zeichneten sich die Adern nur allzu deutlich ab. Er war zudem so dürr, dass es Karl nicht verwundert hätte, wenn man durch ihn hätte hindurchsehen können.

»Und du bist?«, fragte Heinz.

»Ludwig. Aus Ostpommern.«

»Na, denn gib uns mal zwei KöPi, Ludwig aus Ostpommern. Heute tut's auch 'ne Pulle, wenn es der Zapfhahn nicht tut. Wir haben nämlich auf was anzustoßen.«

»Aber …«

»Nee, mein Junge, kein Aber. Los, nun rück schon raus damit!«

Der Junge wirkte plötzlich verunsichert, er errötete bis unter die Haarwurzeln.

»He, Mann, was ist denn jetzt los?!«, schimpfte Karl. »Wo bleibt das KöPi? Und was wirste denn jetzt so rot? Das sieht scheiße aus zu deinem karottenroten Haar, also lass das lieber.«

»W-was ist denn ein KöPi?«

Karl lachte und auch Heinz verzog schmunzelnd den Mund. »König Pilsener, du Kröte. Das merkste dir besser, wenn du hier nicht unglücklich werden willst.« Karl hob zwei Finger. »Zwei Pullen Bier, wenn's einfacher für dich ist. Du verstehen?«

Der Junge tauchte hinter der Theke ab, nur wenig später erschien er wieder, öffnete die Flaschen und reichte sie zu ihnen herüber. »Na siehste, geht doch.« Karl legte die abgezählten Groschen auf den Tresen, dann zog er Heinz wieder nach draußen.

Sie setzten sich auf einen Erdwall, an dem sich etliche Gemüse- und Kräutergärten entlangzogen. Karl mochte diesen Platz, lagen hier doch im Sommer die angenehmsten Gerüche in der Luft. Er ließ seine Flasche gegen die von Heinz stoßen, nachdem der eine Sitzposition gefunden hatte, in der er wenig Schmerzen litt. »Auf Hiska und den Jungen! Hoffen wir mal, dass der Kleine in einer besseren Welt leben und vor allem nicht zu Kanonenfutter wird, wenn er mal groß ist.« Beide nahmen sie einen kräftigen Schluck.

»Was ich dir noch sagen wollte«, meinte Heinz nach einer längeren Pause. »Gestern Abend war da so 'n Typ inner Spelunke. Der wollte Männer anwerben.«

Karl horchte auf. »Männer anwerben? Für was denn?«

»Sachen fahren.«

»Hä? Was denn für Sachen?«

»Keine Ahnung. Der sucht Fahrer. Für Lkw. Du kannst doch fahren, oder?«

»Klar, hab ich doch im Krieg auch gemacht. Was wird denn gefahren?«

»Irgendwas eben. Von Duisburg nach Berlin.«

»Nach Berlin?« Karl nahm einen weiteren Schluck und wischte sich dann mit dem Unterarm über den Mund. »Das ist aber ordentlich weit. Und er hat nicht gesagt, was dahingebracht werden soll?«

»Nee, daraus hat er ’n Geheimnis gemacht. Vielleicht ist es deswegen so gut bezahlt.«

»Wie gut denn?«

Heinz nannte ihm den Lohn für eine Fuhre, woraufhin sich Karl an seinem Bier verschluckte. »Was? So viel?«, krächzte er, nachdem er sich wieder gefangen hatte. »Das verdienste unten im Schacht in einer Woche nicht. Da ist doch was faul dran.«

»Davon kannste ausgehen«, bestätigte Heinz. »Ist aber gutes Geld. Also ich würd's sofort machen«, er klopfte gegen seine Oberschenkel, »wenn meine verdammten Beine nicht kaputt wären. Darfst dich halt nur nicht erwischen lassen, wenn's was Kriminelles ist.«

»War das einer von den Alliierten, der euch anwerben wollte?«

»Nee, ’n Deutscher. Aus Berlin kommt er.«

»Nicht, dass die irgendwelche Spione hin- und herfahren«, überlegte Karl.

»Meinste, davon gibt's so viele, dass man dafür mehrere Lastkraftwagen braucht?«

»Nee, eher nicht.« Karl steckte sich eine Zigarette an. »Vielleicht schaffen die ja Kohle in die Hauptstadt, bevor die Alliierten sie einkassieren«, überlegte Karl. »Nicht dass die Berliner im Winter erfrieren müssen, weil alles ins Ausland geschafft wurde. Hm. Muss auf jeden Fall was sein, was ’nen richtigen Wert hat in heutiger Zeit.«

»Davon kannste wohl ausgehen. Wäre mir aber völlig egal, was das ist«, wiederholte Heinz, »ich würd's machen.« Ein Schatten legte sich über sein Gesicht. »Schon für Hiska und das Kind.«

»Und wo treffe ich den Typen, der euch das angeboten hat?«, fragte Karl.

»Du willst das machen?«

»Weiß ich nicht.« Karl legte sich auf die Seite und stützte seinen Kopf auf der Hand ab. »Könnte mir vorstellen, dass das nichts Legales ist. Aber es kann ja nicht schaden, sich das mal anzuhören.«

»Da würde ich mich aber beeilen. Ist bestimmt begehrt, die Arbeit. Womöglich haben die schon genug Fahrer.«

»Hat er gesagt, wo man ihn findet?«

Heinz nannte ihm den Namen einer Kneipe in einem anderen Stadtteil von Duisburg. »Da will er heute Abend sein Glück versuchen. Könnte also nicht schaden, wenn du da auftauchst.«

Karl nickte. Etwas Besseres, als möglichst schnell an viel Geld zu kommen, konnte ihm gar nicht passieren. Und besonders anstrengend würde es wohl auch nicht sein, wenn es wirklich nur ums Fahren ging. Gut möglich, dass ihn das endlich wieder auf die Füße brachte.

Er wusste nicht zu sagen, warum ihm ausgerechnet jetzt Elisabeth von Wolff einfiel. Er hatte sie am Fenster stehen sehen, als er vor ihrem Vater zu Kreuze kroch, was das Gefühl der Demütigung noch einmal verstärkt hatte. Ihr Gesichtsausdruck, mit dem sie ihn musterte, war unergründlich gewesen, und doch meinte er, in ihren Augen so etwas wie Erleichterung gesehen zu haben, als sie ihn auf der Treppe entdeckte. Was vermutlich Blödsinn war, denn worüber hätte sie bei seinem Anblick schon erleichtert sein sollen?

Für einen kurzen Moment schoss ihm der Gedanke durch den Kopf, dass er auch für eine Frau wie Elisabeth von Interesse sein konnte, wenn er über viel Geld verfügte, doch verscheuchte er ihn sofort wieder. Ja, gewiss, Elisabeth war eine äußerst attraktive und ganz bestimmt auch interessante Frau. Außerdem wäre es ihm eine Freude gewesen, dem alten Wolff eins auszuwischen, indem er mit dessen Tochter anbandelte. Aber Elisabeth war nicht Enna.

Und Enna allein war es, die er liebte.

* * *

Völlig abgehetzt betrat Elisabeth das Café. Sie hatte sich für diese Verabredung extra mit einem Taxi ans andere Ende der Stadt fahren lassen. Auf gar keinen Fall nämlich durfte ihr Vater erfahren, dass sie sich mit ihrer Freundin Margarete traf, denn das hatte er ihr unter Androhung etlicher Strafen strikt untersagt.

Für Heinz-Rudolf von Wolff war Margarete nicht weniger als eine Ausgeburt der Hölle. Zweifelsohne hätte er dafür plädiert, sie auf dem Scheiterhaufen zu verbrennen, wenn es diese Unsitte denn noch gegeben hätte. Gerade erst hatte Margarete erneut ein paar Tage im Gefängnis verbracht, nachdem sie Dutzende andere Frauen für einen Fußmarsch durch Duisburg mobilisiert hatte, die allesamt aufrührerische Sprüche skandierten. Die herbeigerufenen Polizisten hatten nicht gezögert, die Frauen mit Gummiknüppeln zu traktieren, wobei zwei Protestierende erhebliche Verletzungen davongetragen hatten. Wenn es um die Aufrechterhaltung der verkrusteten gesellschaftlichen Strukturen der Kaiserzeit ging, kannten die Ordnungshüter kein Pardon. Und zu den verkrusteten Strukturen gehörte es nun einmal auch, dass sich eine Frau nicht in politische Debatten einzumischen hatte, schon gar nicht in der Öffentlichkeit – und dass sich Elisabeth nicht mit einer so selbstbewussten Frau wie Margarete zu treffen hatte.

»Und stellen Sie sich einmal vor«, hörte Elisabeth im Vorbeigehen einen rotgesichtigen älteren Herrn in feinem Anzug aus dunklem Tuch zu seinem ebenso eleganten Begleiter sagen, der an einem der runden, mit zartem Porzellan eingedeckten Tische Platz genommen hatte. »So manche Frau, die mir bei meinem Besuch in Berlin auf der Straße begegnete, trug eines dieser modernen Kleider in ungebührlicher Länge, sodass man ihrer Fußknöchel oder gar ihrer Waden gewahr wurde.« Er räusperte sich verlegen, dann senkte er die Stimme und sagte hinter vorgehaltener Hand: »Auch verzichtet so manche Dame inzwischen gar auf das Tragen eines Korsetts, wie man mir berichtete.« Er ließ sich nun ebenfalls auf einem Stuhl nieder und tupfte sich den Schweiß von der Stirn. »Ich sehe schlimme Zeiten auf uns zukommen, mein lieber Freund, schlimme Zeiten. Es ist wirklich eine Schande, was man den Frauen heutzutage durchgehen lässt. Sitte, Anstand und Moral scheint man in unserem Land keinerlei Bedeutung mehr beizumessen.«

»Das können Sie laut sagen, Herr Ministerialdirektor, das können Sie laut sagen«, erwiderte sein Begleiter mit einem kritischen Blick auf die vorbeieilende Elisabeth, der ihr wohl vermitteln sollte, dass er es entweder nicht guthieß, sie ohne männliche Begleitung anzutreffen, oder aber dass ihr eiliger Gang einer jungen Dame von Stand nicht angemessen sei. »Wenn Sie mich fragen, dann …«

Elisabeth hörte gar nicht mehr hin. Von alten, ewig gestrigen Männern hatte sie vorerst genug, nachdem sie mit ihrem Vater erst vor wenigen Stunden erneut einen heftigen Streit ausgefochten hatte.

Sie steuerte auf ihre Freundin Margarete zu, die an einem etwas separiert stehenden Tisch Platz genommen hatte. Normalerweise wäre dies nicht die Art Café gewesen, die

Margarete freiwillig aufsuchte. Sie mischte sich lieber in verrauchten Kneipen unters gemeine Volk, anstatt dem Luxus eines solchen Cafébesuchs zu frönen. Elisabeth zu Gefallen aber machte sie heute eine Ausnahme, denn ein weiterer Fehltritt, von dem ihr Vater erfuhr, würde sie womöglich für den Rest ihres Lebens in ihr Zimmer verbannen. Genau genommen aber, so dachte sich Elisabeth jetzt, wäre das auch nicht schlimmer als das, was er ihr heute offenbart hatte. Vielleicht wäre ein solch aufgedeckter Fehltritt sogar von Vorteil für sie gewesen, hätte dieser Eberhard Brodenbeck, an dessen Gesicht sie sich kaum noch erinnern konnte, in diesem Fall ganz gewiss von einer Heirat abgesehen, wenn er davon erfuhr.

»Elisabeth!« Margarete erhob sich von ihrem Platz und bedachte ihre Freundin mit zwei Luftküssen links und rechts.

»Heute so geziert?«, wunderte sich Elisabeth. Sie zog ihre hauchdünnen Handschuhe von den Fingern und setzte sich in den Korbsessel, den ihr ein eilfertiger, in einen Frack gekleideter Ober unterschob. Sie schaute sich verstohlen um und kam sich in dem altmodischen, knöchellangen Kleid furchtbar altbacken vor. Nicht wenige Frauen hier waren, genau wie Margarete, bereits nach der neuesten Mode gekleidet, auch wenn diese sich im Ruhrgebiet erst langsam durchzusetzen begann. Elisabeth wusste aus Illustrierten, dass es in Berlin hingegen längst gang und gäbe war, dass die Frauen wadenlange Kleider aus leichten Stoffen trugen, die ihre Körper sanft umspielten. Das mehrschichtige, bis zum Hals geschlossene cremefarbene Monstrum aber, das sie – noch dazu eingeschnürt in ein Korsett – trug, nahm ihr bei der seit Tagen herrschenden Hitze schier die Luft zum Atmen.

»Alles nur für dich, meine Liebe«, antwortete Margarete, »damit man dem Herrn Papa nicht berichtet, seine Tochter sei mit einer unartigen Frau gesehen worden.« Sie schaute sich mit einem aufgesetzten Lächeln um. »Immerhin ist es nicht ausgeschlossen, dass einer von der sich hier tummelnden hochwohlgeborenen Mischpoke Euer Gnaden wiedererkennt.«

»Sei nicht albern, in diesem Viertel kennt mich kein Mensch«, erwiderte Elisabeth ungeduldig. Sie konnte es nicht leiden, wenn ihre Freundin sie aufzog, fühlte sie sich ihr gegenüber dann doch klein und schwach.

Margarete schaute sie prüfend an. »Ist schon wieder etwas vorgefallen, von dem ich noch nichts weiß? Oder macht dir die Sache mit Henrike immer noch zu schaffen? Wenn es das ist, dann kannst du dich wieder beruhigen, denn ich habe endlich eine Bleibe für sie gefunden, in der sie vor deinem Vater sicher sein dürfte.«

»Mein Vater ist wie ein Oktopus.« Elisabeth seufzte resigniert. »Glaub mir, seine Arme reichen bis in den letzten Winkel dieser Erde. Wenn er wirklich nach Henrike sucht, dann wird er sie finden, ganz egal, für wie sicher du ihr Versteck auch hältst. Und glaub mir, er wird nach ihr suchen. Nicht, weil ihm besonders viel an ihr liegt, sondern weil er sie als sein Eigentum betrachtet.« Und genau das war es auch, was sie bislang davon abgehalten hatte, Henrike tatsächlich zur Flucht zu verhelfen. Sollte ihr Vater das Mädchen nämlich nach einer solchen Demütigung in ihrem Versteck auftreiben, dann würde das, was sie bislang durch ihn hatte erleben müssen, wie eine milde Tat anmuten. »Aber das ist es nicht, warum ich mich unbedingt mit dir treffen wollte«, würgte sie, als Margarete den Mund öffnete, eine Antwort ab. »Diesmal geht es wirklich um Leben und Tod, und zwar um mein Leben.«

Margarete schaute sie alarmiert an, doch enthob der Kellner sie zunächst einer Erwiderung, als er nach ihren Wünschen fragte. Sie bestellten zwei Kännchen Kaffee mit Gebäck. »Was ist los?«, raunte Margarete, als er sich von ihnen entfernte.

»Vater will mich verheiraten«, platzte es ein wenig zu laut aus Elisabeth heraus, sodass sich nun einige Augenpaare auf sie richteten. Also beugte sie sich zu ihrer Freundin vor und flüsterte kaum hörbar: »Natürlich habe ich dagegen protestiert, aber wie du dir vorstellen kannst, hat er mir gar nicht zugehört.«

Angesichts dieser unerwarteten Eröffnung zeigte sich sogar die sonst so schlagfertige Margarete sprachlos. Der Blick, mit dem sie ihre Freundin musterte, drückte ebenso Erstaunen wie Entsetzen aus. »Verheiraten?«, fragte sie, als sie ihre Sprache wiederfand. »Mit wem denn, um alles in der Welt? Nun sag bloß, dir hat jemand den Hof gemacht, und du hast mir nichts davon erzählt.«

»Hätte mir jemand den Hof gemacht, dann könnte ich es ja noch verstehen«, erwiderte Elisabeth. »Den Mann aber, den er für mich ausgesucht hat, habe ich so gut wie noch nie gesehen.«

»Was? In welchem Jahrhundert leben wir denn, dass ...?!«

»Du weißt, wie Vater ist«, unterbrach Elisabeth ihre Freundin ungeduldig, wobei sie sich Mühe gab, das tatsächliche Ausmaß ihrer Erregung zu verbergen, da immer noch Leute neugierig, wenn nicht gar tadelnd zu ihnen herübersahen. »Es geht um eine lukrative Geschäftsbeziehung, die er mit dieser Heirat verfestigen will.«

»Er verschachert dich an den Meistbietenden für irgendwelche Geschäfte?«, rief Margarete empört und leider alles andere als leise aus.

»Pssst!« Elisabeth sah sie strafend an und zischte: »Siehst du denn nicht, dass sie alle mithören?«

»Sie sollen sich um ihren eigenen Kram scheren«, erwiderte Margarete, wobei sie ihre Stimme keineswegs dämpfte. Sie warf einen angriffslustigen Blick in alle Richtungen, woraufhin die Lauscher pikiert ihren Blick senkten.

»Verehrtes Fräulein, wenn ich Sie bitten dürfte, Ihre Stimme ...«

»Nein, das dürfen Sie nicht!«, fauchte Margarete den Ober an, der in vorauseilendem Gehorsam an ihren Tisch getreten war. »Sorgen Sie lieber dafür, dass man uns nicht ständig mit Blicken belästigt, als wären wir Affen auf dem Jahrmarkt.«

»Aber gnädiges Fräulein, ich muss doch sehr bitten!«

»Ich kann natürlich auch meinen Vater, den Herrn Konsul ...«

»K-Konsul.« Der Ober machte einen Bückling. »Selbstverständlich werde ich mich sofort darum kümmern, dass man Sie nicht weiter behelligt, verehrtes Fräulein.«

»Widerlicher Hofnarr«, greinte Margarete, als er sich entfernt hatte, dann jedoch zwinkerte sie Elisabeth zu. »Na, wie war ich?«

»Anscheinend so überzeugend, dass er dir die Tochter des Konsuls abgenommen hat.« Elisabeth sagte es nicht ohne Neid. Wie sehr sie sich wünschte, auch nur ein bisschen von Margaretes Schlagfertigkeit und deren Entschlusskraft zu besitzen! Aber sie war ja selbst dazu zu feige, so ein armes Ding wie Henrike vor ihrem Vater zu beschützen. Stattdessen rannte sie stets zu Margarete, damit diese ihre Probleme für sie aus der Welt schaffte. Konnte es einen armseligeren Menschen geben, als sie es war?

Prompt fiel ihr ein, dass sie auch diesen jungen Arbeiter Karl nicht in seiner Forderung unterstützt hatte, als der sich im Frühjahr bei ihrem Vater für die Besetzung der Zeche entschuldigte und um seinen Job flehte. Sie hatte ihm helfen wollen, dann jedoch lediglich am Fenster gestanden und zugesehen, wie ihr Vater den Mann mit Missachtung strafte und Charles ihm die Tür vor der Nase zuschlug. Mit großen Worten umgehen, ja, das konnte sie. Wenn es jedoch um Taten ging, dann verkroch sie sich hinter ihrer Freundin Margarete wie ein verängstigtes Küken unter den Fittichen seiner Mutter.

»Wer ist denn nun der stolze Bräutigam?«, kam Margarete wieder auf das ursprüngliche Thema zu sprechen, nachdem der nun handzahme Ober Kaffee und Gebäck in feinstem Porzellan auf ihrem Tisch angerichtet hatte.

»Eberhard Brodenbeck«, klärte Elisabeth sie auf. Für sie fühlte sich schon das Aussprechen seines Namens an wie Peitschenhiebe.

»Brodenbeck?« Margarete war blass geworden. »Aber du sprichst nicht von dem Sohn des Berliner Waffenfabrikanten?« Als Elisabeth ihren Kopf senkte und nickte, schnappte Margarete entsetzt nach Luft. »Das kann nicht dein Ernst sein, Elisabeth!«, krächzte sie mit erstickter Stimme. »Du kannst doch nicht den Sohn dieses … dieses kriegslüsternen Ungeheuers ehelichen, das sich am unsäglichen Leid all der Opfer eine goldene Nase verdient hat! Das … das kann nicht dein Ernst sein! Wofür kämpfen wir Frauen denn dann überhaupt, wenn du … wenn du …« Ihr schienen vor lauter Entsetzen die Worte zu fehlen. Oder war es nicht viel mehr Enttäuschung, die in ihrer Stimme mitschwang?

»Aber ich will ihn doch gar nicht heiraten«, schluchzte Elisabeth verzweifelt. »Ich sagte doch gerade, dass mein Vater mich zu dieser Heirat zwingen will. Was soll ich denn jetzt bloß tun, Margarete? Bitte, du musst mir helfen!«

»Dir helfen?«, zischte Margarete. »Und kannst du mir auch sagen, wie das gehen soll? Soll ich diesen Eberhard vielleicht erschießen oder am nächsten Baum aufknüpfen? Gar nichts kann ich in diesem Fall tun, Elisabeth, gar nichts. Das Einzige, was dagegen hilft, dass du seine Frau wirst, ist, dass du Nein sagst. Und zwar so laut und deutlich, dass selbst der korrupteste aller Pfaffen nicht mehr behaupten könnte, sich verhört zu haben.«

Elisabeth sank der Mut. Zwar hatte sie nicht gewusst, wie genau Margarete sie aus dieser misslichen Lage würde befreien können, doch hatte sie nicht damit gerechnet, von ihrer Antwort derart desillusioniert zu werden. Ihre Hände zitterten nun so sehr, dass sie ihre Tasse mit beiden Händen halten musste, um unfallfrei einen Schluck Kaffee nehmen zu können.

»Da hilft nur auswandern«, hörte sie Margarete sagen, doch drangen ihre Worte nur noch wie durch ein Rauschen zu ihr durch. »Ja, am besten besteigst du eines dieser Schiffe in die neue Welt, wie sie es gerade zu Tausenden tun, um ihr Glück zu finden.«

Elisabeth wollte ihrer Freundin gerade sagen, wie absurd dieser Vorschlag war, als ihr Blick auf die Drehtür des Cafés fiel, zu der jetzt ein junger Mann hereinkam. Zunächst glaubte sie, sich vertan zu haben, beim zweiten Hinsehen aber war sie sich sicher: Es war Karl! Herausgeputzt mit seinem vermutlich besten Anzug, der dennoch bemitleidenswert ärmlich aussah, zog er nun seine Mütze von den dunklen Haaren und folgte mit sichtlichem Unbehagen einem Mann in tadellosem Gehrock und mit glänzenden Schuhen an den Füßen zu einem der Tische. Angesichts seines proletarischen Aussehens zog Karl sämtliche Blicke der feinen Leute auf sich, und von überallher war Getuschel zu hören. Was um alles in der Welt bezweckte er mit diesem Auftritt? Und warum ausgerechnet in diesem Café?

Elisabeth schüttelte angesichts dieses unglücklichen Zufalls den Kopf, während sie gleichzeitig bis unter die Haarwurzeln errötete. Was, wenn er sie erkannte oder gar auf sie zukam, um sie zu begrüßen? In ihr machten sich derart zwiespältige Gefühle breit, dass sie sich am liebsten unter dem Tisch und hinter der nahezu fußbodenlangen Tischdecke verkrochen hätte.

Doch dazu war es zu spät, denn just in diesem Moment sah er zu ihr herüber, und auf seinem Gesicht machte sich Erstaunen breit.

»Wer ist das?«, fragte Margarete. »Warum starrst du zu diesem Mann hinüber, als hättest du einen Geist gesehen? Bist du wirklich so versnobt, dass du, genauso wie alle anderen hier, beim Anblick eines einfachen, aber vermutlich fleißigen Arbeiters vor Widerwillen im Boden versinkst?«

»Das …« Elisabeth schluckte den Kloß in ihrem Hals weg. Noch immer stand Karl da und starrte sie an. »Das ist es nicht.«

Margarete ließ ihren Blick ein paar Mal von einem zum anderen schweifen, dann nickte sie wissend und sagte: »Du kennst ihn. Stimmt's?« Ein Grinsen machte sich auf ihrem Gesicht breit. »Und du magst ihn.« Sie griff nach einem Gebäckstück und schob es sich in den Mund. »Na, wenn das mal nicht eine interessante Entwicklung ist, dann weiß ich auch nicht«, schmatzte sie. »Der arme Eberhard. Der wird sich mit Sicherheit brüskiert fühlen, wenn er davon erfährt.«

»Aber was redest du denn da? Woher sollte ich Karl denn wohl …?« Elisabeth biss sich auf die Lippen und spürte die Röte in ihr Gesicht steigen.

Margarete neigte den Kopf und schaute verschmitzt. »Karl also. Hm. Interessant. Sieht gar nicht übel aus, der Bursche. Nur was hat er in diesem piekfeinen Laden zu suchen? Und warum sieht er dich jetzt so finster an?«

* * *

Warum schaute Elisabeth von Wolff so ertappt zu ihm herüber? Karl wusste nicht, was er davon zu halten hatte, ausgerechnet die Tochter des Direktors hier anzutreffen. Misstrauisch sah er dem Mann hinterher, der ihn hierherbestellt hatte und sich von einem befrackten Kellner zu einem der Tische führen ließ. War das eine Falle?

Karl schüttelte innerlich den Kopf. Nein, dachte er, als er nun weiterlief, denn warum sollte ausgerechnet Elisabeth darauf angesetzt sein, ihn zu bespitzeln? Er rief sich zur Ordnung. Noch war ja gar nicht klar, ob die Arbeit, die der Herr ihm nun anbieten würde, überhaupt etwas Illegales war. Vordergründig stellte sich doch zunächst die Frage, warum es ausgerechnet dieser piekfeine Ort sein musste, an dem sie sich trafen, zumal der sich am anderen Ende der Stadt befand.

Noch nie hatte Karl sich in einem ähnlichen Raum aufgehalten. Gar nichts an diesem Saal erinnerte an die düsteren Spelunken, in denen er sich für gewöhnlich einzufinden pflegte. Alles hier war licht und hell. Anstatt niedriger, holzgetäfelter Decken schien die stuckverzierte, kuppelartige Decke dieses Raumes, in deren Mitte ein riesiger Kronleuchter aus hunderten funkelnden Kristallen hinabragte, bis in den Himmel zu reichen. Der dunkelrote Teppich, über den die Kellner mit ihren silbernen Tabletts beflissen hin und her huschten, verschluckte jeden Laut ihrer Schritte. Die kleinen runden Tische mit den schneeweißen Tischdecken und dem edlen Porzellan waren zumeist mit Frauen besetzt, die, selbst aufgeputzt und bemalt, ihn mit Blicken bedachten, als handele es sich bei ihm um eine Küchenschabe, die es zu zertreten galt. Eine jener Damen schaute gar verschnupft zur Seite, als sich für einen kurzen Moment ihre Blicke trafen.

Wenn es für Leute wie ihn eine Hölle gab, dann musste es ein Ort wie dieser sein.

Mit sichtlichem Widerwillen rückte ihm einer der Kellner den Korbsessel zurecht, als Karls Begleiter ihn aufforderte, sich zu setzen. »Kaffee, die Herren?«

»Ja. Und einen anständigen Cognac dazu, schließlich wollen wir nicht darben.« Sein vielleicht vierzigjähriger Begleiter, der sich ihm mit Heinrich Veltin vorgestellt hatte, lachte, wobei er eine Reihe gelber Zähne entblößte. »Nicht wahr, Herr … ähm …«

»Kembrowski«, half ihm Karl auf die Sprünge. »Karl Kembrowski.«

»Nun, ich werde Sie Karl nennen. Mit diesen komplizierten Familiennamen aus den Ostgebieten tue ich mich schwer.«

Veltin bedeutete dem Kellner, der stocksteif dastehend auf weitere Anweisungen wartete, dass er nun gehen könne. »Ich nehme doch an, dass es Ihnen nichts ausmacht, Karl. Es wird in Ihrem Leben wohl kaum jemanden geben, der Sie beim Nachnamen nennt, nicht wahr? Wie ich hörte, ist es in Ihren Kreisen, in denen ich mich zugegebenermaßen nicht besonders gut auskenne, eher üblich, auf derlei Förmlichkeiten zu verzichten.«

Karl spürte, wie sich bei diesen Worten alles in ihm zusammenkrampfte. Am liebsten wäre er aufgesprungen und hätte Veltin seine ganze Wut, seinen bereits so lange aufgestauten Frust ins Gesicht geschrien. Was nahm sich dieser Kerl eigentlich heraus, ihn derart despektierlich zu behandeln?

Tatsächlich aber dachte Karl an seine Mutter Luise, die ihn zweifelsohne vierteilen würde, sollte er an diesem Abend ohne die Aussicht auf Lohn wieder nach Hause kommen. Zwar war auch sie keineswegs überzeugt davon gewesen, dass es sich bei diesem Angebot um ein seriöses handeln könne; doch war die Situation ihrer Familie inzwischen so prekär, dass man gar nicht umhinkam, sich über so manche Prinzipien, denen man sich zeitlebens verpflichtet gefühlt hatte, hinwegzusetzen.

Nach allem Abwägen des Für und Wider war es letztlich Karls Schwester Annemarie gewesen, die den Ausschlag gegeben hatte, sich auf das Treffen mit Veltin einzulassen. Ausgezehrt von Hunger und Verzicht war die Kleine heute Morgen mit einer fiebrigen Erkältung aufgewacht und röchelte seither wie ein altes Schlachtross. Ihre Familie aber sah sich nicht in der Lage, die erforderliche Medizin zu bezahlen. Joris hatte gebrummt, dass er diese auch ohne Geld würde besorgen können, davon aber hatte Luise nichts wissen wollen. »Das Kind behandeln mit gestohlener Medizin!«, hatte sie gerufen und dabei die Hände über dem Kopf zusammengeschlagen. »Das würde uns der liebe Gott nie und nimmer durchgehen lassen!«

Auf Karls Bemerkung hin, dann solle der eben dafür sorgen, dass es ihnen an nichts mangele, hatte es eine Ohrfeige gesetzt. Auch wenn ihre Söhne längst erwachsen waren, scheute Luise vor derlei Maßregelungen keineswegs zurück. »Du gehst da heute hin«, hatte sie Karl mit erhobenem Zeigefinger angepflaumt, »oder du wirst es sein, der seine kleine Schwester auf dem Gewissen hat. Und ich hoffe sehr, dass dir das Grund genug ist, endlich wieder ans Arbeiten zu kommen.«

Das war es ihm allerdings. Also saß er nun hier, zwischen all den feinen Pinkeln, und fragte sich nach wie vor, warum. Für ihn hätte ein jeder Ort ausgereicht, um das, was geregelt werden musste, zu besprechen.

»Nun, was sagen Sie zu diesem Treffpunkt, junger Mann?«, sprach Veltin ihn an, während er sich mit erhobenen Armen mal nach links, mal nach rechts drehte. »Ist er nicht in höchstem Maße formidabel?«

Karl war diese Geste, die ihnen noch mehr der unerwünschten Aufmerksamkeit bescherte, aufs Höchste unangenehm, aber er nickte. »Es ist ein sehr feiner Ort.«

Veltin grinste zufrieden und lehnte sich in seinem Korbsessel zurück, wobei er die Beine übereinanderschlug und einen Arm lässig auf der Lehne ruhen ließ. »Nun, mein Junge, das könntest auch du in Zukunft haben«, wechselte er unvermittelt zum Du. »Du musst es nur wollen.« Er beugte seinen Oberkörper ein wenig vor und sagte mit deutlich gedämpfter Stimme: »Mir ist durchaus bekannt, dass du seit Monaten keine Arbeit hast. Muss verdammt schwer sein. Aber wir holen dich da raus. Wie gesagt, du musst es nur wollen.« Erneut zeigte sich ein Grinsen auf seinem Gesicht, diesmal ein eher anzügliches. »Mir ist keineswegs entgangen, wie du die junge Dame an dem Tisch da drüben angesehen hast, als wir reinkamen. Du bist sogar stehen geblieben, um sie anzustarren. Solch eine feine und noch dazu äußerst hübsche Frau ist für so einen wie dich natürlich unerreichbar. Aber das könnte sich schon sehr bald ändern.«

»Haben Sie mich deshalb in diese Lokalität gebracht, damit ich mir anhören und ansehen kann, wie minderwertig ich bin?«, fragte Karl gepresst. Er spürte angesichts der Unverschämtheiten, die ihm Veltin an den Kopf warf, mehr und mehr Wut in sich aufsteigen. *Reiß dich zusammen,* beschwor er sich, *reiß dich zusammen, um Annemaries willen!* Er musste sich zwingen, nicht zu Elisabeths Tisch hinüberzuschauen. Nur allzu gern hätte er gewusst, wie sie auf seine Anwesenheit reagierte. Das Gefühl, das sich in seiner Brust breitgemacht hatte, als er sie so unerwartet sah, irritierte ihn. Geradezu unanständig schnell hatte sein Herz angefangen zu schlagen, aber das musste wohl an der Überraschung liegen, sie hier zu sehen.

»Ich möchte, dass du weißt, was du alles erreichen kannst, wenn du nur willst«, erwiderte Veltin gelassen.

Der Kellner kam und brachte Kaffee und Cognac sowie eine dreistöckige Etagere mit einer Gebäckauswahl. Nachdem er alles gefällig auf dem Tisch angeordnet hatte, verbeugte er sich in Richtung Veltin, während er Karl unbeachtet ließ, und stolzierte mit steifem Gang wieder davon.

Als Karl hinter sich ein Kichern hörte, konnte er doch nicht anders, als sich umzudrehen. Es geschah wie unter einem Zwang. Prompt trafen sich seine und Elisabeths Blicke, woraufhin ihr Gesicht einen zarten Rotton annahm und sie rasch die Augen niederschlug. Eine Geste, die ihre Gefährtin dazu veranlasste, ihm mit einem verschmitzten Lächeln zuzunicken.

»Mir scheint, du kennst die jungen Damen«, erkundigte sich Veltin, dem all das nicht entgangen war.

»Ja. Eine von ihnen. Die Blonde.« Karl ärgerte sich, dass er dem Drängen seines Innern nachgegeben hatte. Was um alles in der Welt hatte er schließlich mit der Tochter des Mannes zu schaffen, der ihn um seine Arbeit und damit um seine Würde gebracht hatte?

»Dann wirst du mir jetzt sicherlich gern erzählen, um wen es sich bei ihr handelt.« Der Tonfall, in dem Veltin dies sagte, ließ keinen Widerspruch zu. Er führte die Kaffeetasse zum Mund und schaute Karl über deren Rand hinweg lauernd an.

Karl verfluchte sich dafür, sich in diese Situation gebracht zu haben. Dieser Mann schlug auf seinen Stolz und seine Würde ein wie ein Schmiedehammer auf einen Amboss. »Es ist Elisabeth von Wolff«, sagte er gepresst, fügte jedoch rasch hinzu: »Ich kenne sie nicht, sie ist lediglich die Tochter …«

»… des verehrten Herrn Direktor Wolff«, beendete Veltin nickend seinen Satz. Aus irgendeinem Grund schien ihm diese Einsicht nicht besonders zu behagen. Der Blick, mit dem er Elisabeth nun musterte, war eher ein besorgter denn ein neugieriger. Was hatte das zu bedeuten?

»Sie kennen Herrn Direktor Wolff?«, fragte Karl.

»Flüchtig«, lautete die knappe Antwort. Ohne Elisabeth aus den Augen zu lassen, griff Veltin nach einem glasierten Törtchen und schob es sich in den Mund. »Er hat eine wirklich reizende Tochter, das muss man schon sagen. Sie wird gut …« Er machte eine Handbewegung, wie um seinen eigenen Redefluss zu stoppen. »Na ja, das tut hier nichts zur Sache.«

Karl sah sein Gegenüber, der sich nun nachdenklich den Schnurrbart zwirbelte, aus schmalen Augen an. Es behagte ihm gar nicht, dass sich Veltin Elisabeth betreffend in Andeutungen verlor. Ihm schien, dass dieser Mann mehr über sie wusste, als er bereit war kundzutun. »*Was* tut hier nichts zur Sache?«

Veltin beugte sich erneut vor und kniff nun seinerseits die Augen zu schmalen Schlitzen zusammen. Er deutete mit dem Zeigefinger auf Karls Brust. »Wenn du die Arbeit, die ich dir anbiete, wirklich haben möchtest, dann lernst du besser, keine

Fragen zu stellen. Nicht, weil wir irgendetwas zu verbergen hätten, sondern zu deiner eigenen Sicherheit.«

»Kaum vorstellbar, dass Sie nichts zu verbergen haben, wenn Fragen zu meiner Tätigkeit nicht erlaubt sind«, entfuhr es Karl.

Veltins Kehle entstieg ein grunzender Laut. »An deiner Stelle würde ich den Mund nicht zu voll nehmen, Bursche. Ich weiß, dass du zu den Rädelsführern gehörst, die glaubten, durch die Besetzung der Zeche bessere Arbeitsbedingungen erzwingen zu können. Für uns heißt das, dass wir, wenn wir dir unsere Transporte anvertrauen, ein gewisses Risiko eingehen. Also achte besser auf das, was du sagst.« Er machte eine kurze Pause, bevor er hinzufügte: »Andererseits scheint es dir nicht an Mut zu mangeln, dich für eine gerechte Sache einzusetzen.«

»Eine gerechte Sache? Was ist es denn, was ich transportieren soll?«

»Kohle«, sagte Veltin, »was wohl sonst? In der Hauptstadt herrscht ein akuter Mangel an Brennstoffen. Wenn wir der Entente, die uns Deutsche per Vertrag praktisch enteignen will, kein Schnippchen schlagen, werden die Menschen in Berlin im kommenden Winter zuhauf erfrieren. Außerdem würde dort ohne Brennstoff so manche Produktion stillstehen, und es würden in der Folge jede Menge Arbeitsplätze verloren gehen.« Er nahm ein weiteres Gebäckstück und spülte es mit einem Schluck Kaffee hinunter. »Wie ich hörte, stehst du auf der Seite der Schwachen. Ich denke, dass daher auch du unserer Ansicht bist, dass das, was man uns durch die Verträge von Versailles aufzuzwingen versucht, vor allem die Ärmsten der Armen treffen wird. Es wird also in deinem Sinne sein, die Auswirkungen des skandalösen Vertrages, so gut es eben geht, abzumildern.«

Karl nickte. Es ging also tatsächlich um Kohle, so wie Heinz es bereits vermutet hatte. »Von wem kommt die Kohle?«, fragte er. Er schaute erneut zu Elisabeth, die sich angeregt mit ihrer Freundin unterhielt.

»Ja«, interpretierte Veltin seinen Blick richtig. »Es betrifft auch die Zechen der von Wolffs, aber nicht nur. Und da ich weiß, dass du mit den von Wolffs nach allem, was passiert ist, noch eine Rechnung offen hast, glaube ich, dass du nicht zögern wirst, ihnen eins auszuwischen.« Er zwinkerte ihm zu. »Es sei denn, deine kleine Elisabeth liegt dir so sehr am Herzen, dass du ihrem Herrn Papa nicht wehtun möchtest.«

Karl schnaubte. »Sie ist nicht meine Elisabeth. Und schon gar nicht fühle ich mich ihr in irgendeiner Weise verpflichtet.« Er hörte in sich hinein, doch sagte ihm sein Gewissen, dass es sich bei solch einem Auftrag keineswegs um eine kriminelle Tat, sondern ganz im Gegenteil um einen guten Dienst an der so schwer gebeutelten deutschen Bevölkerung handelte. Natürlich war es nicht ganz ungefährlich, und er mochte sich nicht ausmalen, was passieren würde, wenn er auf einer seiner Fahrten den Wegelagerern der Entente in die Hände fiel. Aber eben dies würde er zu verhindern wissen. »Ich nehme an, dass die Lastkraftwagen, mit denen wir die Kohle transportieren, eine unverfängliche Beschriftung tragen?«

»Selbstverständlich.«

»Gut, dann bin ich dabei. Es ist mir ein echtes Bedürfnis, den Menschen in Berlin zu helfen.« Genauso wie Annemarie und Henrike, fügte er in Gedanken hinzu. Er wusste zwar nicht, wie genau er Letzterer dadurch würde behilflich sein können, aber sein Gefühl sagte ihm, dass es so kommen würde.

Veltin lächelte zufrieden, dann hob er sein Cognacglas und ließ es klirrend an das von Karl stoßen. »Nun, dann auf eine gute Zusammenarbeit, Karl. Und darauf, dass auch du deine Liebste in Zukunft in solch eine feine Lokalität wie diese wirst ausführen können. Das alles soll nicht zu deinem Schaden sein.«

Nun, genau das war es ganz sicherlich nicht, was Karl sich unter einer gelungenen Freizeitgestaltung vorstellte, aber er sah keinen Grund, es Veltin auf die Nase zu binden. Wichtig war nur, dass er endlich wieder etwas zu tun bekam. Wenn dies darüber hinaus dazu führen würde, dass es Annemarie … er stutzte. »Wann geht es los?«, fragte er. Um seiner Schwester die erforderliche Medizin kaufen zu können, musste er möglichst schnell an Geld kommen.

»Du meinst, wann es Geld gibt?« Veltin, der sich eine Zigarre angesteckt hatte, zog einen Bündel Geldscheine aus der Tasche, steckte Karl einen größeren Schein zu und nannte ihm eine Adresse. »Finde dich dort heute Nacht um halb eins ein. Ihr werdet die Tour nach Berlin jeweils zu zweit machen. Sollte alles so laufen wie geplant, gibt es den Rest.«

Karl nickte, dann streckte er Veltin stumm die Hand hin, in die dieser einschlug. Aus dem Augenwinkel sah er, dass Elisabeth das Café verließ, jedoch nicht, ohne sich noch einmal nach ihm umzudrehen.

10

Ostfriesland, Februar 1920

Sie hatte laut gelacht, als Jean-Pierre ihr erzählte, dass er eine dunkelhäutige Großmutter gehabt habe. Mit seinem lockigen dunklen Haar und der leicht gebräunten Haut unterschied er sich zwar beachtlich von dem nordischen Typ, den Enna aus ihrer Heimat kannte; für einen Belgier aber, der noch dazu französische Wurzeln hatte, schien er ihr keineswegs außergewöhnlich dunkel zu sein. Angeblich sei er als Enkel eines Franzosen und einer Afrikanerin aus den Kolonien auf die Welt gekommen, hatte Jean-Pierre behauptet. Sein Vater wiederum, der aus dieser gesellschaftlich höchst geächteten Verbindung hervorgegangen sei, habe eine Belgierin geheiratet und sei mit ihr nach Belgien zurückgekehrt. Dort habe man dann gut zwanzig Jahre später ihren ältesten Sohn Jean-Pierre zum Militär einberufen und an die Front geschickt, um sein Land gegen die Deutschen zu verteidigen.

Je mehr Jean-Pierre auf dieser Geschichte beharrt hatte, desto lauter hatte Enna gelacht und ihn einen Märchenerzähler genannt.

Nun aber schaute sie bereits seit Wochen immer wieder besorgt in die Wiege. Die Haut ihrer Tochter, die sie im Oktober zur Welt gebracht hatte, schien mit jedem Tag ein wenig dunkler zu werden. Auch kam Enna die Nase des Kindes ein wenig breit vor. Wenn sie die kleine Clivia betrachtete, stieg vor ihrem inneren Auge das Bild ihres Freundes Bill auf, der ihr mit seiner tiefschwarzen Haut, seiner breiten Nase und den ungewöhnlich vollen Lippen anfangs ein wenig Angst gemacht hatte. Er entstammte ebenfalls dem Westen Afrikas und hatte mit Jean-Pierre Seite an Seite an der Somme gekämpft. Bill war es gewesen, der, sich selbst dabei in höchste Gefahr begebend, Jean-Pierre mit schwersten Verletzungen vom Schlachtfeld gelesen und zum Lazarett gebracht hatte, in dem Enna ihren Dienst tat. So gern sie Bill auch hatte und für das verehrte, was er getan hatte, so hatte Enna ihn doch stets als ein wenig befremdlich empfunden. Was aber Jean-Pierre anging, so hatte sie nie die geringsten Zweifel gehabt, dass es sich bei ihm um einen wie sie handelte – bis jetzt. Der Schock und die Sorge, den diese Erkenntnis in ihr auslöste, waren dazu angetan, ihr langsam, aber sicher den Verstand zu rauben.

Noch hatte sich Georg nicht zum Aussehen der Kleinen geäußert. Was daran liegen mochte, dass er überhaupt wenig Interesse an Clivia zeigte und sie nur selten betrachtete. Er hatte seine Enttäuschung nicht verhehlen können, als Enna statt des erhofften Sohnes und Erben eine Tochter zur Welt brachte. Wenn sie ihn schon absichtlich verführt habe, um ihn in eine Ehe zu drängen – so hatte er ihr gleich nach der Geburt ihrer Tochter zu verstehen gegeben –, dann hätte er zumindest erwartet, dafür mit einem kräftigen und gesunden Jungen entschädigt zu werden.

Auch Enna hätte es sich gewünscht. Nicht, weil sie die kleine Clivia nicht vergötterte, denn schließlich war sie das Kind ihrer großen Liebe. Nein, vielmehr schien Georg es jetzt erst recht darauf anzulegen, dass sie den gewünschten Erben möglichst bald nachlieferte, denn es gab seither kaum eine Nacht, in der er Enna nicht an ihre ehelichen Pflichten erinnerte, und das nicht eben auf die sanfte Art. Vielmehr schien es seine Absicht zu sein, sie zu quälen und zu erniedrigen, verlangte er doch ab und zu Dinge von ihr, die ihr abgrundtief zuwider waren. Aber was sollte sie tun? Sie war nun mal seine Ehefrau und musste sich ihm und seinen Wünschen unterordnen. Und dass es so war, hatte sie einzig und allein sich selbst zuzuschreiben. Womöglich war es die Strafe dafür, dass sie sich Gottes Willen widersetzt und sich vor ihrer Ehe einem Mann hingegeben hatte.

Beim Gedanken aber an das, was Georg mit ihr machen würde, wenn er erfuhr, dass sie ihm einen Bastard und noch dazu einen mit afrikanischer Abstammung ins Nest gelegt hatte, geriet sie schon jetzt in Panik. Nicht selten lag sie in der Nacht wach und überlegte, was nun zu tun sei. Eine zufriedenstellende Lösung aber war ihr bislang nicht eingefallen. Womöglich wäre es Georg sogar egal, wenn sie sich einfach mit dem Kind auf und davon machte; aber sicher sein konnte sie sich dessen nicht, denn schließlich war er ein stolzer Mann, der sich dieser Art nicht von seiner Frau würde vorführen lassen.

Enna erschrak, als es plötzlich an der Tür klopfte. Rasch warf sie einen letzten Blick auf Clivia, die friedlich schlafend in ihrer Wiege lag, die kleinen Hände über den Kopf gestreckt und zu Fäusten geballt. »Ihr Herr Gatte erwartet Sie zum Abendessen, gnädige Frau«, verkündete eines der Dienstmädchen. »Ihr Schwager und Ihre Schwägerin sind bereits eingetroffen.«

»Ist gut, Jurine, ich komme sofort.« Enna betrachtete sich im Spiegel. Das nachtblaue Kleid, das sie sich unlängst hatte anfertigen lassen, stand ihr ganz ausgezeichnet. Nach modischer Art geschneidert, umschmeichelte es ihren Körper. Es hatte ein wenig gebraucht, um Georg davon zu überzeugen, dass es für eine Frau nicht mehr vonnöten sei, sich in ein Korsett zu schnüren, um schicklich daherzukommen. Nachdem auch ihm immer häufiger Frauen begegneten, die diese Auffassung bestätigten, hatte er schließlich nachgegeben. Nicht, weil er ihr damit eine Freude machen wollte, sondern einzig, weil er es nicht hätte leiden können, dass man ausgerechnet seine Gattin als unmodern betrachtete. In Georgs Leben musste stets alles perfekt sein, auch seine Frau. Er genoss es, wenn man ihre Schönheit bewunderte, fiel dieses Lob doch auch auf ihn zurück. Nach außen gab er stets den liebenden und fürsorglichen Ehemann und Vater. Dass er seine Frau tyrannisierte, sobald sich die Türen ihrer Villa hinter ihnen geschlossen hatten, wäre wohl niemandem in den Sinn gekommen. Und selbst, wenn jemals einer auf die Idee kommen sollte, dass es anders sein könnte, dann würde derjenige dies tunlichst ignorieren, denn mit der Familie Adena, die in dieser schwierigen Zeit Arbeitsplätze sicherte und Jahr für Jahr reicher und mächtiger wurde, legte man sich nicht an.

»Enna, meine Liebe, wie schön, dass du auch den Weg zu uns gefunden hast.« Georg, der, genau wie Ernfried und Marika, bereits am festlich gedeckten Tisch saß, streckte ihr die Hand entgegen, als wollte er sie zum Tanz auffordern. »Marika fragte mich gerade, was unsere entzückende Clivia macht, und ich sagte ihr, dass sie sich ganz prächtig entwickelt und unser beider ganzer Stolz ist. Ich dachte, du bringst sie mit runter, damit Ernfried und Marika sie gebührend bewundern können.«

»Später, mein Lieber, sie schläft gerade.« Enna hasste sich dafür, dieses Spiel mitzuspielen, doch sah sie keine andere Lösung. Wie gern wäre sie auf ihren heimatlichen Hof geflüchtet, hätte ihr altes Leben wieder aufgenommen und sich um die Tiere im Stall gekümmert! Das jedoch würde ihr nie wieder möglich sein, nachdem sich Georgs Vater diesen nach der Hochzeit einverleibt hatte. Viel zu spät hatte Enna durchschaut, dass es ihrem Schwiegervater keineswegs um ihre Ehre gegangen war, als er ihrer Hochzeit seinen Segen gab. Vielmehr hatte er dabei den Hof der Ulferts im Blick gehabt, um den er sich, wie sie von ihrem Bruder Ubbo wusste, schon etliche Jahre vergeblich bemüht hatte. Nach dem Tod seiner Söhne und ihrer Mutter aber war ihr Vater derart dem Trübsinn verfallen, dass er nicht mehr die Kraft gehabt hatte, Odo Adenas Ansinnen etwas entgegenzusetzen. Und ein wenig war dieses Abkommen wohl auch die Rache dafür gewesen, dass seine Tochter die Familie während der Kriegsjahre so schmählich im Stich gelassen hatte. Nicht ausgeschlossen, dass Arjen Ulferts geahnt hatte, wie unglücklich seine älteste Tochter mit dieser Entscheidung werden würde. Auch wusste Enna, dass ihr Vater ihr darüber hinaus Hiskas Entscheidung anlastete, den elterlichen Hof zu verlassen. Ohne den wahren Grund für den Fortgang seiner jüngeren Tochter zu kennen, hatte er es auf *verrückte Flausen in ihrem Kopf* geschoben, die Enna ihr mit ihrem unmöglichen Verhalten eingepflanzt habe.

Nun aber waren er sowie auch Ubbo und Wiebeke auf das Wohlwollen der Adenas angewiesen, um weiterhin auf dem Hof leben und ihn bewirtschaften zu können. Noch ein Grund, warum Enna sich dem Willen ihres Ehemanns und dessen Familie beugen musste, denn sie fühlte sich schuldig.

»Wie sieht es denn bei euch aus mit dem Nachwuchs?«, wandte sich Georg an Ernfried und Marika. »Mir scheint, du bist nicht so fleißig, wie du sein solltest, kleiner Bruder.«

Marika nippte an ihrem Wein, dann seufzte sie vernehmlich. »Ach, weißt du, Georg, mit Ernfried ist das ja so eine Sache.« Sie ließ offen, was genau sie damit meinte, aber es war einer ihrer typischen Pfeile, die sie gegen ihren Ehemann schoss, ohne dass ihn das besonders zu interessieren schien. Schlaff, fett, fahl und talgig saß er auf seinem Stuhl und widmete sich seiner Suppe, die das Dienstmädchen soeben aufgetragen hatte. Seit er Marika geehelicht hatte, schien er sich noch mehr gehen zu lassen als zuvor.

»Vielleicht kümmerst du dich ja mal um sie, Georg«, sagte Ernfried nun zu aller Überraschung. »Mir scheint, dass du dich im Kinderzeugen besser auskennst als ich. Und womöglich sogar mehr Lust dazu verspürst.«

Enna hätte sich fast an ihrer Suppe verschluckt. Zwar war sie auch von ihrem Schwager einiges an Unverschämtheiten gewohnt, das jedoch war eine so unverhohlene Provokation gewesen, dass ihr der Atem stockte. War auch ihm womöglich nicht entgangen, dass Marika seinem Bruder selbst nach der Hochzeit noch nachstieg wie eine läufige Hündin? Enna jedenfalls war dies keineswegs verborgen geblieben. Sie wünschte nur, dass sich Georg mit Marika zufriedengeben könnte, damit er sie selbst endlich in Ruhe ließ. Solange sie ihm aber keinen Erben geschenkt hatte, würde das wohl nicht der Fall sein. Eine Tochter jedenfalls würde er als seine Nachfolgerin nie akzeptieren.

»Was machen die Geschäfte in Berlin?«, fragte Ernfried nun, als wäre seine vorherige Bemerkung keiner weiteren Beachtung wert.

Das schien auch Georg so zu sehen, denn er antwortete: »Es lässt sich gut an. Dieser aufstrebende Lieferdienst, der sich von unseren Molkereien in der Mark Brandenburg beliefern lassen möchte, scheint ein willkommener Geschäftspartner zu sein. Ich habe ihnen ein gutes Angebot unterbreitet und denke, dass ich in nicht allzu langer Zeit mit ihnen ins Geschäft kommen werde.« Er runzelte die Stirn. »Allerdings wurde mir berichtet, dass dieser Betrieb von einem Mann und einer Frau in gleichberechtigter Verantwortung geführt wird. Selbstverständlich habe ich darauf bestanden, dass die Verantwortlichen unserer Molkereien lediglich mit dem Mann verhandeln und Verträge abschließen. Alles andere wäre ja der reinste Wahnsinn. Ich möchte wirklich mal wissen, wie ein Mann überhaupt auf die Idee kommt, sich von einer Frau in ein solches Geschäft dreinreden zu lassen. Mir jedenfalls erscheint das in höchstem Maße riskant. Jeder weiß doch, dass Frauen dem rationalen Denken nicht zugeneigt sind.«

»Jacob Semmering überlässt die Geschäfte einer Frau?«, wunderte sich Ernfried. »Das ist mir neu. Sollte er sich wirklich zu einem solchen Schwächling entwickelt haben?«

»Ich rede nicht von Semmering«, erwiderte Georg. Er schob seinen Suppenteller beiseite und tupfte sich mit der Serviette den Mund ab. »Warum, so frage ich dich, lieber Bruder, sollte ich erpicht darauf sein, dass meine Pächter mit einem Juden Geschäfte machen? Es weiß doch schließlich jeder, dass man dieser Spezies keine zehn Meter über den Weg trauen kann. Kaum, dass du ihnen den Rücken zudrehst, jagen sie dir ohne zu zögern einen Dolch zwischen die Rippen.« Er nahm die Karaffe zur Hand und schenkte sich Wein nach. »Es ist wirklich an der Zeit, dass man gegen diese Gesetzlosen etwas unternimmt, bevor sie uns mit ihren fragwürdigen Geschäftsmethoden noch alle ruinieren. Außerdem würde auch Vater es nicht gutheißen, wenn wir uns auf dieses Niveau herabließen. Schließlich haben wir einen Ruf zu verlieren.«

»Und wer ist es dann, wenn es nicht Semmering ist?«, mischte sich Enna erstmals ins Gespräch. Sie hasste es, wenn ihr Mann solch judenfeindliche Reden schwang. Sie selbst hatte sie alle im Lazarett gehabt: Katholiken, Protestanten, Juden, selbst Atheisten. In den Schützengräben hatte es keinen Unterschied gemacht, welchen Glaubens man war oder ob man überhaupt einen hatte. Da war es lediglich auf die Kameradschaft angekommen und dass sich einer auf den anderen verlassen konnte. Und auch für sie, Enna, hatte es keinerlei Unterschied gemacht, wen sie behandelte, denn letztlich waren sie alle nur junge Männer gewesen, die um ihr Leben fürchteten und in ihren Fieberträumen nach ihrer Mutter verlangten. Schon häufiger hatte sie versucht, Georg dies klarzumachen – mit dem

Ergebnis, dass er sie des Nachts an ihren Platz verwies, wie er es nannte.

»*Janulf & Partner*«, sagte Georg nun. »Noch sind sie nicht besonders groß, aber mir ist alles lieber, als mich an diesen Juden zu binden oder mich gar von irgendwelchen Genossenschaften an der Nase herumführen zu lassen. Es erscheint mir vorteilhafter, mich auf die Kooperation mit einem jungen, aufstrebenden Unternehmen einzulassen.«

»Weil du dieses noch nach deinen Wünschen formen kannst, nehme ich an.« Ernfried rieb sich den ausladenden Bauch, woraufhin ihm ein Rülpser entfuhr, für den er sich jedoch keineswegs zu schämen schien. Er leerte sein halb volles Weinglas und forderte seinen Bruder mit einem Blick auf, es wieder zu füllen.

Georg griff lachend nach der Karaffe. »Wie ich sehe, hast du mich durchschaut, kleiner Bruder. Selbstverständlich werde ich auf die noch sehr jungen Inhaber Einfluss nehmen, wo immer es geht. Und wenn es gut läuft, werde ich es handhaben, wie ich es immer handhabe: Ich kaufe sie auf. Noch ehe sie begreifen, wie ihnen geschieht, unterwerfe ich sie meiner Knute.« Er legte seine Hand fast zärtlich auf die seiner Frau. Enna zuckte unter dieser unerwarteten Berührung kaum merklich zusammen, und alles in ihr versteifte sich. »In wenigen Wochen werde ich nach Berlin fahren und mir diesen Laden einmal ansehen«, sagte er, während er ihr mit der anderen Hand eine Haarsträhne aus der Stirn strich.

Enna schöpfte bei diesen Worten bereits Hoffnung, dass sie dann endlich einmal Zeit für sich haben würde, doch zerstörte Georg diese sofort wieder, indem er verkündete: »Selbstverständlich nehme ich Enna mit. Es ist an der Zeit, dass sie einen Eindruck davon bekommt, wie es in der großen, weiten Welt aussieht, bevor sie hier in der Provinz versauert und irgendwann zu einer dieser verknöcherten und griesgrämigen alten Frauen wird, wie ihre Mutter eine gewesen ist.«

Enna hörte Marika vor Empörung nach Luft schnappen. Doch schien es keineswegs der Affront gegen Ennas Mutter zu sein, die ihrer Schwägerin zu schaffen machte, denn nun flötete diese mit einem hämischen Grinsen auf dem Gesicht: »Autsch! Das war nun aber nicht nett von dir, mein lieber Georg. Wenn ich deine Frau wäre, dann würde ich dich jetzt ordentlich ausschimpfen.«

Tatsächlich fühlte sich Enna wie von Peitschenhieben zusammengeschlagen, doch versuchte sie, sich ihren Schmerz nicht anmerken zu lassen. Sie zwang sich zu einem Lächeln und erhob sich von ihrem Platz. »Bitte entschuldigt mich, aber ich müsste mal nach unserem Kind sehen. Es ist an der Zeit, dass sie etwas zu essen bekommt.«

Kaum, dass sie die Tür des Speisezimmers hinter sich geschlossen hatte, brach sie in Tränen aus und flüchtete sich, so schnell sie ihre Füße trugen, die Treppe hinauf. Wie konnte Georg nur das Andenken ihrer stets so gutmütigen Mutter derart in den Schmutz ziehen?! Was fiel ihm ein, sie vor ihren Gästen derart der Lächerlichkeit preiszugeben?

In ihrem Schlafgemach angekommen, warf sie sich schluchzend auf ihr Bett. Gewiss würde es nicht mehr lange dauern, bis Georg zu ihr stieß und sein eheliches Recht einforderte. Bis dahin aber musste sie sich spätestens wieder beruhigt haben, denn er schätzte es nicht, sie in solch aufgelöstem Zustand vorzufinden.

Als nun von Clivias Wiege her ein fröhliches Glucksen zu hören war, schluckte sie ihre Tränen hinunter und rappelte sich auf. Bestimmt würde es ihr sofort besser gehen, wenn sie ihr geliebtes Kind in den Armen hielt.

»Gemeinsam werden wir es schaffen«, flüsterte sie der Kleinen zu, als sie diese auf ihren Arm nahm und sich an ihrem Glucksen und dem Rudern ihrer Ärmchen erfreute. »Gemeinsam sind wir stark, du und ich.«

* * *

»Du nimmst also Enna mit nach Berlin?« Am Tag nach dem gemeinsamen Abendessen kam Marika, das Gesicht von Wut verzerrt und ohne anzuklopfen, in Georgs Büro gestürmt. Selbst der Sekretär, der versucht hatte, sie aufzuhalten, hatte gegen ihre Entschlossenheit nichts auszurichten vermocht. Nun stand er mit konsterniertem Gesichtsausdruck im Türrahmen und hob entschuldigend die Schultern, woraufhin Georg ihm mit einer Geste zu verstehen gab, dass er Marika gewähren lassen und verschwinden solle.

»Hattest du nicht erst unlängst gesagt, dass ich es sei, die du in die Hauptstadt ausführen möchtest?«, herrschte Marika Georg an, sobald sich die Tür hinter dem Sekretär geschlossen hatte. Sie war so enttäuscht und wütend, dass sie Georg am liebsten hinter seinem wuchtigen Schreibtisch weggezerrt und ihn mit Schlägen und Tritten traktiert hätte.

Die ganze Nacht hatte sie wach gelegen, nachdem sie zuvor vergeblich versucht hatte, sich den angetrunkenen Ernfried vom Leib zu halten. Gott sei Dank kam es nicht allzu häufig vor, dass er sein Recht einforderte. Leider aber schien er nach wie vor etwas für sie zu empfinden, auch wenn sie ihm seit ihrer Eheschließung allen Grund gegeben hatte, sie zu hassen. Nicht nur, dass sie ihn selbst im Beisein von Gästen meistens wie Luft behandelte und wenig freundliche Dinge zu ihm sagte; darüber hinaus hatte es nach ihrer Hochzeit nur wenige Wochen gedauert, bis sie von Georg endlich das bekommen hatte, was sie sich seit so langer Zeit wünschte. Anscheinend war durch ihre Heirat mit seinem Bruder, den er zutiefst verachtete, Georgs Jagdtrieb geweckt worden. Seither ertrug Marika ihren Mann noch weniger als zuvor, aber wenigstens konnte sie ihn während ihres Beisammenseins mit Georg ausblenden und das Leben so genießen, wie sie meinte, dass es ihr zustünde.

Und nun das. Sie hatte sich am Abend wirklich zusammenreißen müssen, Georg nicht gleich an Ort und Stelle zur Rede zu stellen. In solchen Momenten wurde ihr stets wieder schmerzlich bewusst, dass noch längst nicht alles so war, wie sie es sich erhoffte – und es womöglich nie sein würde. Auch wurde ihr dann bewusst, dass Enna ganz andere Rechte besaß als sie, dass stets sie als Georgs Ehefrau es sein würde, die am längeren Hebel saß. Schon so manches Mal, wenn sie und Georg voller Leidenschaft beisammengelegen hatten, hatte Marika sich eingebildet, dass sich seine Gefühle zu ihren Gunsten gewandelt hätten und dass nun alles gut werden würde. Leider aber wurde sie dann durch Momente wie die am gestrigen Abend, in denen er ihr auf seine ganz eigene subtile Art seine Verachtung zeigte, unsanft auf den Boden der Tatsachen zurückgeholt.

Und dann war da ja auch noch das Kind, das Georg und Enna verband. Zwar schien Georgs Interesse an dem Mädchen nicht allzu groß zu sein, doch hatte er ihr, Marika, in einem ihrer dunkelsten Momente zu verstehen gegeben, dass er mit Enna selbstverständlich noch einen Sohn und Erben zeugen würde. Ein deutlicheres Bekenntnis, dass er gedachte, auch in Zukunft zu seiner Ehefrau zu stehen und Tisch und Bett mit ihr zu teilen, hätte er gar nicht abgeben können.

Georg legte nun die Spitzfeder, mit der er gerade dabei gewesen war, ein Schreiben aufzusetzen, beiseite und schaute sie amüsiert an. »So aufgebracht heute, liebste Schwägerin?« Er bedeutete ihr, sich in den ledernen Sessel an der gegenüberliegenden Seite seines Schreibtisches zu setzen, sie aber verschränkte trotzig die Arme vor dem Körper und blieb stehen.

»Ehrlich gesagt verstehe ich deinen Unmut nicht.« Er nahm den Federkiel wieder in die Hand und klopfte mit dessen hinterem Ende rhythmisch auf die Tischplatte. »In Berlin geht es um vieles, Marika. Genau genommen geht es sogar um alles, nämlich darum, ob wir geschäftlich auf Dauer in der Hauptstadt werden Fuß fassen können oder nicht. Was – nebenbei bemerkt – für einen in der ostfriesischen Provinz ansässigen Betrieb eine nicht zu unterschätzende Anerkennung wäre.« Er beäugte sie aus schmalen Augen. »Glaubst du allen Ernstes, da sei es angebracht, seinem Geschäftspartner beim gemeinsamen Dinieren seine Mätresse vorzustellen?«

Marika hätte sich in diesem Moment nicht elender fühlen können, hätte er ihr mit flacher Hand ins Gesicht geschlagen. Das sah er also in ihr? Seine Mätresse? Alles, was sie sich in den letzten Wochen und Monaten ausgemalt, ja vielleicht sogar schöngeredet hatte, fiel angesichts dieser deprimierenden Erkenntnis in sich zusammen. Sie spürte, wie ihr die Knie weich wurden und sie zu schwanken begann, sodass sie sich nun doch im Sessel niederließ. Mit nur wenigen Sätzen hatte Georg erreicht, dass die in ihr aufgestaute Wut, gepaart mit ihrer Hoffnung, in sich zusammenfiel und einer bitter schmeckenden Resignation Platz machte.

»Wenn du sonst nichts mehr zu sagen hast, dann würde ich jetzt gern weiterarbeiten«, sagte Georg nach längerem Schweigen, in dem Marika darum rang, nicht in Tränen auszubrechen. »Bevor wir nach Berlin fahren, gibt es noch viel zu erledigen, wie du dir vorstellen kannst.«

Wir! Er sagte tatsächlich *wir!* Marika hätte sich wirklich gewünscht, dass er sie mehr schonen würde. Aber vermutlich war ihm gar nicht bewusst, was er ihr gerade antat. »Was bin ich für dich, Georg?«, fragte sie heiser. Sie war selbst erstaunt, als sie bemerkte, dass sie es laut ausgesprochen hatte.

»Bitte?« Bereits wieder vertieft in seine Dokumente, schaute er mit gerunzelter Stirn auf.

»Du hast mich schon verstanden, Georg.«

Auf Georgs Gesicht zeichnete sich Verärgerung ab. Für einen längeren Moment fixierte er die goldene Adlerstatue, die mit angewinkeltem Gefieder auf seinem Schreibtisch stand und den Eindruck machte, als wolle sie sich gleich in die Lüfte begeben. Dann presste er hervor: »Was genau willst du jetzt von mir hören?«

»Du liebst Enna nicht«, sagte Marika bestimmt. »Sie ist für dich lediglich Verpflichtung, seit du sie zur Frau genommen hast. Sonst würdest du sie wohl kaum mit mir betrügen. Und sie liebt dich auch nicht. Es sollte mich nicht wundern, wenn auch sie sich längst anderweitig orientiert hätte. Bist du dir überhaupt sicher, dass Clivia tatsächlich deine Tochter ist und sie dir das Kind nicht einfach nur untergeschoben hat? Hast du sie dir überhaupt schon mal genau angesehen? Wie eine Adena sieht sie ja nun wirklich nicht aus. Und noch viel weniger wie eine Ulferts.«

Georgs Gesicht wirkte plötzlich wie versteinert. Schließlich aber zuckte es nervös um seine Mundwinkel, und er hob in einer zackigen Bewegung den Arm und deutete auf die Tür. »Geh jetzt, Marika, bevor ich mich vergesse!«, forderte er sie mit dunkler, fremd klingender Stimme auf. »Geh jetzt und komme mir erst wieder unter die Augen, wenn du zu Verstand gekommen bist!«

Marika schluckte schwer, und doch erwiderte sie mit fester Stimme: »Oh nein, Georg, so einfach kommst du mir nicht davon.« Sie spürte die alte Wut wieder in sich aufsteigen, und mit dieser kehrte auch ihre Kraft zurück. »Keiner kommandiert mich herum wie ein Stück Vieh, und du schon gar nicht.« Sie stand auf, streckte ihren Rücken durch, holte tief Luft und sagte: »Ich bin guter Hoffnung, Georg. Unter meinem Herzen wächst dein Kind heran.« In schmeichelndem Tonfall fügte sie hinzu: »Ich bin sicher, es ist der Sohn, den du dir so sehr wünschst.«

Georg starrte sie so entsetzt an, als hätte sie sich vor seinen Augen in einen reißenden Wolf verwandelt. Nach längerer Pause sagte er mit ruhiger Stimme: »Nun, meine liebe Marika, ich gratuliere dir. Wie auch immer du zu diesem Kind gekommen bist, es wird das von Ernfried sein. Schließlich seid ihr verheiratet, nicht wahr? Wer also würde Zweifel an seiner Vaterschaft hegen?« Er lachte rau auf. »Ich ganz sicher nicht, Marika. Es wird Enna sein, die meinen Sohn gebiert. Und du wirst es sein, die Ernfrieds Sohn gebiert, meinen Neffen. So einfach ist es, Marika. Also geh jetzt und überbringe deinem Mann diese frohe Botschaft. Ich bin sicher, er wird sich von Herzen freuen.« Mit einem warnenden Unterton fügte er hinzu: »Und komme nicht auf die Idee, irgendwem von dieser absurden Theorie, der Balg könne von mir sein, zu erzählen. Glaube mir, ich würde dich ohne zu zögern zerdrücken wie eine Kakerlake.«

War sie zu weit gegangen?, fragte sich Marika, als sie wenig später schwer atmend vor der Tür der Adena'schen Villa stand. Dabei war sie sich so sicher gewesen, das Blatt mit einer Schwangerschaft wenden zu können. Hatte Georg nicht immer gesagt, dass es sein größter Wunsch sei, Vater eines kräftigen Jungen zu werden? Und hatte sie sich ihm nicht auch aus diesem Grund immer und immer wieder hingegeben?

Sie legte die Hand auf ihren Unterleib, in dem tatsächlich ein neues Leben heranwuchs. Eigentlich war es ihr Plan gewesen, es beim gestrigen Abendessen zu verkünden, doch war ihr dies durch Georgs Ankündigung, er würde Enna in einigen Wochen mit nach Berlin nehmen, gründlich verleidet worden. Nun aber stand sie da, gedemütigt und gekränkt. Natürlich wusste auch sie nicht mit Sicherheit zu sagen, wer von den Brüdern der Vater ihres Kindes war. Doch spürte sie bis in die Tiefe ihres Inneren, dass sie es durch Georg empfangen hatte. Und ebenso spürte sie, dass es ein Junge war, der Erbe der Adenas.

Also würde sie für das Recht ihres Sohnes kämpfen – und wenn es das Letzte war, das sie tat.

* * *

Es würde eine Quälerei werden, auch wenn Georg versprochen hatte, ihnen die Fahrt so angenehm wie irgend möglich zu gestalten. Wochenlang hatte er dafür gesorgt, dass alles, was sie für den langen Weg nach Berlin brauchten, organisiert wurde. Inzwischen hatte das multipel aufgestellte Unternehmen der Adenas in Ostfriesland solch eine Größe erlangt, dass Georg und Ernfried sowie auch deren Vater für alles, was es zu erledigen gab, Personal beschäftigten.

Nur allzu gern hätte sich auch Enna in die Vorbereitungen der Reise eingebracht und dies oder das organisiert. Wenn Georg sie schon dazu verpflichtete, die beschwerliche Reise anzutreten, dann wollte sie wenigstens ihren Einfluss auf die Planungen geltend machen.

Er aber hatte diesen Wunsch mit einem Lachen abgetan. »So manche Frau würde dich darum beneiden, nichts arbeiten und organisieren zu müssen und den lieben langen Tag das tun zu können, was ihr gefällt«, pflegte er sie zu tadeln, wenn sie darum bat, sich engagieren zu dürfen. »Du bist Ehefrau und Mutter, Enna. Du stehst einem Haushalt vor und pflegst gesellschaftliche Kontakte. Ich denke doch, dass du damit voll und ganz ausgelastet bist. Sei doch einfach nur dankbar, dass du nicht mehr zu unchristlicher Stunde in den Stall musst, um Kühe zu melken.« Dieser Gedanke schien ihn derart zu amüsieren, dass sein Lachen noch lauter wurde.

Tatsache aber war, dass sich Enna in ihrem Leben über Gebühr langweilte. Nach allem, was sie auf dem Hof ihrer Eltern und während der Kriegsjahre erlebt und gearbeitet hatte, fühlte sie sich in dem neuen Leben, das Georg für sie vorsah, einfach nur nutzlos. Wenn er ihr wenigstens erlaubt hätte, sich um seine Korrespondenz zu kümmern, wie sie es ihm angeboten hatte, oder auch um die Organisation der An- und Auslieferungen, wie sie tagtäglich in der Spirituosenfabrik anfielen. Davon aber wollte Georg nichts hören, zog jeden Wunsch, den sie diesbezüglich äußerte, sofort ins Lächerliche. Eine arbeitende Frau kam in seinem Weltbild nicht vor. Für ihn war jeder Mann ein Versager, der sich nicht in der Lage sah, seine Familie zu ernähren. Von dieser Meinung wich er keinen Deut ab, insofern war es sinnlos, mit ihm darüber zu diskutieren.

»Enna, bist du so weit?«, rief Georg von unten zu ihr herauf. »Du solltest wirklich nicht so trödeln, denn die Bahn wird nicht auf uns warten, fürchte ich.«

Enna griff nach ihrer kleinen Handtasche, alles andere hatte der Chauffeur bereits auf der Gepäckablage ihres Automobils fest vertäut. Selbst Clivia hatte, in ihrem Korb liegend, bereits ihren Platz in dem nagelneuen Mercedes Benz eingenommen, gleich neben ihrem Kindermädchen, das sie die Fahrt über versorgen würde. Zu Ennas Bedauern aber fuhr die Kleine in einem anderen Fahrzeug mit als sie selbst. Auch in diesem Punkt hatte Georg nicht mit sich reden lassen, sollten die Menschen, die ihnen während der Fahrt begegneten, so argumentierte er, doch auf gar keinen Fall den Eindruck gewinnen, man könne sich für die Versorgung des Kindes kein Personal leisten.

Das Automobil würde sie bis nach Bremen bringen, dort wiederum würden sie einen Zug besteigen, der sie bis nach Berlin brachte. Selbstverständlich fuhren sie erster Klasse, sodass es ihnen auch im Abteil an nichts fehlen würde.

Trotz allen Komforts aber scheute Enna die lange Reise, vor allem, weil sie sich vermutlich kaum eine Minute von Georg würde zurückziehen können. Gekleidet in ihr vornehmstes Reisekleid, wurde von ihr erwartet, dass sie mit den Mitreisenden Konversation pflegte. Denn, so Georgs Credo, wisse man ja schließlich nie, welche Begegnung und Unterredung für ihr Unternehmen womöglich inspirierend, wenn nicht gar gewinnbringend sein könne.

Es würde also ein anstrengender Tag werden.

Am Wagen angekommen, setzte Enna sich neben Georg, der seinem Chauffeur nur Sekunden später die Anweisung gab, loszufahren. Mit einem selbstgefälligen Lächeln auf den Lippen faltete er die Zeitung zusammen und legte sie beiseite. »In Berlin ist es zu einem Putsch gekommen«, erklärte er voller Genugtuung, wobei er mehr zu sich selbst als zu seiner Frau zu sprechen schien. »General von Lüttwitz hat seine *Nationale Vereinigung* mobilisiert, um gemeinsam mit Generallandschaftsdirektor Kapp und General Ludendorff gegen die Regierung zu Felde zu ziehen und dieser unredlichen Republik ein Ende zu bereiten. Kapp ist mit der Brigade Ehrhardt in Berlin einmarschiert, woraufhin die ehrlosen Feiglinge Ebert und Noske mit ihrem Gefolge aus der Hauptstadt geflüchtet sind, statt sich einer Konfrontation zu stellen. Aber nichts anderes war ja von diesen Schwächlingen zu erwarten.«

»Was hat das zu bedeuten, Georg?«, fragte Enna, die sich durch Georgs Ausführungen, nicht zuletzt ihres Kindes wegen, aufs Höchste alarmiert fühlte. »Es klingt, als sei dies keine gute Zeit, in die Hauptstadt zu reisen.«

Georg tätschelte ihr gönnerhaft die Wange. »Ganz im Gegenteil, mein Schatz, es ist sogar die allerbeste Zeit, können wir doch auf diese Weise die Putschisten unserer Solidarität versichern.«

»Aber wer sind diese Putschisten genau?«

»Militärische Einheiten, bestehend zumeist aus ehemaligen Soldaten, die sich in den Freikorps organisiert haben.«

Enna sah ihn erschrocken an. »Du sprichst von den Gegnern der Republik, die im ganzen Land Angst und Schrecken verbreiten?«

Georg sah sie tadelnd an und seufzte. »Ich rede von jenen ehrbaren Männern, die der Schmach, die uns Deutschen durch das Schanddiktat des Versailler Vertrages zugefügt wurde, Einhalt gebieten werden«, belehrte er sie in einem Tonfall, den er wohl auch gegenüber unwissenden Primanern gewählt haben würde. Mit den nächsten Sätzen jedoch gewann sein Ausdruck deutlich an Schärfe. »Auf einhunderttausend Mann sollte laut Vertrag das deutsche Heer beschränkt werden, das stelle man sich mal vor! Die Marine gar auf nur fünfzehntausend Mann! Die meisten der vaterlandstreuen Freikorps, die uns noch im letzten Jahr von den aufständischen Spartakisten befreit haben, sollten ganz aufgelöst werden!« Georg redete sich derart in Rage, dass seine Halsschlagader pochend anschwoll. »Am Boden wollten sie uns sehen, diese Halunken! Ihren Speichel sollten wir lecken! Ausbeuten wollten sie unser Land, unser aller Hab und Gut stehlen! Und dem allen haben die vaterlandslosen Gesellen der Sozialdemokraten ohne zu zögern zugestimmt, allen voran Finanzminister Erzberger, der den schändlichen Vertrag unterzeichnet hat! Es ist wirklich kaum zu glauben. Wenn es so weit käme und wir ohne militärischen Schutz wären, dann unterstünden wir der französischen Willkür, und die Bolschewisten aus Russland würden im Nu an der Oder stehen.«

»Und was bedeutet das alles jetzt für uns?«, fragte Enna eingeschüchtert.

»Nun, das bedeutet, dass sie die Rechnung ohne unsere tapferen Männer gemacht haben!«, deklamierte Georg. »Endlich wird die Schmach des neunten Novembers ausradiert und dieses Reich wird wieder eine Regierung bekommen, wie es sie verdient. Wolfgang Kapp wurde bereits zum Reichskanzler ernannt. Mit ihm wird endgültig Schluss sein mit diesen Demütigungen, die wir seit Kriegsende über uns ergehen lassen mussten!« Er starrte für einige Momente mit finsterem Blick in die noch winterliche Landschaft hinaus, dann fügte er hinzu:

»Dabei weiß doch ein jeder, dass das deutsche Heer im Felde unbesiegt geblieben ist und erst durch vaterlandslose Gesellen aus der Heimat einen Dolchstoß von hinten versetzt bekommen hat!«

»Vaterlandslose Gesellen? Wen meinst du damit?« Enna interessierte sich nicht wirklich für die wutschnaubende Rhetorik ihres Mannes, doch erschien es ihr besser, ihn nicht weiter in Rage zu versetzen, indem sie seinen Ausführungen keine Beachtung schenkte.

»Wen ich damit meine?«, zeterte Georg weiter. »Na, das dürfte doch wohl auf der Hand liegen, dass dies in erster Linie diese Novemberverbrecher, sprich die jetzt regierenden Sozialdemokraten und deren Konsorten waren – natürlich nach Kräften unterstützt vom bolschewistischen Judentum und den Kommunisten, die von jeher nur eine Zielsetzung verfolgen, nämlich die Zersetzung des Reiches von innen heraus. Nur gut, dass dem schändlichen Spiel dieser Subjekte nun endlich Einhalt geboten wurde.«

Zu Ennas Erleichterung griff Georg nun nach seinen Papieren, die er während der Fahrt durchzuarbeiten gedachte. Sie dachte noch eine Weile über das Gesagte nach – was ihre innere Unruhe keineswegs milderte –, schließlich aber nahm sie ein Buch zur Hand. Nach nur wenigen Seiten bemerkte sie, dass ihr beim Lesen übel wurde, sodass sie es wieder beiseitelegte und aus dem Fenster starrte, an dem die monotone Landschaft Ostfrieslands vorbeistrich, ohne dass etwas Aufregendes geschah.

Und so dauerte es nicht lange, bis sie in einen unruhigen Schlaf fiel.

11

Berlin, März 1920

»Schneidet dieser reaktionären Clique die Luft ab! … Keine Hand darf sich mehr rühren! … Kein Betrieb darf laufen, solange die Diktatur der Ludendorffs herrscht!«

Fritze und Lotte hielten, auf der belebten Leipziger Straße stehend, den Aufruf der Sozialdemokraten zum Generalstreik in den Händen, für den Reichspräsident Friedrich Ebert, der SPD-Vorsitzende Otto Wels und deren Minister verantwortlich zeichneten und den Janno ihnen soeben in die Hand gedrückt hatte. Fritzes Stimme zitterte vor Wut, als er skandierte: »Deine Sozialdemokraten waren es, Janno, die unsere Genossen Rosa Luxemburg und Karl Liebknecht hinterrücks ermorden ließen. Sie waren es, die den Warnungen vor einer konterrevolutionären Verschwörung kein Gehör geschenkt haben. Vor allem Reichswehrminister Noske stellte sich auf diesem Ohr taub. Und nun?« Vor Wut schnaubend zerriss er das Flugblatt und ließ die Fetzen aufs Pflaster rieseln. »Nun sollen wir von der KPD es sein, die sich mit euch solidarisch erklären?« Er spuckte auf die am Boden liegenden Schnipsel, die der kühle Wind des Vorfrühlings nach und nach davontrug, dann reckte er die linke Faust. »Nicht mit uns, ihr elenden Verräter, nicht mit uns! Die Blutherrschaft von Ebert und Noske unterstützen wir erst, wenn mit der neuen Regierung auch die ihre verschwindet und es zu einer Arbeiterregierung kommt.«

»Du willst also die militaristische Brut gewähren lassen?«, fragte Lotte, die sich in diesen Tagen unendlich müde fühlte. Erschöpft von den Kämpfen in Sälen und auf der Straße, kam ihr dieser Putsch alles andere als gelegen, denn nun ging es wirklich um alles. Sollte es den Berlinern nicht gelingen, die Putschisten zur Aufgabe zu zwingen, dann wäre es das endgültige Ende dieser Republik, die zwar keineswegs perfekt, aber doch allemal besser war als das, was sie bislang gehabt hatten. Noch hatte sie zudem den Traum von einer Räterepublik, in der alle Menschen ein Mitspracherecht hatten und mit den gleichen Rechten ausgestattet waren, nicht aufgegeben.

Und nun sollte sich diese Hoffnung, für die sie so lange und unter Einsatz all ihrer Kraft gekämpft hatte, einfach so in Luft auflösen? Und das nur, weil die militärischen und nationalkonservativen Eliten des Kaiserreichs ihre Macht schwinden sahen und für deren Erhalt jene instrumentalisierten, die sich schwertaten, innerhalb der neu entstandenen demokratischen Strukturen eine Heimat zu finden? »Nein, Fritze, das können wir nicht zulassen. Oder was glaubst du, was mit uns geschieht, wenn die hier das Sagen haben? Kurzen Prozess werden sie mit uns machen.« Sie deutete auf eine der Barrikaden aus Sandsäcken, die von den einmarschierenden Brigaden überall in der Stadt errichtet worden waren. »Schau dir die Soldaten an, wie sie umherstolzieren mit ihren Waffen. Nicht einen Tag würden wir unter der Knute dieser Monster überleben.«

»Ich sehe es wie Lotte«, sprang Janno ihr zur Seite, auch wenn Fritze ihn nun so voller Wut anstarrte, als sei er höchstpersönlich schuld an der Misere, die so unvermittelt über ihr Land hereingebrochen war. »Jetzt ist nicht der richtige Zeitpunkt, uns gegenseitig zu zerfleischen. Trotz aller Differenzen müssen die demokratischen linken Kräfte dieses Landes jetzt zusammenstehen, um den Putschisten etwas entgegenzusetzen. Ein Generalstreik, wie ihn uns die Ebert-Regierung so dringend ans Herz legt, scheint mir ein probates Mittel zu sein, die gewaltsame Regierungsübernahme im Keim zu ersticken. Lotte hat recht, Fritze. Wenn ihr von der KPD eure Leute nicht dazu aufruft, diesen Streik zu unterstützen, dann seid nicht nur ihr verloren, sondern mit euch alle, die für die gerechte Sache gekämpft haben.«

Fritze schien noch nicht überzeugt, doch sah er nun schon nicht mehr ganz so entschlossen aus. Für ein paar Minuten noch stierte er auf einen nicht definierten Punkt in der Ferne, dann sagte er: »Ich starte diesen Aufruf unter unseren Leuten unter einer Bedingung.«

»Und die wäre?«, fragten Janno und Lotte gleichzeitig.

»Dass du endlich deine verdammte Pflicht tust.«

Janno tippte sich mit dem Finger an die Brust. »Ich? Und was wäre deiner Ansicht nach meine verdammte Pflicht?«

»Dass du dich endlich bei Brodenbeck als Fahrer verdingst.«

Janno stöhnte auf. »Wie oft hatten wir diese Diskussion jetzt, Fritze? Und wie oft habe ich dir gesagt, dass ich …«

Fritze unterbrach seine Rede mit einer schneidenden Geste, dann streckte er seinen Arm in Richtung der Barrikaden aus. »Warum glaubst du wohl, sind die Putschisten so gut bewaffnet, dass sie die Regierung davonjagen und eine ganze Stadt in Geiselhaft nehmen können? Weil es verdammt noch mal Menschen gibt, die sie mit dem Notwendigen ausstatten. Und nun rate doch mal, wer das sein könnte. Hätten wir bislang nicht nur Versager verpflichten können, die sich vor Angst in die Hosen machten und deshalb prompt in ihrem Tun aufflogen, hätten wir die Lieferungen aus dem Ruhrgebiet längst stoppen können.«

Janno seufzte. »Du glaubst doch wohl selbst nicht, dass dieser Putsch ohne Brodenbecks Waffenschmuggel aus dem Ruhrgebiet nicht stattgefunden hätte. Nun mach dich nicht lächerlich, Fritze.«

Fritzes Gesicht verzog sich zu einer wütenden Grimasse, und er führte es jetzt dicht an das von Janno heran. »Es mag sein, dass Brodenbecks Waffen nicht den Ausschlag gegeben haben, aber dennoch sind sie ein Teil des Desasters. So wie alle anderen Waffenlieferungen und Vorräte ein Teil des Desasters sind. Wo auch immer wir die Möglichkeit haben, dagegen vorzugehen, und sei es nur in kleinem Rahmen, sollten wir es auch tun, findest du nicht?«

Noch ehe Janno etwas erwidern konnte, meldete sich Lotte zu Wort. »Ich sehe es wie Fritze. Es wäre immerhin ein Teilsieg gewesen, Brodenbecks Schmuggeltätigkeit das Wasser abgraben zu können. Womöglich wäre es sogar für andere Schurken ein Zeichen gewesen, es gar nicht erst zu versuchen.«

Sie erinnerte sich noch gut an den Tag im Sommer, als Fritze und sie versucht hatten, Janno zu überreden, sich von Brodenbeck als Fahrer für die ominösen Fuhren zwischen Berlin und dem Ruhrgebiet einstellen zu lassen. Sie hatten nicht lange gebraucht, um herauszufinden, dass es bei diesen Fahrten tatsächlich nicht mit rechten Dingen zuging. Nur leider stellte sich Brodenbeck als so geschickt heraus, dass es ihnen bislang nicht gelungen war, seinen dunklen Geschäften wirklichen Schaden zuzufügen. Hinzu kam, dass er in seinem Tun anscheinend von höchster behördlicher und wohl auch politischer Stelle protegiert wurde und zudem Kontakte sogar bis in die höchsten Kreise der interalliierten Militärkommission zu haben schien. Denn wann immer sie bislang geglaubt hatten, ihm am Zeug flicken zu können, hatte er sich auf ominöse Weise aus der Affäre gezogen. Der Kerl und seine Entourage schienen wirklich mit allen Wassern gewaschen.

Umso wichtiger wäre es gewesen, einen unverdächtigen Strategen ins Unternehmen einzuschleusen, und das nach Möglichkeit an prominenter Stelle. Leider aber hatte sich bislang niemand finden lassen, der dazu geeignet und auch noch bereit war, dieses Risiko einzugehen. Der Gedanke, sich von Brodenbeck beim Schnüffeln erwischen zu lassen, behagte so recht niemandem.

Gut möglich, dass Janno als einfacher Fahrer zunächst wenig hätte ausrichten können. Der Plan aber war gewesen, dass er sich das Vertrauen von Brodenbeck erschleichen sollte, um letztlich an einer Schlüsselposition im Betrieb einen Platz einzunehmen. Zuzutrauen war es Janno, dass er einen solchen Weg problemlos beschreiten könnte, mangelte es ihm doch nicht an dem dafür nötigen Ehrgeiz und schon gar nicht an Intelligenz. Leider aber hatte er stets betont, dass ihm diese Aufgabe der Möglichkeit berauben würde, seinen eigenen Weg zu gehen, nämlich sein eigenes Geschäft aufzubauen, dessentwegen er überhaupt erst nach Berlin gekommen sei. Also hatte er ihnen eine Abfuhr erteilt, immer und immer wieder. Der Erfolg hatte ihm recht gegeben, denn inzwischen hatte er gemeinsam mit Edith ein kleines Unternehmen für den Handel mit Milchprodukten aufgebaut, das durchaus Chancen hatte, sich am Markt zu etablieren.

»Also?«, sagte Fritze nun. »Eine Hand wäscht die andere. Du siehst zu, dass du bei Brodenbeck eine Anstellung bekommst, dafür rufe ich meine Leute dazu auf, dass sie sich an eurem Generalstreik beteiligen sollen.«

»Was soll dieses Spiel?«, knurrte Janno missgelaunt. »Du weißt, dass ihr sowieso nicht drumherum kommt, euch dem Generalstreik anzuschließen. Selbst die meisten USPD-Mitglieder und auch die Gewerkschafter haben bereits zugestimmt. Wenn du dich weiterhin stur stellst, werdet *ihr* ins Unglück laufen und niemand sonst. Ich möchte wirklich nicht in eurer Haut stecken, wenn die Berliner euch als Streikbrecher identifizieren.« Er schaute zu drei Frauen in dunklen Kitteln hinüber, die an der nächsten Straßenecke im Dienst der Arbeiterwohlfahrt Suppe aus dampfenden Kesseln in die Schüsseln der Armen schöpften. »Oder möchtest du, dass alles nur noch schlimmer wird? Seit die militärischen Horden hier eingefallen sind, ist die Mark nur noch einen Pfennig wert.«

»Verflucht!« Fritze raufte sich die Haare und funkelte Janno zornig an. »Was bist du doch für ein widerwärtiger Sturkopf, Janno Ulferts! Und tust auch noch so, als hättest du ein soziales Gewissen. Schande über dich! Ein elendiger Kapitalist bist du, nichts weiter! Geld und Reichtum ist alles, was du im Kopf hast. Keinen Deut besser bist du als der olle Brodenbeck. Keinen Deut besser!« Er schnaubte ungehalten. »Aber wen wundert's, wo du doch mit dessen Tochter verbandelt bist. Ihr seid doch alle dieselbe Mischpoke, selbst wenn ihr euer ärmliches Dasein, das ihr fristet, noch so hochhaltet.« Er fuchtelte Janno mit dem Zeigefinger vor der Nase herum. »Aber eines sage ich dir, Janno Ulferts, glaub nur nicht, dass du von mir noch jemals einen Gefallen einfordern kannst! Es ist vorbei zwischen uns, hörst du, es ist endgültig vorbei!«

»Da hat wohl einer erkannt, dass er verloren hat«, stellte Janno nüchtern fest, als Fritze nun wutschnaubend davontrabte.

»Du hast recht«, sagte Lotte resigniert. »Wir haben gar keine andere Wahl, als uns an dem Generalstreik zu beteiligen.«

»Und warum hast du mich erst zu überreden versucht, wenn du es schon weißt?«

Lotte zuckte mit den Schultern. »Es hätte doch klappen können, oder?«

»Es ist dir also wirklich wichtig, dass wir Brodenbeck zur Strecke bringen«, konstatierte Janno.

»Natürlich ist es mir wichtig. Seit dem Putsch wichtiger denn je. Ich habe Angst, Janno. Angst um unsere so mühsam errungene Demokratie, Angst um die Idee einer Räterepublik, Angst um die Menschen, die so viel Hoffnung in uns und unsere politische Arbeit gesetzt haben. Und ich habe Angst davor, dass es für immer dunkel bleibt, wenn wir es jetzt nicht schaffen, die Welt von Männern wie Kapp, Ludendorff und Brodenbeck zu befreien.«

Janno schluckte. Derart resigniert hatte er Lotte noch niemals reden hören. Wo war die laute und streitbare Politikerin geblieben, die sich vor keiner Auseinandersetzung zu scheuen schien, weder auf dem politischen Parkett noch auf der Straße? Der Putsch, den – und da musste er Fritze zustimmen – natürlich auch ein Brodenbeck mit zu verantworten hatte, schien sie all ihrer Hoffnungen und Illusionen beraubt zu haben.

»Ich werde jetzt nach Hause gehen und mit Edith sprechen«, sagte er nach kurzem Überlegen. »Immerhin geht es um ihren Vater, den wir zum Teufel jagen wollen, und ich möchte sie über diesen Schritt nicht unaufgeklärt lassen. Ich nehme jedoch an, dass sie uns nicht im Wege stehen wird.«

Lotte schaute auf, in ihren Augen glomm ein Hoffnungsschimmer. »Von welchem Schritt redest du, Janno?«

»Ich werde es tun, Lotte. Ich werde für Brodenbeck arbeiten und meinen Teil dazu beitragen, ihn zu vernichten.«

* * *

Berlin stand still – und war doch so voller Leben. Wenn man das, was hier passierte, denn überhaupt als Leben bezeichnen konnte.

Enna und Georg waren seit zwei Tagen in der Stadt, und Enna wurde immer noch ganz blümerant angesichts des Bildes, das sich ihnen in der Hauptstadt bot, zumal sie an diesem Tage Clivia in ihrem Kinderwagen vor sich her über den Bürgersteig schob. Überall Barrikaden, überall Panzer, Armeefahrzeuge und

Soldaten, Letztere als Ausdruck ihrer völkischen Gesinnung mit weißem Hakenkreuz auf den Helmen. Das alles erinnerte sie an die Zeiten des Krieges, nur dass hier jetzt Deutsche auf Deutsche schossen. Wie hatte es nur so weit kommen können? Hatten die Menschen denn nichts aus den Gräueln gelernt?

Georg hingegen schien von den neuesten politischen Entwicklungen fasziniert zu sein. Er deutete auf einen Trupp Soldaten, der sich in rund zweihundert Metern Entfernung gewaltsam mit einer Gruppe versprengter, rote Fahnen schwenkender Demonstranten auseinandersetzte. Gerade feuerte einer der Soldaten mehrfach hintereinander seine Pistole ab, woraufhin nicht weit von ihm entfernt ein Mann zusammenbrach. Schreie waren zu hören, gegen die Soldaten flogen Pflastersteine, eine der Barrikaden begann lichterloh zu brennen. Während Enna rasch den Kinderwagen um die nächste Ecke schob, um dann den Kopf einzuziehen und sich die Hände auf die Ohren zu pressen, sagte Georg: »Richtig so. Sollen sie der verkommenen roten Brut Zucht und Ordnung beibringen, stünde uns doch ansonsten ein zweites Russland ins Haus.« Er strich mit dem Finger über seinen Schnäuzer. »Ich gedenke, am Nachmittag Kontakt zur Reichskanzlei aufzunehmen und der neuen Führung meine finanzielle Unterstützung zuzusagen.«

»Aber was, wenn der Putsch scheitert, Georg?«, wandte Enna ein. »Glaubst du nicht, dass man es dir dann übel nehmen könnte, dass du …«

Georg ließ sie gar nicht ausreden. »Was redest du denn da, Enna?« Er legte seinen Kopf in den Nacken und lachte. »So etwas Dummes kann doch nur einer Frau einfallen. Es gibt keinen Grund, warum dieser Putsch scheitern sollte. Die Offiziere Ludendorff und Ehrhardt sind hervorragende Strategen, sie werden sich gut überlegt haben, was zu tun ist. Außerdem wissen sie – spätestens seit den verbrecherischen Verträgen von Versailles – das deutsche Volk an ihrer Seite. Ebert und seine feigen Konsorten sind in aller Hast nach Stuttgart geflüchtet. Wer also sollte die neue Regierung jetzt noch aufhalten?«

Enna erwiderte nichts darauf, doch schien ihr die Aussage ihres Mannes recht von Optimismus geprägt zu sein. Schließlich bekamen sie selbst bereits die Auswirkungen zu spüren, die der Generalstreik mit sich brachte, vor allem, nachdem sich auch die KPD mit der Forderung der Sozialdemokraten gemein gemacht hatte. Kaum etwas funktionierte noch in dieser Stadt, alles schien lahmgelegt: Es fuhren weder Straßenbahnen noch Busse, die Post blieb liegen, Telefonanrufe wurden nicht vermittelt, Zeitungen nicht gedruckt. Nirgends gab es Gas oder elektrisches Licht, ja noch nicht einmal Wasser. Zudem waren sämtliche Fabriken und Behörden geschlossen und wurden von bewaffneten Streikposten bewacht. Wie lange, so fragte sich Enna, konnten die Putschisten unter diesen Umständen den Schein einer erfolgreichen Konterrevolution noch aufrechterhalten? Georg gegenüber behielt sie diese Gedanken jedoch lieber für sich, denn sie hätten ihm nicht gefallen.

An der genannten Adresse angekommen, die sie heute aufsuchen wollten, rümpfte Georg die Nase. »Nun gut«, sagte er, seinen Blick über die schmucklose graue Fassade eines Wohnblocks schweifen lassend, »es ist ja kein Geheimnis, dass es sich bei der Firma *Janulf & Partner* um ein noch sehr junges Unternehmen handelt. Ich gehe davon aus, dass sie sich alsbald ein Büro in angenehmerer Umgebung werden leisten können, wenn ich mit ihnen ins Geschäft komme.« Er tat rasch einen Satz beiseite, als nun zwei dürre Jungen in zerrissener Kleidung an ihnen vorbeisprangen, in den kleinen Händen – und wohl auch in den ausgebeulten Taschen von Hose und Jacke – ein paar Brocken Presskohle haltend. »Unverschämte Bengel«, rief er ihnen hinterher, »habt ihr denn nicht gelernt, Rücksicht zu nehmen?!«

»Lass sie doch«, sagte Enna mitfühlend, »sie schienen so stolz, ein wenig Kohle nach Hause tragen zu können.«

»Was sie nicht ihrer Pflicht enthebt, sich respektvoll zu verhalten«, konterte Georg. Doch anscheinend war das Thema für ihn damit erledigt, denn er tat nun ein paar Schritte in den mit Kopfstein gepflasterten Hinterhof hinein, der größer war, als es von außen den Anschein gehabt hatte. Dort stand ein mit allerlei Gerümpel beladenes Pferdefuhrwerk, dessen Kutscher in grauem Kittel gerade einen rostigen Kohleofen ablud. Um ihn herum sprangen ein paar verwahrlost und rachitisch aussehende Kinder, die offensichtlich Fangen spielten und dabei recht fröhlich schienen.

»Herr Adena?«, rief eine blonde Frau aus einer der vom Hof abgehenden Türen hinaus, noch bevor Enna sich weiter umsehen konnte. »Hier sind Sie richtig. Bitte treten Sie doch ein.«

Georg lüftete seinen Zylinder und winkte Enna, ihm zu folgen. »Guten Tag, gnädiges Fräulein, gestatten: Georg Adena«, stellte er sich mit einer Verbeugung vor. Enna entging nicht, dass er die junge Frau voller Bewunderung ansah. Mit ihren blonden Locken, von denen sich zwei Korkenzieher vorwitzig aus der Hochsteckfrisur gelöst hatten, der schlanken Gestalt und den äußerst ansprechenden Gesichtszügen war sie eine wahre Schönheit. Das grüne, modern geschnittene Kleid unterstrich auf interessante Weise das tiefe Blau ihrer Augen und ließ diese erstrahlen. »Ich schätze es sehr«, fuhr Georg fort, »dass Sie uns hier in Empfang nehmen, erschien mir dieser Ort auf den ersten Blick doch ein wenig … ja nun, verwirrend.«

Die Frau lachte, wobei sie eine Reihe makelloser weißer Zähne zeigte. »Ja«, sagte sie, »so mancher Besucher wundert sich über die doch recht schlicht daherkommende Unterbringung unseres Büros. Aber um aus dem Dreck herauszukommen, muss man erst mal durch ihn hindurch, nicht wahr? Seien Sie jedoch versichert, dass wir bereits Besseres in Aussicht haben.«

Georg schenkte ihr ein wohlwollendes Lächeln, das gleichzeitig einer unausgesprochenen Einladung gleichzukommen schien – welcher Art diese auch immer sein mochte. »Wie schön für Sie«, sagte er mit einer neuerlichen Verbeugung. »Und nun wäre ich Ihnen sehr verbunden, wenn Sie mich zu Ihrem Vorgesetzten führen würden.«

Wieder lachte die Frau, ging jedoch auf seine Bitte zunächst nicht ein, sondern schaute an ihm vorbei zu Enna. »Wie mir scheint, haben Sie Ihre Frau Gemahlin mitgebracht, Herr Adena, und sogar den Nachwuchs.« Sie schenkte Enna ein warmes Lächeln. »Auch Ihnen und Ihrem Kind ein herzliches Willkommen. Ich hoffe, Sie sind nicht allzu erschrocken über die Geschehnisse in Berlin.«

Georg sah für einen Moment mit einem so verdutzten Gesichtsausdruck über die Schulter, dass man meinen konnte, er habe die Anwesenheit von Frau und Kind zwischenzeitlich vergessen. Und vermutlich hatte er das auch angesichts dieser schönen Frau, dachte Enna bei sich. Eigentlich hätte sie gekränkt sein müssen, doch spürte sie nichts dergleichen. Zwar war es nicht eben höflich von Georg, sie und das Kind zu ignorieren, doch war dies nichts, dem sie eine größere Bedeutung beimaß. Sollte sich ihr Mann einlassen, auf wen immer er wollte, ihr würde es nur recht sein. Sie hatte ihn lediglich begleitet, weil er darauf bestanden hatte – was er womöglich inzwischen bereute.

»Der Herr Janulf …?«, sagte Georg nun, ohne die Frage zu beenden.

»Der Herr *Janulf* …«, die Frau betonte diesen Namen, als würde sie irgendetwas an ihm lustig finden, »… ist heute leider nicht da. Er musste in dringender Angelegenheit unerwartet verreisen.«

»Oh, das ist aber …«

»Sie müssen leider mit mir vorliebnehmen«, ließ ihn die Frau nicht aussprechen.

»Mit seiner Sekretärin?«, rutschte es Georg heraus, und er konnte seine Empörung nicht verhehlen. Offensichtlich fühlte er sich nicht ernst genommen, was, wie Enna wusste, keine besonders guten Voraussetzungen für weitere Verhandlungen waren.

»Mit der Geschäftsführerin«, korrigierte ihn die Frau bestimmt und streckte ihm mit einem Lächeln die Hand entgegen. »Mein Name ist Edith Wiemers. Mein Partner und ich haben das Unternehmen gemeinsam gegründet und vertreten es daher gleichberechtigt.« Sie trat einen Schritt zurück und machte eine einladende Geste. »Wenn Sie mir nun bitte folgen würden, Herr Adena. Und Ihre Frau Gemahlin natürlich auch. Sie sehen ganz verfroren aus. Ich bereite Ihnen gern einen heißen Tee.«

Georgs Gesichtsausdruck war so herrlich konsterniert, dass Ennas Mund ein amüsiertes Glucksen entwich. Anscheinend hatte er nicht damit gerechnet, dass der Kompagnon des Herrn Janulf tatsächlich eine Frau sein konnte, obwohl er es selbst unlängst am Esstisch erwähnte. Und schon gar nicht schien er damit gerechnet zu haben, dass diese Frau mit ihm die Bedingungen für ihre geschäftlichen Beziehungen aushandeln würde. Er sah ein wenig hilflos aus, beinahe wie ertappt, als er nun dastand, seinen Zylinder in den Händen kreisend und das Gesicht voller Fragezeichen. Enna konnte sich gut vorstellen, dass er gerade einen inneren Kampf ausfocht, von dem er noch nicht wusste, welche Seite die Oberhand gewinnen würde: die des Geschäftsmanns, der sich jedwede Einmischung weiblicher Personen in geschäftliche Angelegenheiten verbat, oder die des Galans, der von dieser schönen Frau nicht als unhöflich oder gar ablehnend wahrgenommen werden wollte – zumindest nicht so lange, bis er das bekommen hatte, was er sich von ihr erhoffte.

Georg hüstelte verlegen, wobei er die Faust vor den Mund hielt. »Wie dem auch sei«, sagte er. »Wenn sich der Herr Janulf auf Reisen … Also, wenn es nun mal so ist, dann …« Endlich ergriff er die ihm dargebotene Hand und verzichtete sogar auf einen Handkuss, den er in dieser Situation vermutlich als unangemessen erachtete.

Enna war sich sicher, dass ihr Mann auf der Stelle und voller Empörung kehrtgemacht hätte, wäre diese Edith Wiemers nicht derart attraktiv gewesen. Sie war froh, dass er auf einen Eklat verzichtete, denn ihr war tatsächlich kalt, und eine schöne Tasse Tee würde ihr sicherlich guttun. Zudem fing Clivia in ihrem Kinderwagen zu quäken an, und es würde wohl nicht mehr lange dauern, bis sie zu weinen begann.

Enna folgte Edith Wiemers und Georg in einen ärmlich wirkenden Raum, den man aber, so gut es eben ging, herzurichten versucht hatte. Die Wände waren weiß getüncht, der Boden mit Holzplatten sauber ausgelegt, ein paar Petroleumlampen spendeten ausreichend Licht. Die Einrichtung bestand aus zwei wackeligen Tischen sowie zwei Regalen, auf denen etliche Aktenordner aufgereiht standen. Im Kohleofen, der wohl gleichzeitig als Kochstelle diente, prasselte ein Feuer und hielt den Raum leidlich warm.

Edith Wiemers bedeutete ihnen, auf den beiden Besucherstühlen Platz zu nehmen, dann nahm sie einen Kessel zur Hand und schüttete aus einer Emaille-Kanne Wasser hinein. Kurz deutete sie auf drei weitere gefüllte Kannen, die in einer Ecke standen, und sagte mit einem verschmitzten Lächeln: »Es stand zu befürchten, dass man uns während des Streiks das Wasser abdrehen würde. Also habe ich vorgesorgt.«

»Darf ich fragen, welche Meinung Sie bezüglich der Streikenden vertreten?«, fragte Georg mit vorgerecktem Kinn.

»Nun, es ist nicht an uns Frauen, uns eine politische Meinung zu eigen zu machen, nicht wahr?«, lautete Ediths Antwort. »Insofern muss ich leider passen.«

Georg nickte zufrieden und bemerkte nicht, wie Edith seiner Frau verschwörerisch zuzwinkerte. Offensichtlich hatte sie sehr wohl eine eigene Meinung zu den Geschehnissen, doch war es vermutlich ihr Plan, erst einmal herauszufinden, wer genau hier vor ihr saß. In heutiger Zeit wusste man schließlich nie, welche Konsequenzen eine womöglich unbedachte politische Äußerung haben würde, zumal für eine Frau. Enna bewunderte Edith Wiemers zutiefst für diese Souveränität.

Dankbar nahm Enna Minuten später einen Becher mit Tee entgegen und wärmte an ihm ihre vor Kälte starren Hände. Vermutlich bedingt durch die plötzliche Wärme, war Clivia wieder eingeschlafen, was ihr sehr entgegenkam. Edith warf einen Blick in den Kinderwagen, zog für einen kaum wahrnehmbaren Moment die rechte Augenbraue hoch, dann sagte sie: »Ich habe auch zwei Kinder, Gustav und Marie. Darf ich fragen, wie Ihres heißt?«

»Clivia«, antwortete Enna, während Georg ungeduldig die Augen verdrehte.

»Ein kleines Mädchen, wie schön«, freute sich Edith. Sie warf Enna einen unergründlichen Blick zu. »Und wie hübsch sie ist.«

Sie weiß es, dachte Enna, und sie spürte einen Anflug von Panik in sich aufsteigen. Sie war geradezu erleichtert, als Edith nun den Kopf nach rechts neigte und sagte: »Sie kommen mir irgendwie bekannt vor, Frau Adena. Sind wir uns womöglich schon einmal begegnet?«

»Das ist kaum möglich«, meldete sich Georg ungeduldig zu Wort, noch bevor Enna antworten konnte. »Ich würde es wirklich begrüßen, Frau Wiemers, wenn wir jetzt zum Geschäftlichen kommen könnten. Leider ist meine Zeit, die ich für diesen Besuch eingeplant habe, begrenzt.«

»Sie haben natürlich recht, Herr Adena«, erwiderte Edith mit einem letzten Blick auf das Baby. Sie setzte sich an ihren

Schreibtisch und lächelte ihn ebenso selbstbewusst wie entwaffnend an. »Na, dann legen wir mal los, nicht wahr?«

Als just in diesem Moment Clivia zu weinen begann und Georg ein verärgertes Räuspern von sich gab, erhob Enna sich von ihrem Stuhl. »Ich gehe dann mal mit der Kleinen nach draußen. Vielen Dank für die Gastfreundschaft, gnädige Frau.«

»Sehr gern, Frau Adena. Bitte sagen Sie einfach Bescheid, wenn ich noch etwas für Sie tun kann.« Nichts in ihrem Blick deutete darauf hin, dass sie Enna damit eine unterschwellige Botschaft mit auf den Weg hatte geben wollen, und doch nahm Enna ihre unverfängliche wirkende Floskel als eine solche wahr. Vielleicht aber hatte sie sich dies auch nur eingebildet. Sie nickte der Frau zu und verschwand mit dem Kinderwagen aus dem Raum.

Kaum, dass Enna wieder im Hof stand, begann Clivia lauthals zu weinen. Jedoch schenkte niemand dem Kind oder seiner Mutter Beachtung, denn aus etlichen Fenstern erscholl ein ähnliches Geschrei. Vermutlich hatte das Kind Hunger. Also wühlte Enna in ihrer Tasche und zog ein kleines Fläschchen mit Gummisauger hervor. Leider war der Inhalt, der zu einem Drittel aus Kuhmilch und zu zwei Dritteln aus Wasser bestand, nicht mehr warm.

Enna überlegte, ob sie Frau Wiemers bitten sollte, das Fläschchen in einem Wasserbad anzuwärmen, doch nahm sie davon Abstand, da Georg mit Sicherheit keinerlei Verständnis dafür aufgebracht hätte, wenn man ihn aus so nichtigem Grund in geschäftlichen Angelegenheiten störte.

»Komm, ick wärm se dir uff.« Eine stämmige Frau in schmutziger Schürze hatte sich vor Enna aufgebaut. Als Enna zögerte, fügte sie hinzu: »Oder bin ick dir nich fein jenug? Na ja, wennde willst, dass dein Kind verhungert … Glob mir, ick weeß, wat ick tue. Hab fünf von die, und noch keens is anne Flasche krepiert. Also?« Sie machte eine fordernde Handbewegung.

Enna, die sich angesichts von Clivias immer lauter werdendem Geschrei überfordert fühlte, nickte und drückte der Frau die Flasche in die Hand. Die verschwand daraufhin in einem dunklen Treppenhaus, und Enna war überzeugt, dass sie weder sie noch das Fläschchen je wiedersehen würde. Doch dauerte es nur wenige Minuten, bis die Frau wieder vor ihr stand und ihr die nun handwarme Flasche entgegenstreckte. »Hier. Beeil dich, ruckzuck isse sonst wieder kalt, bei die Temperaturen, die hier draußen herrschen.«

»Vielen Dank, das ist wirklich nett.« Enna hätte sich wohler gefühlt, wenn sie in dieser Situation ihre Kleidung getragen hätte, die sie früher auf dem Bauernhof anzuziehen pflegte. In dem feinen Mantel aber, unter dem sie ein noch feineres Kleid trug, kam sie sich furchtbar fehl am Platz vor und wusste nicht, wie sie mit der Frau ungezwungen hätte reden sollen.

Sie sah sich nach einem Platz um, an dem sie Clivia würde füttern können, ohne dass ihnen allzu kalt würde. Ihr Blick fiel auf einen schmiedeeisernen Feuerkorb mit glühenden Holzscheiten, über dem sich ein paar Kinder die Hände wärmten. Unweit des Korbs war ein Holzstoß aufgestapelt, der sich als Sitzgelegenheit eignen würde.

Also schob sie den Kinderwagen dorthin, nahm die empört schreiende Clivia hinaus und setzte sich mit ihr. Die Wärme des Feuers, das eines der Kinder mit einem Blasebalg wieder anfachte, gab ihr ein wohliges Gefühl. Auch sprach sie niemand an, als sie ihrer Tochter nun die Flasche gab, wofür sie sehr dankbar war. Anscheinend verstand man sich hier in den Hinterhöfen trotz allen Elends noch auf Respekt und Diskretion.

Durch den Torbogen, der den Hof von der Straße trennte, sah Enna eine kleine Prozession von Handwagen, beladen mit offensichtlich frisch geschlagenem Holz, vorbeirattern. Gezogen wurden sie von Kindern, die kaum älter als ihre Schwester Wiebeke zu sein schienen. Als Nächstes erschien ein ausgezehrt aussehender Mann, der unter dem Torbogen stehen blieb und sich einen Zigarettenstummel anzündete, den er vermutlich von der Straße aufgelesen hatte. Um seinen Hals baumelte ein Schild mit der Aufschrift *Übernehme jede Arbeit*.

Je länger Enna das Geschehen beobachtete, desto trostloser erschien ihr das Leben in dieser großen Stadt. Sie würde froh sein, wenn sie wieder in ihrer Auricher Villa war, auch wenn ihr Leben dort aus anderen Gründen nicht eben angenehm war. Aber immerhin hatte sie es dort warm und auch genug zu essen. Sie nahm sich vor, diese Annehmlichkeiten künftig mehr zu schätzen. Wie rasch man doch diese Vorzüge wieder als selbstverständlich erachtete, obwohl die schlechten Erfahrungen aus Kriegstagen noch gar nicht so lange her waren.

Gerade wollte sie die nun zufriedene Clivia wieder in den Kinderwagen legen, als ein kleiner dreirädriger Lieferwagen durch den Torbogen geknattert kam, dessen graue Plane in geschwungenen Lettern die Aufschrift *Janulf & Partner* trug. Ihm entsprang Sekunden später ein Mann, der sich daranmachte, die Plane aufzuzurren. Enna konnte sein Gesicht nicht sehen, zumal er auch den Schirm seiner Mütze tief in die Stirn gezogen hatte. Sie nahm an, dass dies dann wohl der Geschäftspartner von Edith Wiemers sei. Nun, dachte sie, da würde sich Georg wohl freuen, dass er nun doch noch auch mit einem Mann würde sprechen können.

Der Mann lud ein paar Kisten vom Wagen, dann hievte er eine von ihnen hoch und steuerte den Eingang zum Büroraum an. Er war fast durch die Tür verschwunden, als plötzlich der schrille, lang gezogene Schrei einer Frau aus einem der höhergelegenen Fenster schallte.

»Judith, nun hör schon auf, bei jedem verdammten Freier ein solches Geschrei anzustimmen!«, rief der Mann zu dem Fenster hinauf. »Oder willst du, dass uns allen das Trommelfell platzt?«

»Ach, halt doch die Schnauze, Janno!«, kam es von oben zurück. »Wat weeßt du denn schon von Liebe machen!«

War Enna schon beim Klang seiner Stimme erstarrt, so setzte nun ihr Herzschlag für einen Moment aus. Doch noch ehe sie sich selbst in der Lage sah, ihn anzusprechen, hatte ihr Bruder bereits ihren Blick eingefangen.

»Enna?«, fragte er ungläubig.

* * *

Von draußen waren Schüsse und immer wieder Schreie zu hören, der Tumult auf den Straßen Berlins schien zu eskalieren. Doch all das scherte Enna in diesem Moment nicht besonders, denn sie hatte noch Mühe, die Ereignisse einzuordnen.

Nie im Leben hätte sie damit gerechnet, in dieser großen Stadt ausgerechnet ihrem Bruder über den Weg zu laufen. Seit Janno im Jahr 1915 in den Krieg gezogen war, hatten sie sich nicht mehr gesehen, und eigentlich hatte sie geglaubt, ihm niemals wieder zu begegnen. Zu tief waren die Gräben, die sich innerhalb ihrer früher so harmonischen Familie aufgetan hatten. Rein gar nichts auf dem heimischen Hof in Ostfriesland war mehr so, wie sie es einmal gekannt hatten. Was nicht zuletzt auch an Georg lag, der ihrem Vater nach der Hochzeit mit der Übernahme des Hofes quasi den Todesstoß versetzt hatte. Enna hatte damals zu spät bemerkt, was Georgs Absicht war, viel zu sehr war sie gedanklich mit ihrem ungeborenen Kind und dem, was dessen Geburt womöglich nach sich ziehen würde, beschäftigt gewesen. Als sie schließlich das hinterhältige Spiel ihres Gatten durchschaut hatte, war nichts mehr zu retten gewesen. Häufig stellte sie sich immer noch die Frage, ob für ihren Vater, für Ubbo und für Wiebeke alles anders und besser gekommen wäre, hätte sie nicht aus der Angst heraus entschieden, Georgs Werben nachzugeben. Dann aber sagte sie sich, dass es müßig sei, darüber nachzudenken, da an alledem nichts mehr zu ändern war.

»Ich könnte noch einmal Tee aufsetzen«, bot Edith in die Stille hinein an. Zu viert saßen sie nun in dem kleinen Büro, hinzu kam Clivia, die auf dem Schoß ihres Onkels, einen Daumen im Mund, friedlich schlief. »Und gern könnte ich uns auch ein paar Stullen schmieren, bestimmt habt ihr Hunger.«

Die Männer beachteten sie nicht. Schon als Kinder hatten sich Janno und Georg nicht leiden können, waren sich, soweit dies möglich war, stets aus dem Weg gegangen. An ihrer Abneigung füreinander schien sich nichts geändert zu haben, die Blicke, die sie sich zuwarfen, waren gewohnt feindselig. Für die geplante Geschäftsbeziehung, die Edith und Georg wohl zur Zufriedenheit beider Parteien angebahnt hatten, war dies wahrhaftig keine gute Voraussetzung, denn noch waren keine Verträge unterschrieben.

»Nun, ich denke, die Reise nach Berlin hätten wir uns sparen können«, sagte Georg nach längerem eisigen Schweigen und erhob sich nun von seinem Platz. »Es dürfte jedem von uns klar sein, dass es unter diesen Voraussetzungen keine gedeihliche Zusammenarbeit geben wird.« Er schnaubte verächtlich. »Janno Ulferts wird zu *Janulf & Partner*. Du verstehst es wahrlich, Menschen hinters Licht zu führen, Janno.«

»Bislang sind uns diesbezüglich keinerlei Beschwerden bekannt«, entgegnete Edith. »Ich glaube auch nicht, dass der Name unseres Unternehmens Gegenstand einer Diskussion sein sollte.«

Georgs Gesichtsausdruck war voller Verachtung, als er seinen Blick nun durch den Raum schweifen ließ. »Unternehmen. Pah! Und noch dazu von einer Frau geführt, das ist doch lächerlich!« Er schaute Janno hasserfüllt an. »Ich werde zu verhindern wissen, dass du jemals auf eigenen Füßen stehen kannst, mein

Freund, darauf kannst du dich verlassen.« Er grinste hämisch. »Das alles ist doch sowieso eine Nummer zu groß für euch Ulferts, die zu nichts als zu Bauern taugen. Und selbst dabei habt ihr versagt. Mit mir jedenfalls wird es keinerlei Verträge geben.« Er rückte den Pelzkragen seines teuren Mantels zurecht. »Nun, ich für meinen Teil werde nun dem neuen Reichskanzler meine Aufwartung machen.« Er streckte die Hand aus, als wollte er seiner Frau helfen, sich aus ihrem Stuhl zu erheben. »Enna, bitte!«

»Enna bleibt hier«, sagte Janno mit ungewohnt scharfer Stimme. »Mach du dem Vaterlandsverräter Kapp deine Aufwartung, sooft du willst, denn nichts anderes passt zu dir, Georg. Meine Schwester aber habe ich seit Jahren nicht gesehen, von meiner Nichte gerade erst erfahren. Also wird Enna bleiben, und wir werden unser Wiedersehen nutzen, um uns nach so langer Zeit endlich einmal wieder zu unterhalten.«

»Da hört sich doch wohl alles auf!«, plusterte Georg sich auf. »Wenn ich sage, dieser Besuch ist beendet, dann ist er beendet! Selbstverständlich gilt dies auch für Enna und das Kind.«

»Was bist du doch für ein Tyrann!«, brauste nun auch Janno auf, doch senkte er sogleich wieder seine Stimme, als Clivia die Augen aufschlug und den Mund verzog, als wollte sie zu weinen beginnen. »Noch mal: Enna bleibt hier.« Er deutete nach draußen, von wo der Lärm der Straßenschlachten zu hören war. Immer wieder fielen Schüsse, auch schienen mehr und mehr Feuer gelegt zu werden, denn unter der Tür hindurch drang Brandgeruch herein. »Ich frage mich sowieso schon die ganze Zeit, wie du so unverantwortlich sein kannst, in dieser Situation Frau und Kind nicht nur aus dem sicheren Ostfriesland nach Berlin zu bringen, sondern sie zudem noch den Gefahren der Straße auszusetzen.«

Als wie zur Untermalung seiner Worte im nächsten Moment ein gewaltiger Donnerschlag zu hören war, der Clivia aufschrecken und wie am Spieß brüllen ließ, bedurfte es keiner weiteren Worte mehr. Ohne Frau oder Kind noch eines Blickes zu würdigen, rauschte Georg hinaus. Bevor er die Tür schloss, rief er über die Schulter zurück: »Enna, ich wünsche, das Kind und dich in exakt zwei Stunden vor der Reichskanzlei zu treffen, von wo aus wir zu unserer Unterkunft fahren werden.«

»Nur wenn sich die Lage bis dahin beruhigt hat«, erwiderte Janno, doch da hatte Georg die Tür bereits ins Schloss fallen lassen.

Enna senkte den Blick, als Janno sie mit einem nachdenklichen Gesichtsausdruck ansah. Edith hatte ihm die schreiende Clivia abgenommen und marschierte mit ihr durch den Raum, während sie beruhigend auf sie einredete. »Was hast du dir nur dabei gedacht, Enna?«, fragte er. »Warum musste es ausgerechnet Georg sein, den du heiratest? Bist du denn von Sinnen?«

»Es … es ging nicht anders«, wisperte Enna, die sich plötzlich unendlich erschöpft fühlte.

»Es ging nicht anders?«, schimpfte Janno. »Was soll denn das jetzt heißen? Du bist erwachsen und mit einem freien Willen ausgestattet, Enna! Was, bitte schön …«

»Nun, das mag ja für euch Männer gelten, nicht wahr?«, mischte sich Edith ein, der es gelungen war, Clivia zu beruhigen. »Aber seit wann kann man bei uns Frauen von einem freien Willen sprechen?«

Janno schaute für einen Moment irritiert, dann nickte er. »Nun gut, da mag was dran sein. Aber das ist noch lange kein Grund …«

Sogleich ging Edith wieder dazwischen. »Was weißt denn du schon über die Gründe, die uns Frauen antreiben!«, fuhr sie Janno an. »Nichts weißt du darüber, gar nichts! Wir Frauen geraten doch nur in solche Situationen, weil ihr Männer glaubt, euch uns gegenüber alles herausnehmen zu können! Nur leider seid nicht ihr es, die für euer Tun die Konsequenzen tragt, sondern wir. Also halte hier bitte keine Vorträge!« Als Clivia erneut zu schreien begann, flüsterte sie ihr etwas ins Ohr, dann roch sie an ihr. »Ich glaube, das Kind müsste mal trockengelegt werden.« Sprach's und drückte es Enna in den Arm.

»Welche Konsequenzen denn?«, fragte Janno nun. »Und von welcher Situation redest du, Edith? Ich verstehe kein Wort von dem, was du sagst.«

»Was mich jetzt nicht verwundert, meine Mutmaßung die Männer betreffend jedoch einmal mehr bestätigt«, schoss Edith die nächste Spitze ab, während sie auf einem der Tische Platz für Clivia schaffte. »Worauf ihr Männer euch auch immer etwas einbildet – mit Feingefühl oder gar gesundem Menschenverstand jedenfalls kann es nichts zu tun haben.« Sie streckte ihren Arm in Richtung Tür aus. »Erst vorhin stand erneut dieser Widerling vor der Tür und hat mir aufgelauert. Keine Ahnung, was er plant, aber ich fürchte, es ist nichts Gutes.«

»Welcher Widerling?«, fragte Janno.

»Na, wer wohl? Dein toller Kollege Horst natürlich, wer denn wohl sonst?«

Janno runzelte verärgert die Stirn. »Gib mir Bescheid, wenn er wieder auftaucht, dann knöpf ich ihn mir mal vor.«

Edith schnaubte. »Ja, klar, prügeln, prügeln und prügeln. Mehr habt ihr Männer doch nicht drauf«, schimpfte sie. »Vielleicht benehmt ihr euch einfach mal wie zivilisierte Menschen. Na, wie wäre das? Oder seid ihr dazu tatsächlich nicht in der Lage?«

Enna war perplex. Noch nie hatte sie eine Frau in dieser Weise mit einem Mann sprechen hören. Sie mochte sich gar nicht ausmalen, wie Georg auf solch eine Ansprache reagiert hätte. Für einen kurzen Moment schoss ihr durch den Kopf, dass es auch für sie durchaus schon Zeiten gegeben hatte, in denen sie mehr für sich selbst eingestanden hatte. Diese Zeiten aber schienen jetzt so weit weg, dass sie kaum glauben konnte, dass die Enna von damals und die von heute ein und dieselbe Frau waren. Als ihr plötzlich klar wurde, wie klein ihre Ehe und damit verbunden ihre Angst sie hatten werden lassen, überfiel Enna eine tiefe Scham. Verstohlen warf sie einen Blick auf Edith, die voller Entzücken auf die nun wieder zufrieden glucksende Clivia schaute. Ob auch sie schon ähnlich Schlimmes durchgemacht hatte, dass sie Janno gegenüber solch harsche Worte fand? Sie erinnerte sich, dass Edith vorhin ihre zwei Kinder erwähnt hatte. Wo mochten die jetzt sein?

Enna zuckte wie unter Schlägen zusammen, als Edith jetzt in ihre Gedanken hinein sagte: »Georg ist nicht der Vater dieses süßen Kindes, habe ich recht?«

Janno, der nach Ediths Ansprache mit finsterem Blick vor sich hingebrütet hatte, sprang von seinem Stuhl auf und schaute verdutzt auf seine Schwester, dann auf das Kind. Er runzelte die Stirn. »Ich verstehe nicht ganz, was du meinst«, sagte er.

Edith seufzte. »Erklär du's ihm, Enna.«

Enna spürte, wie sich ihre Augen mit Tränen füllten. Sie versuchte, den sich anbahnenden Gefühlsausbruch zu unterdrücken, doch gab es nun kein Halten mehr. Laut schluchzend schlug sie die Hände vors Gesicht, ihr Körper ein einziges Beben. Kraftlos ließ sie sich in Ediths Arme sinken, die ihr sanft über den Kopf strich. »Lass es raus«, flüsterte sie ihr ins Ohr. »Lass endlich alles raus, dann wird es dir besser gehen.«

»Weiß Georg davon?«, fragte Janno etliche Minuten später, nachdem sich seine Schwester wieder einigermaßen beruhigt hatte. Mit tränenüberströmtem Gesicht saß sie zusammengesunken da, die Arme um ihre Knie geschlungen. Es war gewiss keine Haltung, wie man sie von einer wohlerzogenen jungen Frau erwartete, aber gerade fühlte sie sich sowieso mehr wie ein schutzbedürftiges Kind denn wie eine Erwachsene.

»Nein«, wimmerte sie. »Er glaubt, dass Clivia seine Tochter ist.«

Edith warf einen Blick auf das schlafende Mädchen, das nun wieder in seinem Kinderwagen lag. »Nun, er wird es bald bemerken. Was gedenkst du dann zu tun?«

»Was genau meinst du damit?«, fragte Janno. »Clivia sieht aus, wie ein so kleines Mädchen nun mal aussieht. Was um alles in der Welt sollte Georg bemerken?«

Edith verdrehte die Augen. »Nun, im Gegensatz zu dir nehme ich meine Umwelt ganz genau wahr und stelle fest, dass es, seit viele Frauen von ihrem Dienst in den Lazaretten zurückgekehrt sind, vermehrt Kinder mit einer dunkleren Hautfarbe gibt.«

»Hautfarbe?« Janno warf nun seinerseits einen Blick in den Kinderwagen. »Was ist denn an der Hautfarbe der Lütten so Besonderes?«

»Sie ist dunkler als üblich, das sagte ich doch gerade«, erwiderte Edith. »Vermutlich wird sie in den nächsten Monaten noch dunkler werden. Habe ich recht, Enna?«

»Jean-Pierre«, sagte Enna leise. »Er hat mir erzählt, dass seine Großmutter … Also, sie stamme aus Afrika, hat er gesagt. Aber ich habe geglaubt, er mache einen Scherz. Er selbst … Also, man hat ihm gar nichts angesehen. Er sah aus wie ein ganz normaler Belgier. Wie es sie zu Hunderten in den Lazaretten gab.«

»Jean-Pierre?« Jannos Augen waren mit jedem ihrer Worte größer geworden. »Du hast …«, er schluckte schwer, »du hast dich einem Belgier hingegeben? Noch dazu einem … einem … Aber Enna, wie konntest du nur so … so …«

»… so sein wie ein deutscher Mann?«, vollendete Edith seinen Satz. »Oder was glaubst du, wie viele unserer Soldaten sich mit jungen Belgierinnen vergnügt haben?«

»Aber das ist doch …!«

»… ganz etwas anderes?« Edith verschränkte die Arme vor dem Körper und sah ihn herausfordernd an. »Wirklich?«

Janno legte den Kopf in den Nacken und stieß scharf die Luft aus. »Wie auch immer. Wenn deine Einschätzung stimmt, dann wird Enna mit Georg ein Problem bekommen, das ist mal sicher.« Er warf in einem Anflug von Verzweiflung die Arme in die Luft. »Ach, was sag ich, sie wird mit ganz Ostfriesland ein Problem bekommen!« Er schaute Edith aus schmalen Augen an. »Aber so neunmalklug, wie du bist, hast du auch dafür bestimmt schon eine Lösung.«

»Nein, die habe ich nicht. Alles, was Enna bleibt, ist, sich so schnell wie möglich von Georg scheiden zu lassen.«

»Aber das geht nicht«, wisperte Enna mit dünner Stimme.

»Natürlich geht das«, sagte Edith streng. »Wir leben im zwanzigsten Jahrhundert, Scheidungen sind weiß Gott nichts Außergewöhnliches mehr. Wir müssten uns nur überlegen, wie wir das mit der Schuldfrage hinbiegen.«

»A-aber es geht wirklich nicht«, stammelte Enna. »Er würde unseren Vater davonjagen, genauso wie Ubbo und Wiebeke. Sie hätten kein Zuhause mehr.«

»Was redest du denn da?«, fragte Janno. »Kein Mensch kann unsere Familie vom eigenen Hof vertreiben, nicht einmal Georg.«

»Doch, Janno, das kann er«, sagte Enna, die es sich kaum zu erzählen getraute. »Nach unserer Hochzeit hat Vater ihm auf sein Drängen hin den Hof und alles dazugehörige Land überschrieben.«

»Was?« Jannos Stimme klang plötzlich heiser. »Aber wie konnte denn das geschehen?«

»Nach Mutters Tod war Vater …«

Janno wurde blass. »Mutter ist … Sie ist tot?«

Enna nickte. »Es war die spanische Grippe. Sie hat ihr die letzte Kraft geraubt, sodass sie eine weitere Erkrankung nicht überstanden hat. Vater ist seither düsterer Stimmung, er hat jeden Lebensmut verloren. Auch über den Tod von Feiko und

Johannes ist er nie recht hinweggekommen. Ubbo allein sah sich nicht in der Lage, den Hof zu bewirtschaften. Und dann ist da ja auch noch Wiebeke, für die er Sorge trägt.«

»Und Georg, dieses Schwein, hat sich die Situation zunutze gemacht.«

Enna schluchzte auf. »Nachdem ich mich ihm ausgeliefert hatte, ja. Genau genommen bin ich an allem schuld. Aber ich wusste nichts von Georgs Plänen. Ich wusste nicht, was er und sein Vater vorhatten. Als ich davon erfuhr, war es bereits zu spät. Nun verhält es sich leider so, dass Vater und Ubbo und Wiebeke auf dem Hof nur noch geduldet sind.« Sie schlug die Hände vors Gesicht und brach erneut in Tränen aus. »Und das alles nur, weil ich darauf vertraut habe, dass Jean-Pierre … dass wir … Nie hätte ich gedacht, dass …«

Janno starrte seine Schwester fassungslos an. Anscheinend aber fehlten ihm angesichts dieser schrecklichen Nachrichten die Worte, denn er blieb stumm.

»Nun, das ist wohl eine wirklich missliche Lage«, fand Edith als Erste ihre Sprache wieder. Auch sie war bei Ennas Bericht immer bleicher geworden. »Ich sehe nicht, wie man ihr auf die Schnelle entrinnen könnte, ohne dass eure Familie Schaden nimmt, aber gewiss fällt uns beizeiten noch eine Lösung ein.« Es sollte wohl aufmunternd klingen, doch konnte sie nicht verhehlen, dass sie davon selbst alles andere als überzeugt war.

Enna sah mit tränenverhangenen Augen zu ihrem Bruder hin. »Ich würde noch so gern mehr darüber wissen wollen, wie es dir all die Jahre ergangen ist, Janno. Wie du … Wie ihr es aus dem Nichts heraus geschafft habt, dieses Geschäft aufzubauen.« Sie schenkte Edith ein missglücktes Lächeln. »Und natürlich auch, wie ihr euch gefunden habt.«

»Oh, du missverstehst das«, winkte Edith errötend ab. »Janno und ich sind kein Paar. Also … ähm … nicht so, wie du denkst. Wir sind lediglich Geschäftspartner, mehr nicht.«

»Ach so?« Enna schaute von einem zum anderen. Aus Jannos Gesicht konnte sie nichts herauslesen, in Ediths aber sah sie durchaus ein gewisses Bedauern. »Das ist aber schade«, sagte sie, »ihr wäret ein so schönes Paar.«

Als daraufhin beide nur verlegen zu Boden sahen, fügte sie rasch hinzu: »Ich denke, dass ich jetzt gehen muss. Auf den Straßen scheint es ruhiger geworden zu sein, und gewiss wartet Georg schon an der Reichskanzlei auf uns.«

»Für wann ist eure Abreise geplant?«, fand Janno seine Sprache wieder, auch wenn seine Stimme reichlich rau klang.

»Ich weiß es nicht genau. Es hängt wohl davon ab, wie sich die Dinge hier in Berlin für Georg entwickeln.«

»Nun, geschäftlich ja wohl nicht so wie geplant«, gab Janno mit sarkastischem Unterton zurück.

»Worüber ich unter diesen Umständen ganz froh bin«, ergänzte Edith, wohl weil sie das Schuldbewusstsein in Ennas Gesicht bemerkte.

Janno stand auf. »Ich begleite dich zur Reichskanzlei. Berlin ist zurzeit keine Stadt, in der man eine Dame allein durch die Straßen gehen lassen sollte.« Nach einem Blick in den Kinderwagen fügte er mit einem Lächeln hinzu: »Das gilt auch für die ganz kleinen Damen.«

Edith drückte Enna noch einmal ganz fest und wünschte ihr Glück. »Wir vergessen dich nicht«, gab sie ihr mit auf den Weg. »Wenn du Hilfe brauchst, dann gib uns Bescheid. Du weißt ja jetzt, wo wir zu finden sind.«

Enna nickte dankbar. Sie war froh, in Edith eine neue Freundin gefunden zu haben, auch wenn sie nicht wusste, wie genau die ihr auf die Distanz, die sie voneinander trennte, würde helfen können.

Enna und Janno waren Minuten später keine hundert Meter von der Reichskanzlei entfernt, als sie Georg bereits vor dem

Gebäude stehen sahen. Er war mit einem anderen Herrn in ein Gespräch vertieft. Als er jedoch kurz aufschaute und seiner Frau gewahr wurde, hob er den Arm und winkte ihr, zu ihm zu kommen.

Janno nickte ihr zu und nahm sie liebevoll in den Arm. »Mach's gut, kleine Schwester, und lass dich nicht unterkriegen.«

Enna schluckte die aufsteigenden Tränen hinunter. Als ihr Bruder sich umdrehte und davonlief, fühlte sie sich plötzlich unendlich allein. Sie nahm einen tiefen Atemzug, dann zwang sie sich, mit einem Lächeln auf ihren Mann zuzugehen.

Auch Georg verabschiedete sich jetzt von seinem Begleiter, dann kam er ihr entgegen. Als jedoch plötzlich von irgendwoher ein Schuss fiel, erschrak er so sehr, dass er reflexartig einen Satz zur Seite machte.

Noch lange Zeit danach würde Enna vom Fluchen des Kutschers, dem Aufbäumen und Wiehern der Pferde sowie dem panischen Schrei ihres unter die Hufe geratenen Ehemanns bis in ihre Träume verfolgt werden.

12

Ruhrgebiet/Berlin, März 1920

Sie pirschten sich hinter einer Mauer an den Bahnhofsvorplatz heran. Karl, den sie für diesen Trupp zum Anführer bestimmt hatten, ging bis zum Bürgersteig vor und lugte um die Ecke. Er nickte seinen Kampfgenossen zu. Das Gerücht, die Vorhut des Freikorps Lichtschlag unter dem Kommando von Hauptmann Otto Hasenclever sei eingetroffen, stellte sich als richtig heraus. Rund zwei Dutzend Männer waren es, die am Bahnhof zwischen schwerer Artillerie geschäftig auf und ab gingen, einer von ihnen die schwarz-weiß-rote Fahne der Nationalisten schwenkend und *Heil dir im Siegerkranz* intonierend. Vermutlich war dies nicht die gesamte Vorhut des Freikorps Lichtschlag, aber es war wohl davon auszugehen, dass sie sich auch in der Gesamtzahl aus nicht bedeutend mehr Soldaten zusammensetzte.

»Es sind nicht viele«, berichtete Karl seinen Kameraden, nachdem er sich wieder hinter die Mauer zurückgezogen hatte. »Ein versprengter Haufen, mehr nicht. Ein Vorauskommando der Artillerie, so wie es den Anschein hat.«

Die Männer, die ihm aus allen Teilen des Reviers an diesen überschaubar großen Ort an der Ruhr gefolgt waren, grinsten. »Kinderspiel«, sagte einer, dem man im Krieg das halbe Gesicht weggeschossen hatte. »Die erledigen wir mit einem Handstreich.«

»Möchte mal wissen, was die hier zu suchen haben, in der entmilitarisierten Zone«, knurrte ein anderer, von dem Karl wusste, dass ihn die Männer vom Freikorps Lichtschlag nach der Niederschlagung der Bergarbeiterstreiks im Frühjahr '19 übel zugerichtet hatten und dass er seither auf Rache sann. »Wenn das die Franzmänner wüssten, das würde denen aber gar nicht gefallen.«

»Die Rechten haben sich noch nie um die Verträge von Versailles geschert«, erwiderte Karl. »Deswegen sind die doch in Berlin einmarschiert, weil sie sich die Reduzierung ihrer verkommenen Truppen nicht gefallen lassen wollen. Und die Franzmänner sind weit weg. Sieht so aus, als müssten wir uns selbst um die verräterische Brut kümmern.«

»Nichts lieber als das«, grinste der mit dem halben Gesicht. »Sollte mich wundern, wenn es nicht schon wieder die Sozis wären, die die geschickt haben, so wie damals.« Er spuckte vor sich aus. »Dieses Dreckspack hat es ebenso wenig verdient, an der Regierung zu sein, wie die Nationalisten, die die Republik zum Teufel wünschen.«

»Dass bald die Arbeiter in den Betrieben das Sagen haben, haben sie uns nach dem Krieg versprochen«, pflichtete ihm ein anderer bei. »Und was ist? Nichts ist. Leere Versprechungen können sie abgeben und sich selber die Taschen vollmachen. Verraten haben sie uns, die wir fürs Vaterland schuften wie niemand sonst. Lassen uns in Löchern hausen, in denen selbst die Ratten verhungern. Nicht nur hier im Revier, sondern auch überall sonst in der feinen Republik.« Er reckte die Faust. »Phrasen sind genug gedroschen! Es ist an der Zeit, dass wir uns endlich das holen, was uns zusteht! Es lebe die Räterepublik!«

»Die Regierung nehmen wir uns später vor«, sagte Karl beschwichtigend. Er zog die rote Binde zurecht, die seinen Arm zierte. »Nun sind erst mal die Verräter dran, die uns direkt vor der Nase stehen. Dies ist nämlich ein guter Ort, um sie in einen Hinterhalt zu locken.«

Karl wusste, dass er seine Männer nicht mehr würde zurückhalten können, selbst wenn er wollte. Sie hatten Blut geleckt, nachdem sie in den letzten beiden Tagen im gesamten Revier bereits so manchen Sieg davongetragen hatten. Sobald die Männer vom Soldatenbund und vom Marinebund vom Putsch in Berlin Kenntnis bekamen, hatten sie im Revier die Revolution ausgerufen, die sie im Untergrund bereits seit Langem vorbereiteten. Einige hielten den Zeitpunkt für verfrüht, die Revolutionäre aber waren nicht mehr zu halten gewesen. Endlich sahen sie ihre Chance gekommen, sich nicht nur der herrschenden Regierung, sondern auch der verhassten Freikorps sowie der noch im Aufbau befindlichen Sicherheitspolizei zu entledigen. Unterstützt wurden sie von den ebenso gebeutelten wie kriegserfahrenen Arbeitern und Bergleuten des Ruhrgebiets, die sich das revolutionäre Gedankengut zu eigen machten. Und das waren nicht wenige – denn wen man lange genug hungern und darben ließ, der schlug irgendwann einmal zurück.

Der Hass der Männer der Roten Ruhrarmee richtete sich jedoch nicht nur gegen Soldaten und Polizisten, sondern auch gegen die Einwohnerwehren, die das Reichswehrministerium nach dem Aufstand der Spartakisten republikweit auf lokaler Ebene installierte. Diese Wehren hatten die kämpfenden Revolutionäre dieser Tage auf ihrer Mission durchs Ruhrgebiet des Öfteren aus dem Hinterhalt beschossen, etliche Männer waren so ums Leben gekommen oder verletzt worden. Je länger die Ruhrarmisten also voranschritten und auf den Widerstand der unterschiedlich gearteten Regierungstruppen stießen, desto brennender wurde ihr Hass. Für etwas anderes blieb da keine

Zeit mehr, auch nicht für die tägliche Arbeit im Pütt – oder für die Fuhren nach Berlin, wie Karl sie in den letzten Wochen unternommen hatte.

»Worauf warten wir?«, brummte einer der Männer. »Wenn wir hier noch länger nur rumstehen, rückt bei denen die Verstärkung nach.«

Karl ließ seinen Blick über seine Truppe gleiten. In ihren Augen sah er Entschlossenheit, in nicht wenigen gar Mordlust. Ein weiterer Blick um die Ecke sagte ihm, dass die Soldaten, die dem Kommando von Hasenclever unterstanden, von dieser Offensive völlig überrascht würden. Anscheinend zogen die Verantwortlichen nicht einmal in Betracht, dass die Ruhrarmee bis so weit in den Westen vorgedrungen sein könnte.

Karl hob nach einem letzten Gedanken an seine Familie und an Enna den Arm, woraufhin seine Männer in Kampfstellung gingen. Es gab nicht einen, der keine Waffe trug, sei es, dass er sie sich aus alten Kriegsbeständen geholt oder sie den Freikorps nach gewonnener Schlacht abgenommen hatte.

»Artilleristen an die Geschütze!«, rief Karl seinen Männern zu, und es dauerte nur Sekunden, bis am Bahnhof von Wetter der Tumult losbrach. Das Getrampel Hunderter Stiefelpaare, Gewehrsalven und -schüsse, Rauch, Schreie und Blut allenthalben. Ein paar erfahrenen Artilleristen der Ruhrarmee gelang es gar, das schwere Gerät der gegnerischen Artillerie gefechtsbereit zu machen, sodass es jetzt auch zu Geschützfeuer kam. Von einer Salve getroffen, ging direkt vor Karl ein Soldat zu Boden, die Augen weit aufgerissen, die Hände wie um Hilfe flehend dem grauen Himmel entgegengestreckt. Sofort schossen Karl Bilder in den Kopf von den grausamen Gemetzeln auf französischen Schlachtfeldern, an die sie die Erinnerung längst überwunden geglaubt hatten.

Sosehr die Sterbenden auch die Arme nach ihm ausstreckten, so blieb ihm doch keine Zeit zu helfen, denn wer sich nicht immer weiter und weiter nach vorn bewegte oder hinter Mauern Schutz suchte, um von dort aus Schuss um Schuss abzufeuern, der war dem Tode geweiht. Um die Verletzten, deren Schreie mit jeder Minute jämmerlicher und zahlreicher wurden, würden sich später die Frauen kümmern, die am Rande von Wetter ein Lazarettzelt sowie eine Suppenküche für die vom Kampf erschöpften Männer errichtet hatten. Das hoffte Karl zumindest. Denn sollte das Lazarettzelt dort nicht stehen, würde dies bedeuten, dass man die Frauen aufgehalten hatte. Er wollte sich gar nicht ausmalen, was es für die Frauen bedeuten würde, sollten sie tatsächlich dem Gegner in die Hände gefallen sein.

Doch auch wenn es Karl vorkam wie eine Ewigkeit, dauerte der Spuk nicht lange, denn letztlich zeigten sich die Soldaten des Freikorps derart überrumpelt, dass sie kaum Widerstand leisteten und innerhalb kürzester Zeit kapitulierten.

Karl blieb noch einige Minuten im Schutz seines Verstecks stehen, um sicherzugehen, dass tatsächlich keine Gefahr mehr drohte. Die Waffen aber blieben still.

Karl sah sich auf dem dörflich anmutenden Schlachtfeld um. Nur hier und da hatte er einen seiner Männer zusammenbrechen sehen. Höhere Verluste aber gab es wohl beim Gegner. Am Ende des Tages würden sie siebzehn Tote zählen, darunter sechs Aufständische der Roten Ruhrarmee und elf Soldaten des Freikorps Lichtschlag, unter ihnen Hauptmann Hasenclever. Hinzu kamen zahllose Verletzte auf beiden Seiten.

Aber selbst als sich die zu keiner Zeit wirklich gefechtsbereiten Soldaten des Freikorps geschlagen gaben, ließen die Rotarmisten ihnen keine Ruhe. Ganz im Gegenteil brach sich nun ihre über lange Zeit aufgestaute Wut erst richtig Bahn, und wer auch immer ihnen bei der Gefangennahme der verhassten Militärs unter die Keule geriet, wurde aufs Übelste zusammengeknüppelt.

Äußerst zufrieden mit dem erneuten Sieg, der ihnen für die noch kommenden Schlachten Kraft und Zuversicht gab, stimmten die Rotgardisten schließlich eines ihrer Lieder an, in dem es hieß:

Lasst los die Hebel der Maschinen
zum Kampf heraus aus der Fabrik.
Dem Werk der Zukunft wolln wir dienen
der freien Räterepublik.

Während seine Männer vereinzelt immer noch auf ihre Gegner eindroschen und der eine oder andere in einen regelrechten Blutrausch zu geraten schien, zog sich Karl schließlich aus dem Tumult zurück. Er hoffte, dass auch die anderen bald zur Besinnung kommen würden, denn gerade kamen die Frauen in ihre Richtung die Straße hinabgelaufen, unter ihnen auch Hiska und Gisela, die einen Leiterwagen hinter sich herzogen. Als sie sahen, was hier auf dem Bahnhofsplatz vor sich ging, versteinerten ihre Gesichter.

»Es gibt keinen Grund, auf am Boden Liegende noch weiter einzuprügeln und einzutreten«, schimpfte Gisela. »Was denkt ihr Kerle euch nur dabei, immer nur noch mehr Gewalt zu provozieren?!«

Karl wollte etwas darauf erwidern, doch ließ sie ihn gar nicht erst zu Wort kommen, sondern deutete über die Schulter zurück. »Gegen das, was an anderer Stelle geschieht, geht es hier allerdings noch recht gesittet zu, das muss man schon sagen.«

Karl horchte alarmiert auf. »Sind etwa noch mehr gegnerische Soldaten im Anmarsch?«

Gisela verzog spöttisch das Gesicht. »Nein. Es sind Burschen, die sich erdreisten, unter unserer Flagge zu marschieren. Brandschatzendes, plünderndes und mordendes Gesindel.«

Karl fuhr sich aufstöhnend über das mit Staub und Blut übersäte Gesicht. Seit sie begonnen hatten zu kämpfen, war der Zulauf zu ihren Truppen enorm gewesen. Inzwischen mochten es Zehntausende sein, die sich ihrem Kampf angeschlossen hatten – oder eben vorgaben, es zu tun. Nicht selten waren es solche, die stets auf Krawall aus waren, ganz egal, wo man sie in ihrem Leben antraf. Miese Nutznießer einer Situation, die sie dazu verleitete, in verbrecherischer Manier durch die Städte und Dörfer zu ziehen und eine Spur der Verwüstung zu hinterlassen.

Ohne noch ein Wort an ihn zu richten, machten sich Gisela und Hiska daran, die Verwundeten aufzulesen und zum Leiterwagen zu geleiten oder zu tragen, mit dem sie sie zum eilends errichteten Lazarett schaffen würden. Unter den Sanitäterinnen waren etliche, die im Krieg bereits Erfahrungen mit dieser Tätigkeit gesammelt und sogar ihre Arbeitskittel wieder hervorgekramt hatten.

»Komm mit zur Gulaschkanone, Karl«, sagte Hiska schließlich. »Eine heiße Suppe wird dir guttun.« Auch sie trug das Kostüm der Sanitäterinnen, und Karl musste bei ihrem Anblick schwer schlucken, erinnerte sie ihn in dieser Aufmachung doch allzu sehr an ihre Schwester Enna. Genau solch eine Schwesterntracht nämlich war es gewesen, die Enna trug, als sie damals mit einem ganzen Tross Verwundeter in Duisburg eintraf. Sie war ihm gleich aufgefallen zwischen all den anderen Schwestern, hatte sie ihm doch, als sich ihre Blicke für einen kurzen Moment trafen, ein Lächeln geschenkt. Für ihn war dies wie eine Segnung des Himmels gewesen, denn er hatte sich nicht erinnern können, wann er zum letzten Mal jemanden in all dem Leid und dem Trübsinn um sie herum wirklich so vom Herzen kommend hatte lächeln sehen wie sie.

Wie sehr hätte er sich gewünscht, dass sie jetzt bei ihm sein könnte, dass sie es sei, die ihm die Verletzungen versorgen und ihm einen Blechnapf Suppe reichen würde.

Karl stieg zu dem Tross Verwundeter auf den Leiterwagen. Beim Gerumpel übers Kopfsteinpflaster war immer wieder lautes Stöhnen und Wimmern zu hören. Direkt neben ihm lag ein bewusstloser Mann, dessen verletzter, über und über mit Blut verschmierter Kopf bei jeder Unebenheit, die sie überfuhren, auf die Planken schlug. Also bettete er dessen Kopf auf seinen Beinen, um die Stöße abzufedern, nicht wissend, ob diesem Kameraden überhaupt noch zu helfen war.

»Das war es doch wert, oder?«, hörte er einen Verletzten mit einer Stimme so dünn wie Pergament fragen. »Das alles war es doch wert, oder?« Er schaute auf und sah in das Gesicht eines vielleicht zwanzigjährigen Jungen, der ihn aus seltsam verschleierten Augen ansah. Karl spürte Übelkeit in sich aufsteigen, als sein Blick den Körper des Jungen hinabwanderte und er dessen Eingeweide aus einer riesigen Bauchwunde quellen sah.

»Natürlich war es das wert, mein Junge. Für unsere Freiheit, für unsere Selbstbestimmung, für unser aller Wohlergehen.« Als nur wenig später die Augen des Jungen brachen, schloss er ihm die Lider, damit er das Elend dieser Welt nicht auch noch im Tod würde betrachten müssen. Es graute ihm schon jetzt davor, der Mutter gegenübertreten, ihr die Nachricht vom Tod ihres Sohnes überbringen und ihr weismachen zu müssen, dass es das wirklich wert gewesen war.

Am Lazarettzelt angekommen, überließ er die Toten und die Verwundeten den fürsorgenden Händen der Frauen.

»Nun sieh dir an, was ihr angerichtet habt«, hörte er Gisela sagen, doch galt seine Aufmerksamkeit längst einer Gestalt, die sich am Rand eines nicht weit vom Zelt entfernt gelegenen Ackers herumdrückte, mit ihrem schicken schwarzen Wollmantel und der Melone auf dem Kopf jedoch völlig deplatziert wirkte. Es war Heinrich Veltin.

»Was machen denn Sie hier?«, fragte Karl wenig begeistert. Er sah sich um, in der Hoffnung, dass niemand ihr Zusammentreffen beachten oder gar belauschen würde.

»Man sagte mir, dass du hier bist.«

»Und?«

»Du hast dich der Ruhrarmee angeschlossen«, stellte Veltin überflüssigerweise fest.

»Natürlich habe ich das«, konterte Karl. »Wie könnte ich die Meinen in einer solchen Situation im Stich lassen?«

»Hm.« Es schien nicht unbedingt die Antwort zu sein, die Veltin hören wollte. »Wir haben eine Vereinbarung, und ich erwarte, dass du sie erfüllst.«

»Unmöglich«, entgegnete Karl. »Wie soll das gehen, jetzt, da …«

»Es muss gehen«, zischte Veltin ihm, jetzt schon nicht mehr ganz so freundlich, zu. »Du weißt, was in Berlin los ist. Es ist eine belagerte Stadt. Die Versorgungslage hat sich in den letzten Tagen rapide verschlechtert.« Er sah Karl beschwörend in die Augen. »Auch das sind deine Kameraden, die dort bei Eiseskälte im Generalstreik ausharren. Sie zählen auf Männer wie dich, Karl. Männer, die sie nicht im Stich lassen und noch viel weniger ihre Frauen und Kinder.«

»Hier werde ich auch …«

»Hier, Karl, gibt es nicht nur dich. Sieh dich um, es sind Hunderte, wenn nicht gar Tausende Ruhrarmisten, die für eure Sache kämpfen. Als Fahrer aber haben wir nur dich, sind doch zwei deiner Kollegen just gestern ausgefallen.«

»Tot?«, fragte Karl, weil es ihm sein Gefühl so eingab.

»Ja. Erschossen. Gestern in Essen.«

Karl schloss die Augen und sah das Gesicht des sterbenden Jungen auf dem Leiterwagen vor sich. *War es das wirklich wert?*

»Was soll ich tun?«

Veltin klopfte ihm auf die Schulter. »So ist es brav, mein Junge. Heute Nacht kommt ein Lkw aus Berlin. Du triffst dich mit dem Fahrer am üblichen Treffpunkt, ihr schafft die Ladung auf den Lkw und fahrt gemeinsam nach Berlin zurück.« Er klopfte ihm erneut auf die Schulter. »Übermorgen bist du wieder zurück, wenn du dich beeilst. Dann kannst du dich eurer Revolution wieder anschließen.«

Karl nickte. Zwar fühlte er sich über die Maßen erschöpft, aber es würde schon irgendwie gehen.

Auch das ist es wert.

* * *

Elisabeth fühlte sich unter den Blicken der Herren Brodenbeck äußerst unwohl. Es war, als würden sie sie wie einen Gaul auf dem Pferdemarkt mustern, nur dass sie bislang davon abgesehen hatten, ihr den Mund aufzureißen, um ihre Zähne zu begutachten. Gut möglich, dass sie sich im Beisein von Elisabeths Mutter ein wenig zurückgehalten hätten, die aber war an diesem Abend nicht zugegen, sondern schon vor etlichen Tagen zu ihrer Schwester in den Osten Deutschlands gereist.

Vor allem war es der jüngere Brodenbeck, der Elisabeth ein mulmiges Gefühl bereitete. Er war groß gewachsen, sein Haupthaar trug er streng gescheitelt, wobei dieses – einer zu groß geratenen Kippa gleich – nur den oberen Teil seines Schädels bedeckte, während es darunter ein gutes Stück über den Ohren ausrasiert war. Über der Oberlippe trug er einen akkurat gestutzten Schnäuzer, der sich ein wenig dünner als gewöhnlich ausnahm. Die schmale Nase über einem noch schmaleren Mund ließ ihn streng wirken. Ein Eindruck, der durch die hervorquellenden grauen Augen noch verstärkt wurde.

»Mundet Ihnen der Kalbsbraten, Fräulein von Wolff?«, fragte Eberhard, der seinen durchaus zu genießen schien, denn er ließ sich bereits zum dritten Mal auflegen.

»Ja, danke, er ist ausgezeichnet.«

Zum wiederholten Male deutete Eberhard nun eine Verbeugung in Richtung ihres Vaters an, der am Kopfende der festlich eingedeckten Tafel saß. »Es ist ein wirklich köstliches

Mahl, das Sie uns heute kredenzen, Herr von Wolff. Ich möchte Ihnen, auch im Namen meines verehrten Herrn Vater, meinen Dank aussprechen.«

»Danke, Eberhard«, knurrte Hagen von Brodenbeck, »aber das kann ich durchaus allein.«

Wäre die Gesamtsituation nicht so ernst gewesen, dann hätte Elisabeth sich jetzt ganz sicher einen Lachanfall verkneifen müssen, denn solch ein gestelzter Vogel wie Eberhard Brodenbeck war ihr wahrlich noch nie begegnet. Ihr graute bei der Vorstellung, ihn tatsächlich heiraten zu müssen, doch ließ ihr Vater diesbezüglich nicht mit sich reden. Vielmehr schien er sie lediglich als einen ebenso hübschen wie wertvollen Besitz zu betrachten, der es ihm erlauben würde, zu einer der einflussreichsten Familien der Republik in verwandtschaftliche Beziehung zu treten und seinen Geschäften damit einen weiteren Aufschwung zu bescheren.

»Darf ich fragen, ob die Geschäfte trotz der unsäglichen Vorkommisse zufriedenstellend verlaufen?«, fragte Hagen Brodenbeck, nachdem auch er sich noch einmal von dem Rinderbraten hatte auflegen lassen.

»Zufriedenstellend?« Heinz-Rudolf von Wolff grunzte ungehalten. »Seit Tagen schon spielt sich die rote Meute im Revier auf wie die neuen Herren im Land. Vielleicht haben Sie davon gehört, dass sie erst heute die Vorhut des Freikorps Lichtschlag in Wetter aufgerieben haben? Wie man mir mitteilte, gibt es zahlreiche Tote und Verletzte aufseiten unserer ehrbaren Soldaten. So weit sind wir also gekommen in unserem Vaterland, dass sich Deutsche gegen Deutsche erheben. Die von bolschewistischen Ideen Durchseuchten streiken, plündern und morden, sprich, sie machen genau das, was Primitive zu tun pflegen, wenn man ihnen nur den kleinen Finger reicht.«

»Welchen kleinen Finger denn?«, fragte Elisabeth, wohl wissend, dass sie ihren Vater damit bis aufs Blut reizte. Sie rechnete damit, dass er sie nun brüsk unterbrechen würde, da er es nicht schätzte, wenn sich Frauen in die Gespräche der Männer einmischten, doch ließ er sie zu ihrer Verwunderung gewähren. »Ich sehe nicht«, fuhr sie daher fort, »dass ihrem Wunsch nach besseren Arbeits- und Lebensbedingungen nach dem Krieg jemals Rechnung getragen wurde. Weder von der Regierung noch von ihren Arbeitgebern. Und das, obwohl man es ihnen bei Gründung der Republik vollmundig versprochen hatte. Sie leben in Elendsbehausungen und leiden unter Krankheiten, wie sie durch Hunger und Kälte entstehen. Verwundert es da, dass sie für ihre Rechte einstehen, sobald sich ihnen eine Gelegenheit dazu bietet?«

Auf diese Ansprache hin war es im Raum so still, dass sich sogar das eher verhaltene Ticken der Standuhr ungewohnt laut ausnahm. Selbst der Diener stand so stocksteif und mit so versteinerter Miene da, als habe man ihn in Beton gegossen.

Während ihr Vater seinen Rotwein in einem Rutsch hinunterkippte und sichtlich gegen den Wunsch ankämpfte, seine aufsteigenden Aggressionen gegen seine Tochter auszuleben, erholte sich Hagen Brodenbeck als Erster wieder und sagte unterkühlt: »Hört, hört, die junge Frau macht sich also die Sprache von Bebel zu eigen.« Er klemmte sein Monokel vors Auge und stierte Elisabeth an wie eine Zirkusattraktion, dann schaute er zu ihrem Vater, der immer noch sichtlich um Beherrschung rang. »Mit Ihrer Einschätzung, Ihr wertes Fräulein Tochter sei ungebührlichen und aufrührerischen Einflüssen ausgesetzt, scheinen Sie nicht unrecht gehabt zu haben, Herr von Wolff. Ich muss mich wirklich sehr wundern.«

»Nun, auch mir erscheint die Rede des Fräulein Elisabeth doch recht eigenwillig für eine Frau«, stimmte Eberhard mit ein, wobei er sie mit einem Blick musterte, der Elisabeth kalte Schauer über den Rücken jagte. Vor allem war es der Ausdruck unterdrückten Verlangens in seinen Augen, der ihr

Angst machte. Womöglich stachelte es seine Leidenschaft nur umso mehr an, wenn sie ihm einen Grund gab, sie zu züchtigen, schoss es ihr durch den Kopf, und dies war wahrlich kein Gedanke, der sie zuversichtlich stimmte. Denn welches Mittel, so fragte sie sich, hatte sie dann noch, ihn davon zu überzeugen, dass eine Ehe mit ihr auf gar keinen Fall ein Vergnügen würde?

Auch ihrem Vater schien Eberhards erwachte Leidenschaft nicht entgangen zu sein, denn er erwiderte nun erstaunlich gelassen: »Ja, meine Herren, genau das ist es in der Tat, was mir Sorgen bereitet. Aber ich bin sicher, dass meiner Tochter diese Flausen aus dem Kopf getrieben werden, sobald sie in den Aufgaben einer Ehefrau und Mutter ihre Erfüllung findet.«

Elisabeth wurde es bei diesen Worten himmelangst, und sie spürte, wie sich auf ihrem ganzen Körper eine Gänsehaut bildete. Nie im Leben hätte sie damit gerechnet, dass ihr Vater sie bei den Brodenbecks bereits früher als aufmüpfig dargestellt hatte. Denn war es nicht eigentlich das, was alle Eltern zu vermeiden suchten, wenn sie einen ihnen genehmen Bräutigam für ihre Tochter zu finden hofften? Zwischen ihrem Vater und den Brodenbecks aber schien es diesbezüglich keinerlei Geheimnisse zu geben, was für sie hieß, dass sie kaum noch eine Möglichkeit hatte, diese Ehe zu verhindern.

Verstohlen schaute sie zu Eberhard hinüber, von dem sie trotz seiner soeben geäußerten Worte immer noch hoffte, dass er nun abwinken würde. Der erste Eindruck aber, den sie nach ihrer kurzen Ansprache gewonnen hatte, schien sich zu bestätigen: Seine Augen quollen nun geradezu über vor Lüsternheit, während sein Blick ungebührlich lange auf ihrem Dekolleté verweilte – was die beiden Väter in gewisser Weise zu amüsieren schien, denn sie nickten sich mit einem wissenden Lächeln zu.

»Ich … Sie entschuldigen mich bitte.« Elisabeth war plötzlich so übel, dass sie meinte, sich jeden Moment übergeben zu müssen. Die Hand auf den Mund gepresst, stieß sie ihren Stuhl zurück und stürzte hinaus.

»Nun, sie ist wahrlich eine Frau mit Temperament, wie mir scheint«, hörte sie Eberhard zufrieden sagen. »Ich glaube, ich sehe mit ihr einer ebenso aufregenden wie freudvollen Zukunft entgegen.«

Das laute Lachen der Väter begleitete Elisabeth noch ein ganzes Stück die Treppe hinauf, nachdem sie sich in der Diele in einen Pflanzenkübel erbrochen hatte.

Es war also eine längst abgemachte Sache. Sosehr sich Elisabeth, nun auf dem Bett in ihrem Zimmer liegend, auch bemühte, einen Ausweg aus ihrer misslichen Lage zu finden, so drehten sich ihre Gedanken doch immer nur im Kreis. Anscheinend war es ein abgekartetes Spiel gewesen, das ihr Vater und Brodenbeck mit ihr spielten. Mit seiner Frage zur derzeitigen Lage im Ruhrgebiet hatte Brodenbeck ihrem Vater die Steilvorlage geliefert, die er brauchte, um Elisabeth aus der Reserve zu locken. Auf diese Weise hatten die Herren ihr unmissverständlich zu verstehen geben wollen, dass sie sich benehmen konnte, wie sie wollte – ihre Hochzeit mit diesem Scheusal Eberhard würde daran auf gar keinen Fall scheitern. Letztlich, das wusste Elisabeth jetzt, ging es ihrem Vater nämlich nicht in erster Linie darum, ihr mit einer Heirat die in seinen Augen bolschewistischen Ansichten auszutreiben; nein, ihrem Vater und Brodenbeck ging es einzig und allein ums Geschäft. Vermutlich hätte sie dieses Arrangement nicht einmal verhindern können, wenn ihr Äußeres weniger ansehnlich gewesen wäre. So aber dürfte es Eberhard noch mal deutlich leichter fallen, dem Plan der Väter zuzustimmen, denn anscheinend war es ausgerechnet die Kombination aus Schönheit und Auflehnung, die ihm ganz besonders zu gefallen schien.

Von unten klang das Lachen der Männer zu ihr herauf. Es war deutlich zu hören, was wohl hieß, dass sie sich, im Aufbruch begriffen, in der Diele aufhielten.

Es war die Ungewissheit, die Elisabeth dazu trieb, noch einmal ihr Zimmer zu verlassen. Sie schlich sich auf Zehenspitzen an die Balustrade, durch deren Streben man hinunter in die Diele schauen konnte, und verweilte hinter einem Mauervorsprung, sodass man sie von unten selbst bei einem Blick nach oben nicht sehen würde.

»Der nächste Transport startet heute Nacht«, sagte ihr Vater gerade zu den beiden Brodenbecks. »Natürlich ist es unter den gegebenen Umständen nicht einfach, die Waffen aus dem Ruhrgebiet heraus nach Berlin zu schaffen, aber schließlich hoffen die Freikorps dort auf unsere Unterstützung, und das dringender denn je. Zudem wäre es fatal, wenn auch diese Waffen den Alliierten oder gar den Aufständischen in die Hände fallen würden. In Berlin können wir sie allemal besser gebrauchen, als dass sie der Entmilitarisierung zum Opfer fallen oder im Namen der verfluchten bolschewistischen Revolution zum Einsatz kommen. Schließlich haben wir sie ganz sicher nicht zu diesen Zwecken produziert, sondern einzig und allein zur Verteidigung unseres Kaiserreiches. Und genau dafür gedenke ich sie in Berlin erneut einzusetzen. Ich hoffe doch sehr, dass Sie in der Hauptstadt die notwendigen Vorbereitungen getroffen haben, werter Brodenbeck?«

»Selbstverständlich haben wir das«, bestätigte Hagen Brodenbeck. »Wie mir berichtet wurde, hat sich unser Mann pünktlich mit dem Lastkraftwagen auf den Weg gemacht. Er wird zur abgesprochenen Zeit am Treffpunkt sein.«

»Gesetzt den Fall, dass die roten Wegelagerer ihn nicht aufhalten«, ergänzte Eberhard.

»Dafür ist gesorgt«, beruhigte Heinz-Rudolf von Wolff ihn. »Nicht nur die Aufständischen sind gut organisiert, sondern auch wir.« Er lachte amüsiert. »Wenn diese Unholde wüssten, wie sie von uns hinters Licht geführt werden, dann würden sie heulen wie die Kinder.«

Elisabeth stockte der Atem. Ihr Vater ließ Waffen aus dem Ruhrgebiet nach Berlin schmuggeln? Was sie jedoch noch mehr entsetzte, war die Tatsache, dass er sich mit den Putschisten gemeinmachte, die versuchten, die hoffnungsvolle Entwicklung der noch so jungen Republik im Keim zu ersticken. In ewig gestriger Manier träumte er anscheinend davon, ihrem Staat nach dem Vorbild des Kaiserreichs zu neuer Blüte zu verhelfen. Dabei schien er jedoch zu übersehen, dass genau dieses Kaiserreich es war, das sie in diesen entsetzlichen Krieg geführt hatte.

Elisabeth stutzte, denn plötzlich verstand sie. Nein, korrigierte sie sich selbst, es ging keineswegs darum, dass ihr Vater es übersah, sondern darum, dass die Wiederbelebung der alten Zeiten sein erklärtes Ziel war! Daher auch der Waffenschmuggel! Brodenbeck und er waren nicht nur Unterstützer der aufrührerischen Aktivitäten des Militärs, sie waren sogar ein wichtiger Teil davon!

Die drei Herren übten sich noch für ein paar Minuten in Floskeln, dann verabschiedete sich der alte Brodenbeck mit den Worten: »Wir sollten zusehen, dass die Hochzeit unserer Kinder so rasch wie möglich vonstattengeht. Ich nehme an, dass das Fräulein Elisabeth bis dahin zur Vernunft gebracht wurde?«

»Wenn nicht, dann wird es mir ein echtes Vergnügen sein, sie als meine Ehefrau zur Vernunft zu bringen«, erklärte Eberhard, wofür er von ihrem Vater ein anerkennendes Schulterklopfen kassierte.

Elisabeth japste lautlos auf. Jetzt war es nicht nur eine Welle der Übelkeit, die sie erfasste, sondern regelrechte Panik. Es war unmöglich, dass sie diesen Mann heiratete, absolut unmöglich! Lieber würde sie ihrem Leben ein Ende setzen, als dass sie sich ihm auslieferte! Wenn es doch nur eine Möglichkeit gäbe, ihm zu entkommen und …

Der nächste Transport startet heute Nacht, hallten unversehens die Worte ihres Vaters in ihrem Kopf wider, gefolgt von Margaretes Worten *Da hilft nur auswandern*.

Und plötzlich formte sich in ihrem Kopf eine Idee.

Rasch stand sie auf, um nun ihrerseits tätig zu werden, doch traf sie an der nächsten Ecke auf Henrike, die mit gesenktem Haupt und nur in ihr Nachtgewand gekleidet den mit Teppich ausgelegten Flur entlangschlich.

»Was um alles in der Welt treibst du hier mitten in der Nacht?«, raunte Elisabeth dem Mädchen zu.

Henrike schlang die Arme um ihren schmalen Körper und begann zu zittern. »Bitte, entschuldigen Sie, gnädiges Fräulein«, wisperte sie. »Ihr Herr Vater hat mir aufgetragen, zu dieser Stunde zu ihm zu kommen.«

Elisabeth traf die Erkenntnis, dass sie nicht die Einzige in diesem Haus war, die ein Problem hatte, wie ein Faustschlag. Wenn sie die Villa verließ, dann konnte sie Henrike unmöglich zurücklassen. Das Mädchen weiterhin der Lüsternheit ihres Vaters preiszugeben, wäre ihr wie ein Verrat an allen Frauen vorgekommen, die sich der Willkür herrschsüchtiger Männer ausgesetzt sahen.

Als sie nun Schritte auf der Treppe hörte, raunte sie Henrike zu: »Rasch, geh in mein Zimmer, verriegele die Tür und öffne sie nicht, bis ich zurückkomme. Ich werde viermal klopfen, dann weißt du, dass wirklich ich es bin.«

In Henrikes Augen stand nun das nackte Entsetzen. »Aber … aber wenn Ihr Herr Vater …«

»Wir verschwinden noch heute Nacht aus diesem Haus, Henrike, du und ich. Bitte stell jetzt keine Fragen, hörst du, ich erkläre dir alles später. Also, schnell jetzt, bevor Vater uns hier sieht!«

Henrike nickte, dann rannte sie los. Und auch Elisabeth machte sich ans Werk, als sie nun die Schritte ihres Vaters in anderer Richtung verhallen hörte.

* * *

Karl sah die weißen Lichter des Lkw durch das Dunkel des Waldes aufleuchten. Im Kegel der Scheinwerfer stoben, wie auf Schnüre aufgezogen, feine Regentropfen von rechts nach links. Die Äste der noch kahlen Bäume warfen schaurige Schatten, so als würden plötzlich Hunderte knöchrige Finger nach ihm greifen. Er zuckte zusammen, als irgendwo ein Schwarm aufgeschreckter, in ihrer Nachtruhe gestörter Vögel davonflog. Oder waren es Fledermäuse? Egal. Wichtig war lediglich, dass das Warten nun endlich ein Ende hatte. Schon mehrfach war er, auf einer der Kohlekisten sitzend und an einen Baumstamm gelehnt, weggenickt. Seit Ausbruch der Revolte hatte er kaum ein paar Stunden Schlaf bekommen, was sich inzwischen bemerkbar machte. Derart erschöpft hatte er sich zuletzt an der Front gefühlt, als ihn Angst und Kälte nicht schlafen ließen. Zudem war es eine lausig kalte Nacht mit immer wieder einsetzendem Sprühregen. Eine Nacht, in der man nicht einmal einen Hund vor die Tür gejagt hätte.

Aber immerhin war das alles hier für eine gute Sache, redete er sich ein, wenn ihn Müdigkeit und Verzweiflung einmal mehr übermannten. Genauso wie ihre Revolution eine gute Sache war, für die dieser Tage etliche ihrer tapferen Männer und Frauen ihr Leben riskierten oder gar hingaben.

Wie das schwarze Gold aus ihrem Pütt dafür Sorge tragen würde, dass die Bevölkerung in Berlin nicht mehr fror, so würde die Revolution dafür sorgen, dass den von Krieg und Ausbeutung zermürbten Menschen nach langen Jahren und Jahrzehnten des Darbens endlich Gerechtigkeit widerfuhr.

Der Lkw rumpelte heran, bäumte sich über Baumwurzeln kurz auf, wurde von Ästen gepeitscht und kam schließlich direkt vor Karl zum Stehen. Einen abgelegeneren Platz als diesen hätte Heinrich Veltin für diese Aktion kaum finden können.

Als Karl hier ankam, hatte er die rund fünfzig Kisten mit der Kohle bereits vorgefunden. Er hatte keine Ahnung, woher genau sie kamen oder wer sie hier anlieferte, und er wollte es auch gar nicht wissen. Je weniger Details ein jeder von ihnen kannte, desto sicherer für alle. Sollte die interalliierte Militärkommission Wind davon bekommen, was hier geschah, würde kein Beteiligter mit Gnade rechnen können. Also war es besser, Augen und Ohren so weit es ging geschlossen zu halten und einfach nur seine Arbeit zu verrichten.

Von dem Geld, das Karl nun schon seit geraumer Zeit damit verdiente, hatten sie für Annemarie Medikamente kaufen sowie die Familie und etliche Nachbarn – darunter auch Hedwig und Clara – in den letzten Monaten gut versorgen können. Und wenn ihre Revolution in den nächsten Tagen und Wochen erst einmal richtig an Fahrt aufnahm, dann würde er von dem verdienten Geld auch noch für die Ruhrarmee etwas abzwacken können. Ja, diese Arbeit zu haben, war für alle von Vorteil und gewiss nichts Ehrenrühriges, also würde er jetzt all seine verbliebenen Kräfte sammeln, um die kostbare Kohle sicher nach Berlin zu bringen. Vielleicht würde er ja auf der Fahrt dorthin ein bisschen Schlaf finden können.

Der Motor des Lkw erstarb, gleich darauf ging die Tür auf, und ein Mann sprang heraus.

»Mann, wat is dat kolt hier«, sagte dieser, bevor er auf Karl zuging und ihm die Hand schüttelte. »Hallo, ich bin Jan.«

»Klaus«, stellte sich Karl vor, denn man hatte ihm eingeschärft, seinen Kollegen gegenüber nie seinen richtigen Namen zu nennen. Insofern ging er davon aus, dass auch Jan nicht der wirkliche Name des Ankömmlings war. »War das Berlinerisch, was du gerade gesprochen hast?«

»Wat?«

»Na ja, es hat ein wenig geklungen wie ›Mann, ist das kalt hier‹, aber doch nicht so ganz.«

»Nee, war kein Berlinerisch«, erklärte Jan, ließ es jedoch dabei bewenden. »Wie viele Kisten sind es diesmal?«

»Rund fünfzig, schätze ich.«

»Gut, dann lass uns loslegen. Wird sowieso schon knapp, wenn wir pünktlich in Berlin ankommen wollen.«

Jans Aussprache erinnerte Karl an Enna, und er war sich jetzt ziemlich sicher, dass er aus Norddeutschland kam. Da er aber keine Fragen stellen wollte, beließ er es dabei, es einfach nur für sich festzustellen und sich daran zu erfreuen, sich mit jedem Satz, den Jan sprechen würde, seiner großen Liebe ein wenig näher zu fühlen.

Schweigend luden Karl und Jan die nass geregneten Kisten auf die Ladefläche. Beide gerieten sie trotz Kälte und Nässe ordentlich ins Schwitzen, und so waren sie froh, als sie die Ladung schließlich gesichert hatten und im Führerhaus Platz nehmen konnten. Karl würde Jan nach Berlin begleiten und am nächsten Tag den leeren Lkw wieder zurückfahren, um ihn dem nächsten Fahrer zu übergeben.

Eigentlich hatte Karl ein wenig mit Jan, der sich bereit erklärt hatte, das Steuer zu übernehmen, plaudern wollen, um ihn wach zu halten. Auch der sah nämlich nicht so aus, als hätte er in der letzten Zeit besonders viel Schlaf bekommen. Kaum aber, dass sie den Wald verlassen hatten und auf einer befestigten Straße fuhren, fielen ihm vor Erschöpfung die Augen zu.

Plötzlich – er wusste nicht zu sagen, wie viel Zeit vergangen war – wurde er unsanft aus dem Schlaf gerissen. Eine von Jan hingelegte Vollbremsung, deren Kreischen ihm in den Ohren nachklang, hatte ihn mit dem Kopf voran gegen die Windschutzscheibe geschleudert. »W-was war denn das?«, stammelte er, während er sich den dröhnenden Schädel hielt. Als ihm klar wurde, dass er sich auf der Fahrt nach Berlin befand, schaute er sich gehetzt um. Sie standen ganz offensichtlich am Rand einer kleinen Ortschaft, deren Häuser im blassen

Mondlicht, das gerade durch die Wolken hindurchschimmerte, nur schemenhaft zu erkennen waren. »Sind sie da?«, fragte er mit Panik in der Stimme. »Haben uns die Franzmänner erwischt?«

»Nee«, sagte Jan.

Karl atmete erleichtert aus und schloss mit einem Stöhnen die Augen. Nach der Kollision sah er nichts außer auf und ab tanzende Sterne. Er hoffte, dass sich dies sehr bald wieder geben würde, denn schließlich musste er übermorgen wieder kampfbereit sein. »Was war es denn dann?«, fragte er. »Nun sag bloß nicht, ein Reifen ist geplatzt oder der Motor verreckt.«

»Nee.«

Karl linste Jan aus einem halb geöffneten Auge an. »Scheiße, Mann, redest du immer so viel?«

»Guck einfach richtig hin, dann siehst du es schon.«

»Ja, Mann, sehr witzig«, schimpfte Karl. »Knall du mal mit voller Wucht mit dem Kopf gegen die Scheibe, dann möchte ich dich mal …« Er stockte, als er nun tatsächlich die Augen öffnete und Jans Finger folgte, der nach vorn deutete. »Was ist das denn, verdammt?«

»Wonach sieht's denn aus?«

Karl brachte sein Gesicht dicht an die beschlagene Windschutzscheibe heran, wischte mit der Hand die Feuchtigkeit weg – und erstarrte. Im Kegel des Scheinwerfers standen zwei Frauen, eine davon in einen roten Mantel gehüllt. Neben ihr stand ein kleiner Koffer. Die Frauen blinzelten, mit einer Hand die Augen vor dem grellen Licht schützend, zu ihnen herüber.

»Elisabeth?«, krächzte er entsetzt.

* * *

»Karl?« Auch Elisabeth hätte nicht verdutzter sein können, als sie sich wenig später in Regen und Kälte gegenüberstanden. Um sie herum war nichts als schwarze Nacht, unterbrochen lediglich vom Licht der Scheinwerfer. Die Ortschaft war noch weit genug entfernt, als dass jemand durch sie hätte geweckt werden können. Es blieb dennoch zu hoffen, dass sich niemand zu nachtschlafender Zeit draußen herumtrieb, denn was sie jetzt absolut nicht gebrauchen konnten, waren Zeugen des Geschehens.

»Ihr kennt euch?«, fragte Jan.

»Ähm …«

»Ähm …« Verlegen strich sich Karl den Regen aus dem Gesicht, dann sagte er nach einem Räuspern: »Wir … sind uns schon mal begegnet. Aber nein«, schob er eilends hinterher, »eigentlich kennen wir uns nicht.« Er schaute Elisabeth ins Gesicht. Auch sie sah reichlich verlegen aus. »Sie haben sich meinen Namen gemerkt.«

»Hätte sie das nicht sollen?« Jan schaute interessiert von einem zum anderen. Über den Namenswechsel von Klaus zu Karl zumindest schien er sich nicht zu wundern, auch wenn er sich vermutlich gewünscht hätte, in dieses Geheimnis nicht eingeweiht zu werden, zumal sich die Bedingungen dieses Transports soeben erheblich verkompliziert hatten. Aber wie würde er reagieren, wenn er erfuhr, wer hier, in dieser gottverlassenen Gegend, tatsächlich vor ihm stand?

»Nun, ich war dabei, als Sie sich unserem Butler vorgestellt haben«, sagte Elisabeth.

»Butler.« Jan musterte Elisabeth von oben bis unten, dann nickte er. »Jo, sieht so aus, als könnten Sie sich so was leisten.« Er deutete auf das Mädchen, das neben Elisabeth stand und bislang geschwiegen hatte. »Und wer ist die, die dich so stürmisch begrüßt hat?«

»Henrike«, antwortete Karl. Die völlig erschöpft wirkende Nachbarstochter war ihm wortlos in den Arm gefallen, als sie ihn erkannte, offensichtlich heilfroh, in tiefschwarzer Nacht auf jemanden zu treffen, der ihr vertraut war. Er schaute zu Elisabeth und sagte finster: »Wird der verehrte Herr Papa nicht böse sein, dass Sie ihm für diese Nacht sein Spielzeug weggenommen haben?«

Sowohl Elisabeth als auch Henrike zuckten unter diesen Worten wie unter Schmerzen zusammen.

»Was soll denn das nun schon wieder heißen?«, fragte Jan, als beide Frauen nur beschämt den Kopf senkten.

»Diese Dame hier ist die Tochter von Heinz-Rudolf von Wolff«, klärte Karl ihn auf, ohne seinen Blick von Elisabeth zu wenden. In dieser Situation war es wohl besser, seinem Kollegen sofort reinen Wein einzuschenken, denn wer wusste schon zu sagen, wohin dieses Schauspiel sie noch führen würde. Zwar konnte Karl sich kaum vorstellen, dass man Elisabeth als eine Art Spionin vorgeschickt hatte, denn das schien ihm dann doch zu absurd, vor allem, was den Ort des Zusammentreffens anging und noch dazu in Begleitung ihres Hausmädchens. Aber was zum Teufel hatten die beiden hier zu suchen? Misstrauisch ließ er nun seinen Blick in die Nacht hinaus schweifen. Versteckten sich hier womöglich irgendwelche Truppen, die gleich über sie herfallen würden? Aber warum sollte von Wolff jemanden schicken, um seinen eigenen Transport zu stoppen? Das alles ergab keinerlei Sinn!

»Was machen Sie hier?«, stellte Jan die einzig sinnvolle Frage. »Warum stellen Sie sich mitten in der Nacht auf die Straße? Noch dazu bei diesem Wetter! Ist Ihnen eigentlich klar, dass Sie jetzt tot sein könnten, hätte ich Sie durch die beschlagenen Scheiben nicht gerade noch rechtzeitig bemerkt?« Auch er schaute sich nun misstrauisch um. »Wenn dies eine Falle ist, dann sagen Sie es lieber gleich, damit ich wenigstens die Chance habe, mich in die Büsche zu schlagen.«

Täuschte Karl sich oder hatte aus Jans letzten Worten eine gewisse Belustigung gesprochen?

»Sie fahren nach Berlin«, erwiderte Elisabeth.

»Hat Ihr Vater Ihnen das verraten?«

»Nein. Ich habe es selbst herausgefunden, indem ich die Unterlagen meines Vaters studiert habe. Daher wusste ich auch, dass Sie genau hier vorbeikommen würden. Selbstverständlich weiß er nichts davon.«

»Ach ja? Nun wird's interessant.« Jan deutete auf den Lkw. »Trotzdem würde ich vorschlagen, dass wir uns ins Führerhaus setzen. Ist zwar nicht sonderlich bequem, aber immerhin einigermaßen trocken, solange der Wind nicht von der Seite kommt. Hier draußen holen wir uns noch den Tod.« Wie zur Unterstreichung seiner Worte schlug er jetzt die Arme vor dem Körper zusammen und begann, mit den Zähnen zu klappern. »Aber vermutlich ist das ohnehin längst geschehen.«

»Es sei denn, Sie trauen sich nicht mit uns hinein«, wandte sich Karl an Elisabeth.

»Warum sollte ich mich nicht trauen?«, erwiderte sie keck. »Genau das war doch meine Absicht. Oder glauben Sie, ich stehe jede Nacht hier herum und halte Lkw an?«

Karl und Jan schauten sich perplex an und zuckten mit den Schultern. Vielleicht war das junge Fräulein Wolff einfach nur verrückt geworden? Karl fügte für sich noch einen Gedanken hinzu: War sie womöglich seinetwegen hier? Nein, schüttelte er sogleich innerlich den Kopf. Ihr Erstaunen, als er so plötzlich vor ihr gestanden hatte, war echt gewesen. Und außerdem hätte es wahrlich passendere und auch angenehmere Orte für ein Wiedersehen gegeben. Ihre überraschende Begegnung in diesem piekfeinen Café fiel ihm ein. Aus irgendeinem Grund schien das Schicksal es darauf anzulegen, sie immer wieder zusammenzuführen.

»Wie sind Sie eigentlich hergekommen?«, fragte er auf dem Weg zum Wagen.

»Zu Pferd. Beide auf einem. Henrike kann nicht reiten.«

»Und wo ist es jetzt?«

»Ich habe es wieder nach Hause geschickt, es kennt den Weg.«

Das mochte ein Grund dafür sein, warum die Mäntel und auch die Stiefel der Frauen von oben bis unten mit Dreck bespritzt waren, dachte Karl. Aber warum um alles in der Welt hatte sie das Tier denn nicht bei sich behalten? Die Sache wurde immer seltsamer.

Der Platz im Lkw reichte kaum aus, um mit vier Personen bequem sitzen zu können, schon gar nicht, wenn man sich den Damen nicht ungebührlich nähern wollte.

»Nun sagen Sie schon, was Sie zu sagen haben«, knurrte Jan, der sich die eiskalten Hände rieb. »Wir haben uns hier schon lange genug aufgehalten und schaffen es sowieso nicht mehr pünktlich nach Berlin, schätze ich. Also?«

»Dann fahren Sie doch einfach los«, erwiderte Elisabeth. »Wir begleiten Sie nach Berlin.«

»Was?!« Karl und Jan starrten sie ebenso überrascht wie perplex an. »Sie machen Witze!«

»Glauben Sie mir, meine Herren, es ist keineswegs besonders lustig, sich nachts hier draußen aufzuhalten und auf einen Lastkraftwagen zu warten, der noch dazu zu spät ist.«

»Was … verdammt?!« Jan schien nun endgültig die Geduld zu verlieren. »Nun sagen Sie schon, was Sie zu sagen haben, und dann machen Sie, dass Sie dorthin zurückkehren, woher Sie gekommen sind!«

Elisabeth zog einen Schmollmund und verschränkte trotzig die Arme vor dem Körper, wobei Karl unsanft ihren Ellenbogen in den Rippen spürte. »Nun, nach Hause zurückkehren werde ich ganz sicher nicht. Und Henrike schon gerade gar nicht.« Sie sah Karl beschwörend an. »Das können auch Sie nicht wollen, oder? Also, fahren Sie los, und ich erzähle Ihnen eine Geschichte, die Sie ganz sicher interessieren dürfte.«

»Ihr Herr Vater lässt uns standrechtlich erschießen, wenn herauskommt, dass wir Sie nach Berlin entführt haben!«, empörte sich Karl.

»Ja, ich denke, das wird er tun«, lautete die knappe und nicht eben beruhigende Antwort. »Aber wenn Sie mich rauslassen und ich Alarm schlage, wird es Ihnen auch nicht besser ergehen. Ihre Wahl.«

Das einzig Gute an dieser skurrilen Situation war, stellte Karl fest, dass er nun wieder hellwach war. Ansonsten aber schien gerade alles einfach nur gründlich schiefzulaufen. So langsam hegte er Zweifel, dass er den nächsten Tag noch erleben würde.

Jan zögerte noch kurz, dann startete er nach einem Fluch, der ganz sicher nicht für die Ohren einer feinen Dame taugte, den Motor. Ratternd fuhr der Lkw wieder an, und sie setzten ihren Weg fort. »Möge Gott sich unser erbarmen«, murmelte er. Anscheinend traute auch er dem Braten noch nicht.

»Also, nun erzählen Sie schon«, brummte Karl. »Ihre Geschichte muss schon richtig gut sein, damit wir das alles für Sie in Kauf nehmen.« Es irritierte ihn, dass Elisabeth selbst in diesem desolaten Zustand, nämlich triefend nass und verschmutzt, noch äußerst entzückend aussah. Außerdem irritierte ihn die Nähe zu ihr, verströmte sie doch einen verführerisch guten Duft.

»Darf ich fragen, was Sie transportieren?«, fragte Elisabeth.

»Nein«, brummte Jan, der zum x-ten Mal mit dem Ärmel über die beschlagene Windschutzscheibe wischte, um überhaupt etwas sehen zu können. »Sie sollen Ihre Geschichte erzählen und keine Fragen stellen, verdammt!«

»Die Frage ist der wichtigste Teil meiner Geschichte«, widersprach Elisabeth. »Also?«

»Kohlebriketts«, brummte Karl, »aber ich denke, das wissen Sie schon, wenn Sie in den Unterlagen Ihres Vaters herumgeschnüffelt haben. Und außerdem, was sollte es sonst sein, denn schließlich ist das sein Geschäft.«

»Kohlebriketts, soso.«

»Ja. Sie sind für die frierenden Menschen in Berlin, ein Akt der Solidarität.«

Karl fragte sich, warum ihn nun nicht nur Elisabeth, sondern auch Jan mit gerunzelter Stirn ansah.

»Ein Akt der Solidarität? Das hat man Ihnen also erzählt? Sind Sie immer so naiv?« Elisabeth schnaubte. »Darf ich raten: Es war Heinrich Veltin, der Ihnen dieses Ammenmärchen erzählt hat? Haben Sie sich deswegen mit ihm im Café getroffen?«

»Ammenmärchen?« Karl horchte auf.

»Mein Vater hat noch nie auch nur einen Gedanken an Solidarität verschwendet«, sagte Elisabeth. »Ich nehme an, dass Sie für diese Fahrten nach Berlin unverschämt viel Geld von ihm bekommen?«

Karl zog verärgert die Stirn in Falten. »Unverschämt viel Geld? Und das sagen ausgerechnet Sie? Hören Sie mal …!«

»Sie wissen, dass ich es so nicht gemeint habe«, unterbrach Elisabeth ihn. Dann hob sie den Blick und sah ihn an, wobei ihr Gesicht recht nahe an dem seinen war. Viel zu nahe, wie er fand. »Es sind Waffen, Karl. Dieser Lkw, den Sie mit solidarisch geschwellter Brust nach Berlin fahren, ist voller Waffen.«

»Sie reden Unsinn.«

»Nein, tut sie nicht«, mischte sich Jan ein.

Nun war es an Elisabeth, Jan erstaunt anzusehen. »Sie wissen davon?«

Jan schien sich für einen Moment unsicher, was er darauf antworten sollte. Anscheinend traute er Elisabeth noch immer nicht über den Weg. »Deswegen bin ich hier«, sagte er, fügte aber rasch hinzu: »Weniger, um Ihrem Herrn Vater zu schaden, als seinem Geschäftspartner, Hagen Brodenbeck, wie ich betonen möchte. Ich weiß nicht, ob Sie Herrn Brodenbeck …«

»Nun, Sie dürfen beiden schaden«, ließ Elisabeth ihn nicht ausreden. »Oder weshalb, glauben Sie, sitze ich hier bei Ihnen im Lkw?«

»Aber …«

Elisabeth hob die Hand. »Ich habe meine Gründe. Mehr müssen Sie nicht wissen, meine Herren. Aber in einer Sache können Sie sich ganz sicher sein: Je schneller den beiden das Handwerk gelegt wird, desto lieber ist es auch mir. Davon, ob uns dies gelingt, hängt meine ganze Zukunft, ja, ich möchte fast behaupten, mein Leben ab und auch das von Henrike. Also, wie gehen wir vor?«

»Waffen.« Karl fühlte sich, als habe es ihn erneut vor die Windschutzscheibe geschleudert. In seinem Kopf war ein einziges Rauschen. Das durfte, nein, das konnte doch nicht wahr sein! Sollte Veltin ihn denn wirklich so schamlos hintergangen haben?

»Ja, Waffen«, bestätigte Jan. »Ob du's glauben willst oder nicht, Klaus. Karl. Klaus-Karl.« Für einen Augenblick erschien ein Grinsen auf seinem Gesicht. »Wie auch immer. Brodenbeck ist einer der größten Waffenproduzenten Deutschlands mit Sitz in Berlin. Wir haben herausgefunden, dass er mit der Unterstützung von Heinz-Rudolf von Wolff seit Monaten Waffen aus dem Ruhrgebiet schmuggelt, um sie nicht in die Hände der Entente fallen zu lassen. Aber ganz aktuell auch noch aus einem anderen Grund.«

»Und der wäre?« Karl zitterte plötzlich am ganzen Leib, wobei er nicht zu sagen vermochte, ob es von dem schieren Entsetzen oder nur von der Kälte herrührte.

»Der Putsch«, antwortete Elisabeth. »Er unterstützt mit den Waffen die Freikorps, mit denen sowohl Brodenbeck als auch mein Vater sympathisieren und die derzeit versuchen, in Berlin die Macht an sich zu reißen.«

»Und auch bei uns im Revier«, schlussfolgerte Karl, wobei er mehr zu sich selbst sprach. *Auch das sind deine Kameraden, die dort bei Eiseskälte im Generalstreik ausharren. Sie zählen auf Männer wie dich, Karl,* hörte er Veltins Stimme wie ein Echo in seinem Kopf. Ihm wurde schlecht, als ihm klar wurde, dass er mit dieser Arbeit nicht nur all seine treuen Kameraden der Ruhrarmee, sondern auch all jene verraten hatte, die in Berlin und im Rest des Landes für eine bessere und gerechtere Zukunft einstanden. »Ich will es sehen«, sagte er.

»Was willst du sehen?«, fragte Jan.

»Die Waffen. Ich muss sie mit eigenen Augen sehen, sonst kann ich es nicht glauben.«

»Vergiss es«, knurrte Jan. »Wir sind ohnehin schon viel zu spät … obwohl …« Er stutzte, dann trat er ohne Ankündigung auf die Bremse. Wieder katapultierte es Karl nach vorn, doch saßen er und Elisabeth so dicht aneinandergedrängt, dass sie sich gegenseitig davor bewahrten, mit der Windschutzscheibe zu kollidieren. »Nun gut«, sagte Jan, »es gibt nun wirklich keinen Grund mehr, sich zu beeilen. Also sehen wir uns hinten mal um. Ich denke, hier draußen, wo weit und breit kein Haus, sondern nur schwarzer Wald zu sehen ist, ist ein guter Platz dafür. Sollten es wirklich Waffen sein, die wir geladen haben – woran ich keinen Augenblick gezweifelt habe –, dann müssen wir als Nächstes überlegen, wie wir weiter vorgehen.« Er schenkte Elisabeth einen anerkennenden Blick. »Wie mir scheint, schickt Sie der Himmel. Unsere Sache braucht so mutige Menschen wie Sie.«

Aus irgendeinem Grund störte es Karl, dass Jan mit Elisabeth plötzlich so vertraut tat. »Wenn wir dann endlich nachschauen könnten«, knurrte er. Er griff an Elisabeth vorbei und öffnete die Tür. »Bitte nach Ihnen. Henrike, du bleibst hier.«

Mit dem passenden Werkzeug, das Jan für alle Fälle parat hatte, und einer mitgeführten Taschenlampe gestaltete es sich nicht allzu schwierig, eine der Kisten auf der Ladefläche zu öffnen.

»Kohlebriketts«, stellte Karl fest, als Jan den Deckel der Kiste anhob. Er schaute mit finsterem Blick von einem zum anderen. »Es sind tatsächlich Kohlebriketts. Ich weiß ja nicht, was hier gespielt wird, aber …«

Jan stoppte ihn mit einer Geste und begann, die Kohlebriketts aus der Kiste zu befördern. Er brauchte nur wenige Schichten abzutragen, bis darunter eine neuerliche Kiste zum Vorschein kam. Auch von dieser stemmte er den Deckel auf.

Der Anblick, der sich Karl nun bot, ließ ihn nach Luft schnappen. »Das sind 7.92-Millimeter-Mauser, wie wir sie an der Front hatten«, sagte er heiser. »Dazu Stabgranaten und Mörser.« Er schluckte schwer. »Ihr hattet verdammt noch mal recht.«

»Und nun?« Jan, der sich tatsächlich nicht über den Fund zu wundern schien, sah fragend zu Elisabeth.

»Bevor wir die Ladung an dem vorgesehenen Ort abliefern, sollten wir die richtigen Stellen informieren«, schlug sie vor.

»Sie meinen die interalliierte Militärkommission?«

»Zum Beispiel. Aber ganz egal, wen wir informieren, wir müssen natürlich zunächst sicherstellen, dass wir selbst straffrei davonkommen, wenn die Ladung konfisziert wird. Möchte nicht wissen, was uns ansonsten blühen würde.«

Jan nickte. »Nun, meine Leute würden uns bestimmt …«

Elisabeth hob die Hand. »Es liegt mir fern, Sie zu beleidigen, meine Herren, aber ich möchte Sie doch bitten, dies mir zu überlassen. Ich habe Freunde in Berlin mit entsprechenden Beziehungen bis in die höchsten Kreise und auch zu den Alliierten, die ich um Unterstützung bitten werde.«

»Das dauert doch viel zu lange«, erwiderte Karl. »Wenn wir mit dem Lkw nicht pünktlich dort sind, wohin man uns bestellt hat, dann …«

Elisabeth verdrehte die Augen. »Haben Sie denn gar keine Fantasie? Erfinden Sie eine Panne, irgendetwas, das mit dem Lkw nicht stimmt. Kündigen Sie Ihre Ankunft für später an. Ich wette, so was passiert jeden Tag und erregt keinerlei Verdacht.« Sie seufzte. »Und Ihren Lohn für diese Fuhre werden Sie ohnehin nicht mehr erhalten, fürchte ich.«

»Und Sie sind sich ganz sicher, dass Sie das alles auf sich nehmen wollen?«, fragte Jan. »Für Sie wird sich alles ändern, wenn Brodenbeck und Ihr Vater in Ungnade fallen.«

Elisabeth lächelte. »Ja, genau, für mich würde das alles ändern«, wandelte sie seine Aussage im Detail ab.

»Sie sind eine mutige Frau«, sagte Jan anerkennend.

»Wie gesagt, für mich und Henrike geht es um alles. Uns bleibt gar nichts anderes übrig, als mutig zu sein.« Sie schwieg für einen Moment, musste sich offensichtlich sammeln. »Gut«, sagte sie dann mit fester Stimme, »fahren wir also weiter nach Berlin und bringen die Sache zu einem guten Ende.«

* * *

»Was ist das?« Skeptisch ließ Janno, der für seine Begleiter immer noch Jan hieß, seinen Blick die regennasse Straße rauf und runter wandern. Dies war ein Stadtteil Berlins, den er noch nicht kannte. Es war bereits gegen Mittag, doch herrschte hier kein allzu reger Verkehr. Vielmehr schien dieser Straßenzug wie ausgestorben, lediglich ein paar Straßenfeger kehrten Müll und Unrat zusammen und schaufelten alles in ihre Schubkarren. An den Fassaden der zumeist mehrgeschossigen Häuser blinkte hier und da eine Leuchtreklame, wie sie durch die voranschreitende Elektrifizierung gerade in Mode kam. An den Scheiben so manchen Gebäudes waren Bilder nur spärlich bekleideter Damen angebracht. Aus einem dieser Gebäude torkelten gerade zwei grell geschminkte, mit Federboa dekorierte Frauen heraus, grässlich schief singend und ganz offensichtlich betrunken. »Und Sie sind sich sicher, dass uns ausgerechnet hier geholfen werden kann?«

Elisabeth nickte, auch wenn ihr in dieser Umgebung ebenfalls ein wenig mulmig zu sein schien. Sie deutete auf eine leuchtend rote Tür mit dem Schriftzug *Trudes Perle*. Die Sprossenfenster dieses dreigeschossigen Gebäudes waren mit schweren Vorhängen verhüllt. »Dies ist das Lokal von Margaretes Freundin Gertrud.« Sie schaute zum Lkw hinüber, auf dessen Sitz Henrike lag und schlief. »Ich gehe jetzt zu Gertrud hinein und bitte sie, uns zu helfen. Sie beide, Karl und Jan, bleiben am besten bei Henrike. In diesem Viertel ist es nicht ratsam, ein junges Mädchen sich selbst zu überlassen.«

Karl protestierte. »Diese Kaschemme hier ist ganz gewiss keine Lokalität, die eine Frau wie Sie allein betreten sollte! Selbstverständlich werde ich Sie begleiten.«

Elisabeth verdrehte die Augen. »Nun haben Sie sich doch nicht so, Karl! Ich bin schon groß und kann auf mich selbst aufpassen. Und glauben Sie mir, wenn sich Gertrud dadrinnen aufhält, wird sich mir sowieso keiner nähern, dem sein Leben lieb ist.«

»Klingt nicht gerade nach einer Frau meines Geschmacks«, brummte Janno.

»Und wenn Gertrud nicht mehr da ist?«, ließ Karl nicht locker. »Oder wohnt sie womöglich auch noch hier?«

Elisabeth lachte. »Nein, das wäre ganz sicher nicht ihr Stil. Aber Margarete sagte mir, dass sich Gertrud meistens bis zur Mittagszeit hier aufhält. Und falls sie wider Erwarten nicht mehr hier ist«, sie wedelte mit einem Zettel, »fahren wir zu ihrer Villa.«

»Villa?«, fragte Janno verdutzt.

»Villa«, bestätigte Elisabeth. »Sie würden sich wundern, welchen Lebensstil sie pflegt.« Ohne noch länger zu zögern, lief sie auf die knallrote Tür zu und war im nächsten Moment hinter ihr verschwunden.

»Geh du zu Henrike, Jan«, brummte Karl. »Ich bleibe lieber an der Tür stehen. Man weiß ja nie.«

Karls Sorge war unbegründet, denn es dauerte gar nicht lange, bis Elisabeth wieder auf die Straße trat.

»War Gertrud nicht da?«, fragte Karl.

»Doch. Aber sie ist schnell von Begriff. Es hat keiner langen Erklärungen bedurft, bis sie mir zusagte, sich zu kümmern.«

Karl blieb skeptisch. »Und bis wohin genau könnte der Einfluss einer Dame reichen, die ein solches Etablissement führt?«

Elisabeth zwinkerte ihm zu. »Was glauben denn Sie, Karl, wer in einem solchen Etablissement ein und aus geht? *Trudes Perle* ist alles andere als eine gewöhnliche Kaschemme. Hier trifft sich alles, was Rang und Namen hat, um sich ein wenig zu amüsieren. Und glauben Sie mir, es sind nicht nur die deutschen Männer, die in diesen schwierigen Zeiten einer gewissen Art von … sagen wir mal … Unterhaltung nicht abgeneigt gegenüberstehen.«

Karl räusperte sich. »Verstehe. Und wie geht es jetzt weiter?«

Auch Janno hatte sich nun wieder zu ihnen gesellt, während Henrike nach wie vor schlief. »Das wüsste ich auch gern«, sagte er.

»Gertrud lädt uns in ihre Villa ein. Dort können wir uns aufwärmen und etwas essen.« Elisabeth rieb sich den Bauch. »Ich weiß ja nicht, wie es Ihnen geht, aber ich sterbe fast vor Hunger.«

»Und was ist mit dem Lkw?«

»Der bleibt hier stehen.« Elisabeth lächelte zufrieden. »Ich bin mir sicher, die interalliierte Militärkommission wird sich in Kürze seiner annehmen. Es wäre allerdings besser, wenn wir dann nicht mehr hier sind.«

»Gertrud hat auch Kontakte zu den Alliierten?«, wunderte sich Janno.

»Wie ich Karl gerade schon sagte: Es sind nicht nur die deutschen Männer, die in *Trudes Perle* ein und aus gehen. Gemeinsam haben Gertruds Kunden, dass sie unerkannt bleiben wollen. Nun, und in Fällen wie diesen weiß Gertrud das zu ihren, beziehungsweise heute zu unseren Gunsten zu nutzen. Also, ich würde sagen, wir machen uns auf den Weg zur Villa. Gertrud hat hier noch zu tun, wird jedoch bald nachkommen.«

»Wird man uns denn in der Villa einfach so empfangen?«, fragte Karl.

»Man kennt mich dort, und das Personal ist es gewohnt, keine Fragen zu stellen. Außerdem verfügt Gertrud über einen Fernsprechapparat, sowohl hier als auch in der Villa. Sie gibt ihrem Personal Bescheid, dass wir auf dem Weg sind.«

Janno überlegte kurz, dann jedoch schüttelte er den Kopf. »Ihr könnt es gern so machen, aber ich werde zu meinen Leuten gehen. Fritze und Lotte sitzen bestimmt wie auf heißen Kohlen, weil ich längst zurück sein müsste. Ich will sie nicht länger im Unklaren lassen.«

»Nun gut, dann werden sich unsere Wege also hier trennen«, sagte Elisabeth. »Wo treffen wir uns später wieder?«

Janno nannte ihr seine Adresse, dann gingen sie ihrer Wege.

* * *

Sie standen, jeweils eine glimmende Zigarette in der Hand, in einiger Entfernung zum Fabriktor, als ein ungefähr zwanzigköpfiger Trupp der interalliierten Militärkommission, verteilt auf drei Lastkraftwagen, auf das Gelände der *Brodenbeckschen Waffenfabrik* einfuhr. Für Janno, Fritze und Lotte war es besser, nicht gesehen zu werden, während man die Räume der Fabrik durchsuchte und Hagen Brodenbeck zum Verhör abführte, also taten sie möglichst unbeteiligt. Sie wussten, in Duisburg würde bei Heinz-Rudolf von Wolff gerade das Gleiche geschehen – und sie hofften sehr, dass sich so viele Beweise für den monatelangen Waffenschmuggel finden ließen, dass es für einen längeren Gefängnisaufenthalt der Herren Direktoren reichen würde. Vor allem aber hofften sie, dass sich diesmal deren Kontakte zu Politik und Militär als nicht mächtig genug herausstellen würden, einen Skandal noch im letzten Moment abzuwenden.

»Gute Arbeit.« Lotte nickte anerkennend. »Und das schon nach der ersten Nacht, da wir unseren Janno in die Höhle des Löwen geschickt haben. Respekt, Herr Ulferts, Respekt!«

»Tja, man soll ja bekanntlich den Tag nicht vor dem Abend loben, aber ganz egal, was letztlich dabei herauskommt, es war ein großer Coup.« Fritzes Grinsen schien schon seit Stunden nicht mehr aus seinem Gesicht verschwinden zu wollen.

»Ich sage es noch mal«, wiegelte Janno ab, »ohne Elisabeth von Wolff und die Unterstützung von Karl hätte auch mir dieser Coup nicht gelingen können. Zumindest wäre ohne sie wohl nichts so glatt verlaufen, wie es nun der Fall ist. Elisabeth hat nicht übertrieben, als sie sagte, sie habe Kontakte bis in die höchsten Kreise. Ich bin wirklich gespannt darauf, ihre Freundin Gertrud, die all das hier innerhalb kürzester Zeit in Gang gesetzt hat, kennenzulernen. Sie muss definitiv die richtigen Leute kennen.« Er zwinkerte Fritze schelmisch zu. »Für das Fortkommen von *Janulf & Partner* dürfte der Kontakt zu den kapitalistischen Kreisen dieser Stadt ein wertvoller sein.«

»Elender Verräter«, entgegnete Fritze, doch auch in seinen Augen lag der Schalk. »Aber solltest du tatsächlich in absehbarer Zeit bei denen da oben mitspielen, dann vergiss dennoch deine Freunde nicht. Du weißt, dass auch der Kampf für unsere Sache eine recht kostspielige ist und wir uns über jede finanzielle Zuwendung freuen.«

»Gut, dann vertrauen wir mal darauf, dass sich die Alliierten nicht von Brodenbeck und von Wolff einwickeln lassen«, sagte Janno. Er drückte seine Zigarette an einer Mauer aus. »Ich für meinen Teil gehe jetzt zu meiner Schwester Enna, um zu sehen, wie es ihr nach dem Unfall ihres Gatten geht. Gott sei Dank hatte sich Edith bereit erklärt, sich während meiner Abwesenheit um sie und das Kind zu kümmern, nachdem ich ihr erläutert hatte, worum es geht. Jetzt aber wird es Zeit, dass ich ihr von unserem Erfolg berichte. Ich denke, es wird sie aufmuntern, denn auch sie hat schon lange auf eine Gelegenheit gewartet, es ihrem Vater heimzahlen zu können.«

»Was ist mit deinem neuen Freund Karl? Ist er bereits wieder abgereist?«, fragte Lotte.

»Nein. Gertrud hat ihn und Elisabeth genötigt, bei ihr ein heißes Bad und eine Mütze Schlaf zu nehmen. Sie waren am Ende ihrer Kräfte nach dem Höllenritt. Zumal Karl ja im Ruhrgebiet seit Tagen gegen die nationalsozialistischen Einheiten kämpft.«

»Dieser Karl scheint mir ein sympathischer Bursche zu sein«, konstatierte Fritze. »Ich hoffe, dass ich noch Gelegenheit bekomme, ihm meinen Dank auszudrücken für das, was er und die Seinen derzeit im Kohlerevier leisten.«

»Wir werden sehen.« Janno warf einen letzten Blick durch das Tor der Brodenbeck'schen Fabrik. Auf dem Gelände herrschte nun ein ziemliches Gewusel, alles schien in hellster Aufregung. Gut so, denn das ließ hoffen, dass die Alliierten eine gute Arbeit machten. »Bis später dann«, sagte er zu Fritze und Lotte, dann machte er sich auf den Weg.

Ein Lächeln ging über sein Gesicht, als er rund eine Stunde später bei seinem Zuhause ankam und zweier Gestalten gewahr wurde, die vor dem Torbogen zu den Hinterhöfen auf und ab gingen. Er hob den Arm und winkte. »Karl, Fräulein von Wolff, wie schön, dass Sie noch einmal den Weg zu mir gefunden haben!«

»Nun, das haben wir nicht«, erwiderte Karl mit einem Grinsen. »Genau das ist der Grund, warum wir noch hier auf der Straße herumlungern.« Er deutete über die Schulter zurück. »In diese düsteren Höfe traut sich doch selbst an einem so sonnigen Tag wie dem heutigen niemand hinein. Bei uns in Duisburg gibt es auch finstere Ecken, das hier aber übertrifft alles, was ich bisher kannte.«

Janno lachte. »Dabei haben Edith und ich uns schon verbessert, indem wir hierhergezogen sind. Hatten wir früher noch Ratten, Wanzen und Schaben als Hausgenossen, so sind es heute nur noch Schaben, Wanzen und Ratten.«

Karl grinste. »Klingt vielversprechend. Also doch fast wie zu Hause.«

Elisabeth hingegen war bei Jannos Worten blass geworden. »Das kann nicht Ihr Ernst sein, Jan.« Anscheinend fehlte ihr die Fantasie, dass es Leute geben könnte, die tatsächlich unter solchen Umständen hausten.

Janno zuckte mit den Schultern. »Nun, Sie werden es gleich sehen, das wahre Leben, Fräulein von Wolff. Gesetzt den Fall, dass Sie sich jetzt überhaupt noch hineintrauen.« Er sah sich um. »Wo ist eigentlich Henrike?«

»Wir haben sie bei Gertrud gelassen, da ist sie bestens aufgehoben«, antwortete Karl. Während er Elisabeth nun ein paar aufmunternde Worte sagte, musterte Janno die beiden. Bei Tageslicht und nach Vollbad und Schlaf sahen sie schon viel annehmbarer aus, als Janno sie in Erinnerung hatte. Hatte er Elisabeth bislang nur durchnässt, verdreckt und reichlich zerzaust erlebt, so musste er jetzt feststellen, dass sie ein äußerst attraktives Frauenzimmer war. Sie trug nun zwar einen deutlich schlichteren Mantel als noch in der Nacht, aber auch dieser stand ihr ausgezeichnet. Womöglich hatte sie ihn sich von Gertrud geliehen. Auch zwischen Elisabeth und Karl fiel ihm eine gewisse Energie auf, die darauf hindeute, dass sich die beiden keineswegs neutral gegenüberstanden. Ob sie dies selbst schon wussten?

»Also, wie sieht's aus? Ich müsste jetzt dringend nach meiner Schwester sehen, deren Gatte gestern verunglückt ist.«

»Ach herrje, das ist wirklich schrecklich!« Elisabeth sah ihn voller Mitgefühl an. »Ich hoffe doch, es ist nichts wirklich Schlimmes?«

»Doch, ich fürchte, das ist es.« *Oder auch nicht*, fügte Janno in Gedanken hinzu, doch das auszusprechen, wäre pietätlos und ganz sicher auch eine Sünde gewesen.

»Und dennoch sind Sie zu uns ins Revier gefahren, um den Auftrag auszuführen?«

»Auch wenn es hart klingt: Es gibt Dinge, die müssen hintenanstehen, wenn es um etwas Größeres geht«, erwiderte Janno, und Karl nickte zustimmend.

Janno lief den beiden voraus in den dunklen Schacht des Hinterhofs hinein, in dem selbst im Sommer die Sonne nie schien. Sie gingen an den kärglichen Resten eines Holz- und Brikettlagers sowie an einer Gruppe zerlumpter Kinder vorbei, die zwischen wüsten Schuttansammlungen Ringelreihen spielten. Auf einer niedrigen Mauer saßen zwei dürre Gestalten mit grauen, faltigen Gesichtern und schauten ihnen aus trüben Augen hinterher.

Als sie nun in einen Hauseingang traten, schlug sich Elisabeth sogleich ein Tuch vors Gesicht, denn hier stank es nach gegorenem Urin, fauligem Obst und feuchten Kleidern. Während sie die unebenen Stufen in den dritten Stock nahmen, kam ihnen abwechselnd ächzend und fluchend eine alte Frau entgegen, deren Emaillekannen mit jedem Schritt gegen das eiserne Geländer schlugen.

»Mein lieber Gott im Himmel«, stöhnte Elisabeth näselnd hinter ihrem Tuch hervor, als Janno schließlich vor einer Wohnungstür haltmachte, »wie ist es denn nur möglich, dass man Menschen schlimmer als Vieh zusammenpfercht?!«

»Vielleicht verstehen Sie jetzt, wofür wir kämpfen«, sagte Karl, und Elisabeth nickte beklommen.

Janno öffnete die Tür und trat in den Raum, der auch in seiner neuen Wohnung der einzige war. Allerdings war dieser doppelt so groß wie der alte und verfügte zudem über einen gut funktionierenden Kohleofen, was er als großen Gewinn erachtete, seit er sich Kohle leisten konnte.

Sein Blick ging zum abgeschabten Sofa, auf dem Edith und Enna mit dem Baby saßen, während Gustav und Marie auf dem Boden hockten und unter Jauchzen mit einer hölzernen Eisenbahn spielten, die Janno ihnen erst vor wenigen Tagen geschenkt hatte.

»Enna«, rief er in den Raum, »wie geht es dir?« Er lief auf sie zu und streckte dabei seine Arme nach ihr aus, doch schenkte sie ihm keinerlei Beachtung, sondern starrte mit offenem Mund an ihm vorbei. Stand sie etwa immer noch unter Schock?

Janno folgte ihrem Blick, der ganz offensichtlich auf Karl ruhte. Auch dessen Gesicht zeigte ein hohes Maß an Verwunderung, und Ennas Anblick schien ihm die Sprache verschlagen zu haben. Was hatte denn das zu bedeuten?

»K-Karl«, stotterte Enna schließlich, »wo … wo kommst du denn jetzt her?«

Im Raum herrschte für einen längeren Moment Stille. Selbst die Kinder hatten ihr Spiel unterbrochen und schauten von Karl zu Enna und wieder zurück. »Ist das dein Mann, Tante Enna?«, fragte Gustav.

»Aber du weißt doch, Gustav, dass Ennas Mann einen Unfall hatte und dabei gestorben ist«, schalt Edith ihren Sohn. »Wie also sollte er nun hier im Raum stehen?«

»Als Geist?«, schlug Gustav nach kurzem Überlegen vor.

»Nun, falls es dich beruhigt, junger Mann«, fand Karl seine Sprache wieder, auch wenn diese recht heiser ausfiel, »ich bin kein Geist. Und Ennas Mann bin ich leider auch nicht«, fügte er kaum hörbar hinzu.

Diese Bemerkung wiederum schien Elisabeth nicht sonderlich zu gefallen, denn sie schloss für einen Moment die Augen und schluckte schwer.

»Es … es tut mir leid, was deinem Mann widerfahren ist, Enna«, sagte Karl nun, sich offensichtlich an die guten Manieren erinnernd. »Es muss sehr schwer für dich sein.«

»Danke. Es … es geht schon.«

Janno wusste nicht so recht, was nun zu tun sei. Es war ganz offensichtlich erneut eine Situation eingetreten, mit der niemand hatte rechnen können. Machte sich der liebe Gott womöglich einen Spaß mit ihnen allen, dass er ihre Leben innerhalb kürzester Zeit mit so vielen Wendungen bedachte?

»Wie hast du mich gefunden, Karl?«, durchbrach erneut Enna die Stille.

»Aber ich habe dich gar nicht absichtlich gefunden, Enna. Ich bin nahe Duisburg auf Jan getroffen heute Nacht und …«

»Janno«, korrigierte ihn Enna. »Mein Bruder heißt Janno.«

»De-dein Bruder. J-ja. Sicher.« Karl schaute nun Janno so verdutzt an, als hätte der sich erst in diesem Moment vor seinen Augen materialisiert.

»Jan war mein Tarnname für die nächtliche Aktion«, erklärte Janno, als ihn nun alle fragend ansahen. »Nicht sehr originell, aber Janno wäre nun tatsächlich zu auffällig und …« Er machte eine wegwerfende Handbewegung. »Ach, was rede ich denn überhaupt so viel.« Er sah von Enna zu Karl. »Vor allem interessiert mich natürlich, woher ihr euch kennt.«

»Aus Duisburg«, erklärte Enna. »Ich hatte dir doch erzählt, dass ich nach dem Krieg in Duisburg war.« Als Karls Blick nun auf das Kind auf ihrem Schoß fiel, fügte sie hinzu: »Das ist Clivia, Karl, meine Tochter.«

Karl nickte. »Ja, Hiska erzählte mir davon.«

»Hiska?« Janno schüttelte in sichtlicher Verwirrung den Kopf. »Das heißt, du kennst auch meine zweite Schwester, Karl?«

»Aber ich habe dir doch erzählt, dass ich Hiska zu meinen Freunden ins Ruhrgebiet schickte, weil sie guter Hoffnung war.« Enna stockte. »Wie geht es Hiska, Karl? Ist sie wohlauf?«

Karl lächelte. »Ja. Sie hat im August einen Sohn geboren. Sie hat ihn Feiko Johannes genannt.«

»Ja, nach unseren im Krieg gefallenen Brüdern.« Enna nickte. »Das hat sie mir in einem Brief geschrieben. Nun aber habe ich schon seit Längerem nichts von ihr gehört. Georg ... Er wollte nicht, dass ich weiter mit ihr in Kontakt bleibe. Er nannte sie eine ... eine gefallene Person, die in unserer Familie keinen Platz habe.«

Janno dachte, dass es wirklich gut sei, dass der Herrgott Enna aus dieser Ehe befreit habe.

»Es geht beiden gut«, sagte Karl. »Sie sind bei Gisela untergekommen.« Er zwinkerte. »Du erinnerst dich an Heinz?«

»Selbstverständlich tue ich das.«

»Er zeigt ein reges Interesse an Hiska und sie an ihm.«

»Hiska und Heinz.« Jetzt war es an Enna zu lächeln. »Das klingt gut.«

Karl deutete auf Clivia. »Darf ... darf ich sie mal halten?«

Janno entging nicht, dass Elisabeth bei dieser Frage das Gesicht verzog, als hätte sie plötzlich Schmerzen.

Enna reichte ihre Tochter an Karl, der das schlafende Kind mit einem Lächeln auf den Arm nahm. Je länger er sie jedoch betrachtete, desto ernster wurde sein Gesichtsausdruck. »Sie … sie ist nicht die Tochter deines Mannes, nicht wahr? Sie ist das Kind dieses Belgiers.«

Jetzt waren es gleich mehrere Menschen im Raum, die nach Luft schnappten.

»Du hast recht«, sagte Enna leise. »Sie ist die Tochter von Jean-Pierre.«

Elisabeth erholte sich als Erste wieder von dieser ungeheuerlichen Eröffnung. »Wie ist es denn mit … Ich meine, hat dieser Belgier, hat er Ihnen … Gewalt angetan?«

Enna kniff die Lippen zusammen und schüttelte den Kopf. »Nein«, sagte sie dann, »das hat er ganz gewiss nicht.«

»Was ist ein Belgier?«, fragte Gustav in die nun unheilvolle Stille hinein.

»Niemand, den du kennen möchtest«, antwortete Janno mit Grabesstimme. Dass seine Schwester sich freiwillig einem feindlichen Soldaten hingegeben hatte, hatte er noch immer nicht verdaut. Bislang war ihm immer völlig klar gewesen, dass so etwas durch und durch Verräterisches nur verkommene Frauen ohne Sinn für Ehre und Anstand machten. Dass aber seine eigene Schwester … Er schloss die Augen und atmete tief durch. Nein, dachte er, über diese Schande würde er wohl wirklich nicht so schnell hinwegkommen.

»Nun«, sagte er dann und schaute in die Runde, »gibt es sonst noch etwas, von dem wir erfahren sollten? Mir scheint, dies ist die Zeit der großen Offenbarungen.«

Edith warf einen Blick auf Elisabeth. »Vielleicht wärst du so höflich und würdest uns unseren Gast vorstellen, Janno, bevor du uns in die Geschehnisse der vergangenen Nacht einweihst?«

»Bitte entschuldige, Edith – und auch Sie, Elisabeth –, das wollte ich selbstverständlich längst getan haben. Aber schließlich war nicht damit zu rechnen, dass … Egal.« Er schenkte Elisabeth ein Lächeln. »Genau genommen«, sagte er, »ist Fräulein von Wolff diejenige, der wir den glücklichen Ausgang der vergangenen Nacht verdanken.«

»Von Wolff?«, fragte Edith mit belegter Stimme. »Habe ich mich verhört, oder sagtest du, diese Dame sei eine von Wolff?«

»Genau«, bestätigte Janno. »Darf ich vorstellen: Elisabeth von Wolff. Was genau irritiert dich daran?« Er war sich ziemlich sicher, den Namen von Wolff Edith gegenüber nie erwähnt zu haben, so wie er ihr auch andere Details seines Auftrags verschwiegen hatte, um sie im Bedarfsfall zu schützen.

»Doch nicht etwa die Tochter des Herrn Direktor Heinz-Rudolf von Wolff aus Duisburg?«, hakte Edith nach.

»Doch, genau die bin ich«, sagte Elisabeth, die Edith nun genauso irritiert anschaute wie alle anderen im Raum. »Darf ich fragen, woher Sie das wissen?«

»Unsere Väter sind nicht nur Geschäftspartner, sondern auch befreundet, wenn ich mich nicht irre.«

Janno stöhnte auf. Natürlich, Edith hatte recht! Darüber hatte er nun weiß Gott noch nicht nachgedacht, nach allem, was in der letzten halben Stunde geschehen war. Als Elisabeth ihn nun ungläubig ansah, sagte er: »Es stimmt, Fräulein von Wolff. Darf ich Ihnen meine Geschäftspartnerin Edith Brodenbeck vorstellen?«

Elisabeth wich im nächsten Moment alle Farbe aus dem Gesicht. »Br-Brodenbeck? Sie sind die Tochter von Hagen Brodenbeck und die Schwester von … von Eberhard?«, stotterte sie. »Das darf doch wohl nicht wahr sein!« Alles in Stimme und Haltung drückte Abwehr aus.

»Oh mein Gott, was ist denn hier nur los?«, hauchte Enna. »Kann uns bitte mal jemand erklären, was hier eigentlich gerade geschieht? Mir scheint, ich verstehe gar nichts mehr.«

»Das würde mich allerdings auch interessieren.« Edith erhob sich nach einem misstrauischen Blick auf Elisabeth. »Ich bringe die Kinder zu meiner Nachbarin, danach reden wir. Alle. Janno, wenn du so gut wärst, uns derweil einen Tee zu bereiten.«

Janno nickte ergeben. Es war wahrlich an der Zeit, ein paar Dinge anzusprechen, sollte dieses durch und durch seltsame Aufeinandertreffen nicht in einem veritablen Desaster enden.

13

Duisburg, Juni 1920

Karl saß gerade mit seiner Mutter sowie mit Joris und Annemarie beim Abendessen, als ohne jede Vorwarnung die Tür zu ihrer Wohnung aufflog. Die Brüder sprangen erschrocken auf, jederzeit bereit, Familie und Hab und Gut gegen unerwünschte Eindringlinge zu verteidigen. Ein jeder von ihnen griff nach seinem Repetiergewehr, das unmittelbar hinter ihnen stand, während sich Annemarie in die schützenden Arme ihrer Mutter flüchtete und Karls Vater, der, von seiner Krankheit stark geschwächt, auf einer Pritsche lag, wie erstickend nach Luft schnappte.

Es waren gefährliche Zeiten – nach der endgültigen Niederschlagung der Roten Ruhrarmee durch die außer Kontrolle geratenen rechten Freikorps und Reichswehrtruppen allemal. Bis in den April hinein hatten die Revolutionäre im Ruhrgebiet für ein besseres Leben gekämpft, Zigtausende für Freiheit und Gerechtigkeit Einstehende hatten sich ihnen angeschlossen, und doch hatte es nicht gereicht. Denn letztlich hatten sich nicht nur die Freikorps, sondern auch die Truppen der Reichswehr um die ihnen vom Versailler Vertrag auferlegte entmilitarisierte Zone im Ruhrgebiet einen Teufel geschert und waren dort einmarschiert, um den revolutionären Kräften den Garaus zu machen. Es waren faktisch dieselben Truppen gewesen, die noch kurz zuvor den Putsch in Berlin angezettelt hatten, um die Regierung zu stürzen, von dieser jedoch nach dem Scheitern des Aufstands nie dafür belangt worden waren.

Waren die Ruhrarmisten während des Aufstands mit ihren Gegnern keineswegs zimperlich umgegangen, so hatten die Rechten unter den Besiegten ein wahres Blutbad angerichtet. Grausamste Misshandlungen, standrechtliche Erschießungen und Vergewaltigungen waren an der Tagesordnung gewesen. Sogar vor den Rote-Kreuz-Schwestern hatte die rechte Brut nicht haltgemacht, zehn von ihnen gar erschossen. Insgesamt hatte es aufseiten der Ruhrarmee hunderte Tote gegeben. »Selbst gegen die Franzosen waren wir im Felde viel humaner«, hatte Karl, der sich am letzten Tag der Kämpfe in einem Keller verschanzt hatte und noch über zwei letzte Patronen für sein Repetiergewehr verfügte, einen der voller Enthusiasmus Mordenden lachend sagen hören. Also hatte er dafür gesorgt, dass dies die letzten Worte dieses Scheusals sein würden; und auch dessen Begleiter war gleich darauf auf der Straße leblos in sich zusammengesunken, in der Stirn ein kreisrundes Loch.

Es war alles, was Karl noch für seine Leute hatte tun können.

Alle in der Küche Anwesenden atmeten erleichtert auf, als nun keineswegs ein bewaffneter Trupp in der Tür stand, sondern eine über das ganze Gesicht strahlende Clara. Die Männer stellten ihre Gewehre an die Wand zurück und setzten sich wieder.

»Stellt euch vor«, rief Clara mit rot glühendem Gesicht freudig aus, »unsere Henrike wird morgen wieder nach Hause kommen! Mutter ist ganz außer sich vor Freude und Erleichterung!«

»Dann ist sie hier also wieder sicher?«, fragte Karl, der Claras Schwester gegenüber stets ein schlechtes Gewissen gehabt hatte, weil er sie trotz großen Heimwehs in Berlin zurückgelassen hatte, anstatt sie zu ihrer Familie zurückzubringen. Solange aber nicht sicher war, dass Heinz-Rudolf von Wolff auf längere Zeit im Gewahrsam der interalliierten Militärkommission bleiben würde, war ihm und auch Elisabeth eine Rückkehr des Mädchens zu gefährlich erschienen.

»Ja, jetzt kann ihr nichts mehr passieren«, erwiderte Clara, die von Luise mit einer Geste gebeten worden war, sich zu ihnen an den Tisch zu setzen. »Das Scheusal, wie du den Herrn Direktor nennst, ist von den Alliierten ins Gefängnis gesteckt worden.«

»Nun, das war ja nicht das erste Mal, seit man ihn und Brodenbeck hat hochgehen lassen«, knurrte Karl.

»Das ist richtig«, stimmte Clara ihm zu. »Aber anscheinend haben sie der Frau Direktor diesmal zu verstehen gegeben, dass sie ihren Mann so schnell nicht wiedersehen würde, da man beabsichtige, ihn nach Berlin zu überstellen, um ihm dort den Prozess zu machen.«

»Dann hoffen wir doch mal, dass wir diesen Widerling schon bald am Galgen baumeln sehen«, sagte Luise. »Schon allein für das, was er Henrike angetan hat, hätte er es verdient.«

»Kaum vorstellbar, dass es so weit kommen wird«, widersprach Karls Vater röchelnd. »Hat in unserem Land überhaupt jemals einer von solchem Stand am Galgen gebaumelt? Ich fürchte nicht. Von Wolff wird schon bald wieder frei herumlaufen, ihr werdet sehen. Und dann wird er sich an all jenen rächen, die ihn bei den Alliierten verpfiffen haben.« Es war gewiss kein Zufall, dass er bei diesen Worten seinen Sohn Karl ansah, auch wenn der sich sicher war, seinem Vater keine Details von den tatsächlichen Vorkommnissen berichtet zu haben. Je weniger seine Familie von dem wusste, was damals in Berlin vorgefallen war, desto besser. Anscheinend aber hatte sich sein Vater aus dem Geschwätz anderer Leute die Wahrheit zumindest zum Teil zusammenreimen können.

»Von Wolff und Brodenbeck werden nicht herausbekommen, wer es war«, erwiderte Karl. »Dafür hat Gertrud schon gesorgt.«

»Wer ist Gertrud? Ist das deine Geliebte?«, fragte Annemarie mit einem Kichern.

»Wer weiß?« Karl zwinkerte ihr zu und gab ihr einen Nasenstüber.

Weder Frage noch Antwort schienen bei Clara besonders gut anzukommen, denn das Strahlen auf ihrem Gesicht war plötzlich wie weggewischt. »Nun … äh …«, stammelte sie und stand auf. »Ich wollte es euch nur erzählen. Ich gehe dann mal besser wieder. Mutter wird bestimmt schon mit dem Essen auf mich warten.«

»Jetzt, da du deine Arbeit zurückhast, wäre es wirklich an der Zeit, eine Familie zu gründen, Karl«, wärmte Luise die alte Geschichte wieder auf, sobald die Tür hinter Clara ins Schloss gefallen war. Überhaupt wurde sie nie müde, ihrem Sohn die Nachbarstochter schmackhaft machen zu wollen, was Karl nun zu einem unwilligen Knurren veranlasste.

»Der hat Clara doch gar nicht verdient!«, brauste Joris auf und streckte seinem Bruder die Faust entgegen. »Ich möchte wirklich mal wissen, was sie an ihm findet.«

»Das würde mich auch interessieren«, brummte der Vater. »Bei Karl wüsste Clara doch nie, ob sie ihn nicht am nächsten Tag schon einbuchten, so viel Unfug, wie er im Kopf hat.« Er schaute zu Joris. »Du wirst schon noch zu deinem Recht kommen, was die Frauen angeht, mein Junge. Und bestimmt stellst du es schlauer an als dein Bruder, der immer nur die Unerreichbaren liebt. Möchte wirklich mal wissen, wo sein Problem ist.«

Karl stockte für einen Moment der Atem. Was wusste sein Vater über Elisabeth?, schoss es ihm durch den Kopf. Von seinem eigenen Gedanken irritiert, ging ihm erst etliche Sekunden später auf, dass sein Vater höchstwahrscheinlich nicht von Elisabeth, sondern von Enna gesprochen hatte. Karl schnaubte. Da hatte ihm wohl sein Unterbewusstsein einen Streich gespielt. Aber was wusste das schon darüber, wem sein Herz gehörte? Zeitlebens würde er nur eine einzige Frau lieben, und das war Enna. Eine Elisabeth von Wolff, die sich nun bei Gertrud in Berlin ein schönes Leben machte, hatte in seinem Herzen ganz sicher keinen Platz.

»Ich bin noch mit Heinz auf ein Bier verabredet«, sagte er rasch und stand auf, um sich von diesen seltsamen Gedanken zu befreien.

Luise seufzte. »Und schon tritt er wieder die Flucht an. Du bist wirklich ein hoffnungsloser Fall, Karl.« Auch sie stand jetzt auf und begann, das Geschirr abzuräumen. »Willst du dir diese Enna denn nie aus dem Kopf schlagen?«

Nein, das wollte er ganz gewiss nicht. Karl nickte den Seinen nur stumm zu, dann trieb es ihn in den warmen Sommerabend hinaus.

Er traf Heinz und Hiska vor der Spelunke auf einer Mauer sitzend an. Der kleine Feiko Johannes – der von jedermann in der Siedlung nur bei seinem zweiten Namen gerufen wurde, empfand man den ersten doch als allzu seltsam, nachdem man sich schon nur schwer an die Namen Enna und Hiska hatte gewöhnen können – robbte munter auf allen vieren durch den Staub des von der Sonne ausgetrockneten Weges.

»Wie ich hörte, fährst du seit gestern wieder in den Pütt ein«, sagte Heinz, gleich nachdem Karl sich neben sie gesetzt hatte.

Karl nickte. »Ja. Nachdem sie im März so viele von uns abgeschlachtet haben, fehlt es hinten und vorn an Männern.« Es behagte ihm ganz und gar nicht, nun den Platz eines der im tapferen Kampf gefallenen Männer einzunehmen, doch hatte er, nachdem auch seine Arbeit als Fahrer weggefallen war, keine andere Wahl. Der Lohn, den er von Heinrich Veltin bekommen hatte, war ihm längst zwischen den Fingern zerronnen, wurde doch alles, was sie zum Leben brauchten, von Tag zu Tag teurer, während das Geld spürbar und immer schneller an Wert verlor. Gleichzeitig herrschte seit der gescheiterten Revolution ein akuter Arbeitermangel in den Zechen, sodass die Direktoren selbst für die Rückkehr derjenigen Kumpel dankbar waren, die sie nach den Aufständen im Februar entlassen hatten. Und nun, da von Wolff nicht mehr da war und von einem neuen, ihm unbekannten Mann ersetzt worden war, gab dies Karl die Möglichkeit, noch einmal ganz von vorn anzufangen.

»Ich habe einen Brief von Enna bekommen«, erzählte Hiska, nachdem sie für eine Weile geschwiegen hatten.

»Von Enna?« Karl fragte sich, warum Enna ihm nie schrieb, obwohl sie es ihm beim Abschied in Berlin versprochen hatte und er voller Hoffnung gewesen war, dass nun alles gut werden würde. »Was schreibt sie?«

Hiska warf Heinz einen schnellen Blick zu, der aber zuckte nur mit den Schultern.

»Sie … ist guter Hoffnung.«

»Guter Hoffnung?« Karl spürte einen Stich in seinem Herzen. Das konnte doch wohl nicht wahr sein! Bislang hatte er immer noch die Hoffnung gehegt, dass Enna nun, da ihr Mann tot war, endlich zu ihm zurückkommen würde. Dass sie sich ihm bislang nie zugehörig gefühlt hatte, sondern diesem Belgier, ließ er dabei außer Acht, denn er hielt dies nach wie vor für ein Missverständnis ihrerseits, das es auszuräumen galt. Leider hatte er in Berlin nicht die Gelegenheit gehabt, mit ihr darüber zu sprechen. »Aber hat sie denn schon wieder … Ich meine … Gibt es da einen neuen Mann?«, fragte er heiser.

»Nein, sie schreibt, dass es Georgs Kind ist.«

»Georgs Kind?«

»Ja. Das ist auch der Grund, warum sie in Ostfriesland bleiben wird. Ihre Schwiegereltern erwarten es so von ihr.«

Karl sank der Mut. »Das ist ja … Nun, da kann man ihr wohl gratulieren. Ihre Stellung in der Familie Adena dürfte damit ein für alle Mal gefestigt sein.« Er bemerkte selbst, wie bissig er klang.

»Sie ist nicht glücklich, Karl«, sagte Hiska leise. »Ich lese es aus jedem Wort heraus, dass sie nicht glücklich ist.«

»Und was ändert das?«, rief Karl aufgebracht. »Sie ist es, die diese Entscheidung getroffen hat, also wird sie wohl wissen, wofür es gut ist!«

»Kein Grund, Hiska so anzuschnauzen«, knurrte Heinz. »Schlag dir Enna endlich aus dem Kopf, Karl, es hat doch keinen Sinn. Wie ich hörte, ist Clara immer noch …«

»Clara«, fauchte Karl. »Warum redet ein jeder hier immer nur von Clara! Sie soll nehmen, wen sie will, aber ich bin es ganz sicher nicht!« Er ballte die Hände zu Fäusten. »Was ist, Heinz, gehen wir nun endlich ein Bier trinken, oder gibst auch du jetzt nur noch den glücklichen Familienvater?« In diesem Moment hasste er einfach jeden, von dem es auch nur den Anschein hatte, er sei glücklich.

Heinz rutschte umständlich von der Mauer herunter und griff nach seinen Krücken. Dann streckte er die Hand nach Hiska aus. »Komm, lass uns woanders hingehen«, sagte er. »Wenn du mit Karl heute inne Kneipe gehst, wird da selbst das Bier sauer. Das können wir Ludwig aus Ostpommern nicht antun.«

Karl ließ seine Freunde gehen, ohne noch ein Wort zu sagen. Sollten sie ihm doch alle den Buckel runterrutschen, er würde sich auch ohne sie zu helfen wissen.

Aufs Tiefste deprimiert starrte er zur Zeche hinüber, aus deren Tiefen das altbekannte Stampfen und Grollen zu ihm heraufdrang. Es war das Geräusch seiner Heimat, und doch hatte er von Tag zu Tag mehr das Gefühl, nicht mehr hierherzugehören. Er dachte an Janno, der den Mut gefunden hatte, sein altes Leben hinter sich zu lassen und nach Berlin zu gehen, ohne zu wissen, was ihn dort erwartete. Und er dachte an Hiska, der es, genauso wie ihrem Bruder, fern der Heimat und trotz widrigster Umstände gelungen war, sich bei ihnen im Pütt neu einzurichten.

Und er dachte an all die Kumpel und Kameraden, die, dahingerafft von ihren Feinden, nie mehr das Glück haben würden, überhaupt etwas in ihrem Leben zu planen.

Mit einem tiefen Seufzer ließ er sich von der Mauer gleiten und schritt, die Hände in den Hosentaschen vergraben, in das glühende Rot der untergehenden Sonne hinein.

Und was, so fragte er sich, bedeutete all das für ihn und seine Zukunft?

14

Berlin, Juni 1920

Endlich hatte er sie gefunden. Noch einmal verglich Janno die Frau auf dem blutbefleckten Foto mit der Frau, die unweit von ihm auf dem Markt stand und Kirschen und Erdbeeren verkaufte. In einer mit einer Decke ausgelegten Gemüsekiste zu ihren Füßen lag ein vielleicht einjähriges, an seinem Daumen lutschendes Kind und schlief.

Viel Kundschaft hatte die Frau nicht, obwohl der Platz von Menschen nur so wimmelte. Die meisten aber hatten einfach nicht das Geld, sich einen Luxus wie Obst leisten zu können. Ein paar zerlumpt aussehende Kinder lungerten zwischen den nur mäßig gefüllten Ständen herum und reagierten blitzschnell, wenn hier und da mal etwas Obst oder Gemüse hinunterfiel. Noch ehe die Marktleute nun ihrerseits reagieren konnten, hatten die Kinder es aufgehoben und waren, so schnell sie ihre nackten Füße trugen, im Gewühl verschwunden.

Gerade schimpfte und fluchte ein dicker Mann mit Schürze lautstark einem fünfköpfigen Tross von Halbwüchsigen hinterher, die sich nicht auf das Aufsammeln, sondern vielmehr auf das Stehlen seiner Waren – zumeist Kartoffeln und Rüben

– verlegt hatten. Sie machten es sehr geschickt, wie Janno feststellen musste. Während die einen den Verkäufer in ein Gespräch verwickelten und ablenkten, griffen die anderen zu und gaben Fersengeld.

Janno fühlte sich an die Zeit erinnert, als er noch selbst loszog, um zu stehlen. Und auch, wenn er es grundsätzlich nicht gutheißen konnte, dass die Kinder und Halbwüchsigen andere Leute auf diese Weise um ihr Hab und Gut brachten, so konnte er sie doch verstehen. Wenn der Bauch vor Hunger schmerzte, dann war es die schiere Verzweiflung, die einen zu einem solchen Strolch werden ließ.

Als ein weiterer, recht hochnäsig daherkommender Kunde mit seinen frisch erstandenen Kirschen wieder seines Weges zog – er hatte in widerlicher Manier zunächst noch eine Kirsche genüsslich verzehrt und den Kern einem sehnsüchtig dreinschauenden Mädchen hämisch grinsend vor die Füße gespuckt –, trat Janno an den Stand heran. »Entschuldigen Sie bitte«, sprach er die Frau an. »Gehe ich recht in der Annahme, dass Sie Margot Decker sind?«

»Ja, die bin ich.« Sie musterte ihn misstrauisch. »Wie kann ich Ihnen helfen?«

Janno zog seine Mütze vom Kopf und stellte sich vor. »Mein Name ist Janno Ulferts.« Ein kurzes Aufblitzen in den Augen der Frau sagte ihm, dass ihr sein Name nicht fremd war. »Ich … ich war dabei, als Ihr Mann … also als Werner starb. Ich … hielt ihn im Arm, bis … bis er seinen letzten Atemzug tat.« Er spürte, wie bei diesen Worten erneut das damals verspürte Entsetzen in ihm hochstieg. Mit zitternden Fingern zog er das Foto von Margot aus der Tasche, das er nach Werners Tod an sich genommen hatte. Umwickelt war es mit einem roten Haarband, das Werner ebenfalls bei sich getragen hatte und von dem Janno wusste, dass Margot es ihrem Mann am Bahnsteig in die Hand gedrückt hatte, als er in den Krieg zog – beide noch voller Hoffnung, dass er schon bald wieder zu ihr zurückkehren würde. »Ich suche schon sehr lange nach Ihnen, um es Ihnen zurückgeben zu können. Werner hätte es so gewollt. Es war mir wichtig, es persönlich zu machen.« Er reichte ihr das Bild.

Margot nahm es mit bebenden Fingern, die rot waren vom Saft des Obstes, entgegen und strich sanft darüber, während stumme Tränen ihre Wangen hinabliefen. »Janno«, sagte sie, ohne ihn anzuschauen. »Werner hat mir von Ihnen geschrieben. Sie waren ihm ein guter Freund und Kamerad. Bitte, hat er noch was gesagt, bevor er starb?«

»Er nannte Ihren Namen und …« Janno schluckte schwer und deutete auf das Foto. »Er küsste dieses Bild.«

Erneut strich Margot darüber. »Es ist also sein Blut darauf«, sagte sie tonlos, und Janno nickte. Margot sah mit tränenverhangenen Augen zur Obstkiste hinab, in der das Kind schmatzende Geräusche von sich gab. »Ich habe Werner in meinem letzten Brief mitgeteilt, dass er Vater werden würde.« Sie schaute auf, und ihre Blicke trafen sich. »Und nun frage ich mich schon die ganze Zeit, ob ihn diese frohe Nachricht wohl noch erreicht hat.«

Janno war sich sicher, dass dies nicht der Fall war, denn gewiss wäre Werner geplatzt vor Stolz und hätte es ihm jubelnd erzählt. »Ja«, sagte er dennoch, »Werner hat diesen Brief noch bekommen. Er war ganz außer sich vor Freude.«

Margot presste die Lippen zusammen und nickte. »Danke«, hauchte sie sichtlich bewegt. »Dann weiß ich jetzt wenigstens, dass er ein Gefühl der Freude in sich trug, als er starb. Es ändert nichts an seinem Tod, aber es bedeutet mir sehr viel.« Sie lächelte, als das Kind just in diesem Moment die Augen aufschlug und seine Ärmchen nach ihr ausstreckte. »Werner und ich wollten immer viele Kinder haben, wissen Sie? Ich bin mir sicher, dass er ein wirklich guter Vater geworden wäre, hätte dieser verdammte Krieg ihn uns nicht genommen.« Sie bückte sich und hob das Kind, das sich mit seinen Fäusten müde die Augen rieb, aus seinem improvisierten Bettchen. »Schau mal, Anita, das ist ein guter Freund deines Vaters. Er heißt Janno.«

Janno verbeugte sich. »Es ist mir eine echte Freude, Sie kennenzulernen, gnädiges Fräulein«, alberte er, woraufhin er Margot erstmals lachen sah. Sie war eine reizende Person mit ihrem langen dunklen Haar und dem ebenmäßigen Gesicht, und er verstand, warum Werner ihr verfallen war. »Sie waren wohl für längere Zeit nicht in Berlin?«, fragte er. »Ich habe auf behördlichem Wege versucht, Sie ausfindig zu machen, leider ohne Erfolg. Nun aber wollte es der Zufall, dass ein Kunde Ihr Foto auf meinem Schreibtisch liegen sah und mir sagte, dass ich Sie vermutlich hier auf dem Markt antreffen würde.«

Margot seufzte. »Ich habe Berlin verlassen, als mich die schlimme Nachricht der Heeresleitung erreichte, und bin zu meinen Eltern in die Mark Brandenburg zurückgekehrt. Sie sind Obstbauern. Ihr Hof ist nicht weit von Berlin, sodass mich mein Vater einmal in der Woche herbringt, damit ich das Obst verkaufen kann. Leider aber laufen die Geschäfte nicht besonders gut. Die Armut der Menschen macht sich an allen Stellen bemerkbar, so auch bei uns. Und morgen schon werden die Kirschen und Erdbeeren nicht mehr frisch sein. Es ist …« Sie hob mit einem erneuten Seufzer die Schultern und ließ sie resigniert wieder sinken. »Es ist einfach schwer heutzutage, selbst für uns Bauern. Aber es wäre vermessen zu klagen, denn immerhin müssen wir nicht Hunger leiden, nicht wahr?«

Janno dachte an den heimischen Hof in Ostfriesland und daran, dass auch seine Schwester Enna während ihres Besuches in Berlin etwas Ähnliches geäußert hatte, als sie über die allenthalben im Land grassierende Armut sprachen. Enna. Er hatte ihr angeboten zu bleiben und sich hier, genau wie er, ein neues Leben aufzubauen. Leider aber war sie zu einem solchen Schritt nicht bereit gewesen, solange sie, so ihre Worte, ihrem Gatten, diesem unausstehlichen Georg Adena, nicht einen angemessenen Abschied bereitet habe. Janno hatte sich eine Bemerkung darüber, was er im Falle Georgs für einen angemessenen Abschied hielte, verkniffen.

Vor wenigen Wochen dann hatte ihn ein Brief von Enna erreicht, in dem sie erklärte, guter Hoffnung zu sein und dass sie nicht beabsichtige, ihren Kindern das ihnen zustehende Erbe vorzuenthalten – was, so ihre Befürchtung, mit Sicherheit geschehen würde, sollte sie mit den Kindern die Villa der Adenas verlassen, um nach Berlin zu gehen.

So blieb ihm nur zu hoffen, dass es ihr und der kleinen Clivia gut ging.

Eine recht wohlhabend wirkende Kundin trat an den Stand und fragte, ob es denn auch möglich sei, dass Margot ihr das Obst nach Hause liefern lasse, denn dann würde sie für ihren Haushalt gleich ein paar Kisten bestellen. »Meine Köchin könnte Kompott und Marmelade daraus kochen«, sagte sie, »denn der nächste Winter kommt bestimmt, nicht wahr?«

Als Margot bedauernd verneinte, kam Janno eine Idee. »Aber selbstverständlich ist das möglich, gnädige Frau«, sagte er und deutete auf seinen Lieferwagen, den er unweit des Marktes geparkt hatte. »Gestatten«, stellte er sich rasch mit einer Verbeugung vor, als die Kundin ihn jetzt kritisch musterte, »mein Name ist Janno Ulferts. Ich bin der Inhaber des Lieferdienstes Janulf & Partner.«

»Ach«, erwiderte die Frau entzückt, und nun lächelte sie auch wieder. »Ihre aufstrebende Firma ist mir durchaus ein Begriff, Herr Ulferts, bekommen wir von Ihnen doch regelmäßig und höchst zuverlässig unsere Milchprodukte geliefert. Und Sie machen jetzt auch in Obst und Gemüse?«

Janno warf Margot einen fragenden Blick zu, und als diese mit einem vertrauensvollen Lächeln nickte, sagte er: »Bislang nur in Obst, gnädige Frau, aber das Gemüse wird gewiss bald folgen. Wie viele Kisten dieser köstlichen Kirschen und Erdbeeren dürfen wir Ihnen denn liefern?«

Sie wurden sich rasch handelseinig, und so dauerte es nicht mehr lange, bis Janno seinen Lieferwagen an Margots Stand vorfuhr und ihn mit etlichen Kisten Obst belud.

»Ich … weiß gar nicht, wie ich Ihnen danken soll«, stammelte Margot überrumpelt, als Janno sich anschickte, mit der Ware davonzufahren. »Bitte, Herr Ulferts, ich würde mich gern erkenntlich zeigen. Für … für alles.« Sie drückte mit einem wehmütigen Seufzer das blutbefleckte Foto an sich, dann aber lächelte sie verschmitzt. »Und ich könnte mir vorstellen, dass auch mein Vater ein Interesse an einer geschäftlichen Zusammenarbeit hätte. Ich hatte ihm diesbezüglich schon mal Jacob Semmering vorgeschlagen, aber er weigert sich, mit einem Juden Geschäfte zu machen.« Sie sah ihn peinlich berührt an. »Sie sind doch kein Jude, Herr Ulferts, oder?«

Zwar passte Janno diese Einstellung nicht, denn nach wie vor schätzte er seinen ehemaligen Arbeitgeber sehr, doch lächelte er. »Nein, das bin ich nicht. Bitte sagen Sie Ihrem Vater, er möge bei mir im Büro vorbeischauen, wenn er Interesse hat.« Er nannte ihr die Adresse. »Und was Ihren Drang anbelangt, sich erkenntlich zu zeigen: Wie wäre es denn, wenn Sie mich eines schönen Tages zu einem Stück Obstkuchen auf den elterlichen Hof einladen?«

»Von Herzen gern, Herr Ulferts«, strahlte Margot. »Sie sind willkommen, wann immer Ihnen der Sinn nach ein wenig frischer Landluft steht.«

Janno startete den Motor und erwiderte lachend: »Dann wird es wohl nicht mehr allzu lange dauern, werte Frau Decker, das kann ich Ihnen versprechen.«

* * *

Als Janno an diesem Abend nach Hause zurückkehrte, traf er nicht nur auf Edith, die ihn eingeladen hatte, mit ihr und den Kindern zu Abend zu essen, sondern auch auf Elisabeth und Gertrud. Erstere war Edith beim Kochen behilflich, während Gertrud sich mit den auf dem Boden spielenden Kindern beschäftigte und soeben einen Anhänger der hölzernen Eisenbahn mit winzigen Steinen belud.

Nach wie vor wusste Janno nicht, was er von Gertrud zu halten hatte. Sie schien durchaus eine vernünftige und auch liebenswerte Person zu sein, hatte sie durch ihr beherztes Eingreifen doch letztlich dafür gesorgt, dass sich Hagen Brodenbeck und Heinz-Rudolf von Wolff wegen Waffenschmuggels einem Tribunal der Alliierten zu stellen hatten, was ihnen vermutlich nicht allzu gut bekommen würde. Auch hatte sich Gertrud bereit erklärt, Elisabeth Unterschlupf in ihrer Villa zu gewähren, der nun bereits seit drei Monaten andauerte, ohne dass die beiden Frauen einander müde zu werden schienen. Elisabeth hatte damit gewiss das große Los gezogen, denn so heimat- und mittellos, wie sie nach ihrer Flucht aus Duisburg plötzlich dagestanden hatte, hätte sie es wahrlich schlimmer treffen können.

Doch was genau war Gertrud für eine Person?, fragte sich Janno. Allenthalben hieß es, dass es in ihrem Leben keinen Mann, stattdessen aber Frauen gäbe. Für Janno war es kaum vorstellbar, dass es so etwas wie eine Liebe unter Frauen tatsächlich geben könnte, und doch deutete so manches darauf hin, dass es sich bei Gertrud genauso verhielt. Angeblich, so hörte man, pflege sie eine nicht eben moralisch zu nennende Beziehung zu einer gewissen Margarete aus Duisburg, die wiederum eine Freundin Elisabeths sei. Andererseits aber betrieb sie ein Etablissement, in dem sich Männer mit jungen Mädchen amüsierten. Wie nur passte das alles zusammen? Aber ob das überhaupt so stimmte? Die Leute redeten schließlich viel, wenn ihnen ihr eigenes Leben zu trist erschien.

»Mir scheint, dass wir ab heute einen neuen Geschäftszweig hinzugewonnen haben«, verkündete Janno, um nicht weiter über Gertruds womöglich absonderliche Vorlieben nachdenken zu müssen. Als Edith ihn nun fragend ansah, erzählte er den Frauen von seiner Begegnung mit Margot.

»Gut reagiert, Janno«, sagte Edith anerkennend, als er seinen Bericht beendet hatte. »Ich denke, dass du damit einen Markt aufgetan hast, den Jacob Semmering noch nicht abdeckt.« Gequält schaute sie sich in ihrer winzigen Wohnung um, in der es nach Moder und Schimmel roch. »Vielleicht versetzt uns dieses neue Geschäftsfeld ja sogar irgendwann einmal in die Lage, unsere Wohnsituation ein klein wenig zu verbessern.«

»Das wünsche ich dir von Herzen, liebe Edith«, erklärte Elisabeth mit einem Seufzen. »Und mir scheint, auch diese Margot hätte ein wenig Glück wirklich verdient. Die Kriegswitwen haben es so verdammt schwer, und es gibt nicht viele Menschen, die sich für ihr Schicksal zu interessieren scheinen.« Sie warf einen Blick auf Edith, die gerade die weinende Marie auf den Arm nahm, um sie zu trösten, während sie gleichzeitig in einem Topf Suppe rührte. »Aber wem sage ich das, denn was ein solches Schicksal für eine Frau und Mutter bedeutet, bekommen wir ja hier bei dir in genügendem Maße vor Augen geführt.«

Janno nickte. Auch er war jeden Tag wieder aufs Neue beeindruckt, wie sehr sich Edith in der von Männern dominierten Geschäftswelt behauptete, während sie gleichzeitig versuchte, Gustav und Marie eine liebevolle Mutter zu sein. In Ediths Fall schien der Verlust des Gatten eher von Vorteil gewesen zu sein, für die meisten Kriegswitwen aber war dies ganz sicher nicht der Fall. Häufig hatten sie durch den verdammten Krieg nicht nur ihren geliebten Ehemann verloren, so wie Margot, sondern zugleich auch ihre Existenz. Berlin war voll mit diesen Frauen, sei es, dass sie sich auf dem kaum noch vorhandenen

Arbeitsmarkt aufs Unwürdigste ausbeuten ließen, sei es, dass sie sogar im Müll nach etwas Essbarem wühlten oder sich nicht anders zu helfen wussten, als ihre Körper zu verkaufen.

Doch traf dieses Elend nicht allein die Frauen. Vielmehr reihten diese sich ein in die Scharen traumatisierter und desillusionierter Männer, die sich von Kaiser, Politik und Vaterland verraten fühlten und sich häufig nicht anders zu helfen wussten, als randalierend und brandschatzend durch die Straßen zu ziehen, um überhaupt noch zu spüren, dass sie lebten.

»Wir sollten die Hoffnung nicht aufgeben, dass sich in absehbarer Zeit vieles zum Besseren wendet«, sagte Janno an niemand Bestimmtes gerichtet. »Was auch immer in Zukunft mit diesem Land geschieht, eines ist gewiss: Schlimmer als das, was wir in den letzten Jahren erlebten, kann es nicht werden.«

15

Ostfriesland, Juni 1920

Enna stand, ihr Kind auf dem Arm haltend, an einem angenehm warmen Frühsommertag in der Krummhörn vor dem Grab ihres Mannes und legte einen Strauß frischer Blumen darauf. Nicht, weil es ihr ein Bedürfnis war, sondern einzig und allein, weil man es von ihr erwartete. Letztlich aber waren diese Friedhofsbesuche immer auch eine willkommene Flucht aus ihrem Zuhause, in dem es seit Georgs Tod für sie kaum erträglicher geworden war als zuvor.

Bei ihrer Rückkehr im März, als sie den Sarg ihres Mannes nach Hause begleitete, hatte sie bereits gewusst, dass sie guter Hoffnung war. Nächtelang hatte sie wach gelegen und überlegt, was nun zu tun sei. Da außer ihr niemand von dieser Schwangerschaft wusste, wäre es nicht allzu schwer gewesen, einen Abort herbeizuführen und mit der kleinen Clivia fortzugehen. Nach Duisburg vielleicht oder nach Berlin, denn in beiden Städten hatte sie nicht nur Familie, sondern auch Freunde gefunden. Und das genau war es, wonach sie sich nach der langen Zeit emotionaler Kälte so sehr sehnte.

Enna lächelte, als sie an Edith dachte, die ihr nach Georgs unerwartetem Tod sehr geholfen hatte. Sie bewunderte diese Frau zutiefst, hatte die sich doch aus allen familiären Abhängigkeiten befreit, dafür widrigste Umstände in Kauf genommen, und machte nun das, was ihr für sich und das Leben ihrer Kinder richtig erschien. Auch als Unternehmerin zu arbeiten, war für eine Frau in heutiger Zeit alles andere als selbstverständlich, und trotzdem tat Edith dies mit einem Selbstbewusstsein, das ihresgleichen suchte. Wie sie es verstanden hatte, sogar den selbstherrlichen Georg in seine Schranken zu weisen, verdiente höchste Anerkennung. Zu schade nur, dass Janno so gar kein Interesse an Edith als Frau zu haben schien, denn Enna fand, dass die beiden ein schönes Paar abgeben würden. Dass Edith hingegen Gefühle für Janno hegte, war unübersehbar. Aber manchmal – und wer wusste das besser als Enna – spielte das Leben eben seine eigene Melodie, deren Rhythmus man nicht immer auf Anhieb zu folgen vermochte.

Leider hatte sich die Überlegung eines Aborts am Tag von Georgs Beisetzung von selbst erledigt, als Enna im Verlauf der Prozession einen Schwächeanfall erlitt und daraufhin der Arzt gerufen wurde. Dieser hatte dann nicht nur ihr, sondern auch gleich ihren Schwiegereltern die freudige Botschaft überbracht. Überwältig von dem Gedanken, dass ihr verstorbener Sohn der Familie nun wider Erwarten doch noch einen Erben hinterlassen würde, hatten sich Odo und Undine Adena aus der Starre ihrer Trauer gelöst und ließen ihre Schwiegertochter kaum noch aus den Augen, so als hätten sie erkannt, wie sehr sie mit sich und dem neuerlichen Nachwuchs rang. Zudem, so hatten sie es ihr gesagt, würden sie es als unschicklich empfinden, wenn Enna sich vor Ablauf des Trauerjahrs unbegleitet unter die Leute mischte. Also verbrachte sie ihre endlos erscheinenden Tage zumeist unter der Aufsicht ihrer Schwiegermutter, die nicht eine Minute müde wurde, an ihr und Clivia herumzumäkeln.

Lediglich die Bitte, ein paar Stunden allein auf dem Friedhof verbringen zu dürfen, schlugen die Adenas ihr nicht ab, sondern gaben sich sogar gerührt darüber, dass sich Enna ihrem Mann auch nach dessen Tod noch so sehr verbunden fühlte. Dass sie sich damit eine Realität erdachten, die es auch vor dem Tod ihres Sohnes nie gegeben hatte, schienen sie nicht einmal im Ansatz zu bemerken. Wie sehr Trauer doch den Blick für die Wahrheit zu trüben vermochte.

Auch ihre Schwägerin hatte ihr die Situation nicht eben besser gemacht. Nach Georgs Tod war Marika überzeugt gewesen, dass es nun sie sein würde, die den Schwiegereltern den zukünftigen Erben des Adena-Imperiums schenken würde. Mit Ennas Schwangerschaft aber sah sie diesen Traum einmal mehr geplatzt, und sie ließ es Enna bei jedem Aufeinandertreffen auf das Gemeinste spüren. Wirklich um Georg zu trauern schien Marika jedoch nicht. Ihr Wunsch, ihn zu ehelichen, war also offensichtlich lediglich der Hoffnung entsprungen, Georg eines guten Tages den erhofften Erben schenken zu können und damit selbst in den Genuss des Vermögens der Adenas zu kommen.

»Moin, Enna«, riss eine Stimme direkt neben ihr sie aus den Gedanken. Erschrocken hob sie den Blick und schaute in die Augen ihres ältesten Bruders Ubbo. Sie hatte ihn seit ihrer Rückkehr aus Berlin noch nicht gesehen, denn er hatte sich geweigert, bei Georgs Beerdigung zu erscheinen. Zu tief saß der Hass, der sich in ihm aufgestaut hatte, seitdem die Adenas über das Wohl und Wehe ihres Hofes entschieden und ihm und seinem Vater keinerlei Freiräume gaben, wenn es darum ging, ihn nach eigenem Gutdünken weiterzuentwickeln. Also hatte er sich, ebenso wie sein Vater, mit der Behauptung, erkrankt zu sein, von der Beerdigung ferngehalten.

»Ubbo.« Enna sah ihn aus traurigen Augen an. Immer noch schämte sie sich dafür, dass sie sich aus rein egoistischen

Gründen für die Ehe mit Georg entschieden hatte, ohne auch nur einen Moment die Konsequenzen für ihre Familie zu bedenken. Dass sie dafür jeden einzelnen Tag ihrer Ehe bestraft worden war, wusste weder Ubbo noch sonst jemand ihrer Lieben, fürchtete sie doch zu sehr deren schadenfrohe Bemerkungen. »Du bist doch nicht meinetwegen hier? Oder ist etwas passiert?«

»Nein. Ich war an Mutters Grab und hab dich hier stehen sehen.« Ubbo musterte sie mit kritischem Blick. »Geht's dir gut? Siehst blass aus. Tut mir leid, was mit Georg passiert ist. Muss schwer für dich sein.«

Noch ehe sich's Enna versah, brach sie in Tränen aus. Aus der Stimme ihres Bruders war kein Hass zu hören gewesen, ja nicht einmal ein Vorwurf, sondern lediglich Anteilnahme.

»Na, na«, brummte Ubbo und legte ungeschickt seinen Arm um ihre Schultern. Als nun auch noch Clivia zu weinen begann, schien er vollends überfordert. Dennoch löste er sich von Enna, streckte seine Arme aus und sagte: »Würde mich freuen, die Lütte mal halten zu dürfen. Ist das in Ordnung?«

»Ob das in Ordnung ist?«, schluchzte Enna zutiefst gerührt. »Du fragst tatsächlich, ob das in Ordnung ist? Aber ich freue mich doch, wenn du nicht mehr böse mit uns bist.«

»Böse?« Ubbo, auf dessen Arm sich Clivia sehr wohlzufühlen schien, sah seine Schwester fragend an. »Warum sollte ich denn wohl böse auf euch sein?« Er schäkerte mit der Kleinen herum, die vor Freude nur so gluckste.

»Aber sie haben euch doch den Hof weggenommen, und das nur, weil ich Georg geheiratet habe.«

»Die hätten uns den Hof auch ohne die Heirat weggenommen«, brummte Ubbo, während er Clivia gegenüber Grimassen machte, die das Kind zum Lachen brachten. »Die Hochzeit hat das alles höchstens 'n büschen beschleunigt. Der olle Adena war schon seit Jahren an uns dran. Mutter war die Einzige, die ihn in seine Schranken gewiesen hat. Nachdem sie dann nicht mehr da war …« Er zuckte resigniert mit den Schultern. »Gottes Wege sind unergründlich, heißt es ja. Nur er allein weiß, warum er uns all die Menschen genommen hat, die wir liebten – und damit meine ich nicht nur unsere Toten, sondern auch Hiska und dich und Janno. Und dann auch noch unseren Hof.« Er schaute in den strahlend blauen Himmel hinauf. »Glaubst du noch daran, dass es Gott wirklich gibt?«

Enna hatte vergessen, wie gläubig ihr Bruder Ubbo schon immer gewesen war. Schon als kleiner Junge hatte er es stets geliebt, in die Kirche zu gehen, auch hatte er vor dem Zubettgehen nie sein Nachtgebet vergessen. Nun aber schien er nicht nur seine Familie, sondern auch seinen Glauben verloren zu haben.

Anstatt einer Antwort drückte Enna ihm nur stumm die Hand.

»Willst du mit dem Kind nicht wieder zu uns nach Hause kommen, jetzt, wo Georg nicht mehr ist?«, fragte Ubbo, nachdem sie schweigend zum Grab ihrer Mutter gegangen waren. Enna legte auch auf ihm einen Strauß Blumen ab. »Vor allem Wiebeke ist sehr allein. Ich hör sie manchmal, wie sie sich in den Schlaf weint. Ist nichts mehr übrig von dem fröhlichen Kind, das sie mal war.«

Enna traten erneut Tränen in die Augen. »Nichts lieber als das, Ubbo, aber es geht nicht.« Sie legte ihre Hand auf den Bauch. »Ich bin guter Hoffnung, weißt du? Die Adenas wissen davon und würden mich nicht gehen lassen. Sie hoffen auf einen Erben.«

Ubbo verzog gequält das Gesicht. Noch immer trug er Clivia auf dem Arm, die nun vertrauensvoll ihren Kopf an seine Schulter gebettet hatte und von einer Sekunde auf die andere eingeschlafen war. Enna war völlig verzückt von diesem Anblick. Mit umso mehr Wucht traf sie die Frage, die Ubbo jetzt stellte: »Und du bist sicher, dass Georg diesmal wirklich der Vater ist?«

Enna schnappte erschrocken nach Luft. »W-woher weißt du …?«

»Du warst schon guter Hoffnung, als du aus dem Krieg zurückkamst.« Er sah sie eindringlich an. »Ich hab dir das gleich angesehen.« Er machte eine Pause. »Genau wie Hiska.«

»Du weißt, dass Hiska …?«

»Natürlich. Man sieht es euch Frauen doch an den Augen an, dass es so ist. Geht es … geht es Hiska gut, da, wo sie jetzt ist?«

Enna lächelte. »Ja, es geht ihr gut. Wie ich hörte, macht ihr der gute Heinz Avancen. Er ist ein wirklich feiner Mann und wäre der perfekte Vater für den Lütten.«

Nun lächelte auch Ubbo. »Hiska hat einen Sohn?«

»Ja. Feiko Johannes.«

»Das ist schön, auch wenn …« Er biss sich auf die Lippen.

Enna runzelte die Stirn. »Auch wenn was?«

Ubbo senkte den Blick und schabte nun verlegen mit seinen Füßen im Kies. »Nee, ist schon gut.«

»Nichts ist gut, Ubbo. Was ist mit dem Kind?«

Als Ubbo weiterhin schwieg, sagte Enna: »Du meinst, weil sie es … mit Gewalt empfangen hat?« Das habe ich auch, dachte sie und spürte in ihren Unterleib hinein, in dem die Frucht dieser Gewalt heranwuchs. »Aber dafür kann doch das Kind nichts.« Kaum, dass sie diesen Satz gesagt hatte, wurde ihr bewusst, dass sie ihn nicht nur auf Hiskas Sohn gemünzt hatte, sondern auch auf ihr Ungeborenes.

»Das meinte ich auch nicht.« Ubbo betrachtete den Grabstein seiner Mutter, als würde er dort nach Rat suchen. »Es … es geht um den Vater des Kindes.« Er grüßte eine alte Frau, die vom Weg her zu ihnen herüberwinkte.

»Nun ja, der wird wohl für immer ein Geheimnis bleiben, wenn Hiska nichts sagt.«

»Er, also der Vater des Kindes, hat ihr gedroht«, sagte Ubbo. Er fixierte einen unbestimmten Punkt am Horizont. »Aber das kann er nun nicht mehr. Deshalb muss es auch kein Geheimnis bleiben.«

»Was heißt das, er kann es nun nicht mehr?«, hakte Enna nach. »Ist er tot?«

Ubbo nickte und sah sie dabei mit einem seltsamen Gesichtsausdruck an.

Enna brauchte eine Weile, um zu begreifen, was er ihr mit diesem Blick sagen wollte, dann aber fiel es ihr plötzlich wie Schuppen von den Augen. »Georg?«, krächzte sie. »Es war Georg, der ihr das angetan hat?« Noch ehe sie den Satz beendet hatte, erbrach sie sich, ihren Kopf gerade noch vom Grab ihrer Mutter abwendend, auf den Gehweg.

Ubbo reichte ihr ein nicht mehr ganz sauber aussehendes Tuch, mit dem sie sich den Mund abwischen konnte. »Es tut mir leid«, sagte er bedrückt, »aber ich schwöre bei Gott, dass es die Wahrheit ist. Georg war eine Ausgeburt der Hölle. Dich zur Frau zu nehmen, nach allem, was er Hiska angetan hatte, war der Gipfel der Unverschämtheit. Er hat sich ordentlich ins Fäustchen gelacht, weil er wusste, dass ihm nichts passieren würde. Weil so Leuten wie ihm nie was passiert.«

In Ennas Kopf wirbelte alles durcheinander. Georg sollte der Vater von Hiskas Kind sein? Es war ihr Ehemann gewesen, der sich ihre Schwester mit Gewalt gefügig gemacht hatte? Aber warum um alles in der Welt hatte Hiska es ihr denn nicht erzählt? Spätestens, als sie ihr von ihren Hochzeitsplänen schrieb, hätte Hiska ihr doch alles sagen und sie vor diesem Fehler bewahren müssen!

Enna schwindelte, als sie sich jetzt der Absurdität dieser Situation bewusst wurde: Sie hatte also den Vater von Hiskas

Kind durch ihre Heirat zu dessen Onkel gemacht, ohne auch nur die leiseste Ahnung davon zu haben, während sein angeblich eigenes Kind gar nicht von ihm war. »Aber warum nur hat sie nichts gesagt?«, schluchzte Enna verzweifelt auf. »Warum denn nur, Ubbo, warum?«

»Ich habe ihr geschrieben, dass sie es dir sagen muss«, erwiderte Ubbo. »Und du weißt, wie ungern ich schreibe. Aber ich habe es getan. Schließlich sollte doch eine solche Lüge nicht das sein, worauf du deine Ehe aufbaust. Aber sie schrieb zurück, dass sie deinem Glück nicht im Wege stehen will. Sie hat sich gewundert, woher so plötzlich deine Zuneigung für Georg kommt. Und da ich auch ihr schlecht die Wahrheit sagen konnte, weil ich die ja eigentlich gar nicht kennen durfte, hab ich ihr geschrieben, dass sich das wohl so entwickelt hat zwischen Georg und dir und dann ja wohl so sein soll.«

»Wenn du es gewusst hast, Ubbo, dann hättest du es mir sagen müssen. Du … du hättest auch mich damit vor großem Leid bewahrt.« Als sie bemerkte, was sie da gesagt hatte, legte sie ihm rasch die Hand auf den Arm. »Nein, bitte entschuldige, Ubbo, natürlich trifft dich keinerlei Schuld. Wie konnte ich so was auch nur denken! Schuld an dem ganzen Schlamassel bin einzig und allein ich und niemand sonst. Wäre ich nicht zu feige gewesen, mich den Konsequenzen meines Fehltritts zu stellen, dann wäre das alles nicht passiert.«

»Das stimmt ja nun auch nicht«, knurrte Ubbo. »Dass er Hiska Gewalt angetan hat, das wäre trotzdem passiert. Und dafür kannst du ja nun wirklich nichts.«

Enna erinnerte sich an die Beerdigung ihrer Mutter. »War es deswegen, warum du Georg auf Mutters Beerdigung so angegangen hast?«

»Ja. Aber ich hatte Hiska ja versprochen, es niemandem zu sagen. Viel zu viel Angst hatte sie davor, was er dann mit unserer ganzen Familie machen würde. Nach all dem Elend hätten wir doch gar nicht die Kraft gehabt, gegen ihn anzugehen.«

»Aber woher wusstest du es? Woher wusstest du, dass Georg das mit ihr getan hatte?«

»Es war auf 'm Feld. Als ich auf dem Weg zum Hof am Acker vorbeikam, war alles schon passiert. Hiska stand zitternd da, das Kleid zerrissen und mit blauen Flecken am ganzen Körper.«

»Aber warum ist sie mit ihm ins Feld?«, schluchzte Enna, in deren Kopf jetzt schreckliche Bilder entstanden. Nach allem, was Georg ihr im Ehebett angetan hatte, zweifelte Enna nicht einen Moment daran, dass er Hiska gewiss nicht geschont hatte.

»Sie ist nicht mit ihm ins Feld«, antwortete Ubbo. »Sie ist ihm dort wohl nur zufällig über den Weg gelaufen, so wie auch ich nur zufällig dort war. Ich hab Georg dann windelweich geprügelt, aber er ist lachend davon und hat auch mir mit allem Möglichen gedroht, wenn ich was sage.« Er senkte den Kopf und starrte beschämt auf seine Füße. »Aber das ist nicht der Grund, warum ich nichts gesagt hab. Ich weiß, dass unser Vater mit seinem Gewehr losmarschiert wäre und Georg erschossen hätte, wenn ich ihm davon erzählt hätte. Das, was dann daraus entstanden wäre, will ich mir gar nicht ausmalen.« Er sah seine Schwester traurig an. »Uns hätte ja doch keiner geglaubt, Enna, weil ehrbaren Leuten wie uns nie jemand glaubt. Solchen Halunken aber wie den Adenas, denen glaubt so 'n Richter doch jedes Wort, das sie von sich geben. Und selbst, wenn sie es ihnen nicht glauben, dann passiert ihnen ja trotzdem nichts. Es hätte uns alle nur unglücklich gemacht, wenn ich was gesagt hätte.«

Enna war zutiefst erschüttert. Hatte sie geglaubt, dass es in ihrem Leben nicht schlimmer kommen könnte, so sah sie sich jetzt getäuscht. Wie nur sollte sie Hiska und ihrem kleinen Neffen jemals wieder guten Gewissens unter die Augen treten?

Sie dachte an Karl, der nun wahrscheinlich wieder im Ruhrgebiet war und sich gemeinsam mit Heinz und Gisela hoffentlich gut um Hiska und ihr Kind kümmerte. Ihn so überraschend in Berlin anzutreffen, hatte ihr Freude bereitet. Noch aber waren ihre Gedanken viel zu oft bei Jean-Pierre, als dass sie ihm die Gefühle entgegenbringen könnte, die er verdiente. Vielleicht, so dachte sie sich, hätte sie ihm sogar eines Tages geben können, was er sich von ihr erhoffte. Mit zwei kleinen Kindern aber, da machte sie sich nichts vor, war sie für ihn ohnehin nicht mehr interessant, auch wenn sie manchmal geglaubt hatte, dass der Funke der Liebe, die er für sie empfand, in ihm noch nicht ganz erloschen war.

Ein gemeinsames Glück aber würde es für sie nicht mehr geben. Denn schließlich war da ja auch noch Elisabeth von Wolff, die ihm schöne Augen machte. Jetzt, da sie sich unwiderruflich von ihrer Familie gelöst hatte, stünde einer Verbindung zwischen den beiden wohl nichts mehr im Wege. Mit Elisabeth könnte Karl seine eigene Familie gründen, und genauso würde es vermutlich in absehbarer Zeit kommen, auch wenn es zumindest ihm zurzeit noch nicht klar zu sein schien. Wie aber auch immer es kam, sie wünschte ihm von Herzen Glück.

»Überlege es dir noch mal«, sagte Ubbo, bevor er ihr das Kind zurückgab und sie zum Abschied an sich drückte. »Bei den Adenas wirst du dein Glück nicht finden. Komm zu uns zurück, Enna, wir sind deine Familie.« Er strich der immer noch schlafenden Clivia über den Kopf. »Und deine Kinder, die kriegen wir auch noch groß.«

»Die Adenas würden es nicht erlauben, Ubbo, und das weißt du. Wenn der Hof noch uns gehörte, dann würde ich tatsächlich darüber nachdenken. Aber unter diesen Umständen würden uns die Adenas allesamt davonjagen, und wir hätten nichts mehr, worauf wir unsere Zukunft aufbauen könnten.«

Ubbo nickte, denn im Grunde wusste er, dass es stimmte. Für die Ulferts würde es in absehbarer Zeit keine Gerechtigkeit geben, solange sie auf das Wohlwollen der Adenas angewiesen waren. »Und weil ich genau das weiß«, sagte er, »habe ich mich den Arbeiter- und Soldatenräten angeschlossen. Wir, die wir unter den unterschiedlichsten Formen der Unterdrückung zu leiden haben, werden uns unser Recht zurückholen, Enna, und wenn es mit Gewalt ist. Ich habe von den Kämpfen der Roten Ruhrarmee gehört. Auch wenn sie erneut gescheitert sind, so verfolgten die tapferen Männer und Frauen doch das richtige Ziel. Und alle zusammen werden wir nicht aufgeben, bis wir es eines guten Tages erreicht haben und unseren Familien das bieten können, was sie verdienen.« Er drückte seine Schwester noch einmal an sich, dann ging er in aufrechtem Gang von dannen.

Enna warf einen Blick zum Himmel hinauf. Die Sonne stand schon recht tief, und es war an der Zeit, zu den Adenas zurückzukehren. »Auch dir viel Glück, Ubbo«, flüsterte sie, während sie ihren Bruder mit großen Schritten um die nächste Ecke verschwinden sah.

Und vielleicht, so dachte sie, würde die Sonne ja auch eines Tages für sie wieder scheinen.

Wichtige Personen

Familie Ulferts

Janno Arjen Ulferts	Bruder von Enna und Hiska, Berlin
Hiska Ulferts	Jannos und Ennas Schwester, Ostfriesland, Ruhrgebiet
Enna Ulferts	Jannos Schwester, Ostfriesland
Arjen Ulferts	Ennas Vater, Bauer, Ostfriesland
Talea Ulferts	Ennas Mutter, Ostfriesland
Ubbo Ulferts	Ennas Bruder, Ostfriesland
Wiebeke Ulferts	Ennas Schwester, Ostfriesland

Familie Brodenbeck

Hagen Brodenbeck	Waffenfabrikant, Berlin
Eberhard Brodenbeck	Sohn von Hagen Brodenbeck, Berlin

Familie Adena

Georg Adena	Geschäftsmann, Fabrikant, Ostfriesland
Odo Adena	Georgs Vater, Ostfriesland
Undine Adena	Georgs Mutter, Ostfriesland
Ernfried Adena	Georgs Bruder, Ostfriesland

Familie Kembrowski

Karl Kembrowski	Bergarbeiter, Ruhrgebiet
Joris Kembrowski	Karls Bruder, Ruhrgebiet
Annemarie Kembrowski	Karls Schwester, Ruhrgebiet
Luise Kembrowski	Karls Mutter, Ruhrgebiet
Hans Kembrowski	Karls Vater, Ruhrgebiet

Familie von Wolff

Heinz-Rudolf von Wolff	Zechendirektor, Ruhrgebiet
Käthe von Wolff	Frau des Direktors, Ruhrgebiet
Elisabeth von Wolff	Tochter des Direktors, Ruhrgebiet
Butler Charles	Butler der von Wolffs, Ruhrgebiet
Heinrich Veltin	Mitarbeiter von Heinz-Rudolf von Wolff, Ruhrgebiet

Danksagung

Danke.

Einen herzlichen Dank möchte ich meinen Leserinnen und Lesern aussprechen, denn was wäre eine erzählte Geschichte ohne die Menschen, die deren Figuren in ihren Köpfen zum Leben erwecken?! Ich hoffe, ich konnte Ihnen mit diesem Buch ebenso viele schöne Stunden bereiten, wie ich sie bei der Recherche und beim Schreiben hatte. Auch würde ich mich freuen, wenn es mir gelungen ist, Sie nicht nur gedanklich, sondern auch mit dem Herzen mitzunehmen in eine Epoche, die für die Deutschen nach der Enge des Kaiserreichs und den Schrecken des Ersten Weltkriegs eine bessere werden sollte. Viele Menschen setzten damals große Hoffnungen in die junge Republik, die erstmals in Deutschland auf einem demokratischen System fußen sollte; nicht wenige dieser Hoffnungen wurden enttäuscht. Die Ursachen des Scheiterns waren vielfältig, sie alle in dieses Buch mit einfließen zu lassen, hätte den Rahmen gesprengt.

Dennoch hoffe ich, Ihnen einen kleinen Einblick gegeben zu haben, mit welchen politischen und gesellschaftlichen

Herausforderungen sich die Menschen in der Weimarer Republik konfrontiert sahen. Dabei war es mir wichtig, das Augenmerk nicht nur auf die sozialen und gesellschaftlichen Differenzen zu lenken, sondern auch auf unterschiedliche Regionen, kann diese Epoche doch nur im Zusammenspiel der häufig lediglich regional stattfindenden Ereignisse und Entwicklungen – wie zum Beispiel dem Kapp-Putsch und dem Kampf der Roten Ruhrarmee – verstanden werden.

Der Anspruch für mich als Autorin konnte es nicht sein, ein abschließendes und in jedem Detail korrektes Bild der damaligen Verhältnisse und Strukturen zu zeichnen, das überlasse ich gern den Historikern. Mir ging es lediglich darum, eine Epoche zu beleuchten, die, wenn man genau hinschaut, mehr Parallelen zu unserer heutigen Zeit aufweist, als man es sich wünschen würde. Wohin uns die Widersprüche der Weimarer Republik führten, ist hinlänglich bekannt. Stets ein wachsames und bewusstes Auge auf das zu haben, was in Politik und Gesellschaft geschieht, sollte uns daher auch in der heutigen Zeit ein Anliegen sein.

Mein ausdrücklicher Dank für das in mich gesetzte Vertrauen geht an das wundervolle Team von Amazon Publishing/ Tinte & Feder, das mir mit der Beauftragung dieser Trilogie die Möglichkeit gab, meinem angestammten Krimi-Genre noch ein weiteres, nicht minder spannendes hinzuzufügen. Namentlich danke ich Franz Edlmayr für die Kontaktaufnahme und Katrin Bussac für die vertrauensvolle und unkomplizierte Zusammenarbeit.

Danken möchte ich auch meinen Lektoren Kanut Kirches und Rainer Schöttle für die inspirierenden Lektorate sowie Manuela Tiller für den letzten Schliff im Korrektorat.

Auf den ersten Blick verliebt habe ich mich in das wundervolle Cover, dafür ein großes Dankeschön an zero-media.net.

Ich freue mich sehr auf die weitere Zusammenarbeit mit allen Genannten, wenn es darum geht, auch die zwei noch folgenden Bände auf einen guten Weg zu bringen.

Herzlichst
Elke Bergsma

FSC
www.fsc.org
MIX
Papier | Fördert gute Waldnutzung
FSC® C083411

Zeitfracht Medien GmbH
Ferdinand-Jühlke-Straße 7
99095 Erfurt, Deutschland
produktsicherheit@kolibri360.de

Druck:
CPI Druckdienstleistungen GmbH
im Auftrag der
Zeitfracht Medien GmbH
Ein Unternehmen der Zeitfracht - Gruppe
Ferdinand-Jühlke-Str. 7
99095 Erfurt